S O P H I E
E D E N B E R G

IM SCHATTEN
DEINER SCHULD

Thriller

Umschlaggestaltung: ©Cover Up Buchcoverdesign,
Hamburg
Lektorat und Korrektorat: Emma Sommerfeld,
Wandlitz

ISBN: 978-3-7597-5005-1

Verlag: BoD • Books on Demand GmbH, In de Tarpen 42,
22848 Norderstedt
Druck: Libri Plureos GmbH, Friedensallee 273, 22763
Hamburg

Für meine Eltern.
Danke für eure Liebe und Unterstützung.

KAPITEL 1

Lexi

Der Duft von frischen Brötchen weht mir entgegen, als ich die Tür zu Claras Backstube aufstoße. Ich atme tief ein, lasse mich von der Wärme umfangen und spüre, wie die Verspannung in meinem Nacken nachlässt. Die Kälte macht sich bemerkbar. Seit Tagen liegen die Temperaturen im zweistelligen Bereich unter Null – der Januar macht der kalten Jahreszeit alle Ehre.

Den Schnee von meinen Stiefeln schüttelnd schlendere ich gemächlich auf einen Platz in der Ecke nahe dem Fenster zu. Das *Claras* verfügt nur über eine Handvoll Tische, abgesehen von meinem Stammplatz ist so früh am Morgen keiner besetzt.

Clara, die Besitzerin der Bäckerei, hebt zur Begrüßung kurz die Hand in meine Richtung, bevor sie sich wieder den Grundschulkindern zuwendet, die sich um die Theke scharen. Gegen acht herrscht hier reger Betrieb, wenn die Kinder in Begleitung ihrer ungeduldigen Eltern hereindrängen, um vor Beginn der ersten Stunde noch rasch ein Pausenbrot zu kaufen oder eine von Claras berühmten Leckereien zu ergattern.

Ich beobachte, wie die rundliche Bäckerin einem Jungen, dessen zerzauster Haarschopf kaum hinter dem Verkaufstresen hervorlugt, unbemerkt vor den Augen seiner Mutter eine Praline zusteckt, und kann mir ein Grinsen nicht verkneifen. Clara Mayrhofer ist eine Seele von einem Menschen. Sie leitet das *Claras*, einen über Generationen familiengeführten Betrieb, so lange ich denken kann. Schon als kleine Mädchen kamen meine Schwester Alice und ich oft nach der Schule hierher, um uns von unserem Taschengeld eine Zimtschnecke zu kaufen, oder unsere Hausaufgaben im Beisein der Bäckerin zu erledigen. Und auch wenn Clara inzwischen auf die Siebzig zugehen muss, zeugt das Blitzen in ihren Augen immer noch von jugendlichem Charme.

Mein Blick wandert aus dem Fenster. Die Fußgängerzone von Altenhofen ist erfüllt von winzigen Schneeflöckchen, die durch die Luft tanzen, und Parkbänke, Straßenschilder und Hydranten wie Puderzucker einhüllen. Ein wahrhaft märchenhafter Anblick. Die Menschen auf der Straße scheinen von dem Winterzauber allerdings weniger entzückt zu sein. Eingepackt in dicke Schals und Mäntel eilen sie mit gehetzten Mienen vorbei, einige mit Aktentaschen in den Händen, andere bahnen sich mit Kleinkindern im Arm den Weg durch den Schnee. Mit einem Lächeln wende ich mich ab. Ich liebe meine morgendlichen Besuche in Claras Laden, auch wenn ich dafür früher aufstehen muss. Ich genieße es, in Ruhe das Lokalblatt durchzublättern, Leute zu beobachten oder mit Clara zu plaudern, bevor mich der Trubel des Alltags in Beschlag nimmt. Diese eine Stunde am Morgen gehört nur mir, und genau deshalb ist sie unbezahlbar für mich.

Nachdem sich die jungen Gäste, begleitet von dem mahnenden Gemurmel ihrer Eltern, in Richtung Schule davongemacht haben, klopft sich Clara die Hände an ihrer Schürze ab und kommt an meinen Tisch.

»Guten Morgen, Lexi. Tut mir leid, dass du warten musstest. Dasselbe wie immer?«

»Ach, das macht nichts.« Einen Moment bedenke ich die Glasvitrine und die köstlich aussehenden Eclairs darin mit einem sehnsüchtigen Blick, dann jedoch siegt die Vernunft. »Einen Café Latte und ein Müsliweckerl bitte.«

Schmunzelnd verschwindet Clara in Richtung Kaffee-küche und kehrt kurz darauf mit zwei dampfenden Tassen und einem Teller mit dem Gebäck zurück. Schwer atmend lässt sie sich auf den Stuhl neben mir fallen. Der Kaffee duftet köstlich. Wie immer hat Clara an alles gedacht und den Latte mit einer Extraportion Zimt garniert.

Himmlisch.

»Was für ein Morgen.« Stöhnend fährt Clara sich mit der Hand über das gerötete Gesicht. »Erwin liegt mit einer Erkältung im Bett. Ich war in der Backstube ganz auf mich gestellt. Das war ein Stress, sage ich dir.«

»Das tut mir leid. Was hat er denn? Es hat ihn hoffentlich nicht allzu schlimm erwischt?«

Clara schnaubt. »Hört sich eher nach Männergrippe an, wenn du mich fragst. Du weißt ja, wie die Männer sind. Ein bisschen Halsweh und Schnupfen, und schon glauben sie, sie stehen mit einem Bein im Grab.« Sie winkt ab. »Alles halb so wild.«

Prustend stelle ich die Tasse auf dem Tisch ab. Beinahe hätte ich mich vor Lachen an meinem Getränk verbrüht.

»Und wie geht es dir, Herzchen? Was machen die Hochzeitsvorbereitungen? Habt ihr euch endlich für einen Termin entschieden?«

Unwillkürlich wandert mein Blick zu dem Ring an meiner linken Hand. Es ist ein schlichtes Schmuckstück, ein filigraner Brillant in einer dünnen, weißgoldenen Fassung.

»Was glaubst du denn.« Ich seufze. »Das Datum ist weniger das Problem als Ort und Gästeliste. Karls Eltern bestehen auf eine große Feier mit mindestens hundert-zwanzig Gästen.« Ich verziehe das Gesicht. »Ich würde das Ganze viel lieber in kleinem Rahmen halten, aber wie es aussieht, stehe ich da auf verlorenem Posten. Ich hab ein bisschen herumtelefoniert – vor Juni nächsten Jahres ist nichts zu machen.«

Clara wirft mir einen raschen Blick von der Seite zu, sagt jedoch nichts. Das muss sie auch nicht. Ich kenne Clara und weiß ohnehin, was sie denkt. Ich bin dreißig, und die feinen Linien auf meiner Stirn erinnern mich jeden Tag daran, dass ich nicht jünger werde. Nicht, dass mir das Älterwerden besonders viel ausmachen würde, aber die biologische Uhr tickt, und wenn ich meine Familiengründungspläne in die Tat umsetzen möchte, sollte ich eher früher als später damit anfangen.

»Hast du das von Frau Stegner eigentlich schon gehört?«, wechselt Clara schließlich das Thema.

»Hm?« Ich kaue gerade und kann sie nur fragend anschauen. Die Bäckerin seufzt bekümmert. »Ich dachte, das hätte sich inzwischen herumgesprochen. Stell dir vor, die Arme hatte einen Herzinfarkt! Es muss am Wochenende passiert sein. Die Pflegerin hat sie am Montag tot in ihrem Lehnstuhl gefunden.«

Mit offenem Mund starre ich Clara an. »Was?«

Sie nickt düster. »Ja. Ganz plötzlich. Dabei ist sie kaum älter als ich. Schreckliche Sache.«

Der Schock trifft mich aus dem Nichts, und einen Moment bin ich wie erstarrt. Maria Stegner – tot? Die Alte war praktisch ein Urgestein des Dorfs. Ihr Haus liegt zwei Gassen von meinem entfernt, und von gelegentlichen Begegnungen beim Spazierengehen oder im Supermarkt abgesehen, haben wir uns in den letzten Jahren nur selten gesehen. Doch es gibt einen anderen Grund, warum mich diese Nachricht mit solcher Unruhe erfüllt.

»Das ist ja furchtbar.« Ich bringe die Worte kaum hervor. »Wann soll die Beerdigung stattfinden?«

»Nächsten Sonntag. Ihr Neffe hat mich gestern angerufen und gefragt, ob Erwin und ich das Buffet für die Trauerfeier organisieren können. Versteht sich natürlich von selbst. Immerhin kennen wir Maria schon unser Leben lang.«

Ich habe das Gefühl, den Boden unter den Füßen zu verlieren.

»Marias – Neffe?«

Clara runzelt die Stirn. »Ja. Charlie. Der Sohn ihrer Schwester. Erinnerst du dich nicht an ihn?« Ohne eine Antwort abzuwarten, schnalzt sie missbilligend mit der Zunge. »Kein Wunder. Muss Jahre her sein, dass er sich zuletzt hier hat blicken lassen. Und das, wo er doch Marias letzter noch lebender Verwandter ist! Eine Schande. Na ja, wie auch immer. Jedenfalls sollte er in den nächsten Tagen eintreffen.«

Ich sehe aus dem Fenster. Erinnerungsfetzen bahnen sich unbarmherzig ihren Weg in mein Bewusstsein.

Charlies Gestalt, die vor mir den Waldweg entlangläuft und lächelnd die Hand nach meiner ausstreckt. Das Flattern wie von tausend Schmetterlingen in meinem Bauch, während seine Finger zärtlich über mein Gesicht streifen. Der Ausdruck in seinen Augen, bevor er sich herabbeugt, um mich zu küssen. Alice' anklagender Blick, die Arme vor der Brust verschränkt. Alice, die ... *Stopp.* Unter Aufbringung all meiner mentalen Kraft dränge ich die Erinnerungen in die dunkle Kammer meines Hinterkopfes zurück, wo sie hingehören.

»Jetzt, wo du es sagst, erinnere ich mich an ihn«, erwidere ich beiläufig und hoffe, dass Clara taktvoll genug ist, nicht weiter nachzubohren. »War er nicht zum letzten Mal in Altenhofen in dem Jahr, in dem Alice ...« Ich bringe den Satz nicht zu Ende.

Sanft streicht Clara mit ihrer schwieligen Hand über meinen Unterarm. »Stimmt. Tut mir leid, Lexi. Das hatte ich total vergessen.«

»Schon in Ordnung.« Meine Stimme klingt gepresst, aber ich ringe mir ein Lächeln ab. »Ist schließlich ewig her. Elf Jahre werden es im Herbst.«

Clara nickt und mustert mich besorgt.

»Ich muss jetzt ohnehin los.« Hastig erhebe ich mich und stopfe mir den Rest meines Frühstücksweckerls in den Mund. Meine Hände zittern, als ich nach meinem Mantel greife, und ich hoffe, dass Clara nichts von meinem Gefühlschaos mitbekommen hat. Mein Kopf ist wie leergefegt, und bleierne Schwere hat von mir Besitz ergriffen.

Charlie ist zurück. Und das ausgerechnet jetzt.

Mit einer eiligen Umarmung verabschiede ich mich von Clara und trete nach draußen ins Schneegestöber.

KAPITEL 2

Lexi

Eine Böe scharfen Windes erfasst mich, als ich die Tür von Claras Bäckerei hinter mir zuziehe. Ich beiße die Zähne zusammen und schlinge meinen Schal enger um den Hals. Langsam bahne ich mir einen Weg durch das Schneetreiben. Die Gemeinschaftspraxis, die ich mir mit Susanna und Martha teile, liegt zwanzig Minuten Autofahrt entfernt. Kaum genug Zeit für meinen alten Range Rover, die Wageninnentemperatur auf ein annehmbares Niveau zu heizen. Als ich den Bürokomplex am Rande von Wien erreicht habe und die Treppe hinauf in den zweiten Stock laufe, bibbere ich immer noch vor Kälte.

Sobald die Eingangstür hinter mir ins Schloss gefallen ist, spüre ich, wie ich ein wenig ruhiger werde.

Die Praxis besteht aus zwei Therapieräumen, einem kombinierten Vor- und Warteraum sowie einer kleinen Kaffeeküche. Sie strahlt mit ihren hohen stuckbesetzten Decken, den breiten Flügeltüren und den in warmen Tönen gehaltenen Wänden auf unaufdringliche Weise eine angenehme Atmosphäre aus. Viel Mühe und Geld waren nötig, um die Zimmer in diese Wohlfühloase zu verwandeln, doch die Freude, die es mir bereitet, hier zu arbeiten, zeigt mir tagtäglich, dass es jeden Cent und Schweißtropfen wert war.

Mein erster Weg führt in die Gemeinschaftsküche. Eine Tasse Tee wird hoffentlich den Rest meiner Anspannung vertreiben. Susanna, die an dem winzigen Ecktisch am Fenster über einer Klientenakte gebrütet hat, hebt überrascht den Kopf, als ich eintrete. Wie jeden Morgen ist sie vor mir da. Als alleinerziehende Mutter folgt ihr Leben einem strengen Zeitplan, um ihren Beruf und die Obsorge ihrer Tochter unter einen Hut zu bringen.

»Was machst du denn schon hier? Hast du nicht gesagt, du hättest vor elf keine Termine?«

»Stimmt auch. Ich wollte die Zeit nutzen, um noch ein paar Fallprotokolle durchzugehen«, entgegne ich und gieße Wasser in den Teekessel.

Susanna hebt skeptisch eine Augenbraue.

»Möchtest du eine Tasse Kräutertee?«

Sie zuckt die Achseln. »Warum nicht. Aber nur, wenn du mir erzählst, wieso du aussiehst wie sieben Tage Regenwetter.«

»Hast du mal aus dem Fenster gesehen?«

Susanna lässt sich nicht ablenken.

»Ist es wegen Karl? Du machst dir doch nicht etwa immer noch Sorgen wegen seiner Kollegin? Wie hieß sie gleich?«

»Kristina. Mit *K*.«

Die beiden Tassen in den Händen, sinke ich seufzend auf den zweiten Hocker. Beim Gedanken an die langbeinige Anwaltskollegin meines Verlobten, die ihm das ganze letzte Jahr über schöne Augen gemacht hat, verziehe ich das Gesicht. Und auch wenn Karl es abstreitet, weiß ich, dass er Kristinas Aufmerksamkeit im Grunde genoss.

»Nein, das ist es nicht. Ende Jänner wechselt sie zum Glück die Kanzlei. Sie scheint endlich eingesehen zu haben, dass sie keine Chance bei ihm hat.«

»Was ist es dann? Ich sehe doch, dass dich was beschäftigt.«

Ich stochere mit dem Löffel in meiner Tasse. Dass Widerstand zwecklos ist, weiß ich. Susanna ist nicht nur eine brillante Therapeutin, sondern auch meine beste Freundin. Niemand anderer kennt mich so gut wie sie.

»Maria Stegner ist tot«, sage ich endlich. »Ein Herzinfarkt. Clara hat mir heute Morgen davon erzählt.«

Susanna runzelt die Stirn. Dann dämmert es ihr und sie reißt die Augen weit auf. »Soll das heißen ...?«

»Du hast richtig kombiniert. Charlie kommt zurück nach Altenhofen. Er richtet Marias Trauerfeier aus. Am kommenden Sonntag.«

Meine Freundin beißt sich auf die Unterlippe, dann streckt sie die Hand aus und drückt mitfühlend meinen Arm. »Tut mir leid, Süße. Das muss ein Schock für dich sein. Aber – wie lange ist das mit euch beiden jetzt her? Acht Jahre?«

»Bald elf.« Stöhnend fahre ich mir mit den Fingern durchs Haar. »Ich weiß, ich weiß. Es sollte mir nichts ausmachen. Ich hatte bloß gehofft, diesen Mistkerl niemals wiederzusehen.«

»Sieh mal, Lexi, ...«

Ich falle ihr ins Wort. »Du brauchst es nicht zu sagen. Das Ganze ist schon eine halbe Ewigkeit her. Außerdem bin ich glücklich vergeben.« Ich blicke zur Decke. »Aber erklär das mal meinem Unterbewusstsein. Allein Charlies Namen laut auszusprechen, versetzt mich in Panik. Und so jemand schimpft sich Therapeutin!«

»Unsinn. Das hat nichts mit deinen Qualitäten als Therapeutin zu tun. Niemand vergisst seine erste Liebe. Besonders dann nicht, wenn sie hässlich geendet hat. Und trotz allem, was du durchgemacht hast, stehst du mit beiden Beinen fest im Leben. Du bist einer der stärksten Menschen, die ich kenne. Also Kopf hoch, ja? So schlimm wird es schon nicht werden.«

Dankbar drücke ich Susannas Hand. Wie immer schafft sie es, die richtigen Worte zu finden, und ich spüre, dass sich die Anspannung in meinem Inneren ein wenig lockert.

»Danke.«

Susanna erwidert den Händedruck. »Dann wäre das geklärt. Und jetzt lass uns über was Erfreulicheres reden, ja?«

Eine Weile unterhalten wir uns über dies und das und gehen den Terminplan für die Woche durch, dann ziehe ich mich in mein Therapiezimmer zurück, um mich auf meine erste Patientin vorzubereiten.

Anna Wild ist eine attraktive Mittvierzigerin und seit Anfang November bei mir in Behandlung. Nachdem sie sich im vergangenen Jahr aufgrund ihrer permanenten Magenschmerzen diversen internistischen Untersuchungen unterzogen hatte, kamen die Ärzte zu dem Ergebnis, dass ihr rein medizinisch gesehen nichts fehlt, und empfahlen ihr, einen Psychologen zu konsultieren.

An meiner Tasse Kräutertee nippend, überfliege ich meine handschriftlichen Aufzeichnungen der vergangenen Sitzungen, um mir unsere Gespräche wieder in Erinnerung zu rufen. Annas Beschwerden fingen ungefähr zu dem Zeitpunkt an, als sie gezwungen war, sich beruflich umzuorientieren. Zuvor war sie Filialleiterin einer Klamottenboutique gewesen, bis der Textilkonzern ihre Filiale schließen ließ und Anna in die Zentrale, genauer gesagt ans Kundentelefon, versetzte. Während sie in der Boutique weitgehend freie Entscheidungen treffen konnte, zieht ihre neue Vorgesetzte es vor, ihre Mitarbeiter an der kurzen Leine zu halten. Beinahe gleichzeitig nahmen neben ihren Magenbeschwerden auch ihre bis dahin nur gelegentlich auftretenden Zwangshandlungen ein beunruhigendes Ausmaß an, sodass sie einen erheblichen Teil ihrer Zeit mit Händewaschen verbringt.

Nachdenklich kaue ich an der Kappe meines Kugelschreibers. Meiner vorläufigen These zufolge liegen die Ursachen dafür in Annas Familiengeschichte und sind durch ihre geänderte berufliche Situation wieder an die Oberfläche gekommen. Die groben Fakten kenne ich bereits: Ihr Vater verließ die Familie, als Anna sechs Jahre alt war. Annas Mutter, mit der neuen Lebenssituation überfordert, stürzte sich in die Arbeit. Gegenwehr und Widerworte wurden in ihrer Familie nicht toleriert, zudem dürfte Annas Familiensituation von Gewalt geprägt gewesen sein, auch wenn sich Anna diesbezüglich in ihren Erzählungen bisher zurückhaltend zeigte.

Kaum habe ich meine Aufzeichnungen zur Seite gelegt, vernehme ich ein zaghaftes Klopfen an der Tür und sehe Annas Kopf, der sich durch den Türspalt schiebt.

»Bin ich zu früh? Ihre Kollegin hat gesagt, ich könnte reinkommen. Aber wenn Sie noch Zeit brauchen, kann ich gerne draußen warten.«

»Hallo, Frau Wild. Nein, nein, Sie kommen gerade recht.« Ich deute auf die Sitzgruppe. »Bitte, setzen Sie sich doch.«

Die Angesprochene tut wie geheißen und lässt sich mir gegenüber auf das dunkelgraue Sofa sinken. Wie immer sieht sie sehr gepflegt aus in ihrem schlichten Tweedkleid, mit dem zu einem modischen Long Bob geschnittenen Haar und den zartrosa lackierten Fingernägeln.

»Beginnen wir damit, dass Sie mir erzählen, wie es Ihnen an den Feiertagen ergangen ist.«

Anna zuckt die Achseln. »Ich musste arbeiten. Im Büro war die Hölle los. Mein Telefon hat permanent geklingelt. Es war die reinste Tortur.«

»Ich dachte, Sie wollten sich zum Jahreswechsel freinehmen?«

»Ja, das hatte ich auch vor.« Ihre Miene verdunkelt sich. »Aber Frau Wiedermann hat mir nicht freigegeben.«

»Habe ich richtig verstanden?« Ich hake nach. »Sie haben Ihrer Chefin gesagt, wie wichtig der Urlaub für Sie ist, da Sie während der Ferien keine Kinderbetreuung haben, und sie hat abgelehnt?«

Anna windet sich. »Das stimmt nicht ganz. Ich habe den Urlaubsantrag erst gar nicht gestellt. Es wäre zwecklos gewesen.«

Ich runzle die Stirn. »Und Ihre Kolleginnen? Sie sind ja nicht alleine am Kundentelefon.«

»Es waren nur Ingrid und ich da. Die anderen hatten frei.«

Ich nicke und mache mir in Gedanken einen Vermerk.

»Erinnern Sie sich noch an die Hausaufgabe, die ich Ihnen bei unserem letzten Treffen aufgetragen habe? Würden Sie mir Ihre Aufzeichnungen zeigen?«

Anna beugt sich vor und greift nach der Handtasche zu ihren Füßen. Sie zieht ein Heft daraus hervor und reicht es mir.

Ich werfe einen Blick auf die Notizen. In Annas fein säuberlicher Handschrift finden sich für jeden Tag eine Angabe über das Ausmaß ihrer Beschwerden, dazu noch ein paar Stichworte über besonders herausfordernde Situationen. Ich überfliege die Einträge und nicke zufrieden. Meine Vermutungen haben sich bestätigt.

Ich wende mich wieder Anna zu und deute auf eine Textstelle. »Letzten Montag waren Ihre Beschwerden besonders stark. Hier steht, Sie haben in der Arbeit eine Stunde auf der Bürotoilette mit Händewaschen zugebracht. Können Sie mir sagen, was an jenem Tag passiert ist?«

»Ach das.« Annas blickt beschämt auf ihre Finger. Bei näherem Hinsehen kann ich erkennen, wie trocken und schuppig ihre Haut an mehreren Stellen ist.

»Da hatte ich eine Auseinandersetzung mit Frau Wiedermann.« Sie macht eine wegwerfende Handbewegung. »Nichts Außergewöhnliches.«

»Das scheint Sie aber aus der Fassung gebracht zu haben.«

»Wie gesagt, es war nicht so schlimm. Meine Chefin wollte wissen, warum die Lieferung an einen wichtigen Kunden noch nicht versendet wurde. Ich hatte mich schon darum gekümmert.«

»Beschreiben Sie mir die Situation genauer. Wie ist das abgelaufen? Ihre Auseinandersetzung, meine ich.«

Anna seufzt. »Frau Wiedermann kam unangekündigt an meinen Tisch und blaffte mich an, ich würde nicht fürs Rumsitzen bezahlt und solle die Angelegenheit schnellstmöglich regeln.«

»Und was haben Sie geantwortet? Sie hatten das doch schon erledigt.«

Anna senkt den Blick. »Nichts. Ich war – wie erstarrt. Und als sie endlich abgezogen ist, bin ich eben auf die Toilette.«

Ich denke einen Moment über ihre Worte nach. In meinem Kopf formt sich eine Idee, wie ich ihr meine These begreiflich machen kann. Ich lehne mich zurück und falte die Hände auf dem Schoß.

»Und Ihnen ist wirklich nichts eingefallen, als Ihre Chefin Sie angefahren hat?«, frage ich so neutral wie möglich.

Anna lässt die Schultern sinken. »Natürlich wusste ich, dass es nicht meine Schuld war. Aber mein Kopf war wie leergefegt. Ich konnte keinen Ton herausbringen.«

Ich nicke. »Wissen Sie vielleicht noch, wie Sie sich in dem Moment gefühlt haben?«

»Es war mir unangenehm. Ich hatte einfach – Panik.«

»Was hätte Ihrer Meinung nach denn passieren können, wenn Sie Frau Wiedermann gesagt hätten, dass es nicht Ihre Schuld war?«

Anna denkt einen Moment lang nach.

»Ich weiß es nicht«, sagt sie schließlich. »Nichts wahrscheinlich. Aber ich konnte es einfach nicht. Verstehen Sie?«

»Ich meine ganz konkret in der Situation. Was war Ihr Bauchgefühl, was gleich passieren würde? Weswegen Sie es vorgezogen haben, die Standpauke lieber widerstandslos über sich ergehen zu lassen?«

»Es war ein Gefühl, als ob – sie sonst auf mich losgehen könnte.« Sie lacht verlegen. »Absurd, ich weiß.«

»Das ist keineswegs absurd. Sie ist Ihre Chefin, und Sie wollten sie nicht verärgern. Aber denken Sie in Ruhe nach. Wann haben Sie ein Gefühl wie an jenem Tag im Büro schon einmal gehabt? Können Sie es irgendeiner anderen Situation in Ihrem Leben zuordnen?«

Eine Pause entsteht, während Anna angestrengt nachdenkt.

»In meiner Kindheit wahrscheinlich. Bei meiner Mutter. Sie wissen ja, sie war oft sehr streng und – autoritär.«

So etwas in der Art hatte ich vermutet.

»Und wie haben Sie sich verhalten, wenn Ihre Mutter grundlos getobt hat?«

»Ich hab natürlich gar nichts gesagt. Wenn meine Mutter wütend war, war es zwecklos, ihr mit Argumenten zu kommen. Das hätte sie nur noch zorniger gemacht. Das Beste war abzuwarten, bis es vorbei war.«

»Und Sie hatten Angst.«

»Ja.«

Ich bemerke die Tränen, die sich in Annas Augenwinkel gebildet haben, und schiebe ihr wortlos die Taschentuchbox auf dem Tisch zu.

»Schon merkwürdig«, sage ich langsam, als wäre mir der Gedanke eben erst gekommen. »Sie sind eine erwachsene, kompetente Frau. Und trotzdem braucht Ihnen Ihre Chefin bloß unberechtigte Vorwürfe an den Kopf zu werfen, und Sie sind sprachlos. Erstaunlich – nicht? Was glauben Sie, was da in dieser Situation mit Ihnen passiert ist? Denken Sie über das Gefühl nach, das Sie hatten. Als ob

Ihre Chefin gleich auf Sie losgehen würde.« Ich benutze absichtlich genau ihren Wortlaut. »In welche Situation haben Sie sich gefühlsmäßig da begeben?«

Anna sieht mich überrascht an. »In meine Kindheit, meinen Sie?«

»Ist es nicht so?«

»Es ist jedenfalls dasselbe Gefühl.«

Ich nicke. Jetzt spreche ich in sanftem Ton mit ihr. »Ich möchte Ihnen gerne meine Theorie dazu erklären und wissen, ob Sie damit etwas anfangen können.«

Ich beuge mich ein wenig vor und blicke ihr direkt in die Augen. Ich erkläre Anna, dass jeder Konflikt sie wieder in die Situation ihrer Kindheit zurückführt, als sie hilflos den autoritären Übergriffen ihrer Mutter ausgeliefert war. Diese Hilflosigkeit führt zu Wut, die sie gegenüber ihrer Chefin natürlich unterdrückt – und das macht sie krank und führt zu ihren Zwangshandlungen.

Ich mustere meine Patientin. »Können Sie mit meiner Erklärung etwas anfangen?«

Nach einer Weile nickt Anna. Sie sieht ratlos aus, also fahre ich fort.

»Zwangshandlungen sind wie ein sich verstärkender negativer Kreislauf. Jedes Mal, wenn Sie beispielsweise gegenüber Ihrer Chefin zurückstecken, wertet Ihr Unterbewusstsein das Ausbleiben schlimmer Konsequenzen als Bestätigung für Ihr passives Verhalten. Ihre Angst, sich zur Wehr zu setzen, wächst immer weiter. Und genau hier werden wir ansetzen.«

Ich nehme einen Schluck aus meinem Wasserglas.

»Ich möchte, dass Sie die Erfahrung machen, dass Sie für Ihre Bedürfnisse eintreten können, ohne dass dies mit negativen Folgen verbunden wäre. Versuchen Sie einmal pro Tag, Ihre eigenen Interessen durchzusetzen. Beginnen Sie mit einfachen Dingen. Wenn Ihr Mann beispielsweise verlangt, dass Sie abends für ihn kochen und Sie dafür keine Zeit oder Kraft aufbringen können, schlagen Sie ihm vor, stattdessen Essen zu gehen oder etwas liefern zu lassen. Sie verstehen, was ich meine? Beginnen Sie mit kleinen Herausforderungen. Wenn Sie die meistern, wird Ihnen auch alles andere mit der Zeit leichter fallen. Führen Sie Ihr Tagebuch fort, und wir sprechen das nächste Mal über Ihre Erfahrungen.«

Anna runzelt die Stirn. Sie sieht skeptisch aus.

»Ich kann es zumindest versuchen.«

Ich nicke ihr noch einmal aufmunternd zu, dann entlasse ich Anna aus unserem Gespräch.

Nachdem sie das Praxiszimmer verlassen hat, bleibe ich erschöpft zurück. Mit Menschen an ihren Zwangsstörungen zu arbeiten, ist oft langwierig und anstrengend, für meine Patienten ebenso wie für mich. Trotzdem bin ich stolz auf Anna. Nicht immer begreifen meine Patienten so schnell wie sie, wo das eigentliche Problem liegt.

Ich lasse meinen Blick zum Fenster schweifen. Dicke Schneeflocken wirbeln durch die Luft, der Himmel ist von einer dichten Wolkenschicht bedeckt. Ich spüre, wie sich ein zufriedenes Lächeln auf meinem Gesicht ausbreitet und das dumpfe Panikgefühl, das mich begleitet hat, seit ich von Charlies Rückkehr erfahren habe, endlich schwindet. Hier, hinter dem Schreibtisch meines sandgelb gestrichenen Therapieraums, umgeben von der gemütlichen Sofagruppe und dem flauschigen Teppich, der den Großteil des Bodens bedeckt, fühle ich mich kompetent und selbstsicher.

Susanna hat vollkommen recht.

Ich habe mein Leben unter Kontrolle und dazu noch das Privileg, einen Beruf auszuüben, der es mir ermöglicht, anderen zu helfen. Und kein Mensch auf der Welt hat die Macht über mich, daran etwas zu ändern. Aus mir wieder das nervliche Wrack zu machen, das ich mit zwanzig war.

Nicht einmal Charlie.

KAPITEL 3

Lexi

Das Gartentor quietscht, als ich den Riegel zurückschiebe. Ich stapfe durch den Schnee auf das kleine Einfamilienhaus zu. Fassade und Fensterläden könnten einen neuen Anstrich gebrauchen, und im Sommer sind zwischen all dem Unkraut nur selten ein paar Grashalme zu sehen – trotzdem liebe ich dieses alte Haus.

Kaum habe ich die Eingangstür aufgesperrt, läuft mir Sammy schon entgegen und springt schwanzwedelnd an mir hoch. Normalerweise begleitet mich der Golden-Retriever-Mischling in die Praxis, wo er unter meinem Tisch den Großteil des Tages verschläft. Heute jedoch habe ich ihn wegen Annas Angst vor Hunden zu Hause gelassen, wo meine Nachbarin Patrizia von Zeit zu Zeit nach ihm sehen kann.

Gedankenverloren kraule ich das Fell, das schon weiß wird. Manchmal kommt es mir vor, als wäre es erst gestern gewesen, dass Alice und ich das winzige Fellknäuel über die Schwelle getragen haben.

Damals hatte die Hündin von Susannas Eltern unerwartet geworfen, und die beiden suchten dringend ein Zuhause für die Welpen. Alice und ich hatten sofort Mitleid mit Sammy, der als Letzter von seinem Wurf übriggeblieben war, und nahmen ihn – sehr zum Missfallen unserer Eltern – mit nach Hause. Inzwischen ist Sammy elf Jahre alt und hat damit für einen Hund seiner Größe ein stattliches Alter erreicht.

Nachdem ich die Post durchgeblättert habe – ein paar Rechnungen und eine Postkarte meiner Freundin Nadine

– inspiziere ich den Inhalt des Kühlschranks und entscheide, dass es heute Abend faschierten Braten mit Kartoffelpüree geben soll.

Während ich das Essen zubereite, schweifen meine Gedanken wieder zu Charlie. Was ist wohl aus ihm geworden? Ob er an mich gedacht hat? Zehn Jahre oder nicht, ich kann nicht leugnen, dass mich die Nachricht von seiner Rückkehr mehr beschäftigt, als ich erwartet hätte.

Und da heißt es immer, die Zeit würde alle Wunden heilen, denke ich mit einem Anflug von Bitterkeit. Doch ich weiß aus eigener Erfahrung, dass das nicht wahr ist. Manche Wunden kann selbst die längste Zeitspanne nicht lindern. Sie versteckt den Kummer bloß tief im Herzen und erinnert dich immer wieder daran, was hätte sein können.

Nachdem ich den Braten ins Rohr gestellt habe, laufe ich in den Keller. Karl kommt selten vor neun Uhr abends nach Hause, sodass mir bis zu seiner Ankunft noch gut anderthalb Stunden bleiben. Genug Zeit, ein wenig in Erinnerungen zu schwelgen. In einem der Regale mit meinen alten Studienunterlagen finde ich die Kiste, nach der ich gesucht habe.

Beinahe ehrfürchtig streiche ich mit den Fingern über den sorgfältig zugeklebten Karton, ehe ich die dicke Staubschicht darauf mit dem Ärmel meines Pullovers fortwische. Mit der Kiste im Arm kehre ich ins Wohnzimmer zurück, wo ich es mir mit einem Glas Rotwein gemütlich mache.

Ich hole noch einmal tief Luft, um mir Mut zu machen, dann schlitze ich den Karton mit dem Küchenmesser auf. Der Stapel Fotos, der darin zum Vorschein kommt, versetzt mir einen Stich. Da sind sie, die Erinnerungen, denen ich zu entkommen geglaubt hatte.

Ich spüre den vertrauten Schmerz in der Brust, als mein Blick auf die erste Fotoserie fällt. Zwei Mädchen mit rotblondem Haar und einem semmelgelben Welpen im Arm grinsen mir von der Aufnahme entgegen. Zärtlich fahre ich mit den Fingern über das Foto. Wie unbeschwert wir damals doch waren!

So unterschiedlich Alice und ich im Charakter auch gewesen sein mögen, sahen wir einander doch verblüffend ähnlich. Obwohl Alice beinahe zwei Jahre jünger war als ich, hätten wir auf dem Bild glatt als Zwillinge durchgehen können. Als Kinder haben wir uns oft einen Spaß daraus gemacht, uns für die jeweils andere auszugeben, und uns damit nicht selten Ärger eingehandelt.

Resolut schiebe ich den Gedanken an Alice beiseite und greife nach dem zweiten Stapel.

Da ist er ja – Charlie. Die ehemalige Liebe meines Lebens. Der Schnappschuss, den ich in Händen halte, ist leicht verschwommen und zeigt Charlie und mich auf einer Picknickdecke inmitten einer sonnigen Waldlichtung. Den Arm hat er um meine Schulter gelegt, die Lippen zu einem spitzbübischen Lächeln verzogen.

Unwillkürlich muss ich an den Tag unseres Kennenlernens denken.

Es war Sommer, ich hatte gerade mein erstes Studienjahr hinter mir und verbrachte die Ferien bei meinen Eltern in Altenhofen. Retrospektiv betrachtet, war es der Sommer meines Lebens. Der letzte Sommer, bevor sich das Leben, wie ich es kannte, auf einen Schlag für immer veränderte.

Alice und ich waren mit Sammy im Ort spazieren, als wir Charlie zum ersten Mal begegneten. Wir waren gerade in ein hitziges Wortgefecht über die anstehenden Wochenendpläne vertieft, als Alice mich mit einem Stoß in die Seite zum Schweigen brachte. Ich blieb wie angewurzelt stehen. Alice tat es mir gleich. Vor dem Haus der alten Frau Stegner parkte ein unbekannter Geländewagen. Der

Mann, der damit beschäftigt war, einen großen Koffer aus dem Auto zu hieven, sah einfach unverschämt gut aus. Sein dunkelblondes Haar war verstrubbelt, und das enge Shirt ließ seine muskulösen Oberarme erahnen. Doch es waren seine Augen, die mich auf Anhieb in ihren Bann zogen. Sie waren von einem so intensiven Grün, dass man glauben konnte, er würde einem direkt in die Seele blicken.

Ich spürte, dass Alice neben mir eine aufrechtere Haltung einnahm und sich wie beiläufig mit den Fingern durch das lange Haar strich.

Typisch Alice.

»Hi«, hauchte sie.

»Hi«, erwiderte der Fremde. Doch zu meiner Überraschung war es nicht Alice, die er mit seinen Blicken zu durchbohren schien.

Rasch senkte ich den Kopf. Ich spürte, wie meine Wangen rot anliefen. Nervös zupfte ich an Alice' Ärmel.

»Komm, lass uns gehen.«

Bis zu jenem Tag hatte ich mich nie sonderlich für Jungs interessiert. Ganz anders als meine Schwester. Sie war die Draufgängerische von uns beiden. Beinahe jeden Monat gab es irgendeinen neuen Bewunderer. Die Männer lagen ihr zu Füßen. Ich habe immer gestaunt, wie sie es fertigbrachte, sie mit einem bloßen Augenaufschlag in ihren Bann zu ziehen, in jeder Situation die richtigen Worte zu finden, ihr Umfeld mit ihrer Koketterie und ihrem Charme zu betören. Ich selbst war da ganz anders. Ich zog es vor, meine Zeit mit Lesen oder Sport zu verbringen, während sie sich auf den vielen Partys ihres großen Freundeskreises herumtrieb. Obwohl die Jüngere von uns beiden, war sie die Erste, die auf Dates ging. Die Erste, die ihre Unschuld verlor. Die Erste, die sich nach einer wilden Partynacht im Vollrausch die Seele aus dem Leib kotzte, während ich ihr die Haare aus dem Gesicht halten musste. Unwillkürlich muss ich grinsen. Unsere armen Eltern hatten ja keine Ahnung, wie Alice wirklich war.

In den darauffolgenden Tagen führten unsere Spaziergänge mit Sammy immerzu an Frau Stegners Haus vorbei, in der Hoffnung, einen Blick auf den ominösen neuen Nachbarn zu erhaschen. Doch vergebens. Es sollte eine Weile dauern, bis ich ihn wiedersah.

Es geschah an einem Sonntag, eine gute Woche später. Wie jeden Morgen unternahm ich eine ausgedehnte Joggingrunde durch die angrenzenden Wälder. Alice litt an einem üblen Kater, sodass sie mich diesmal nicht begleitete.

Nach einer halben Stunde begann es auf einmal heftig zu regnen. Innerhalb von Sekunden war ich nass bis auf die Haut. An ein Weiterkommen war nicht zu denken, an Rückkehr ebenso wenig.

Ich suchte zwischen den Bäumen nach einem Unterschlupf. Dann fiel es mir ein. Als Kind hatte ich mit meinen Großeltern viel Zeit in diesen Wäldern verbracht und glaubte mich zu erinnern, dass hier irgendwo in der Nähe eine alte Jagdhütte liegen musste. Also sprintete ich los. Ich erreichte die Lichtung, nach der ich gesucht hatte, bereits nach wenigen Laufminuten. Erst hätte ich die Holzhütte beinahe nicht wiedererkannt, so überwuchert war sie von Efeu und Gestrüpp. Atemlos riss ich die Tür auf.

Wie ich erwartet hatte, war die Hütte unbenutzt. Eine dicke Schicht Staub überzog den Fußboden, die Ecken waren voller Spinnweben. Im hinteren Teil des Raums führte eine morsch aussehende Treppe ins obere Geschoss. Ich trat ein – und erstarrte.

Neben dem offenen Kamin, an einen Stapel Holzscheite gelehnt, stand Charlie und sah überrascht auf. Auch er trug durchnässte Laufklamotten. Sein Shirt klebte ihm regelrecht am Körper, und mein Blick blieb einen Augenblick zu lange an seinen definierten Bauchmuskeln hängen, die sich unter dem Stoff abzeichneten. Ich schluckte. Mit brennenden Wangen senkte ich den Kopf.

»Tut mir leid, wenn ich störe.« Ich war noch immer atemlos vom Sprint. »Aber das Wetter ...« Mit einer vagen Handbewegung deutete ich zum Fenster. Die Intensität des Regengusses hatte sogar noch zugenommen, und die Tropfen prasselten nun sintflutartig gegen die Scheiben. Plötzlich wurde mir bewusst, wie kalt es geworden war. Ich bibberte und schlang die Arme um meinen Körper, um mich notdürftig zu wärmen.

Charlie musterte mich eingehend von Kopf bis Fuß, dann wandte er sich um, griff sich ein paar Holzscheite und legte sie in den Kamin.

»Ich mache uns Feuer. Bei dem Unwetter draußen wird es eine Weile dauern, bis wir den Rückweg antreten können.«

Er knüllte mehrere Bogen alten Zeitungspapiers zusammen und schichtete sie über das Feuerholz. Dann kramte er in der spartanischen Kochecke nach einem Päckchen Streichhölzer. Schweigend beobachtete ich, wie er mit geübten Handgriffen ein Feuer entfachte.

Schüchtern trat ich ein paar Schritte vor und wärmte meine klammen Finger an den Flammen.

»Danke. Ich glaube, ich habe mich noch nicht vorgestellt. Ich bin Alexandra. Alexandra Kraft. Aber alle nennen mich Lexi.«

»Charlie.«

Eingelullt von der Wärme, sank ich vor dem Ofen gegen die Wand. Schweigend beobachtete ich den Fremden. Bei genauerem Hinsehen erkannte ich, dass er deutlich älter sein musste, als bei unserer ersten Begegnung angenommen. Die dunkelblonden Haare und sein muskulöser Körper verliehen ihm einen jugendlichen Charme, doch die Falten um seine Augen und um den Mund verrieten, dass er weit über dreißig sein musste.

»Du bist neu in der Stadt«, sprach ich das Offensichtliche aus. »Was hat dich nach Altenhofen verschlagen?«

»Maria. Die Schwester meiner Mutter. Sie hatte vor ein paar Tagen eine Hüftoperation, wie du vielleicht weißt. Ich bin hier, um ihr ein wenig unter die Arme zu greifen.«

Für einen Moment sah es so aus, als wollte er noch etwas hinzufügen, doch er besann sich anders und fixierte mich stattdessen mit einem durchdringenden Blick, der mir eine Gänsehaut über den Körper jagte.

»Das ist nett von dir, schätze ich.«

Er zuckte nur mit den Schultern und sah mich weiterhin unverwandt an.

Nervös zwirbelte ich eine Strähne feuchten Haares um meine Finger und überlegte angestrengt, was ich als Nächstes sagen sollte. Noch nie hatte ich mich in der Anwesenheit eines Mannes derart unsicher gefühlt.

»Gehst du oft joggen?« Ich hatte das kaum ausgesprochen, da verwünschte ich mich schon für die einfältige Frage. Alice, da war ich mir sicher, hätte an meiner Stelle etwas viel Lustigeres oder Interessanteres zu sagen gehabt. Sie wusste immer, wie man sich in der Gesellschaft von Männern am besten verhielt. Aber sie war nun einmal nicht hier.

»Ich kenne ein paar gute Laufstrecken hier in der Gegend. Ich kann sie dir zeigen, wenn du möchtest.« Ich plapperte, um meine Unsicherheit zu überspielen.

Zu meiner Freude bemerkte ich, wie ein Lächeln seine Lippen umspielte.

»Gern, Alexandra.«

Die Anspannung zwischen uns schien mit Händen greifbar, und ich biss mir auf die Unterlippe. Dieser Mann übte auf mich eine Anziehung aus, die ich noch nie zuvor in meinem Leben verspürt hatte, und alles in mir lechzte danach, mehr über ihn herauszufinden.

Zwei Tage später verabredeten wir uns zum ersten Mal zu einer gemeinsamen Joggingrunde durch die Wälder. Damit fing alles an.

Auf einmal ärgere ich mich, schiebe den Karton mit einem kräftigen Stoß von mir und genehmige mir einen großen Schluck aus dem Weinglas.

Verdammter Charlie!

Wie schon so oft frage ich mich, ob alles anders gekommen wäre, wenn nicht ich, sondern Alice damals im Wald auf Charlie getroffen wäre. Ob sie dann noch am Leben wäre?

Entschlossen leere ich den Rest meines Glases und versuche, das Bild meiner Schwester aus meinen Gedanken zu verbannen.

Letztendlich hätte ich wissen müssen, dass es zwischen Charlie und mir nicht funktionieren würde. Ich war im Grunde noch ein Kind und er mit seinen sechsunddreißig Jahren viel zu alt für mich. Meine konservativen Eltern hätte eine Beziehung niemals toleriert. Nicht zuletzt deswegen haben wir unsere Affäre auch geheim gehalten. Einzig Alice wusste, was Sache war.

Alice, die ... *Stopp.*

Wie lange willst du dir noch Vorwürfe machen wegen dem, was damals passiert ist?

Der Signalton des Ofens reißt mich unsanft aus meinen tristen Gedanken. Entschlossen schnappe ich mir den Karton, gehe hinüber ins Schlafzimmer und lasse ihn ganz unten in meinem Kleiderschrank verschwinden. Dann gehe ich zurück in die Küche, um den Tisch zu decken.

Gerade habe ich den Braten aus dem Rohr geholt und auf dem Tisch abgestellt, da dringt auch schon das Geräusch eines sich im Schloss drehenden Schlüssels an mein Ohr. Ich höre Schritte im Flur, dann schwappt eine Woge kalter Luft ins Zimmer, als Karl die Küche betritt.

Ich drehe mich zu ihm um. Lächelnd sehe ich ihm dabei zu, wie er sich auf einen Stuhl fallen lässt und ächzend die Schuhe von den Füßen streift.

»Hallo, Schatz. Schön, dass du endlich da bist.«

»Tut mir leid, dass ich so spät dran bin, Honey. Ich war nach der Arbeit noch im Fitness-Studio.«

Ich mache eine wegwerfende Handbewegung. »Du hast perfektes Timing. Das Essen ist gerade fertig.«

Wie immer, wenn Karl mit der ledernen Aktentasche unterm Arm und seinem schicken Anzug mein Haus betritt, überkommt mich eine Mischung aus Verlangen und Unsicherheit. In diesem Aufzug, gepaart mit seinen akkurat nach hinten gekämmten Haaren, sieht er ungemein seriös aus. Ganz wie der aufstrebende Junganwalt, der er ja auch ist. Nie im Leben hätte ich mir träumen lassen, dass ich einmal jemanden wie Karl heiraten würde. Viel eher hätte ich vermutet, mit jemandem aus unserer Kleinstadt zu enden, früh Kinder zu bekommen und ein beschauliches Leben als Hausfrau zu fristen. Ich muss grinsen. Weit gefehlt.

Karl drückt mir einen Kuss auf die Wange, und so an seine breite Brust gelehnt, den Duft nach Duschgel und einem Hauch von Zigarettenrauch einatmend, verflüchtigt sich Charlies Bild endlich.

Dies hier ist die Gegenwart, erinnere ich mich. *Lass die Vergangenheit ruhen.*

Wir setzen uns zu Tisch.

Karl langt ordentlich zu, und ich beobachte lächelnd, wie er das Essen in sich hineinschlingt.

»Da hat wohl jemand Hunger.«

»Du hast ja keine Ahnung«, entgegnet Karl zwischen zwei Bissen Kartoffelpüree. »Mein Tag war vollgestopft mit Mandantenterminen. Zu Mittag hatte ich gerade einmal fünfzehn Minuten Zeit, mir im Supermarkt ein Sandwich zu holen. Außerdem schmeckt das hier«, er deutet auf den Braten, »einfach himmlisch. Du bist eine fantastische Köchin, Lex.«

Er greift nach meiner Hand und drückt sie zärtlich.

»Hast du übrigens noch einmal über meinen Vorschlag nachgedacht?«

Sofort spüre ich, wie sich mein Nacken versteift. »Was meinst du?«

Karl legt die Gabel zur Seite und legt den Kopf schief. »Du weißt genau, was ich meine, Honey. Die Wohnung meiner Eltern. Du sagtest, du würdest noch einmal darüber nachdenken.«

Ich weiche seinem Blick aus.

Karls Eltern haben sich entschieden, nach ihrer Pensionierung endgültig in ihr Landhaus zu übersiedeln, und uns angeboten, ihre Wohnung in Wien zu übernehmen. In der Theorie wahrlich ein verlockendes Angebot. Die Eigentumswohnung im achten Wiener Gemeindebezirk ist riesengroß und mit hohen Räumen und Dachterrasse ausgestattet. Seit Karl von ihren Plänen erfahren hat, liegt er mir in den Ohren, den Umzug doch zumindest in Erwägung zu ziehen.

Doch auch wenn ich seinen Enthusiasmus verstehen kann – immerhin liegt Altenhofen gut dreißig Kilometer von seiner Arbeitsstätte im Wiener Zentrum entfernt – bin ich alles andere als begeistert von der Idee. Karl findet Altenhofen langweilig und spießig, und vermutlich ist es das auch. Stadtmenschen wie er verstehen nicht, wie ich es vorziehen kann, in einer verschlafenen Kleinstadt zu leben, wo ich ebenso gut in der schönen Dachterrassenwohnung mit Blick über Wien wohnen könnte. Aber Altenhofen ist nun mal mein Zuhause. All die vertrauten

Straßen, Claras Bäckerei, der beschauliche Marktplatz und die Wälder, von denen der Ort umgeben ist – alles das strotzt für mich nur so vor Erinnerungen. Erinnerungen an meine Kindheit, an bessere Zeiten. Und an Alice.

»Das habe ich auch«, entgegne ich widerstrebend. »Aber was ist mit Sammy? Wer soll denn nach ihm sehen, während wir in der Arbeit sind? Er braucht den Garten. Es wäre nicht fair, ihn in eine Wohnung zu sperren.«

Karl streicht mir sanft über den Handrücken.

»Ich habe ja nicht verlangt, dass wir sofort umziehen. Sammy ist elf Jahre alt, Lexi. Er ist schon ein sehr alter Hund.« Er bricht ab, als er meinen Gesichtsausdruck bemerkt.

»Versprich mir einfach, dass du es dir noch einmal durch den Kopf gehen lässt, okay?«

»Ja, ja, okay«, antworte ich widerwillig.

»Wir sind übrigens nächste Woche bei Paul zum Abendessen eingeladen. Er möchte uns seine neue Freundin vorstellen«, wechselt Karl abrupt das Thema.

Interessiert blicke ich auf, froh, nicht länger über das leidige Thema Umzug sprechen zu müssen. »Paul hat eine neue Freundin? Seit wann denn das? Und woher kennt er sie?«

Karl zuckt die Achseln. »Irgendeine neue Kollegin. Sie gehen seit ein paar Wochen miteinander aus. Mehr weiß ich nicht. Aber so, wie er von ihr spricht, scheint er es diesmal ernst zu meinen.«

Paul ist schon seit Schulzeiten Karls bester Freund. Während Karl sich jedoch nach dem Abitur für ein Jurastudium eingeschrieben hat, entschied sich Paul für die Polizeischule. Damit ist er in Karls Umfeld so ziemlich der Einzige, der kein Paragraphenreiter ist, wie ich sie insgeheim nenne. Paul ist nicht nur unkompliziert und bodenständig, er hat auch das Herz am rechten Fleck. Von Karls teilweise überkandidelten und arroganten Freunden ist er mir mit Abstand der liebste.

»Schön für Paul. Nächste Woche passt mir gut.«

Nach einer Weile ergreife ich erneut das Wort. »Da ist übrigens noch etwas, das ich mit dir besprechen wollte. Es geht um kommendes Wochenende. Wir hatten ja diesen Skiausflug mit deinen Kollegen aus der Kanzlei geplant.« Ich zögere.

Karl nickt. »Am Sonntag. Was ist damit?«

»Ich hab heute erfahren, dass Maria Stegner gestorben ist. Du weißt schon, die alte Nachbarin zwei Straßen weiter, die sich, als wir klein waren, immer um unsere Blumen gekümmert hat. Ich hab dir bestimmt schon mal von ihr erzählt«, füge ich hinzu, als ich Karls fragenden Blick auffange. »Wie auch immer – die Beerdigung soll am Sonntag stattfinden. Ausgerechnet! Und – nun ja, ich möchte gern hingehen. Ich kann also wohl doch nicht mit euch zum Skilaufen kommen.«

Ich bemühe mich um ein angemessen zerknirschtes Gesicht.

»Das tut mir leid. Mein herzliches Beileid. Kanntest du sie gut?«

»In den letzten Jahren hatten wir nicht besonders viel miteinander zu tun. Aber wir waren praktisch Nachbarn, ich kenne sie schon ewig. Ich möchte ihr gern die letzte Ehre erweisen.«

»Verstehe.«

Ich suche nach ein einem Anzeichen von Ärger in seinem Gesicht, kann jedoch keines entdecken.

»Wann müssen wir am Sonntag in der Kirche sein?«

Überrascht blicke ich auf. »Du willst mitkommen? Aber was ist mit deinen Kollegen? Werden sie denn nicht enttäuscht sein, wenn du nicht dabei bist?«

Ganz besonders Kristina, füge ich in Gedanken hinzu.

»Mag sein.« Er zuckt die Achseln. »Aber es werden sich andere Gelegenheiten finden, Zeit mit meinen Kollegen zu verbringen. Ich möchte dich gerne begleiten. Das heißt – natürlich nur, wenn du das auch möchtest.«

Eine Woge der Zuneigung und Wärme durchflutet mich. »Natürlich!«

Spontan stehe ich auf und umarme Karl, wobei ich beinahe sein Weinglas vom Tisch gefegt hätte.

»Danke«, flüstere ich an seiner Halsbeuge. »Du bist der Beste. Der Allerbeste!«

Karl, von meinem plötzlichen Gefühlsausbruch überrascht, tätschelt mir den Rücken.

Einen Moment lang hadere ich mit mir, ob ich ihm von Charlies Rückkehr erzählen soll, entscheide mich dann aber dagegen. Karl weiß nichts von Charlie, und das muss er auch nicht. Schließlich kenne auch ich nicht die Namen all seiner Verflossenen, und meine Affäre mit Charlie, wenn man sie denn so nennen kann, liegt schon ein Jahrzehnt zurück. Sie gehört der Vergangenheit an. Karl hingegen, dieser wunderbare, attraktive und loyale Mann hier, ist meine Zukunft.

»Lass uns jetzt zu Bett gehen«, flüstere ich Karl ins Ohr. »Mir fällt da etwas ein, um dir zu zeigen, wie dankbar ich bin, dich an meiner Seite zu haben.«

Mit einem sanften Kuss auf die empfindliche Stelle hinter seinem Ohr lasse ich von ihm ab und schlendere mit einem lasziven Hüftschwung in Richtung Treppe. Karl, von einem Ohr zum anderen grinsend, folgt mir hinauf zum Schlafzimmer.

KAPITEL 4

Lexi

Weiße Wölkchen tanzen im Takt meines Atems vor meinem Mund. Um kurz vor sieben Uhr morgens ist es klirrend kalt draußen, die Straßen um mich herum sind menschenleer. Sehnsüchtig denke ich zurück an mein Bett, an Karls warmen Körper an meiner Seite. In diesem Moment blinzelt die Sonne durch die Wolkendecke, und ich hebe das Gesicht gen Himmel, um jeden einzelnen Sonnenstrahl auszukosten. Meine Laune bessert sich spürbar.

Die Hände in den Taschen meines Mantels vergraben, sehe ich Sammy dabei zu, wie er an den Bäumen am Straßenrand schnuppert und ab und an sein Bein hebt, bevor er zum nächsten Strauch trippelt. Nach einer Weile gebe ich Sammy mit einem leisen Pfiff zu verstehen, dass er genug getrödelt hat, und ziehe ihn ein Stück weiter die Straße hinunter zu Claras Bäckerei.

Sammy, der es auf einmal eilig zu haben scheint, drängt an mir vorbei ins Innere, kaum dass ich die Tür einen Spaltbreit aufgeschoben habe, sodass ich strauchle und mich am Türknauf festklammern muss. Kopfschüttelnd blicke ich dem alten Hund nach, der zielstrebig auf den Tresen zuläuft, wo er aus meinem Blickfeld verschwindet. Nur noch sein freudig hin und her wedelnder Schwanz ist zu erkennen.

»Guten Morgen, Erwin«, rufe ich in dieselbe Richtung und sehe Claras glatzköpfigem und bierbäuchigem Ehemann dabei zu, wie er im Schrank nach den

Hundekeksen für Sammy kramt. »Du bist also wieder gesund?«

»Ja, danke.«

Er schenkt mir ein Lächeln, dann beugt sich der Alte ächzend hinab und tätschelt den Hund, der sich wie auf Kommando vor Erwin zu Boden fallen lässt.

»Ist Clara auch da?«

Erwin deutet vage in Richtung Hinterzimmer. »Sie sollte jeden Moment zurück sein. Charlie ist bei ihr, die beiden klären die letzten Details für die Trauerfeier.« Ein bekümmerter Ausdruck ist auf sein Gesicht getreten. »Schlimm, das mit Maria, nicht wahr? Dabei war sie noch so gut beieinander! Erst vor ein paar Monaten waren Clara und ich bei ihr zum Abendessen. Und dann, aus heiterem Himmel – tot.«

»Schreckliche Sache.«

Ich blicke leicht panisch in Richtung Hinterzimmer und füge hinzu: »Vielleicht komme ich lieber ein andermal wieder. Clara hat bestimmt alle Hände voll zu tun, und ich will nicht stören. Könntest du mir einen Laib Vollkornbrot und zwei Müsliweckerl zum Mitnehmen vorbereiten?«

Erwin runzelt die Stirn. »Sicher, dass du keinen Kaffee willst?«

»Ganz sicher«, entgegne ich mit Nachdruck. »Ich bin in Eile, ich muss noch ein paar Dinge erledigen, bevor ich in die Praxis fahre«, flunkere ich. Eilig krame ich in der Tasche nach meiner Geldbörse und lege einen Zehneuroschein auf den Tresen. »Passt so.«

Der Bäcker zuckt die Achseln. »Wie du willst.«

Während ich von einem Bein aufs andere trete, sehe ich ihm dabei zu, wie er sich mit quälender Langsamkeit daran macht, meine Bestellung zusammenzupacken. Nicht jedoch, ohne Sammy vorher ein Stück Hundekuchen zuzustecken.

Los, komm schon. Beeilung, feuere ich ihn in Gedanken an und werfe erneut einen furchtsamen Blick in Richtung Kaffeeküche.

In dem Moment, als Erwin endlich die georderten Backwaren in einer großen Tüte verstaut hat, wird der Vorhang zum Hinterzimmer zurückgezogen, und Clara tritt in den Geschäftsraum, dicht gefolgt von einem großgewachsenen Mann mit dunkelblondem Haar. Meine Schultern verkrampfen sich. *Mist.*

»Dann wäre das geklärt«, höre ich Claras vertraute Stimme. »Erwin und ich kommen Sonntag vor dem Gottesdienst zu dir und bereiten alles vor. Du brauchst dich also um nichts zu kümmern.«

»Danke, Clara, ich weiß eure Hilfe wirklich zu schätzen.«

Beim Klang von Charlies Stimme überläuft mich eine Gänsehaut. Verbissen starre ich auf die ausgestellten Gebäckstücke und bemühe mich, den beiden Eingetretenen keine Beachtung zu schenken, während ich hastig die Tüten in meiner Tasche verstaue.

»Danke, Erwin. Bis morgen dann.«

»Komm, Sammy. Wir müssen los«, zische ich meinem Hund zu und wende mich zum Gehen.

Der jedoch beachtet mich nicht, sondern läuft zu meinem Entsetzen in die entgegengesetzte Richtung, geradewegs auf Charlie zu, dessen Jeans er neugierig beschnuppert.

Für einen Moment schließe ich die Augen.

Mist. Mist. Mist.

»Lexi, Herzchen. Da bist du ja«, ruft Clara, die nun ebenfalls auf mich aufmerksam geworden ist.

Als sie die Gebäcktüten bemerkt, die aus meiner Handtasche ragen, runzelt sie die Stirn. »Nanu, gehst du etwa schon? Willst du denn gar keinen Kaffee heute?«

Ich straffe die Schultern und schenke Clara ein, wie ich hoffe, entschuldigendes Lächeln.

»Morgen, Clara. Ausnahmsweise nicht, leider. Ich bin ehrlich gesagt etwas in Eile.« Demonstrativ werfe ich einen Blick auf meine Armbanduhr.

Aus dem Augenwinkel sehe ich, wie ein Ruck durch Charlies Körper geht. Er lässt von Sammy ab, sein Blick schnellt zu mir.

»Alexandra, bist du das?«

Langsam wende ich meinen Kopf in seine Richtung und mustere ihn, wobei ich mich um einen neutralen Gesichtsausdruck bemühe.

»Mein Gott, Charlie. Bist du das? Ich hätte dich beinah gar nicht wiedererkannt. Mein herzliches Beileid zum Verlust deiner Tante.«

Ich werfe dem treulosen Vierbeiner zu meinen Füßen einen strafenden Blick zu. »Wir gehen, Sammy. Keine Widerrede.«

Ich nicke Clara und Erwin noch einmal höflich zu, dann trete ich den Rückzug an. Sammy scheint meine Unruhe gespürt zu haben, denn er gehorcht endlich und folgt mir mit eingezogenem Schwanz aus dem Lokal.

Ich kann regelrecht spüren, wie sich Charlies Blicke in meinen Rücken bohren.

Nachdem ich die Tür hinter mir zugezogen habe, schnappe ich gierig nach Atem. Die kalte Luft brennt wohltuend in meinen Lungen, und mein rasender Herzschlag beruhigt sich ein wenig. Ich schlage den Kragen meines Mantels hoch und stapfe zielstrebig davon.

»Alexandra!«

Hinter mir höre ich Schritte. Ich gehe schneller.

»Lexi, so warte doch einen Augenblick!«

Ich bleibe stehen und fahre herum.

»Sag mal, verfolgst du mich?«

Er hält unvermittelt inne und starrt mich an. Die Intensität seines Blickes fühlt sich an wie ein Stromschlag, und ich beiße die Zähne zusammen.

»Ich wollte bloß Hallo sagen. Immerhin ist es lange her, seit ...« Er verstummt, als er meinen zornigen Gesichtsausdruck bemerkt.

Ich betrachte das vertraute dunkelblonde Haar, in das sich inzwischen viele weiße Strähnen gemischt haben. Die Falten um seine Augenpartie und um den Mund sind tiefer geworden, und in seinem Blick kann ich eine Traurigkeit erahnen, die mir fremd ist. Trotzdem hat er nichts von seiner Attraktivität eingebüßt. Mein Magen zieht sich zusammen, und ich spüre, wie Wut in mir hochkocht ob meiner eigenen Schwäche.

»Hallo«, erwidere ich kalt. »Also dann – einen schönen Tag noch.«

Entschlossen will ich mich zum Gehen wenden.

Doch so leicht lässt er sich nicht abschütteln.

»Bitte, Lexi! Ich hab mich so darauf gefreut, dich wiederzusehen. Können wir nicht wie Erwachsene miteinander reden?«

Meine Hände in den Manteltaschen ballen sich zu Fäusten, als ich ihn ansehe.

»Und worüber, wenn ich fragen darf? Ich wüsste nicht, was es zu besprechen gäbe.«

Betreten lässt Charlie den Kopf hängen.

»Ach, Lex ... So muss es doch nicht zwischen uns sein.«

Erneut züngelt Wut in mir hoch.

»Und wie ist es deiner Meinung nach zwischen uns? Du hast dich in den vergangenen zehn Jahren nicht gerade darum bemüht, Kontakt zu halten. Geschweige denn nachgefragt, wie es mir nach Alice' Tod ergangen ist.«

Abwehrend hebe ich die Hände, bevor er zu einer Erwiderung ansetzen kann. »Aber ich kann dir versichern, ich bin sehr gut ohne dich klargekommen. Wenn du mich nun entschuldigen würdest – ich habe einen Termin.«

»Lexi, ich – es tut mir so leid, dass ...«

»Bitte beleidige mich nicht mit einer halbherzigen Rechtfertigung. Es ist in Ordnung, wirklich. Sei nur so gut und lass mich zufrieden.«

»Kommst du wenigstens zu Marias Trauerfeier?«, ruft er mir nach. »Es würde mir viel bedeuten.«

Ich drehe mich ein letztes Mal um.

»Maria war praktisch meine Nachbarin, wie du vielleicht noch weißt. Natürlich werde ich da sein. Mein Verlobter und ich werden pünktlich erscheinen, verlass dich drauf.«

Damit stapfe ich hocherhobenen Hauptes endlich davon.

KAPITEL 5

Lexi

Herzlich willkommen. Schön, dass Sie den Weg zu mir gefunden haben.«

Ich schenke der jungen Frau vor mir ein warmes Lächeln.

»Am besten erkläre ich Ihnen erst mal, wie ein Erstgespräch bei uns abläuft und wie es danach weitergehen könnte. Okay?«

»In Ordnung.«

Ich betrachte meine neue Klientin. Ihre Stimme, ruhig und besonnen, scheint in krassem Widerspruch zu ihrem sonstigen Erscheinungsbild zu stehen. Würde man mich auffordern, Miriam Pfeiffer mit bloß einem Adjektiv zu beschreiben, fiele mir spontan das Wort *zerbrechlich* ein. Dünn, beinahe dürr, wie sie ist, kann ich den Ansatz ihrer Schulterknochen durch ihren eng anliegenden Rollkragenpullover erkennen. Ihr schulterlanges Haar ist von einem hellen Blond, die Haut blass, wie Porzellan, ihre grünen Augen sind von dunklen Schatten umrahmt. Mit einem Blick auf ihre langen Finger stelle ich fest, dass die Nägel bis zu den Fingerkuppen abgebissen sind.

In kurzen Sätzen erkläre ich ihr die Abläufe, gebe ihr einige Informationen zur Bezahlung und den Möglichkeiten einer Teilübernahme der Kosten durch die Krankenkasse. Miriam hört mir aufmerksam zu und nickt an der einen oder anderen Stelle. Anders als die meisten meiner Patienten wirkt sie keineswegs nervös, macht einen geradezu gelassenen Eindruck.

»Darf ich fragen, was Sie hierhergeführt hat, Frau Pfeiffer? Erzählen Sie mir doch etwas von sich.«

»Bitte, wenn es Ihnen nichts ausmacht, nennen Sie mich Mia. So ist es einfacher.« Sie schenkt mir ein scheues Lächeln. »Hm – wo soll ich anfangen? Ich bin erst kürzlich nach Wien zurückgekehrt. Ich bin zwar hier aufgewachsen, kam aber zwei Jahre vor meinem Schulabschluss auf ein Internat in London, wo ich dann auch studiert hab. Wirtschaft mit Schwerpunkt auf Marketing. Seit ein paar Monaten hab ich meinen Studienabschluss in der Tasche und hab dann entschieden, nach Wien zurückzukehren, um mir hier einen Job im Marketing zu suchen.«

Sie holt tief Luft und fährt dann mit ruhiger Stimme fort: »Erst war ich froh, wieder zu Hause zu sein, wo ich aufgewachsen bin. Aber es lief nicht so, wie ich mir das gedacht hatte. Die Freunde aus meiner Schulzeit führen inzwischen ein ganz anderes Leben als ich. Die meisten sind verheiratet, manche haben sogar schon Kinder. Ich fand keinen Anschluss. Auch die Jobsuche war schwieriger als gedacht.« Sie lacht kurz und freudlos auf. »Die Stellen im Marketingbereich sind rar gesät, ist das zu fassen? Ständig höre ich, ich hätte noch keine Berufserfahrung, und meine Initiativbewerbungen bleiben ganz unbeantwortet. Zum Glück habe ich nach dem Tod meiner Mutter etwas Geld geerbt, sodass ich mich finanziell eine Weile über Wasser halten kann.«

Sie seufzt.

»Privat sieht es nicht besser aus. Ich bin einsam, wissen Sie? Mein Gott, ich hab sogar versucht, über eine Dating Plattform jemanden kennenzulernen. Tinder.« Sie wirft mir einen vielsagenden Blick zu. »Sie können sich vorstellen, wie gut das gelaufen ist. Und in einem Fitnessstudio habe ich mich auch eingeschrieben, in der Hoffnung, dort Freundschaften zu knüpfen. Das *John Harris* am Schillerplatz, wenn Sie das kennen.«

Ich nicke. Das *John Harris* ist ein riesiger Gebäudekomplex in der Innenstadt, ein teurer Fitnessclub, der mit den neuesten Geräten ausgestattet ist und den allerbesten Ruf genießt. Ich weiß das, weil Karl auch hingeht und davon schwärmt.

»Ich fühle eine permanente Leere, die ich einfach nicht abschütteln kann«, fährt Mia fort. »Und mit meiner Rückkehr begannen dann auch meine Probleme. Die Panikattacken. Anfangs nur gelegentlich, inzwischen sogar mehrmals täglich. Ich bin dann wie erstarrt, bringe keinen vernünftigen Gedanken mehr zustande. Dabei sollte ich mich doch eigentlich auf die Jobsuche konzentrieren. Aber meine Anfälle sind teilweise so heftig, dass ich es oft nicht mal schaffe, zum Supermarkt oder zur Wäscherei zu gehen. Es gibt Tage, da komm ich gar nicht aus dem Bett.«

»Was ist mit Ihrem Vater, Ihrer Familie? Ist die Ihnen denn keine Stütze?«

Bei diesen Worten huscht ein Schatten über Mias Gesicht.

»Ich hab kaum noch lebende Verwandte. Und was meinen Vater angeht – nun ja, das ist kompliziert. Wir haben keinen Kontakt.«

Etwas in Mias Tonfall hält mich davon ab, genauer nachzufragen. Ich mache mir jedoch in Gedanken eine Notiz, zu einem späteren Zeitpunkt auf ihre familiäre Situation zurückzukommen, sobald sich die Gelegenheit ergibt. Fürs Erste will ich sie aber nicht bedrängen.

»Waren Sie früher schon einmal in psychotherapeutischer Behandlung?«

»Bevor ich nach London gegangen bin, ja. Ich war damals sehr dünn. Deutlich dünner, als ich es jetzt bin«, fügt sie hinzu, als sie meinen Blick auf ihren schmalen Körper bemerkt. »Meine Mutter fürchtete, ich könnte an

Magersucht leiden. Ich hatte ein paar Therapiesitzungen bei einer gewissen Ingrid Ferschner. Wir sind nie besonders miteinander warm geworden. Sie hat sich redlich bemüht, trotzdem hatte ich nicht das Gefühl, als würde sie mich verstehen. Wissen Sie, was ich meine?«

»Eine Beziehung zwischen Klientin und Therapeutin ist wie jede andere zwischenmenschliche Beziehung auch. Manchmal funkt es nicht, wie man so schön sagt. Es tut mir leid, dass Sie diese Erfahrung gemacht haben.«

Sie zuckt leichthin die Achseln. »Nach meinem Umzug nach London hatte sich das sowieso erübrigt. Es ging mir besser dort.«

»Trotzdem haben Sie sich entschieden, in Ihrer aktuellen Lebenssituation erneut Hilfe bei einer Therapeutin zu suchen.«

»Sieht ganz so aus.«

»Darf ich fragen, was Sie sich von mir erwarten? Woran würden Sie erkennen, dass unsere Zusammenarbeit erfolgreich war? Wenn Sie heute meine Praxis verließen und alle Ihre Probleme wären gelöst: Was wäre anders, als es jetzt ist?«

Mia beißt sich nachdenklich auf die Unterlippe.

»Ich denke, die Therapie wäre dann gelungen, wenn ich es schaffe, ohne Panikattacken durch den Tag zu kommen«, sagt sie schließlich langsam. »Und ich würde gerne wieder etwas von meiner Lebensfreude zurückhaben. Diese Antriebslosigkeit und die Leere, von der ich Ihnen erzählt hab – sie lähmen mich.«

Ich nicke und mache mir ein paar Notizen.

»Das ist ein schöner Ring«, wechselt Mia abrupt das Thema.

Überrascht blicke ich zu meinem linken Ringfinger.

»Danke.«

»Ihr Verlobter muss Sie sehr lieben. Sie haben Glück.«

Irgendetwas an ihrem Tonfall verursacht mir Unbehagen, auch wenn ich nicht genau sagen kann, was es ist. Rasch lenke ich das Gespräch zurück auf vertrautes Terrain.

»Sie fühlen sich also einsam und antriebslos. An Ihre sozialen Kontakte aus Ihrer Jugend können Sie nicht anknüpfen. Dazu kommen die häufigen Panikattacken. Aber gibt es seit Ihrer Rückkehr nicht auch positive Erlebnisse, von denen Sie mir erzählen möchten? Sie haben erwähnt, dass Sie sich kürzlich im *John Harris* eingeschrieben haben. Gehen Sie gerne dorthin?«

Die Andeutung eines Lächelns erscheint auf Mias Gesicht.

»Es gibt da in der Tat jemanden, der mein Interesse geweckt hat.«

Ich bedeute ihr fortzufahren.

»Da gibt es diesen Mann, den ich vor einiger Zeit auf Tinder gesehen habe. Groß, dunkelhaarig, tolle Oberarme. Ein richtiges Sahneschnittchen.« Sie lacht leise. »Wir haben uns zwar vernetzt, doch über mehr als ein *Hi* sind wir nicht hinausgekommen. Ich hatte ihn schon fast wieder vergessen, da bin ich ihm zufällig letzte Woche im *John Harris* über den Weg gelaufen. Offenbar trainiert er dort. Ich bin mir sicher, dass er mich wiedererkannt hat, und hatte auch den Eindruck, dass ich ihm gefalle, aber zu einem richtigen Gespräch ist es bisher leider nicht gekommen.«

»Na, das ist doch schon etwas.« Ich lächle ihr aufmunternd zu. Spontan entscheide ich mich für einen unorthodoxen Ratschlag. »Haben Sie einmal darüber nachgedacht, ihn zu fragen, ob er nach dem Training mit Ihnen Kaffee trinken möchte?«

Mia reißt die Augen auf. »Ich soll ihn um ein Date bitten?«

»Wieso denn nicht? Sie haben doch gesagt, Sie brauchen dringend ein paar soziale Kontakte. Was haben Sie zu verlieren?«

»Von meinem Stolz abgesehen?«

Ich winke ab. »Stolz wird überbewertet, finden Sie nicht? Sie sind eine attraktive Frau. Glauben Sie mir, er wird nicht ablehnen. Versprechen Sie zumindest, darüber nachzudenken, ja?«

Wir vereinbaren noch einen Termin für die kommende Woche, dann entlasse ich Mia aus unserer Sitzung.

KAPITEL 6

Lexi

Am Samstagmorgen werde ich durch einen unsanften Stoß geweckt. Murrend drehe ich mich auf die andere Seite und ziehe die Bettdecke bis zum Kinn hoch. Die Augen zusammengekniffen, versuche ich, mich daran zu erinnern, wovon ich gerade noch geträumt habe.

Das Nächste, was ich spüre, ist eine feuchte Zunge, die mir über Wangen und Nase leckt.

»Sammy!« Empört richte ich mich in meinem Bett auf. Doch die bernsteinfarbenen Augen, die treuherzig zu mir hochblicken, ersticken meinen Zorn im Keim. Ich werfe einen Blick zum Wecker auf meinem Nachttisch. Es ist nicht mal neun Uhr.

Ich gebe Sammy mit einem Handzeichen zu verstehen, dass er ausnahmsweise zu mir auf die Bettdecke springen darf, und lasse mich zurück in die Kissen sinken. Karl ist der strikten Ansicht, dass Hunde im Bett nichts zu suchen haben, und besteht darauf, dass Sammy die Nächte in seinem Körbchen verbringt. Doch Karl ist nicht hier, und ich für meinen Teil liebe es, den warmen Hundekörper neben meinem zu spüren.

Nachdenklich streiche ich mit den Fingerspitzen durch das weiche Hundefell, in Gedanken bei meinem Verlobten. Karl hat mir spätabends geschrieben, dass die Arbeit länger gedauert hat und er in der Wohnung seiner Eltern übernachtet. Insgeheim frage ich mich, ob ich mir deswegen Sorgen machen sollte. Nicht, dass es das erste Mal wäre – in den letzten Wochen kam es immer wieder vor, dass er die Nacht über arbeitsbedingt in der Stadt geblieben ist.

Aber an einem Freitagabend?

Allerdings hat mir Karl in den drei Jahren unserer Beziehung nie einen Grund geliefert, an seiner Treue zu zweifeln. Und bloß, weil er seine Exfreundin betrogen hat, heißt das noch lange nicht, dass er dasselbe mit mir tun wird.

Oder?

Resolut wische ich meine Bedenken beiseite. Wenn seine auswärtigen Übernachtungen überhaupt etwas zu bedeuten haben, dann höchstens, dass ihn die täglichen Fahrten zwischen Wien und Altenhofen zunehmend anstrengen. Und das kann ich ihm wohl kaum verübeln.

Ein wenig besänftigt, lasse ich meinen Blick zum Fenster schweifen. Der Himmel ist von einem intensiven Blau, Sonnenstrahlen tauchen die Umgebung in weiches Licht. Keine Spur mehr von der dichten Wolkendecke, die in den letzten Tagen vorgeherrscht hat. Auf einmal hellwach und voller Tatendrang schwinge ich die Beine aus dem Bett. Sammy, von meinem plötzlichen Motivationsschub überrascht, gibt ein widerwilliges Brummen von sich.

»Auf, auf, Sammy, wir gehen jetzt spazieren«, trällere ich. »Das kommt davon, dass du mich so früh geweckt hast.«

Gut gelaunt ziehe ich eine Jogginghose und einen Wollpullover über und tapse nach unten in die Küche. Wie immer führt mein erster Weg zur Kaffeemaschine. Während ich meinen Morgenkaffee schlürfe, bin ich in Gedanken bei den Erlebnissen der letzten Woche. Neben der sympathischen Mia habe ich noch drei weitere Klienten dazugewonnen, zudem hat sich für den kommenden Montag ein Pärchen zu einem Erstgespräch für Paartherapie angemeldet. Eine Menge Arbeit wartet auf mich, doch der Gedanke an meine neuen Aufgaben zaubert mir ein Lächeln auf die Lippen. Kaum zu glauben. Als Susanna und ich die Praxis vor zwei Jahren gegründet haben, waren wir alles andere als zuversichtlich. Fragten uns, ob wir nicht zu jung und unerfahren seien, und ob wir überhaupt genug Patienten finden würden, um uns finanziell über Wasser zu halten. Doch wie es scheint, waren unsere Zweifel unbegründet. Seit einigen Monaten strömen mehr und mehr Menschen in die Praxis. Es läuft fast zu gut, um wahr zu sein.

Nachdem ich meine morgendliche Joggingrunde mit Sammy absolviert habe, gönne ich mir eine heiße Dusche, bevor ich in meinen liebsten Rollkragenpullover und Jeans schlüpfe. Ich bin mit Susanna und Nadine in einem Bistro in der Wiener Innenstadt zum Brunch verabredet.

Leise vor mich hin summend laufe ich zum Auto. Die Sonnenstrahlen und die warmen Temperaturen an diesem Morgen haben den Schnee zum Schmelzen gebracht, sodass mein alter Range Rover ungewohnt sauber in der Sonne glänzt.

Als ich den Wagen erreicht habe und mein Blick auf die Windschutzscheibe fällt, halte ich inne. Hinter dem Scheibenwischer lugen die Ecken eines Briefumschlags, eingehüllt in Plastikfolie, hervor. Ich runzle die Stirn. Ein Strafzettel? Dabei könnte ich schwören, dass der Umschlag gestern noch nicht da gewesen ist, und ich kann mich auch nicht erinnern, falsch geparkt zu haben.

Vorsichtig fische ich den Umschlag aus der Folie. Er ist unbeschriftet. Ein Strafmandat ist es jedenfalls nicht.

Ich reiße ihn auf und fördere ein zusammengefaltetes Foto zutage. Neugierig klappe ich es auf.

Um ein Haar hätte ich laut geschrien, als ich erkenne, was darauf zu sehen ist.

Für einen winzigen Moment bin ich sicher, dass mein Unterbewusstsein mir einen Streich spielt. Meine Hände zittern so heftig, dass das Foto meinen Fingern entgleitet und zu Boden segelt. Mit weichen Knien bücke ich mich, um es aufzuheben.

Den Fotokarton in der Hand, klammere ich mich mit der Linken an der Motorhaube fest, voller Angst, die Beine könnten mir wieder den Dienst versagen.

Ruhig, Lexi. Atmen.

Ich schließe die Augen und zähle in Gedanken von zehn abwärts, bevor ich tief Luft hole und erneut einen Blick auf die alte Aufnahme werfe.

Bitte. Das darf nicht wahr sein.

Wie paralysiert starre ich auf das Geschwisterpaar, das lässig an der Hausmauer lehnt und mir von dem Foto entgegengrinst. Beide mit wilder rotblonder Lockenmähne und Sonnenbrillen in den Haaren, eine davon adrett gekleidet mit weißer Bluse und Bluejeans, die andere in einem engen schwarzen Jerseykleid und flachen Nietenstiefeln.

Alice.

Doch es ist der burgunderrote Schal, den sie trägt, der mich vollends aus der Fassung bringt. Jenes Halstuch, das Alice am Tag ihres Todes ohne zu fragen aus meinem Kleiderschrank genommen hat.

Fetzen eines Wortgefechts branden in meiner Erinnerung hoch.

Wie oft muss ich dir noch sagen, dass du nicht einfach an meine Sachen gehen sollst?

Jetzt hab dich bloß nicht so. Ist doch nur ein Schal. Du kriegst ihn ja wieder.

Ein harmloser Streit unter Geschwistern, wie er sich im Laufe unserer Jugend sicher hunderte Male zugetragen hat. Tränen schießen mir in die Augen.

Wer zur Hölle ...?

Mit bebenden Fingern wende ich das Foto, um dort nach Hinweisen auf den Absender zu suchen, und stoße einen erstickten Schrei aus.

Quer über die Rückseite ist ein einziges Wort gekritzelt.

Mörderin.

Ich spüre, wie sämtliche Farbe aus meinem Gesicht weicht. Mein Herzschlag beschleunigt sich. Nach Luft ringend versuche ich, die sich anbahnende Panikattacke aufzuhalten. Eine Welle der Hitze steigt in mir hoch, gefolgt von einer überwältigenden Übelkeit. Spontan übergebe ich mich in die Wiese neben meinem Wagen.

Eine gefühlte Ewigkeit hocke ich so da, zusammengekrümmt, die Hände an die Schläfen gepresst, in dem Versuch, den rasenden Kopfschmerz zu vertreiben und die Kontrolle über meinen Körper zurückzuerlangen. Sammy hockt winselnd neben mir, stupst mit seiner Schnauze meine Seite. Nach einer Weile legen sich das Schwindelgefühl und die Übelkeit etwas, sodass ich mich mühsam aufrichten kann. Meine Stirn ist schweißnass, und ich zittere am ganzen Leib.

Als ich mich einigermaßen gefasst habe, setze ich mich hinters Steuer und fahre los. Meine Beine fühlen sich noch immer an wie Gummi, und es fällt mir schwer, mich auf die Fahrbahn zu konzentrieren. Ohne dass ich etwas dagegen tun kann, schweifen meine Gedanken zurück in die Vergangenheit. Zu jenem schicksalhaften Tag, dem schlimmsten meines Lebens.

Ich sehe es vor mir, als wäre es erst gestern gewesen. Die Bilder des Grauens, die sich in meine Netzhaut eingebrannt haben und mich in schlaflosen Nächten mit grausamer Regelmäßigkeit heimsuchen.

Das bis auf die Grundmauern heruntergebrannte Gerippe der Jagdhütte. Der Geruch nach verbranntem

Fleisch, der auch Stunden, nachdem das Feuer gelöscht worden ist, noch in der Luft liegt. Das Schluchzen meiner Eltern. Alice' leblosen und bis zur Unkenntlichkeit verkohlten Körper. Ich spüre, wie mir die Tränen übers Gesicht laufen, und ich wische mir unwillig mit dem Handrücken über die Wangen. Doch so sehr ich mich bemühe, die Erinnerungen zurückzudrängen, sie brechen unaufhaltsam über mich herein und umspülen mich mit der Gewalt einer Flutwelle.

Es geschah an einem milden Samstag Ende September, dem letzten Wochenende unserer Ferien. Susanna veranstaltete eine Party im Ferienhaus ihrer Eltern, eine halbe Stunde Autofahrt von Altenhofen entfernt. Eine letzte Fete, bevor wir Altenhofen in Richtung unserer jeweiligen Studentenwohnheime verlassen würden. Doch ich war alles andere als in Feierlaune. Alice würde mir nicht auf die Wiener Uni nachfolgen, sondern hatte sich für eine Fachhochschule in Salzburg entschieden. Zum ersten Mal in unserem Leben würden uns mehrere Stunden Zugfahrt trennen, und die Vorstellung einer solch großen räumlichen Distanz erfüllte mich mit einem Gefühl von Trauer und Einsamkeit. Alice war mehr als eine Schwester für mich. Sie war auch meine beste Freundin und engste Vertraute.

Schon den halben Sommer über herrschte eine merkwürdige Stimmung zwischen uns. Kleinigkeiten, wie der Ketchupfleck auf der weißen Bluse, die ich Alice geliehen hatte, mündeten in wortreichen Auseinandersetzungen, bei denen wir am Ende nicht mehr hätten sagen können, was uns ursprünglich so aufgebracht hatte. Alice fluchte über meine Sturheit und Kleinkariertheit, während ich ihre Sprunghaftigkeit und Gedankenlosigkeit verteufelte.

Rückblickend nahmen unsere Streitigkeiten ungefähr zu jener Zeit ihren Anfang, als ich anfing, mit Charlie auszugehen. So geheimnisvoll und anziehend Alice ihn zu Beginn auch fand, schien ihr die Tatsache, dass wir bald tiefere Gefühle füreinander entwickelten, Unbehagen zu bereiten. Ihre abfälligen Bemerkungen über unsere Liaison ärgerten und kränkten mich. Immerhin war Charlie der erste Mann in meinem Leben, in den ich mich Hals über Kopf verliebt hatte. Gerade von Alice, die mich besser kannte als sonst jemand, hatte ich Verständnis und Unterstützung erwartet.

Als unser letzter gemeinsamer Abend herannahte, empfand ich die Vorstellung, mich von ihr zu verabschieden, ohne unsere Unstimmigkeiten aus der Welt geschafft zu haben, als unerträglich. Spontan schlug ich vor, die Feier bei Susanna sausen zu lassen und die Nacht stattdessen in trauter Zweisamkeit mit ein paar Flaschen Wein in der Hütte im Wald zu verbringen. Alice war alles andere als begeistert. Sie hatte sich schon für die Party zurechtgemacht. Zudem verfügte die alte Jagdhütte, die in den letzten Wochen zu meinem und Charlies Zufluchtsort geworden war, weder über einen Strom- noch einen Telefonanschluss, geschweige denn eine WLAN-Anbindung. Doch ich blieb hartnäckig, und Alice lenkte schließlich widerwillig ein.

Mit unseren Rucksäcken voller Naschereien und dem Wein, den wir aus dem Keller unserer Eltern stibitzt hatten, machten wir uns gegen sechs zu Fuß auf den Weg in den Wald.

Nachdem wir unser spartanisches Bettenlager zurechtgemacht hatten, entfachte ich ein Feuer, und wir ließen uns vor dem Kamin nieder. Eine Handvoll Kerzen sorgte für behagliches Licht, und wir breiteten unser Abendmahl – mehrere Packungen Chips und Kekse, dazu Wein – aus.

Es war beinahe wie früher. Wir tranken und lachten, kabbelten uns gegenseitig und schwelgten in den Erinnerungen unserer Kindheit. Nur das Thema Charlie ließen wir geflissentlich aus.

»Ich kann immer noch nicht recht glauben, dass die Sommerferien wirklich zu Ende sind«, sagte ich schließlich. Das Feuer war inzwischen bis auf die letzten glühenden Scheite heruntergebrannt, die beiden Flaschen zu unseren Füßen bis auf wenige Schlucke leergetrunken.

»Morgen um diese Zeit sitze ich schon wieder im Studentenheim. Dabei hat der Sommer doch gerade erst angefangen!«

Ich merkte, wie undeutlich meine Worte klangen, und stopfte mir rasch eine Handvoll Chips in den Mund, um ein wenig von dem Alkohol in meinem Magen aufzusaugen.

»Ich verstehe, was du meinst«, entgegnete Alice, ebenfalls mit schwerem Zungenschlag. »Trotzdem. Ich für meinen Teil kann es kaum erwarten, zur Uni zu gehen.« Ihre Augen leuchteten bei diesen Worten im Halbdunkel auf. »Endlich aus Altenhofen rauszukommen. In eine *richtige* Stadt.«

Ich verkniff mir ein Lachen. »Du ziehst nach Salzburg, Alice. Nicht gerade eine Metropole, wenn du mich fragst.«

»Spotte nur. Aber das ist bloß der Anfang. Freust du dich denn nicht, wieder aus diesem verschlafenen Kaff rauszukommen? Ich jedenfalls sehne mich danach, neue Menschen kennenzulernen, die Welt zu sehen, meinen Horizont zu erweitern. Endlich frei zu sein. Versteh mich nicht falsch – Altenhofen ist in Ordnung. Trotzdem – es ist doch immer dasselbe hier. Jeden Tag gehen wir durch dieselben Straßen, die gleichen Cafés und Bars, sprechen mit den Leuten, die wir unser Leben lang kennen, daten dieselben langweiligen Typen.« Sie schnaubte. Dann langte sie nach der Weinflasche und streckte sie theatralisch in die

Luft. »Trink mit mir auf den Beginn eines neuen Lebensabschnitts, Lex. Auf neue Ziele, Freundschaften, Orte, Männerbekanntschaften!«

Ohne eine Antwort abzuwarten, leerte sie die Flasche in einem Zug.

»Alice und die Männer«, feixte ich. »Da du hier praktisch mit jedem einzelnen Exemplar bereits ausgegangen bist, ist klar, dass dir da der Sinn nach Abwechslung steht.«

Alice hob eine Augenbraue.

Ich hatte gefährliches Terrain betreten.

»Nicht falsch verstehen, Lexi, aber du bist nicht gerade in der Position, mir Vorschriften in puncto Moral zu machen.« Ihr Tonfall war beiläufig, trotzdem lag eine Schärfe in ihren Worten, die mich aufhorchen ließ.

»Wie meinst du das?«

Alice verdrehte die Augen. »Jetzt tu nicht so unschuldig. Du weißt genau, was – oder wen – ich meine.«

Ärger stieg in mir hoch. Die vergangenen Stunden waren wir so gut miteinander ausgekommen, doch nun spürte ich, wie sie zurückkehrten: Die Anspannung und die unausgesprochenen Vorwürfe, die wie ein Damoklesschwert über uns schwebten, jeden Augenblick bereit, auf uns herabzustürzen und das Band der Schwesternliebe zu zerschneiden.

»Lass uns nicht schon wieder wegen Charlie streiten. Das Thema hatten wir zur Genüge, denke ich.«

Alice sah mich nur mit undurchdringlicher Miene an.

»Er ist nicht gut für dich«, sagte sie schlicht. »Ich sage das nicht, um dich zu kränken, ich sage es, weil es die Wahrheit ist.«

Ich presste meine Lippen aufeinander, um ihr nicht über den Mund zu fahren. Trotzdem konnte ich nicht verhindern, dass die Wut in meinem Magen, beflügelt vom Alkohol, einen kritischen Punkt erreichte.

»Ich weiß sehr gut, was ich tue. Es gibt nichts, wovor du mich beschützen müsstest. Also bitte – lassen wir das. Schließlich bist du doch diejenige von uns beiden, die sich kaum lange genug binden kann, mit demselben Typen zweimal auszugehen.«

Die Worte hatten meinen Mund verlassen, bevor ich mich bewusst entschieden hatte, sie laut auszusprechen.

»Entschuldige, das hätte ich nicht sagen sollen«, setzte ich rasch nach. »Lass es gut sein, ja? Mach es mir nicht schwerer, als es ohnehin schon ist.«

»Er ist zu alt für dich«, fuhr Alice störrisch fort. »Mein Gott, der Kerl ist bald vierzig! Passend für ein Sexabenteuer, als Zeitvertreib, meinetwegen einen harmlosen Sommerflirt. Aber eine ernsthafte Beziehung?« Sie schüttelt den Kopf. »Wach endlich auf, Lexi. Der Sommer ist vorbei.«

»Ich liebe Charlie! Sei so gut und respektier das, in Ordnung? Ich misch mich schließlich auch nicht in deine Angelegenheiten.«

»*Deine* Angelegenheiten? Wer deckt dich denn seit Wochen bei unseren Eltern? Hält als Alibi her, wenn du dir mit ihm die Nächte in dieser Bruchbude um die Ohren schlägst? Aber damit ist Schluss. Es wird Zeit, dass du in die Realität zurückkehrst. Gott, Lexi! Sonst bist du doch auch so vernünftig.«

Fassungslos starrte ich meine Schwester an. Ich konnte nicht glauben, was ich da eben gehört hatte. »Drohst du mir etwa, mich bei unseren Eltern zu verpetzen?«

Alice reckte das Kinn vor und zuckte die Achseln.

Ich kniff die Augen zusammen und zwang mich, in Gedanken von zehn abwärts zu zählen, in dem vergeblichen Versuch, die unbändige Wut in meinem Inneren wieder unter Kontrolle zu bringen. Doch die aufgestauten Emotionen, vom Alkohol gelöst, ließen sich nicht so einfach in die Schranken weisen.

»Dein Problem liegt in Wahrheit woanders«, höhnte ich. »Sei mal ehrlich: In Wirklichkeit stört es dich ja nur, dass sich Charlie für mich entschieden hat und nicht für dich. Hast du ernsthaft so wenig Selbstachtung, dass du es nicht erträgst, dass ein Mann mich dir vorzieht?«

Alice Wangen färbten sich rosa. Ich hatte einen wunden Punkt getroffen. »Was für ein ausgemachter Blödsinn. Wofür hältst du dich eigentlich? Ich weiß, Liebe soll blind machen, aber doch nicht dämlich! Was weißt du schon über sein Leben abseits von Altenhofen?«

Diesmal kam ich beim Abwärtszählen nicht einmal bis acht. Ich sprang auf die Füße.

»Ich weiß mehr als genug!«

Im Halbdunkel suchte ich nach meinem Rucksack, raffte bebend vor Wut meinen Pullover, die Wohnungsschlüssel und mein Handy zusammen und stopfte alles hinein.

»Das hier war ein Fehler. Wäre auch zu schön gewesen, einen einzigen Abend mit dir zu verbringen, an dem wir nicht streiten.« Ich konnte vor Wut kaum sprechen. »Du hattest recht, wir hätten auf die Party gehen sollen. Vielleicht hätte sich unter den Gästen irgendein armer Kerl gefunden, mit dem du noch nicht geschlafen hast. Dann hättest du dich um deinen eigenen Kram gekümmert und mich mit deiner Doppelmoral in Frieden gelassen.«

Das hatte gesessen. Ich konnte die Tränen sehen, die Alice bei diesen Worten in die Augen schossen, aber ich war viel zu wütend, um deswegen Reue zu empfinden.

Mit einem letzten hasserfüllten Blick in ihre Richtung stolperte ich zum Ausgang. Halb erwartete ich, Alice würde mir folgen, doch sie tat nichts dergleichen. Sie starrte mir nur wortlos nach, während ich die Hüttentür hinter mir zuknallte und mit unsicheren Schritten den Weg nach Hause antrat.

Es war die letzte Unterhaltung, die wir miteinander führen sollten.

Als ich meinen Wagen in eine Parklücke am Hohen Markt manövriere, sind meine Tränen versiegt. Ich klappe die Sonnenblende herunter und werfe einen Blick in den Spiegel. Die Person, die mir mit geschwollenen Augen daraus entgegenblickt, scheint kaum etwas mit der glücklichen und fröhlichen Frau gemein zu haben, die noch vor wenigen Stunden mit Sammy durch die Wälder tobte. Wer auch immer das Foto von Alice und mir hinter meine Windschutzscheibe geklemmt hat, wollte mich damit aus der Fassung bringen. Und das ist ihm gelungen.

Ich hole tief Luft und blicke meinem Spiegelbild fest in die Augen. Ich recke das Kinn und bemühe mich, meinem Gesicht einen entschlossenen Ausdruck zu verleihen.

Reiß dich zusammen. Du freust dich schon die ganze Woche auf den Plausch mit den Mädels. Es ist Wochenende. Die Sonne scheint. Es ist ein guter Tag. Also verhalte dich gefälligst auch so!

Resolut entferne ich mit den Fingern ein paar Mascarakrümel, kneife mir in die Wangen und zwinge meine Mundwinkel zu einem Lächeln.

Schon besser, denke ich grimmig, bevor ich die Fahrertür aufreiße und auf den Eingang zulaufe.

Suchend lasse ich den Blick durch den dicht bevölkerten Raum schweifen. Fast alle Tische sind besetzt, zwischen ihnen drängen sich Kellner mit Tabletts voll herrlich duftender Speisen und Kaffeetassen.

Schließlich entdecke ich meine Freundinnen an einer der Eckbänke im hinteren Teil des Lokals. Nadine rudert wild mit den Armen.

»Huhu, Lexi, hier sind wir!«

Neben ihr sitzt Susanna, der Nadines aufgeregtes Herumfuchteln peinlich zu sein scheint. Betreten blickt sie auf die Speisekarte in ihren Händen. Ich schlängle mich zwischen den Tischen hindurch und lasse mich auf den freien Platz links von Nadine sinken.

»Hi, ihr beiden. Tut mir leid, dass ihr warten musstet.«

Ich werfe Susanna eine Kusshand zu, Nadine schließt mich spontan in die Arme. »Schön, dich endlich einmal wiederzusehen«, quiekt sie an meinem Hals.

Lachend winde ich mich aus ihrer Umklammerung. »Geht mir genauso.« Ich bedenke ihren sonnengebräunten Körper mit einem bewundernden Blick. »Du siehst übrigens fantastisch aus. Wie das blühende Leben. Das Lotterleben steht dir!«

»Nur kein Neid.« Nadine streicht sich das lange Haar aus dem Gesicht. »Ich hab euch Postkarten geschickt. Sind die schon angekommen?«

Ich nicke. »Vor ein paar Tagen. Der Strand sieht paradiesisch aus.«

»Das war er auch.« Mit einem verdrießlichen Blick aus dem Fenster fügt sie hinzu: »Am liebsten wäre ich gar nicht zurückgeflogen. Du weißt ja, wie ich die Kälte hasse. Der Winter ist nichts für mich. Ich lebe eindeutig auf dem falschen Kontinent.«

Ich grinse und tausche einen vielsagenden Seitenblick mit Susanna, während Nadine fortfährt, uns von dem warmen Meerwasser und dem fantastischen Essen des Fünfsternehotels vorzuschwärmen, in dem sie mit Günther abgestiegen ist.

Nadine hatte immer schon eine Vorliebe für teure Fernreisen und Designerklamotten. Einen Lebenswandel, den sie sich mit ihrem Gehalt als Volksschullehrerin aus eigener Kraft nicht leisten könnte. Aber ihr fünfzehn Jahre älterer Ehemann Günther verdient als Vorstand eines großen IT-Unternehmens mehr als genug für beide und lässt Nadines Traum von einem Leben in Luxus wahr werden.

Die Bedienung tritt an unseren Tisch, und wir geben unsere Bestellung auf. Zur Feier des Tages schlage ich meine Diätpläne in den Wind und entscheide mich für ein mit Schinken und Käse gefülltes Croissant, Nadine und Susanne für Eggs Benedict auf Toast. Kurz darauf halten wir je ein Glas Prosecco in Händen.

Ich proste den anderen zu und nehme einen Schluck der perlenden Flüssigkeit. Zufrieden lasse ich mich gegen die Kissen der Eckbank sinken.

Eine lockere Unterhaltung kommt in Gang, die sich vorwiegend um Nadines Urlaub und Susannas Tochter Christina dreht. Die Dreijährige verfügt über eine blühende Fantasie und besteht darauf, dass Susanna bei jeder Mahlzeit ein zusätzliches Gedeck für ihre imaginäre Freundin Charlotte auflegt, was Susanna fast in den Wahnsinn treibt.

»Du bist ja heute so still«, wendet sich Nadine schließlich an mich, nachdem Susanna geendet hat. »Ist alles in Ordnung mir dir?«

»Alles bestens. Ich bin bloß erschöpft von der Woche.«

»Du hast gar nicht erzählt, ob du morgen an Marias Trauerfeier teilnehmen wirst«, wirft Susanna ein. »Ich könnte dich begleiten, falls du moralische Unterstützung brauchst.«

»Trauerfeier?«, wundert sich Nadine. »Habe ich etwas verpasst? Wer ist gestorben?«

Ich seufze. »Maria Stegner. Eine Nachbarin. Danke für das Angebot, Susanna, aber das wird nicht nötig sein. Karl hat versprochen, mitzukommen.«

»Stegner – Stegner – der Name sagt mir irgendwas. Hilf mir mal auf die Sprünge.«

»Maria war die Tante von Charlie«, erläutert Susanna mit einem vielsagenden Blick in meine Richtung.

Nadine macht große Augen. »*Der* Charlie? Deine ehemals große Liebe, Charlie? Der Mann, der dir das Herz gebrochen hat?«

»Genau der.«

»Also ist er zurück in Altenhofen?«

»Sieht ganz danach aus. Ich bin ihm vor ein paar Tagen im *Claras* in die Arme gelaufen.«

»Du hast mit ihm gesprochen? Und das erzählst du mir gar nicht?« Susanna ist empört.

»Ich erzähle es dir jetzt. Und miteinander sprechen konnte man das kaum nennen.«

In kurzen Sätzen berichte ich von unserem Zusammentreffen.

»Ist nett von Karl, dich zu begleiten. Wo Charlie dir doch so viel bedeutet hat.«

»Nun ja ...«, sage ich gedehnt, Susannas Blick ausweichend. »Nicht so ganz. Er weiß nichts von mir und Charlie.«

»Du hast es ihm nicht gesagt?«

»Nein, Nadine, das habe ich nicht«, entgegne ich lauter als beabsichtigt. »Charlie und ich – das ist Schnee von gestern. Seine Anwesenheit in Altenhofen tut nichts zur Sache.«

»Trotzdem. Meinst du nicht, dass Karl spüren wird, dass da mal was zwischen euch war? Ich finde, er hat ein Recht, es zu erfahren.«

»Nein, das hat er nicht«, erkläre ich mit Nachdruck. »Ich weiß schließlich auch nicht über jede seiner Verflossenen Bescheid. Und keine Sorge, ich habe nicht vor, mich mit Charlie anzufreunden. Ich gehe zur Trauerfeier und damit hat es sich. Keine weiteren Erklärungen notwendig.«

»Wenn du meinst.«

»Es gibt da übrigens noch was anderes, das ich euch erzählen wollte.« Ich greife in meine Handtasche und lasse das Foto von Alice und mir vor uns auf die Tischplatte gleiten. »Das hier habe ich heute Morgen hinter meiner Windschutzscheibe gefunden.«

Meine Freundinnen beugen sich vor und werfen einen Blick auf die Aufnahme. Eine Weile herrscht Schweigen.

»Wer war das?«, fragt Susanna schließlich.

»Ich habe nicht die geringste Ahnung. Aber ihr könnt euch denken, wie ich mich beim Anblick des Fotos gefühlt habe. Charlie hat es am Tag von Alice' Tod von uns gemacht. Alice bestand darauf, sie wollte unbedingt eine Aufnahme nur von uns Schwestern.«

Nadine tätschelt mir den Arm. »Es tut mir so leid, Lex.«

»Im Grunde könnte es jeder gewesen sein.« Ich mache eine hilflose Handbewegung. »Alice hatte es damals auf Facebook gestellt. Da ist es wahrscheinlich sogar jetzt noch.«

»Wer auch immer dir das Bild zugesteckt hat, hat eine merkwürdige Vorstellung von Humor.« In Susannas Augen schimmern Tränen, und sie senkt rasch den Blick. Fast hätte ich vergessen, dass Susanna und Alice befreundet waren. Ihr Tod hat sie damals schlimm mitgenommen.

»Das denke ich auch. Und jetzt seht euch einmal die Rückseite an.«

Nadine dreht das Foto um, dann zuckt sie zurück und richtet sich kerzengerade auf. Susanna zieht scharf die Luft ein.

»Was soll das?«, stößt sie hervor.

»Ich weiß es nicht. Aber eines steht fest – ich finde es überhaupt nicht komisch.«

Eine Weile sagt keine von uns ein Wort.

»Du bist doch keine – ich meine – Alice' Tod war ein Unfall. Oder nicht?« Nadine sieht mich fragend an.

»Natürlich.« Meine Stimme klingt belegt. »Aber – immerhin war sie meinetwegen an dem Abend in der Hütte. Ich habe sie alleine gelassen, als ...«

Erneut drohen mich die Erinnerungen zu überwältigen, und ich breche ab. Auch nach zehn Jahren fällt es mir immer noch schwer, die Worte laut auszusprechen.

»Nein«, unterbricht mich Susanna mit schneidender Stimme, sodass sich ein Pärchen am Nachbartisch verwundert umwendet. »Tu dir das ja nicht an. Wage es nicht, dir die Schuld an dem zu geben, was mit Alice geschehen ist. Es war ein *Unfall*, Lexi. Ein schrecklicher Unfall. Dich trifft keine Schuld.«

Als sie meinen Gesichtsausdruck bemerkt, springt sie auf, läuft um den Tisch herum und nimmt mich fest in den Arm. Schluchzend vergrabe ich das Gesicht in ihrem Haar. Ich atme den vertrauten Duft ihres blumigen Shampoos ein und bemühe mich, die Tränen zurückzuhalten.

»Ganz ruhig, Süße«, flüstert die Freundin an meinem Ohr. »Alles wird gut. Wer auch immer das Foto dorthin gelegt hat, will vermutlich genau diese Reaktion bei dir hervorrufen. Gib ihm nicht die Genugtuung, dich davon unterkriegen zu lassen.«

»Ich weiß.« Ich schniefe noch, als ich mich von ihr löse. »Trotzdem – wenn wir damals nicht gestritten hätten, wenn ich sie nicht alleine gelassen hätte – und diese Aufnahme ...« Ich schüttle den Kopf und lehne mich zurück in die Kissen.

Nadine starrt immer noch das Foto an. »Was meinst du, könnte Charlie dir das Bild zugesteckt haben?«

»Wie kommst du denn auf diese Idee?«

»Nun ja«, erwidert Nadine gedehnt. »Hast du nicht eben gesagt, er wäre es gewesen, der das Foto von euch gemacht hat? Findest du es nicht auch komisch, dass es ausgerechnet jetzt bei dir auftaucht, wo er wieder zurück ist? Das ist schon ein merkwürdiger Zufall.«

Ich schüttle vehement den Kopf. »Niemals. Was hätte er denn davon? Man muss ziemlich sadistisch sein, um jemandem einen solchen Schrecken einzujagen. Nein, ich kann mir nicht vorstellen, dass er mir das antun würde.«

Nadine nickt, hält die Arme jedoch vor der Brust verschränkt. Überzeugt ist sie nicht.

»Er hat dich unmittelbar nach Alice' Unfall verlassen. Wenn das nicht seine sadistische Ader beweist, dann weiß ich auch nicht.«

»Der soll mir bloß nicht unter die Augen treten, dieser feige Hund. Wenn ich herausfinde, dass er dahintersteckt, nehme ich sein bestes Stück und ...« Mit grimmigem Gesichtsausdruck fuchtelt sie mit den Händen wie mit einer Schere vor uns in der Luft. »Schnipp, schnapp!«

Obwohl die Situation alles andere als komisch ist, spüre ich, wie sich ein Grinsen auf meinem Gesicht ausbreitet.

»Ihr seid die Besten. Was täte ich bloß ohne Freundinnen wie euch? Aber wie gesagt, ich glaube nicht, dass es Charlie war. Allerdings – falls doch, komme ich gerne auf das Angebot zurück.«

Susanna erwidert mein Lächeln. »So gefällst du mir schon besser.«

»Ich werde dem Ganzen keine Bedeutung beimessen«, beschließe ich und bin selbst überrascht von der Entschlossenheit in meiner Stimme.

»Und jetzt lasst uns über etwas Fröhlicheres sprechen. Was tut sich an der Männerfront, Susi?«

KAPITEL 7

Lexi

Stirnrunzelnd betrachte ich die Frau im Spiegel meines Garderobenschranks.

Zumindest mein Haar ist gelungen, denke ich. Wie ein rotblonder Fächer fällt es mir in Wellen bis zur Mitte des Rückens – das Ergebnis einer halben Stunde Schwerstarbeit mit Rundbürste und Föhn. Der Versuch, meine widerspenstigen Naturlocken zu bändigen, hat mich viele Nerven und zwei abgebrochene Fingernägel gekostet, doch das Resultat kann sich sehen lassen. Die Wimpern über meinen rehbraunen Augen sind kräftig getuscht, die Lippen mit einem Hauch pfirsichfarbenem Lippenstift betont.

Trotzdem bin ich nicht zufrieden. Missmutig zupfe ich am Saum meines knielangen schwarzen Kleids, das ich, von einer dicken Staubschicht bedeckt, aus dem hintersten Winkel meines Kleiderschranks hervorgekramt habe.

»Schwarz steht dir nicht«, tadele ich mein Spiegelbild. Meine helle Haut wirkt durch den starken Kontrast noch blasser, beinahe durchscheinend.

Wie zum Trotz verschränkt die Frau im Spiegel die Hände vor der Brust und funkelt mich an.

Ich stoße einen Seufzer aus. Eigentlich sollte es mir egal sein, wie ich aussehe. Es ist bloß eine Beerdigung, verdammt nochmal, keine Verabredung zu einem Date. Maria Stegner wird es jedenfalls nicht mehr kümmern, ob ich blass bin wie eine Wasserleiche. Doch ich weiß genau, warum es mir so wichtig ist, ausgerechnet heute

64

hübsch auszusehen. Der Grund ist dunkelblond, attraktiv und heißt Charlie. Und obwohl es mir gleichgültig sein sollte, ob ich ihm gefalle, ist natürlich das Gegenteil der Fall. Selbst wenn ich mit Karl glücklich bin, wünscht sich ein kindlicher Teil von mir trotz allem, dass Charlie bei meinem Anblick bereut, mich damals fallengelassen zu haben. Er soll sehen, dass das blutjunge und naive Kleinstadtmädchen zu einer schönen und selbstbewussten Frau herangewachsen ist.

»Bist du so weit?« Karls Stimme aus dem Erdgeschoss reißt mich aus meinen Gedanken. »Wir müssen los!«

»Ich komme!«

Rasch schlüpfe ich in die hohen schwarzen Pumps, die ich vorsorglich bereitgestellt habe, schnappe meinen Blazer und haste auf wackeligen Beinen die Stufen hinunter.

Karl, der in seinem Anzug wie aus dem Ei gepellt aussieht, wartet am Fuße der Treppe schon auf mich.

Als er den Kopf hebt und mich ansieht, stößt er einen anerkennenden Pfiff aus.

»Wer ist diese verboten gutaussehende Frau, und was hat sie mit meiner Verlobten angestellt?«

Seine Worte entlocken mir ein Lächeln, und ich gebe ihm einen zärtlichen Kuss. »Ich finde ja, ich sehe furchtbar blass aus in dem Teil. Aber was soll's. Ist schließlich eine Beerdigung.«

»Blödsinn. Du bist hinreißend. Und jetzt los. Der Gottesdienst fängt bald an, und wir wollen nicht zu spät kommen.«

Wir ziehen uns die Mäntel über, und ich ergreife Karls ausgestreckten Arm, um mich unterzuhaken.

Unterwegs verfluche ich meine Eitelkeit. Ich trage nur selten hohe Schuhe und bin es nicht gewohnt, größere Strecken darin zurückzulegen.

Nach zehn Minuten Fußmarsch erreichen wir die kleine Pfarrkirche, in der der Gedenkgottesdienst stattfindet. Die meisten Bänke sind bereits belegt, in der Ferne erkenne ich viele bekannte Gesichter, darunter auch Claras und Erwins. Ich winke den beiden zu, dann folge ich Karl auf einen freien Platz im hinteren Teil des Kirchenschiffs. Während ich den Blick über die Anwesenden schweifen lasse, stelle ich gerührt fest, dass fast die ganze Nachbarschaft gekommen ist. In der ersten Reihe gleich hinter dem aufgebahrten Sarg erspähe ich Charlies Haarschopf. In diesem Augenblick dreht er den Kopf zur Seite, und unsere Blicke treffen sich. Peinlich berührt wende ich mich ab und konzentriere mich auf den Priester, der gerade hinter den Altar tritt. Das Orgelspiel setzt ein, und die Töne eines langsamen Trauerlieds erklingen. Ich taste nach Karls Hand.

Es ist ein schöner Gottesdienst. Kurz und voller netter, einfühlsamer Worte über die alte Frau Stegner, die so lange ein Teil unserer Gemeinschaft war. Anschließend folgen wir der Prozession auf den ortseigenen Friedhof, wo der Sarg in das Grab gelassen wird. Einer nach dem anderen tritt aus dem Halbkreis der Umstehenden und schickt sich an, eine Schaufel Erde auf die Kiste hinabrieseln zu lassen.

Bei dem Anblick schnürt sich mir die Kehle zu, und ich muss heftig schlucken. Trotzdem will der Kloß in meinem Hals nicht vergehen. Meine Gedanken schweifen in die Vergangenheit, zu einer anderen Beerdigung, einem anderen Grabmal, nicht weit von hier. Eine Woge frischen Schmerzes durchflutet mich, als ich an jenen Tag zurückdenke. Merkwürdig, dass es zehn Jahre her sein soll, seit ich an Alice' Grab stand, die Augen tränenverquollen und an die Hände meiner Mutter geklammert. Mir jedenfalls kommt es oft vor, als wäre es eben erst passiert. Als hätte ich erst gestern ihr Lachen gehört oder ihren Lavendelduft eingeatmet.

Was bin ich doch für eine elende Schwester! Wann habe ich ihr Grab zum letzten Mal besucht? Ich weiß es gar nicht mehr. Ich nehme mir vor, in den nächsten Tagen noch einmal hierherzukommen, um ihr frische Blumen zu bringen.

In diesem Moment stößt mich Karl mit dem Ellbogen sanft in die Seite. »Du bist dran«, raunt er mir zu. Als er meine feuchten Augen bemerkt, fügt er hinzu: »Alles okay? Geht's dir gut? Du musst nicht, wenn es dir zu schwerfällt.«

»Es geht schon.«

Ich straffe die Schultern und trete vor. Wie die anderen nehme ich eine weiße Rose aus dem Korb und lasse sie zusammen mit einer Handvoll Erde in die Grube fallen. Dann stolpere ich zurück und vergrabe die Hände tief in meinen Manteltaschen.

»Ich möchte mich bei euch allen recht herzlich für euer Kommen bedanken«, ergreift Charlie das Wort. »Ich bin sicher, es hätte Maria eine Menge bedeutet, dass so viele ihrer Freunde und Nachbarn gekommen sind, um ihr Lebewohl zu sagen. Mir jedenfalls bedeutet es sehr viel. Und ich würde mich freuen, wenn ihr mich nun in Marias Haus zum Leichenschmaus begleiten würdet. Clara und Erwin waren so freundlich, mich zu unterstützen, und haben ein herrliches Menü für uns vorbereitet.«

Er nickt dem Priester zum Abschied zu, dann macht er sich unter dem zustimmendem Gemurmel der Umstehenden auf in Richtung Friedhofspforte. Die Trauergemeinschaft folgt ihm nahezu geschlossen.

Maria Stegners Haus ist ein alter, von Efeu bewachsener Backsteinbau inmitten einer parkähnlichen Grünanlage. Beinahe ehrfürchtig blicke ich auf das Anwesen, mit dem ich so viele Erinnerungen verbinde. Als Kinder sind Alice und ich oft heimlich über den Zaun geklettert und haben die Früchte von den beiden Kirschbäumen im hinteren Teil des Gartens stibitzt.

Ich sehe die achtjährige Alice vor mir, wie sie sich auf einem gefährlich wackelnden Ast nach vorne tastet, um an ein paar besonders reife Kirschen zu gelangen. Ein hässliches Knacken ist zu hören, und Alice prallt auf den Boden mitsamt dem Ast, an den sie sich wie eine Ertrinkende klammert. Ein Schmerzensschrei, gefolgt von heftigem Weinen, ertönt und ruft Maria Stegner auf dem Plan.

Alice brach sich bei dem Manöver den Arm und musste ins Krankenhaus gebracht werden. Es war ein Riesentheater: Unsere Eltern machten mir Vorwürfe, nicht besser auf meine kleine Schwester aufgepasst zu haben. Alice bekam einen Gips und ich zwei Wochen Hausarrest. Dabei war sie es doch gewesen, die mich zu diesem Ausflug überredet hatte!

Ich hole tief Luft und straffe die Schultern. Vorsichtig, um auf meinen hohen Absätzen nicht das Gleichgewicht zu verlieren, steige ich die Treppe zur Veranda hinauf.

Neugierig sehe ich mich in dem hallenähnlichen Eingangsbereich um. Seit ich zum letzten Mal hier war, scheint sich nicht viel verändert zu haben. Der muffige Geruch nach alten Menschen liegt in der Luft, an den Wänden erkenne ich die altmodische Blumentapete von damals, und der Fliesenboden ist immer noch mit denselben Teppichen in unterschiedlichen Größen und Farben ausgelegt.

Ich führe Karl ins Wohnzimmer, wo sich die meisten Trauergäste bereits eingefunden haben. Im hinteren Teil des Zimmers ist eine breite Tafel aufgebaut worden, die mit allerlei Speisen beladen ist, darunter Aufläufe in allen erdenklichen Variationen, Erwins beliebte Fleischbällchen und Claras allseits geschätzte Krautfleckerl. Die beiden haben ganze Arbeit geleistet.

Ich sehe mich um und entdecke das Ehepaar mit Weingläsern in den Händen an einem Stehtisch in der Ecke.

»Clara, Erwin – schön euch wiederzusehen, wenn auch aus einem traurigen Anlass«, begrüßt Karl die beiden, nachdem wir uns zu ihnen gesellt haben. Er deutet mit einem anerkennenden Nicken auf die Tafel. »Das sieht übrigens fantastisch aus. Muss eine Menge Arbeit gewesen sein, alle Achtung!«

»Im Gedenken an unsere Maria war uns nur das Beste gut genug.« Clara freut sich sichtlich über das Kompliment. »Probiert unbedingt den Spinatstrudel und sagt mir, was ihr davon haltet. Ist ein neues Rezept.«

»Den lasse ich mir bestimmt nicht entgehen«, entgegnet Karl mit einer angedeuteten Verbeugung. Auch ich nicke zustimmend.

In diesem Augenblick entdecke ich aus dem Augenwinkel Charlie, der das Wohnzimmer betreten hat und sich zwischen den Gästen hindurch auf uns zubewegt. Sofort spüre ich, wie sich mein Nacken verkrampft. Demonstrativ blicke ich in eine andere Richtung und taste nach Karls Hand.

»Alexandra«, erklingt auch schon seine tiefe Stimme zu meiner Rechten. »Wie schön, dass du gekommen bist. Du weißt ja gar nicht, wie viel mir das bedeutet.«

Ich richte mich zu meiner vollen Größe auf und zwinge mich zu einem Lächeln.

»Natürlich, das war doch selbstverständlich. Immerhin war Maria die längste Zeit meine Nachbarin. Sie wird uns fehlen.« Ich deute auf Karl, dessen Finger ich immer noch umklammert halte. »Darf ich dir meinen Verlobten vorstellen?«

Karl entwindet seine Hand vorsichtig meinem Griff und streckt sie zur Begrüßung aus. »Karl Hofmeister, sehr erfreut. Mein herzliches Beileid zu Ihrem Verlust, Herr Stegner.«

»Bitte, Charlie reicht vollkommen.« Für meinen Geschmack blickt er Karl dabei zu lange und zu forsch in die Augen.

Dann wendet er seine Aufmerksamkeit wieder mir zu. Charlies Blick gleitet von meinem sorgsam zurechtgemachten Haar über mein Kleid zu den hohen Pumps. Nervös zupfe ich am Saum des kleinen Schwarzen und ziehe es weiter nach unten, sodass meine Knie bedeckt sind.

Hör auf, mich so anzustarren, herrsche ich ihn in Gedanken an.

Endlich reißt Charlie den Blick von mir los.

»Wie ich sehe, sitzt ihr auf dem Trockenen. Darf ich dir etwas zu trinken bringen, Alexandra? Ein Glas Weißwein? Oder Bier? Ich habe ein paar Flaschen Ottakringer eingekühlt, das mochtest du immer am liebsten, wenn ich mich recht erinnere.«

Ich spüre, wie mir die Röte ins Gesicht schießt. Eine Woge der Wut ob Charlies unhöflichen Verhaltens brodelt in meinen Adern. Was zum Teufel denkt er sich bloß dabei?

»Karl und ich nehmen Weißwein, danke«, erwidere ich knapp. Ich werfe Karl einen flüchtigen Seitenblick zu, doch der scheint von alledem gar nichts mitbekommen zu haben.

»Ein Glas Weißwein wäre nett, wenn es nicht zu viele Umstände macht«, bekräftigt er.

Charlie nickt, dann macht er sich auf den Weg in die Küche, um die Getränke zu holen. Als er aus meinem Blickfeld verschwunden ist, atme ich unmerklich auf. Karl ist zwar sonst nicht über die Maßen eifersüchtig, trotzdem möchte ich mein Glück nicht unnötig strapazieren. Das Letzte, das ich brauchen kann, ist ein männlicher Revierkampf zwischen meinem Verlobten und einem Verflossenen. Doch meine Sorgen scheinen unbegründet zu sein, denn Karl, der Erwin in ein Gespräch über die wirtschaftliche Situation eines Familienbetriebs im Vergleich zu Bäckereiketten verwickelt hat, scheint bester Laune zu sein.

Die Stunden vergehen wie im Flug, und mit etwas Mühe gelingt es mir sogar, Charlie aus dem Weg zu gehen und ein weiteres peinliches Aufeinandertreffen zu vermeiden.

Karl bewegt sich wie selbstverständlich durch die Trauergesellschaft. Ich bin fasziniert, wie mühelos er sich in einer Horde Fremder zurechtfindet und jeden um ihn herum in eine angeregte Konversation verstrickt. An Tagen wie diesem kann ich mein Glück kaum fassen, einen derart charismatischen und eloquenten Partner an meiner Seite zu wissen.

Nach einer Weile, ich fachsimple gerade mit Kerstin, einer jungen alleinerziehenden Mutter, über die Auswirkungen der sozialen Medien auf die psychische Gesundheit ihrer Zehnjährigen, tritt Karl an meinen Tisch und nimmt mich beiseite.

»Lexi, Schatz, hast du einen Moment?«

Ich bedeute Kerstin, dass wir unser Gespräch ein anderes Mal fortsetzen, und wende mich ihm zu.

»Klar. Was ist los?«

Karl macht ein bekümmertes Gesicht. »Es geht um den Firmenausflug.«

»Was ist damit?«

»Es ist – nun ja. Meine Kollegen bombardieren mich schon den ganzen Nachmittag mit Nachrichten, ob ich nicht doch zumindest auf ein Getränk vorbeikommen will. Sie sind mit Skifahren fertig und im Tal bei einer Après-Ski-Bar. Von hier bräuchte ich mit dem Auto keine halbe Stunde dorthin.« Er sieht mich mit einer Mischung aus Hoffnung und schlechtem Gewissen an. »Ich habe natürlich gesagt, dass das nicht geht. Dass wir andere Pläne haben. Aber ...« Er schüttelt den Kopf. »Nein. Vergiss es. Ich bleibe. Bitte entschuldige, dass ich es überhaupt angesprochen hab.«

Ich strecke den Arm aus und streiche ihm zärtlich über die Wange. »Geh ruhig. Ab jetzt schaffe ich es allein. Ich bin dir sehr dankbar, dass du mich begleitet hast, aber die Feier geht ohnehin dem Ende zu.«

Karl sieht mich unschlüssig an. »Bist du sicher?«

Ich nicke. »Ganz sicher.« Ich gebe ihm einen spielerischen Schubs. »Und jetzt ab mit dir. Ich sage Clara und Erwin Bescheid, dass du wegmusstest. Grüß deine Kollegen von mir, ja?«

Karl strahlt. »Danke, Lexi. Du bist die Beste.« Er drückt mir einen flüchtigen Kuss auf den Mund, dann eilt er davon.

Ich setze meine Unterhaltung mit Kerstin fort und plaudere noch eine Weile mit Patrizia, meiner hilfsbereiten Nachbarin und Hundesitterin. Schließlich werfe ich einen Blick auf meine Armbanduhr.

Schon fast sechs. Höchste Zeit, dass ich hier wegkomme.

Suchend sehe ich mich zwischen den verbliebenen Trauergästen nach Clara um, kann sie aber nirgendwo entdecken. Vermutlich kümmert sie sich um die Nachspeise, fällt mir ein, und ich laufe durch den Flur in die Küche. In der Spüle türmt sich das Geschirr, und der Küchentisch ist von leeren Servierplatten überladen, doch auch hier keine Spur von ihr.

Gerade überlege ich, ob ich einfach gehen und ihr am Nachhauseweg eine Nachricht schicken soll, da höre ich, wie die Küchentür hinter mir aufgestoßen wird. Charlie betritt den Raum, ein Tablett voll schmutziger Gläser balancierend.

»Alexandra, was machst du denn hier? Möchtest du noch etwas zu trinken?«

»Nicht nötig, danke. Ich habe bloß Clara gesucht.«

Er schiebt das Tablett auf den Küchentisch. »Hier ist sie jedenfalls nicht«, stellt er unnötigerweise fest. Abwartend mustert er mich, während er sich mit der Hand durchs halblange Haar fährt. Er sieht erschöpft aus.

»Ja, das sehe ich. Könntest du ihr ausrichten, dass ich gegangen bin?«

Ich will mich schon an ihm vorbei drängen, doch er hält mich am Handgelenk zurück.

»Bitte, Lexi, bleib noch ein bisschen.«

Ich zucke zusammen. »Lass mich los.« Das kommt schärfer als beabsichtigt aus meinem Mund.

Sofort lässt er die Hand sinken. »Entschuldige. Ich wollte dich nicht bedrängen.«

»Das hast du nicht. Ich bin nur erschöpft und möchte nach Hause. Ich muss morgen früh raus.«

Trotzdem bewege ich mich nicht von der Stelle. Wie er mit hängendem Kopf und tiefen Ringen unter den Augen vor mir steht, überkommt mich ein Anflug von Mitleid. Immerhin ist seine Tante eben erst verstorben, da hätte ich ruhig ein wenig einfühlsamer sein können.

»Tut mir ehrlich leid, das mit Maria. Ich weiß, dass sie dir viel bedeutet hat.«

Eine Weile betrachtet mich Charlie abwartend, als hoffte er, ich würde noch etwas hinzufügen, doch ich ziehe es vor zu schweigen.

»Er scheint nett zu sein. Dein Verlobter, meine ich«, sagt er dann, ohne auf meine Beileidsbekundung einzugehen.

Ich runzle die Stirn. Mit vielem habe ich gerechnet, damit nicht.

»Ja, das ist er«, erwidere ich langsam. »Ich kann mich glücklich schätzen.«

Er schluckt. »Ich – ich freue mich für dich.«

Die Resignation, die in seinen Worten mitschwingt, macht mich auf einen Schlag unglaublich wütend.

Du hast mich abserviert, verdammt nochmal, herrsche ich ihn in Gedanken an. *Und das auch noch in einer unverzeihlichen Situation. Und jetzt – zehn Jahre später – glaubst du, du hättest ein Recht, den enttäuschen Exfreund zu mimen? Keine Chance. Nicht mit mir.*

Ich verschränke die Arme vor der Brust.

»Was willst du von mir hören, Charlie? Erspar uns doch beiden die Mühe und sag es mir einfach.«

Er starrt mich immer noch mit undurchdringlicher Miene an, dann zuckt er mit den Achseln. »Ich habe es bloß vermisst, mit dir zu reden, schätze ich.«

»Und worüber, wenn ich fragen darf?« Ich kann es nicht fassen, diese Worte aus seinem Mund zu hören. Nach all den Jahren. Was für ein elender Mistkerl!

»Nichts Spezielles. Aber – ach komm schon, Lexi. Hast du mir denn immer noch nicht verziehen? Wieso können wir nicht – keine Ahnung – sowas wie Freunde sein? Die Vergangenheit hinter uns lassen? Neu anfangen?«

Ungläubig starre ich ihn an. »Man kann nicht so etwas wie Freunde sein. Entweder man ist befreundet, oder man ist es eben nicht. Und wir beide«, ich deute auf seine Brust und dann auf meine eigene, »wir waren niemals Freunde.«

»Aber Nachbarn. Das sind wir doch jetzt, oder? Ich bin nicht nur auf Besuch in Altenhofen, Lexi. Diesmal bleibe ich.«

»Das ist nicht von Belang für mich. Das ist es schon lange nicht mehr.«

Die nächsten Worte sprudeln aus meinen Mund, bevor ich sie zurückhalten kann.

»Dann hat Nadine also doch recht gehabt. Du warst es, der mir das Foto hinter die Windschutzscheibe geklemmt hat, nicht wahr? Ich begreife bloß nicht, wieso. Versuchst du mich damit an unsere gemeinsame Zeit zu erinnern? Was für ein mieses Spiel treibst du mit mir?«

Charlies Augenbrauen schnellen nach oben. Er sieht ehrlich überrascht aus. »Wovon zum Teufel sprichst du? Was für ein Foto?«

»Das Foto von Alice und mir. Aufgenommen von dir, am Tag ihres Todes. Ich frage dich das nur ein einziges Mal: Warst du das?«

Abwehrend hebt er die Arme. »Mein Gott, Lexi! Das ist – grausam. Geradezu makaber. Du kannst doch nicht ernsthaft denken, dass ich das war! Wieso sollte ich denn sowas tun?«

Ich betrachte ihn forschend, kann aber nichts Unehrliches in seinem Blick erkennen. Und ich spüre, wie sich der Druck auf meiner Brust ein wenig lockert. Schwer atmend lasse ich mich mit dem Rücken gegen die Küchentür fallen. Allein die Vorstellung, Charlie wäre imstande, mich auf eine solche Weise zu quälen, hat mir mehr zugesetzt, als ich mir eingestehen wollte.

»Ja, das ist es. Makaber. Grausam. Also warst du es nicht?«

»Nein, ich war es nicht.«

Betretenes Schweigen senkt sich über uns. Ich durchforste mein Gehirn nach den richtigen Worten, doch ich bekomme sie nicht zu fassen. Eine tiefe Traurigkeit hat von mir Besitz ergriffen. Plötzlich möchte ich nichts weiter, als nach Hause gehen und mich unter meiner Bettdecke verkriechen.

Mit einem Ruck wende ich mich von ihm ab, meine Hand schließt sich um den Türknauf.

»Nachbarn, also?«

Ich drehe mich noch einmal zu ihm um. »Nun, wenn du tatsächlich hierbleiben willst, kann ich das wohl kaum verhindern.«

Er nickt nur.

Ich bin schon einige Schritte entfernt, als er mir nachruft.

»Und – Alexandra?«

»Was denn noch?«

»Du siehst wirklich hübsch aus. Für den Fall, dass dir das heute noch keiner gesagt hat.«

KAPITEL 8

Lexi

Als ich am Dienstag die Praxis betrete, treffe ich im Türrahmen auf Susanna.

»Da bist du ja.« Sie sieht erleichtert aus. »Deine Patientin wartet bereits auf dich.«

»Jetzt schon?« Ich werfe einen Blick auf mein Handy. Es ist kurz vor zehn. »Ich habe Frau Pfeiffer erst um halb elf erwartet.«

»War vermutlich nur ein Missverständnis. Ich hab sie in dein Büro geführt und ihr gesagt, dass du jeden Moment kommen wirst.«

»Danke, Susi.«

Eilig hänge ich meinen Mantel an den Garderobenständer und laufe durch den Vorraum in mein Besprechungszimmer.

Mia, die Hände um eine Tasse Kräutertee geklammert, hebt den Kopf, als ich eintrete. Sie trägt einen mintgrünen Pullover und ist kaum geschminkt. Ihr blondes Haar hat sie zu einem Pferdeschwanz zusammengebunden, was ihre hohen Wangenknochen betont. Einmal mehr fällt mir auf, wie jung sie aussieht. Wüsste ich nicht, dass sie schon fünfundzwanzig ist, hätte ich sie auf neunzehn oder zwanzig geschätzt. Maximal.

»Hallo, Mia. Tut mir leid, dass Sie warten mussten. Ich dachte, wir hätten zehn Uhr dreißig vereinbart.«

Sie sieht bestürzt aus. »Oh, Mist. Das muss ich verwechselt haben. Wäre es Ihnen lieber, wenn ich später wiederkomme?«

Ich mache eine wegwerfende Handbewegung. »Wo sie schon einmal hier sind, können wir auch gleich anfangen. Geben Sie mir einen Moment, ich hole nur rasch meine Notizen.«

Ich bücke mich hinter mein Pult und ziehe den Stahlcontainer auf, in dem ich meine Patientenakten aufbewahre. Mit einem gezielten Griff fische ich die Akte heraus, dann lasse ich mich Mia gegenüber auf die Couch sinken.

»Wie ist es Ihnen in der letzten Woche ergangen?«

Mia zuckt die Achseln. »Ganz okay.«

»Wie sah es mit Panikattacken aus?«

»Unverändert, fürchte ich.«

»Darauf würde ich heute gerne näher zu sprechen kommen. Bitte erzählen Sie mir doch mehr über diese Anfälle, wie Sie sie nennen. In welchen Situationen treten sie auf? Gibt es spezielle Auslöser? Vielleicht eine bestimmte Tageszeit oder gewisse wiederkehrende Gedanken und Grübeleien?«

Mia schaut zum Fenster, doch ich bin mir sicher, dass sie weder der kahlen Eiche im Innenhof noch dem trüben Himmel Beachtung schenkt. Ihr Blick ist nach innen gerichtet.

»Am schlimmsten ist es direkt nach dem Aufwachen«, sagt sie schließlich. »Im ersten Moment fühle ich mich desorientiert und kann das dumpfe Angstgefühl nicht einordnen. Dann fällt mir alles wieder ein. Dass ich arbeitslos bin, weder Freunde noch Familie habe, in Wirklichkeit nicht einmal einen Grund, überhaupt aufzustehen. Und danach kommt die Panik – das ganze Programm. Hitzewallungen, Schwindelgefühl, mein Herz rast und ich bekomme keine Luft mehr.« Sie erschauert. »Sie wissen ja, wie das ist.«

Ich setze eine verständnisvolle Miene auf. »Könnte man also vereinfachend sagen, dass Ihre Panik von der Angst herrührt, alleine zu sein?«

Mia senkt den Kopf und starrt auf ihre Fingernägel. Sie sind so kurz geschnitten, dass es beim Hinsehen wehtut. Sie nickt.

»Gibt es vielleicht noch einen anderen Aspekt, den wir bisher außer Acht gelassen haben? Denn rational betrachtet hätten Sie es weit schlimmer treffen können. Stimmt – Sie haben derzeit keinen Job. Aber Sie verfügen über eine fundierte Ausbildung. Im Grunde ist es bloß eine Frage der Zeit, bis Sie wieder eine Anstellung bekommen. Dass Sie in Wien bislang keine Freunde haben, ist wenig überraschend, schließlich sind Sie eben erst hierher zurückgezogen. Außerdem sind Sie jung und attraktiv. Es wird Ihnen also bestimmt nicht schwerfallen, einen Partner zu finden. Bitte denken Sie noch einmal in Ruhe nach. Welche Vorstellung ängstigt Sie am meisten?«

»Es ist ...« Sie lässt den Satz unvollendet und schüttelt frustriert den Kopf. »Ich kann nicht. Meine Gefühle sind so dumpf. Ich kann sie nicht richtig einordnen. Tut mir leid.«

»Das ist völlig normal. Aber wenn ich Ihnen helfen soll, der Angstspirale zu entkommen, in der Sie feststecken, müssen Sie sich über Ihre Ängste zunächst klar werden. Bis zu unserer nächsten Sitzung habe ich eine kleine Hausaufgabe für Sie. Ich möchte, dass Sie die Gedanken aufschreiben, die Sie morgens quälen. So detailliert wie möglich, auch wenn sie Ihnen vielleicht dumm vorkommen. Wir werden dann Ihre Aufzeichnungen durchgehen und zusammen eine Strategie erarbeiten. In Ordnung?«

»Ich werde es versuchen.«

»Gut. Außerdem möchte ich, dass Sie jeden Abend eine Liste anfertigen. Schreiben Sie auf, was Sie untertags erlebt haben. Einkaufen, Bewerbungsgespräche, trainieren – was auch immer. Ziel der Übung ist, sich vor

Augen zu führen, dass Sie, selbst wenn Sie am Morgen keinen Sinn im Aufstehen erkennen können, dann doch mehr geschafft haben als gedacht.«

Mia sieht mich zweifelnd an, sagt jedoch nichts.

»Keine Sorge, wir bekommen das hin. Es dauert vielleicht ein paar Wochen, aber Ihre Probleme lassen sich lösen. Das kann ich Ihnen aus Erfahrung versichern.«

Zum ersten Mal an diesem Tag blickt sie mir direkt in die Augen, und mir fällt auf, wie wunderschön und klar sie sind. Spontan überkommt mich eine Woge der Sympathie für diese junge und zerbrechliche Frau. Das Gefühl der Verlorenheit und Isolation, das sie beschreibt, kenne ich nur allzu gut. Ich lächle ihr aufmunternd zu.

»Sie haben zuletzt einen Mann erwähnt, erinnern Sie sich?«, wechsle ich das Thema. »Der Kerl aus dem Fitnessstudio. Hatten Sie inzwischen Gelegenheit, ihn anzusprechen?«

Ein mädchenhaftes Grinsen macht sich auf Mias Gesicht breit.

»Und ob. Ich dachte schon, Sie fragen nicht.«

Ich bedeute ihr fortzufahren.

»Ich habe lange über Ihren Vorschlag nachgedacht. Eigentlich finde ich, es ist Aufgabe der Männer, eine Frau anzusprechen, und nicht umgekehrt. Abgesehen davon, dass er mich auch auf Tinder um ein Treffen hätte bitten können – das hat er aber nicht.« Sie lässt eine dramatische Pause entstehen. »Doch als ich ihn vor ein paar Tagen wiedersah, habe ich meine Meinung geändert und ihn spontan gefragt, ob er Lust hat, nach dem Training noch einen Drink in der Bar nebenan zu nehmen.«

»Das ist ja toll, Mia! Wie hat er reagiert?«

»Erst wirkte er überrascht und sagte, er fühle sich geschmeichelt, hätte aber schon eine Verabredung. Doch eine halbe Stunde später tauchte er auf einmal vor meinem Crosstrainer auf und meinte, seine Pläne hätten sich geändert. Er schlug vor, ins *Manolos* zu gehen.«

Ich nicke beiläufig. Ich kenne die Cocktailbar, von der sie spricht, auch wenn ich der lateinamerikanischen Musik dort nicht viel abgewinnen kann. Karl jedoch ist praktisch Stammkunde im *Manolos* und hat mich nicht selten mit seinen Freunden dorthin geschleift.

Mia beugt sich vor und zwinkert mir verschwörerisch zu.

»Es war ein toller Abend. So viel Spaß hatte ich lange nicht mehr. Der Mann ist wahnsinnig klug, dazu noch charmant und unverschämt attraktiv. Er ist Anwalt, wissen Sie, und hatte allerlei spannende Geschichten über verrückte Mandanten und eigensinnige Richter auf Lager. Wir haben uns praktisch durch die gesamte Cocktailkarte gearbeitet.«

Ihre Miene hat einen verträumten Ausdruck angenommen.

»Das eine führte zum anderen. Ich habe ihn mit zu mir genommen. Den Rest können Sie sich denken.« Sie schlägt die Wimpern nieder. »Normalerweise mache ich sowas nicht. Aber es war so ein schöner Abend, und der Alkohol hat das Übrige getan.«

»Ich verurteile Sie nicht, falls Sie das glauben.«

Mia hält den Kopf immer noch gesenkt und fixiert ihre ineinander verknoteten Finger.

»Darf ich fragen, was in Ihnen vorgeht? Bereuen Sie, dass Sie mit ihm geschlafen haben?«

»Ja – nein – ich weiß auch nicht.« Sie seufzt. »Es ist nur – es war fast zu gut, um wahr zu sein. Kennen Sie das? Den Eindruck, jemanden nicht verdient zu haben?«

»Wieso denken Sie, Sie hätten es nicht verdient, einen tollen Mann kennenzulernen?«, kehre ich die Frage um.

»Das ist es nicht. Ich hatte in seinem Beisein nur dieses merkwürdige Gefühl. Er hat mehr als klargemacht, dass ich ihm gefalle, und versicherte auch, dass er mich wiedersehen will. Trotzdem ...« Sie hält inne und lässt den Satz unvollendet.

»Alles, was wir in diesen vier Wänden besprechen, bleibt unter uns. Sie können mir vertrauen, Mia.«

Endlich hebt sie den Kopf.

»Es waren Kleinigkeiten. Die Art, wie er Fragen nach seinem Privatleben ausgewichen ist, zum Beispiel. Oder der Umstand, dass er nicht über Nacht geblieben ist. Dabei war es schon vier Uhr morgens, als er ging.« Sie zuckt die Achseln. »Irgendetwas stimmt nicht mit ihm. Nennen Sie es den sechsten Sinn einer Frau.«

»Haben Sie das Thema Beziehung denn gar nicht angesprochen?«

Mia sieht zerknirscht aus.

»Nein. Es war so schön, Zeit mit jemandem zu verbringen, der Interesse an mir zeigt. Ich wollte die Stimmung nicht gleich mit solch ernsten Themen belasten.«

»Das kann ich verstehen.«

»Jedenfalls kann ich es nicht erwarten, ihn wiederzusehen. Ich weiß, ich kenne ihn kaum. Trotzdem bin ich schon jetzt verrückt nach diesem Kerl.«

»Nun, ich würde Ihnen raten, ihn bei nächster Gelegenheit zu fragen, ob er in einer Beziehung ist. Schließlich haben Sie ein Recht, Bescheid zu wissen, bevor Sie sich weiter emotional engagieren.«

KAPITEL 9

Lexi

H ast du den Wein?«
Ich wende mich im Fahrersitz um und krame auf der
Rückbank nach dem Rotwein, den ich mitgebracht habe.
Ich sehe den Flaschenhals zwischen Sammys Hundege-
schirr und einem alten Wollpullover hervorlugen und hebe
die Flasche in die Luft, sodass Karl sie sehen kann.

Er nickt zufrieden. »Gut. Dann los.«

Wir steigen die Stufen zum Eingang des Gebäudes empor. Die Beschilderung weist uns zum Aufgang zu Stiege
sechs, wo Pauls Appartement in einem der oberen Stock-
werke gelegen ist.

»Wer ist heute mit Autofahren dran?«

Karl wirft mir einen missmutigen Blick zu. »Würden
wir in der Wohnung meiner Eltern wohnen ...«

»Ja ja, ich weiß«, falle ich ihm ins Wort. »Würden wir
der Stadt leben, müssten wir uns diese Frage nicht stellen
und könnten zu Fuß nach Hause laufen.«

»Ganz genau.«

Ich seufze. »Lass uns nicht schon wieder darüber dis-
kutieren. Ich werde fahren.«

Die Aufzugtüren gleiten auf und geben den Blick auf
ein geräumiges Treppenhaus frei. Paul wartet bereits im
Türrahmen auf uns.

»Schön, dass ihr gekommen seid. Kommt rein. Anette
und Friedl sollten auch gleich da sein.«

Paul umarmt mich zur Begrüßung und knufft Karl
kumpelhaft in die Seite, bevor er uns einlässt. Feierlich

überreiche ich Paul den Wein, dann hängen wir unsere Mäntel auf den Garderobenständer neben Pauls Polizeioverall und betreten den Wohnraum.

Überrascht stelle ich fest, wie ungewohnt sauber und aufgeräumt Pauls Zweizimmerwohnung ist. Der ewige Single legt normalerweise wenig Wert auf Ordnung, über dem Sofa im Wohnzimmer hängen für gewöhnlich die Klamotten der letzten Tage, und in der Spüle stapeln sich die Teller längst vergangener Mahlzeiten. Doch nicht heute. Der Boden und die Ablageflächen sehen aus, als wäre erst kürzlich ein Putztrupp durch die Wohnung gefegt, die Küche ist frisch gewienert, und selbst die Bierkisten, die sich sonst neben dem Kühlschrank türmen, sind verschwunden.

»Was ist denn hier passiert?« Karl stößt einen anerkennenden Pfiff aus. »Alle Achtung. Die Kleine muss es dir richtig angetan haben.«

Paul grinst verlegen. Er hat seine übliche Polizeiuniform gegen Jeans und einen dunkelblauen Kaschmirpullover getauscht.

Neugierig sehe ich mich in der behaglichen Wohnküche um. »Wo ist denn die Glückliche? Ich kann es kaum erwarten, die neue Frau in deinem Leben kennenzulernen. Sandra, nicht wahr?«

»Ja, wo ist sie?«, bekräftigt Karl und lässt ebenfalls den Blick durch den Raum schweifen. »Ich kann mich nicht erinnern, dass du je dermaßen von einer Frau geschwärmt hast. Und sieh an – dein Hemd! Es ist sogar gebügelt!«

Paul macht ein zerknirschtes Gesicht. »Tut mir leid, euch unter falschem Vorwand hergelockt zu haben. Die Arme liegt mit Grippe im Bett. Ihr müsst wohl mit mir vorliebnehmen.«

»Na, wenn das so ist – erklär uns, was diese Frau so besonders macht, dass du ihretwegen endlich bereit bist, das Singleleben an den Nagel zu hängen.«

Bevor Paul etwas darauf erwidern muss, schellt die Türglocke und er entschuldigt sich mit erleichtertem Gemurmel in Richtung Tür, um Friedl und dessen Freundin hereinzulassen.

Nachdem wir die Begrüßungsfloskeln hinter uns gebracht haben, lassen wir uns an dem festlich gedeckten Küchentisch nieder. Paul serviert uns sein Spezialgericht, oder – wie ich insgeheim vermute – das einzige Gericht, das er je zu kochen gelernt hat: Makkaroni mit Käse.

Karl verwickelt Friedl sogleich in eine leidenschaftliche Unterhaltung über den baldigen Beginn der Golfsaison.

»Sobald es wärmer ist, müssen wir unbedingt zusammen eine Runde spielen. Ich habe mir diesen neuen Driver von Callaway gekauft. Ein Mördergerät. Ich kann es kaum erwarten, ihn fliegen zu sehen. Mit dem Teil knacke ich dieses Jahr den einstelligen Handicapbereich, das versichere ich euch.«

Paul und ich grinsen uns über den Tisch hinweg an. Mein Verlobter ist beim Golf, wie auch in allen anderen Belangen seines Lebens, äußert ehrgeizig. Der Kofferraum seines Wagens ist selbst in den Wintermonaten mit seiner Golfausrüstung vollgestopft, sollte sich die Gelegenheit für eine spontane Runde ergeben – was angesichts seines fordernden Jobs jedoch nur selten der Fall ist. Dass sich der herbeigesehnte Erfolg nur schleppend einstellt, ist meiner Meinung nach eher auf seinen Mangel an Freizeit als auf sein Equipment zurückzuführen. Ob ein neuer Schläger da den Durchbruch bringen wird, wage ich zu bezweifeln.

»Du solltest auch mitkommen, Lexi«, richtet Karl das Wort an mich. »So sportlich, wie du bist, wird bestimmt in kürzester Zeit eine passable Golferin aus dir.«

Ich hebe abwehrend die Hände. »Geht ihr ruhig. Ich komme gerne anschließend auf einen Drink dazu.«

»Bitte, Lexi. Gib dem Ganzen eine Chance und nimm ein paar Stunden bei meinem Trainer. Mir zuliebe. Wenn du erst auf den Geschmack gekommen bist, wirst du es lieben, das verspreche ich.«

»Ich lass es mir durch den Kopf gehen«, erwidere ich ausweichend, obwohl ich weiß, dass es nicht dazu kommen wird. Seit Jahren schon versucht Karl, mich zum Golfen zu bewegen, doch bislang habe ich mich erfolgreich vor diesem Vorhaben gedrückt. Die Vorstellung, stundenlang im Schritttempo hinter einem winzigen Ball herzulaufen, reizt mich nicht sonderlich.

Karl nickt. Er wirkt besänftigt.

Paul ergreift die Gelegenheit und wechselt geschickt das Thema. »Apropos Sport – wie war euer Wochenende? Wolltet ihr nicht Skilaufen gehen?«

»Das war der Plan. Aber dann ist unerwartet eine von Alexandras Bekannten verstorben. Am Sonntag war die Beerdigung.«

»Das tut mir leid«, schaltet sich Friedls Freundin Anette ein, eine blasse Frau mit einem Gesicht voller Sommersprossen. »Kanntest du sie gut?«

»Sie wohnte ein paar Straßen weiter. Ich kenne sie schon mein Leben lang, wenn auch nicht besonders gut.«

»Zumindest ihren Neffen dürfest du ganz gut gekannt haben«, wirft Karl ein.

Ein mulmiges Gefühl breitet sich in meiner Magengegend aus. »Wie kommst du darauf?«

Karl hebt eine Augenbraue. »Wenn du denkst, ich hätte seine Blicke nicht bemerkt ...«

Unter den Anwesenden breitet sich unangenehmes Schweigen aus, und ich spüre, wie meine Wangen heiß werden. Mit gesenktem Kopf stopfe ich mir eilig eine

Teigtasche nach der anderen in den Mund. So viel zu meinem Plan, meine Vergangenheit mit Charlie vor Karl geheim zu halten.

»So ist das nun mal, wenn man eine attraktive Freundin hat. Daran musst du dich eben gewöhnen.«

Ich werfe Paul über den Tisch hinweg einen dankbaren Blick zu.

Der Rest des Abends verläuft einigermaßen entspannt. Die Männer unterhalten sich über die Erfolge der Österreicher im Skispringen der letzten Saison, während mir Anette voller Begeisterung von ihrer neuen Anstellung in einer Physiotherapiepraxis berichtet.

Ich höre nur mit halbem Ohr zu. Karls Verhalten bereitet mir Kopfzerbrechen, und so gelingt es mir kaum, Anettes Wortschwall zu folgen. Bilde ich mir das bloß ein, oder liegt neuerdings eine Distanz zwischen uns, die vorher nicht da gewesen ist? Und weshalb übernachtet er in letzter Zeit so oft bei seinen Eltern? Obwohl ich mir einzureden versuche, dass seine häufige Abwesenheit auf den Zivilprozess zurückzuführen ist, den er betreut und der Karl alles abverlangt, sagt mir ein undefinierbares Gefühl in der Magengegend, dass mehr dahintersteckt.

Unwillkürlich muss ich an Mias Erzählungen vom Vormittag denken.

Ein Zufall, meldet sich die Stimme der Vernunft. Das *John Harris* hat hunderte Mitglieder. Bestimmt arbeiten viele davon im juristischen Bereich. Und das *Manolos* ist eine stadtbekannte Bar, zu deren Klientel sicher viele Anwälte gehören. Trotzdem ist es eine Tatsache, dass Karl und ich uns seit Marias Beerdigung kaum gesehen haben. Erst diese Woche hat er wieder bei seinen Eltern genächtigt, obwohl er ursprünglich vorhatte, zu mir nach Hause zu fahren. Trifft sich Karl womöglich hinter meinem

Rücken mit einer anderen? Vielleicht sogar ausgerechnet mit Mia, meiner Patientin?

Unsinn, schlage ich meine Zweifel in den Wind und verbanne die Vorstellung von Mia und Karl in inniger Umschlingung aus meinen Gedanken. *Karl liebt dich.*

Nachdem wir die Nachspeise – einen selbstgemachten Zitronenkuchen, den Anette mitgebracht hat – verspeist haben, verabschieden wir uns von den anderen, und Karl und ich treten den Heimweg nach Altenhofen an.

Die Fahrt verläuft schweigsam. Von Zeit zu Zeit werfe ich Karl einen Seitenblick zu, doch er scheint es nicht einmal zu bemerken. Sein Blick ist auf das Display seines Smartphones gerichtet, während er emsig in die Tasten hämmert.

»Viel zu tun in der Kanzlei?«

Karl nickt nur, ohne den Blick zu heben.

Abgesehen davon, dass sich unsere Uneinigkeiten in Bezug auf die Hochzeit und unseren künftigen Wohnort zu häufen scheinen, herrscht jetzt offenbar auch noch dicke Luft zwischen uns.

Großartig hast du das wieder hinbekommen, Lexi.

Plötzlich kann ich es kaum erwarten, nach Hause und ins Bett zu kommen. Die vielen neuen Patienten und nicht zuletzt auch Charlies Rückkehr und das ominöse Foto von Alice haben ihren Tribut gefordert. Ich bin mit meinen Kräften am Ende.

Dreißig Minuten später taucht endlich mein Haus im Scheinwerferlicht auf. Sammy kommt die Treppe heruntergesaust, kaum dass er den Schlüssel gehört hat. Ich tätschle den Hund und mache mich dann auf direkten Weg nach oben.

Gerade habe ich meinen Pyjama angezogen und begonnen, mir die Zähne zu putzen, da steht Karl hinter mir, die Hände in die Seiten gestemmt.

»Mein Gott, Lexi. Hast du vor, das Haus abzufackeln? Wieso hast du die Kerze im Wohnzimmer denn nicht ausgemacht, bevor du losgefahren bist?«

Ich hebe den Kopf. Wasser und Zahnpaste tropfen von meinem Kinn auf das Pyjamaoberteil. Ich wische beides mit dem Ärmel weg.

»Was für eine Kerze?«

»Na, die auf der Kommode! Sie war völlig heruntergebrannt. Zum Glück war ich noch einmal unten, um nach dem Rechten zu sehen. Nicht auszudenken, was hätte passieren können!«

Ich starre ihn verständnislos an. »Aber – ich habe keine Kerze angezündet«, stottere ich.

Karl sieht mich nur an, sagt aber nichts.

Ich schiebe mich an ihm vorbei aus dem Badezimmer und laufe die Treppe hinunter.

Bereits im Vorraum kann ich ihn riechen. Den Duft nach Vanille und Kerzenwachs. Im Wohnzimmer angekommen taste ich im Dunkeln nach dem Lichtschalter und trete vor die Kommode. Die Oberfläche ist vollgestellt mit allerlei Fotos in bunt zusammengewürfelten Bilderrahmen. Auf den meisten sind Karl und ich zu sehen, einmal beim Skilaufen, ein anderes Mal vor einem riesigen, reich geschmückten Weihnachtsbaum.

Als mein Blick auf die Duftkerze fällt, will ich meinen Augen erst nicht trauen. Wie Karl gesagt hat, ist die Kerze komplett heruntergebrannt, auf dem dunklen Holz hat sich eine Pfütze Kerzenwachs gesammelt.

Ich umklammere den Rand der Kommode so fest, dass meine Fingerknöchel weiß hervortreten. Ein klägliches Wimmern entfährt meiner Kehle.

Niemals wäre ich so töricht, die Wohnung bei brennendem Kerzenlicht zu verlassen. Zudem war die Duftkerze, ein Weihnachtsgeschenk von Susanna, noch nagelneu.

Doch das ist es nicht, was mich so aus der Fassung bringt. Es ist das Foto, vor dem die Kerze gestanden hat. Ein Bild, das gewiss nicht da war, als ich das Haus vor wenigen Stunden verlassen hatte und von dem ich mit hundertprozentiger Sicherheit auch keinen Abzug behalten habe.

Das Foto ist alt, wie an der gelblichen Färbung unschwer zu erkennen ist, und wurde an einem sonnigen Sommertag in den Wäldern aufgenommen. Die Föhren und Laubbäume sind von einem intensiven Grünton, am Rande der Lichtung wuchern Waldblumen und Brennnessel. Im Zentrum des Bildes thront eine von Efeu überwucherte Holzhütte. Unsere Jagdhütte. Jene Hütte, die vor zehn Jahren abgebrannt und in der Alice einem schrecklichen Feuertod zum Opfer gefallen ist.

Ich fühle, wie meine Beine nachgeben, und sinke auf die Knie. In meinem Kopf dreht sich alles, und Übelkeit steigt in mir hoch. Ich ringe nach Luft.

»Bist du okay?«

Mit großer Kraftanstrengung drehe ich mich um. Karl ist hinter mir aufgetaucht und mustert mich besorgt.

Ich will etwas sagen und schaffe es nicht einmal, mich aufzurichten.

Sogleich ist er neben mir und schließt mich in die Arme. »Ruhig, Honey«, murmelt er an meinem Haar. »Ich bin ja da.«

»Ich war das nicht«, flüstere ich schließlich.

»Ist ja gut.« Karls Tonfall klingt besänftigend. »Bestimmt hast du nur vergessen, dass du die Kerze angezündet hast. Zum Glück ist ja nichts passiert.«

»Nein, das habe ich nicht! Ich bin schließlich nicht blöd. Denkst du wirklich, ich würde das Haus bei brennendem Kerzenlicht verlassen? Ausgerechnet ich? Und sieh nur: Das Foto! Die Hütte im Wald! Ich schwöre, das gehört mir nicht.«

Karl wirft nun seinerseits einen Blick auf das Bild. »Ich glaube, ich verstehe nicht ...«

»Irgendjemand war in meinem Haus!« Mein Oberkörper schwankt unkontrolliert vor und zurück. »Irgendjemand war hier, hat das Foto dort hingestellt und die Kerze angezündet.«

»Lexi, Schatz. Bitte sei doch vernünftig. Wer sollte denn sowas Verrücktes tun? Und weshalb?«

»Ich weiß es nicht. Aber das ist die einzige Erklärung.«

Die Art und Weise, wie Karl die Stirn runzelt und sich mit der Hand müde übers Gesicht fährt, treibt mir die Zornesröte auf die Wangen. Es ist kaum zu übersehen, dass er mir nicht glaubt. Natürlich nicht.

»Das Foto war nicht da«, wiederhole ich. »Und die Kerze habe ich auch nicht angezündet. Ich bin doch nicht verrückt!«

Karl greift nach meiner Hand und hievt mich auf die Füße, bevor er mich wieder in seine Arme zieht.

»Du hattest in letzter Zeit eine Menge um die Ohren, mein Schatz. Das sind die Nerven, nichts weiter. Sich den ganzen Tag mit dem emotionalen Ballast anderer zu beschäftigen, würde jedem irgendwann zu anstrengend werden. Du mutest dir zu viel zu. Vielleicht sollten wir übers Wochenende wegfahren. Nur wir beide, was meinst du? Ein wenig Abstand wird dir bestimmt guttun.«

Mit einem Ruck reiße ich mich von ihm los. Heiße Wut pulsiert in meinen Adern.

»Das hat rein gar nichts mit meinen Klienten zu tun! Wie kannst du es wagen, meinem Job die Schuld zu geben? Jemand war in meinem Haus. Da bin ich mir sicher. Gleich morgen lasse ich die Schlösser auswechseln!«

Karl starrt mich mit unverhohlenem Entsetzen an. »Das kann nicht dein Ernst sein!«

Ich richte mich zu meiner vollen Größe auf und schiebe das Kinn vor. »Und ob das mein Ernst ist. Und jetzt geh mir aus dem Weg. Ich muss noch einmal mit Sammy raus, bevor ich schlafen gehe. Geh ruhig zu Bett, du brauchst nicht auf mich zu warten.«

Mit diesen Worten stapfe ich an ihm vorbei in den Vorraum.

»Lexi, so warte doch ...«, ruft Karl mir hinterher. Ich achte nicht auf ihn.

»Sammy! Komm her!«

Der Golden Retriever kommt herbeigetrottet und sieht mich aus treuherzigen Hundeaugen fragend an. Er gähnt demonstrativ.

»Schau mich nicht so an. Ja, das ist mein Ernst. Wir gehen noch eine Runde.«

Ich schlüpfe in meine Winterstiefel und ziehe meinen Daunenmantel kurzerhand direkt über den Pyjama, dann reiße ich die Haustür auf und trete hinaus in die Kälte.

Ein eisiger Windstoß erfasst mich, kaum dass die Tür hinter uns zugeschlagen ist. Energisch durchquere ich den Garten bis auf die Straße. Ich habe keine Ahnung, wohin ich laufe, und es ist mir auch egal.

Der Mond steht am Himmel und taucht die Häuser und den Asphalt in sein kaltes Licht. Sammy hebt von Zeit zu Zeit ein Bein, ansonsten trottet er schicksalsergeben neben mir her.

Während ich durch den Matsch stapfe, kreisen meine Gedanken um Alice. In den letzten Tagen habe ich mich der verzweifelten Hoffnung hingegeben, das Foto von Alice und mir sei bloß ein Scherz gewesen. Ein Zufall. Doch inzwischen bin ich mir sicher, dass dem nicht so ist. Irgendjemand da draußen versucht mir Angst einzujagen. Aber wer? Und warum? Und so sehr ich mir auch das Hirn zermartere, mir will einfach niemand einfallen, der ein Interesse daran haben könnte, mich einzuschüchtern. Ich lasse die Ereignisse der letzten Wochen noch einmal

Revue passieren, in dem vergeblichen Versuch, einen Zusammenhang zu entdecken, der mir bislang entgangen ist.

Das alles hat angefangen, nachdem Charlie nach Altenhofen zurückgekehrt ist, so viel ist sicher. Ist es möglich, dass ich mich dermaßen in ihm getäuscht habe? Dass er derjenige ist, der mich an den Rand der Verzweiflung treiben will? Kopfschüttelnd verwerfe ich den Gedanken wieder. Charlies Überraschung, als ich ihn auf das Foto angesprochen habe, wirkte echt. Und ich kann mir beim besten Willen nicht vorstellen, weshalb er mich mit den Erinnerungen an Alice' Tod quälen wollte. Und doch war nur eine einzige Person im Besitz eines Ausdrucks jener Aufnahme von der Waldhütte. Charlie. Damals, in der Hochblüte unserer Beziehung, hatte ich ihm eine Fotocollage geschenkt. Und ich bin mir fast sicher, dass auch das Foto von der alten Jagdhütte darunter war. Aber wieso? Wieso jetzt? Wieso ausgerechnet dieses Bild? Ich lege noch etwas mehr Tempo zu. Wie ich es drehe und wende, ich komme einfach nicht dahinter.

»Alexandra?«

Für einen Moment droht mein Herzschlag auszusetzen. »Wer ist da?«, rufe ich in die Stille und versuche, in der Dunkelheit etwas zu erkennen. Ich höre die Panik in meiner Stimme und ärgere mich über meine eigene Schreckhaftigkeit.

Aus dem Schatten eines parkenden Wagens tritt eine Gestalt ins Mondlicht.

»Ich bin's, Charlie. Was machst du denn hier? Noch dazu so spät?«

»Ich könnte dich dasselbe fragen«, entgegne ich.

Ich spüre mehr, als dass ich sehe, wie sich Charlies Mund zu einem Lächeln verzieht. »Nun, ich wohne jetzt hier, schon vergessen?« Er deutet auf das Haus ein paar Meter weiter.

Erst jetzt fällt mir auf, dass mich meine Füße geradewegs vor Marias Anwesen getragen haben.

»Ich habe nur rasch die letzten Einkäufe aus dem Auto geholt.« Erst jetzt bemerke ich die Kiste Bier, die er in der rechten Hand hält.

Beschämt senke ich den Blick. »Entschuldige. Ich war so in Gedanken vertieft, dass ich gar nicht bemerkt habe, wohin ich laufe.«

Charlie mustert mich forschend. »Die besten Einfälle kommen einem beim Spazierengehen, nicht wahr?«

Ich nicke, erwidere jedoch nichts.

»Möchtest du reinkommen?«, fragt er beinahe schüchtern. »Du könntest mir bei einem Bier erzählen, was dich nachts allein auf die Straße treibt.«

Ich will dankend ablehnen, doch meine Lippen scheinen andere Pläne zu haben.

»Gern.«

Ich sehe Überraschung und Freude in seinen Augen aufblitzen. »Na, dann komm.«

Mit klopfendem Herzen und einem Anflug schlechten Gewissens folge ich Charlie ins Haus.

»Lass mich dir die Jacke abnehmen.«

Ich will schon den Reißverschluss meines Mantels aufziehen, da fällt mir ein, dass ich darunter nur den Pyjama trage, und ich spüre, wie meine Wangen rot anlaufen.

»Ich behalte sie lieber an.«

Charlies Blick wandert von meinem Gesicht abwärts und bleibt am Saum meiner Hose hängen. Er grinst. »Wie du willst. Bier also?«

Ich nicke.

Wir lassen uns am Küchentresen nieder. Mit geübten Handgriffen öffnet Charlie zwei Bierflaschen und schiebt mir eine davon über den Tisch hinweg zu. Ich trinke einige Schlucke und genieße den herben Hopfengeschmack. Ich kann mich nicht erinnern, wann ich zum letzten Mal Bier getrunken habe. Karl hat eine Vorliebe für schweren Rotwein, sodass wir nur selten welches im Haus haben.

»Also, lass hören: Was hat dich so spät nachts zu einem Spaziergang bewogen?«

Einen Moment lang ringe ich mit mir, ob ich Charlie von der Kerze und dem Foto erzählen soll. Je länger ich darüber nachdenke, desto absurder hört sich die Geschichte selbst für mich an. Was, wenn auch er mir nicht glaubt? Und dann ist da noch die Stimme des Zweifels in meinem Kopf, die mir zuflüstert, Charlie könnte womöglich doch gelogen haben und hinter den Fotos stecken.

»Wir müssen nicht reden«, sagt Charlie nach einer Weile, als ich nicht antworte. »Wir können ebenso gut hier sitzen, zusammen Bier trinken und die Stille genießen. Ist okay für mich.«

Ich überlege. Schließlich gebe ich mir einen Ruck und berichte ihm in kurzen Sätzen von den Ereignissen des Abends. Von der Kerze, dem Foto und Karls Reaktion auf beides. Charlie hört aufmerksam zu, ohne mich zu unterbrechen.

Als ich geendet habe, halte ich den Kopf zunächst gesenkt. Ich wage es nicht, ihm in die Augen zu sehen. Zu groß ist meine Angst, ich könnte etwas anderes als Verständnis darin finden.

»Irgendjemand hat also Zugang zu deinem Haus.«

Mein Blick schnellt nach oben. »Du glaubst mir?«

Charlie runzelt die Stirn. »Natürlich. Warum sollte ich nicht? Nach dem, was du eben erzählt hast, stellen sich mir gleich mehrere Fragen. Zunächst – gibt es jemanden, der einen Ersatzschlüssel besitzt? Abgesehen von dir und Karl?«

»Nur meine Eltern und eine Nachbarin. Patrizia. Sie kümmert sich um Sammy, wenn ich nicht da bin.«

Er nickt langsam. »Wie ist sie so, diese Patrizia? Vertraust du ihr?«

»Absolut. Außerdem wohnt sie noch nicht lange in der Stadt. Sie ist erst vor ein paar Jahren hierhergezogen. Lange nach Alice' – also, nachdem das mit Alice damals passiert ist. Unmöglich, dass sie Fotos von ihr hat oder die Waldhütte in ihrem Ursprungszustand kennt.«

»Hm. Und dein Verlobter? Könnte er ...«

»Ausgeschlossen«, falle ich ihm ins Wort.

Charlie nickt. »Das habe ich auch nicht erwartet. Zum anderen: Fällt dir jemand ein, der ein Interesse daran hätte, dich einzuschüchtern? Eine verärgerte Patientin vielleicht? Immerhin bist du Psychotherapeutin, da kommst du sicher mit allerlei merkwürdigen Menschen in Kontakt. Oder eine Freundin? Eine eifersüchtige Kollegin?«

Ich seufze. »Ich glaube, du hast ein falsches Bild von meiner Arbeit. Meine Patienten kommen zu mir, weil sie Probleme bei der Bewältigung ihres Alltags haben. Zwangshandlungen, Essstörungen, Panikattacken – sowas. Das sind keine Psychopathen. Und was meine Freundinnen anbelangt: Da gibt es niemanden, der in Betracht käme. Immerhin kenne ich Susanna und Nadine schon mein Leben lang. Sie würden mir das niemals antun.«

Ich zögere, ehe ich weiterspreche.

»Dieses Foto – erkennst du es wieder? Ich bin mir nämlich ziemlich sicher, dass es auf der Fotocollage war, die ich dir damals geschenkt habe. Erinnerst du dich?«

Bei diesen Worten fällt ein Schatten auf sein Gesicht. »Du glaubst doch nicht immer noch, dass ich ...«

»Nein, natürlich nicht. Ich – ach, ich weiß auch nicht.«

Verlegen wende ich den Blick ab.

»Ich habe die Collage behalten, wenn es das ist, was du wissen willst.« Er lächelt zaghaft. »Sie muss noch in irgendeinem Karton im Keller stecken. Nenn mich gefühlsduselig, aber ich konnte mich einfach nicht davon trennen.«

»Ist es möglich, dass sie jemand gefunden und mitgenommen hat? Ich kann mir schlicht nicht vorstellen, woher die Aufnahme sonst stammen könnte.«

»Ich wüsste nicht, wer.« Er denkt ein paar Sekunden nach, dann schüttelt er den Kopf und fügt hinzu: »Hast du schon überlegt, mit der Polizei zu sprechen?«

Ich lache kurz auf. »Und was soll ich denen sagen? Wo doch nicht einmal mein Verlobter mir glaubt?«

»Auch wieder wahr.« Eine Weile starrt er nachdenklich auf die Tischplatte und trinkt von seinem Bier. »Versprich mir bitte trotzdem, dass du zur Polizei gehst, sollte noch etwas Ungewöhnliches passieren. Okay?«

Mir wird warm. Die Sorge in seinem Blick berührt mich tief, und ich kann nicht anders, als Dankbarkeit zu empfinden. Dankbarkeit dafür, dass er mir glaubt. Dass er mir nicht das Gefühl gibt, ich wäre verrückt. Ich lächle ihm zu.

»In Ordnung.«

Für einen Moment sehen wir uns nur an. Mein Blick streift über seine markante Nase und bleibt an den tiefen Furchen um seinen Mund hängen. Er ist zweifellos unverändert attraktiv, und doch zeugt seine Miene von Einsamkeit und Traurigkeit, die früher nicht da gewesen sind. Welche Prüfungen das Leben in den letzten Jahren wohl für ihn bereitgehalten hat, dass die einst jungenhafte und unbeschwerte Ausstrahlung so ganz aus seinen Zügen verschwunden ist? Es kostet mich einiges an Anstrengung, nicht die Hand auszustrecken und ihm die Trauer wie eine verirrte Strähne aus dem Gesicht zu streichen. Und dann frage ich mich, ob ich ihm jemals vergeben kann, was er mir angetan hat.

Auf einmal peinlich berührt erhebe ich mich, was meinen Stuhl und die halbleere Bierflasche auf dem Tisch vor mir gefährlich ins Wanken bringt.

»Danke fürs Zuhören«, sage ich mit fester Stimme und spüre, wie der Moment der Vertrautheit zwischen uns zerreißt. »Ich gehe jetzt besser.«

Charlie begleitet mich zur Tür.

»Bis bald, Alexandra. Und bitte, pass auf dich auf.«

Er wartet im Türrahmen, bis ich das Gartentor hinter mir zugezogen habe, erst dann wendet er sich um und geht zurück ins Haus.

Karl schläft schon, als ich heimkomme, und nachdem ich neben ihm ins Bett geschlüpft bin, liege ich noch lange wach. Ich bin hundemüde und brauche den Schlaf, doch die ersehnte Entspannung will sich einfach nicht einstellen. Zunehmend unruhig lausche ich Karls unregelmäßigen Schnarchlauten.

Plötzlich packt mich die Sehnsucht nach seiner Nähe und der Vertrautheit zwischen uns, die ich in den letzten Wochen so schmerzlich vermisst habe, und ich krieche an ihn heran, kuschle mich an seinen warmen Körper.

Karl gibt ein schlaftrunkenes Grunzen von sich und legt den Arm um meine Taille. Mich packt das schlechte Gewissen. Ich hätte nicht davonlaufen dürfen, das ist mir jetzt klar. Ich hätte mit Karl reden und mich von ihm trösten lassen sollen, anstatt ihn von mir zu stoßen und wegzurennen. Und dann noch ausgerechnet zu Charlie.

Sanft streiche ich mit der Hand über seine Wangen und den Bartansatz.

»Karl?«, wispere ich in die Stille. »Schatz, bist du noch wach?«

»Hm?«

»Das vorhin tut mir leid. Es war nicht fair, wie ich dich behandelt habe. Ich habe überreagiert. Du wolltest mich bloß beruhigen. Ich würde mich freuen, wenn wir am Wochenende den Ausflug machen, von dem du gesprochen hast. Ein wenig Zeit zu zweit wird uns guttun.«

»Schon okay, Honey«, murmelt er. »Schlaf jetzt. Du musst völlig erschöpft sein.«

Doch ich bin alles andere als müde.

Unter der Decke streiche ich mit den Fingern über Karls feste Bauchmuskeln, das Ergebnis seines Trainings im Fitnessstudio. Meine Hände wandern weiter nach unten und tasten nach dem Saum seiner Boxershorts. Ich arbeite mich weiter vor, meine Fingerspitzen streifen über seine Männlichkeit.

Karl gibt ein Stöhnen von sich. Erst deute ich es als Zustimmung, dann findet seine Hand unter der Decke die meine und zieht sie zurück auf seine Brust.

»Ich bin müde, Schatz. Lass uns schlafen, ja?«

Frustriert lasse ich mich in die Kissen sinken. Schlaf werde ich diese Nacht keinen mehr finden, so viel steht fest.

KAPITEL 10

Lexi

Ich starre auf die Akte, die vor mir auf dem Schreibtisch liegt, und versuche mich auf meine handschriftlichen Notizen zu konzentrieren, doch ärgerlicherweise fällt es mir an diesem Tag schwer, mich in die Gedanken- und Gefühlswelt meiner Klientin hineinzuversetzen. Ich bin wie gerädert, und meine Laune liegt ähnlich wie die Temperaturen draußen deutlich unter dem Gefrierpunkt. Die vergangenen Nächte waren alles andere als erholsam, eine lästige Nebenwirkung der Albträume, die mich quälen und mir den Schlaf rauben. Es ist immer wieder der gleiche Traum, ein Traum, den ich früher öfter geträumt habe, als ich zählen kann, der mich in den letzten Jahren jedoch zunehmend seltener heimgesucht hat, sodass ich mich der falschen Sicherheit hingab, ihn endlich überwunden zu haben.

Es ist immer dieselbe Szenerie, die sich in Endlosschleife vor meinem inneren Auge abspielt.

Ich stehe am Rande der Lichtung mit Blick auf die alte Jagdhütte. Sie ist von Rauchschwaden umgeben, aus dem Dachstuhl züngeln die Flammen.

Vor dem Schein des Feuers hebt sich deutlich Alice' Gestalt ab, und ich sehe, wie sie zum Eingang stürmt. Ich höre ihr verzweifeltes Rütteln an der Eingangstür, vernehme ein lautes Krachen, als sie sich mit dem ganzen Gewicht gegen die Tür wirft. Doch das Scharnier scheint sich in den Angeln verkeilt zu haben, sodass sie sie nicht aufbekommt.

Ich kann das Weiße in ihren Augen erkennen, als sie zurück zum Fenster läuft und in Panik versucht, den Riegel aufzuschieben, der den Fensterladen in seiner Verankerung hält. Doch ihre Bemühungen scheinen vergebens. Sie hämmert mit den Fäusten gegen die Scheibe.

»Lexi, bitte, hilf mir!«, höre ich ihre Stimme über die Lichtung schallen. »Das Fenster – ich bekomme es nicht auf. Lexi, wieso hilfst du mir nicht?«

Ich beobachte, wie sich das Feuer um sie herum ausbreitet und die Flammen mit gierigen Fingern nach ihr greifen.

»Lexi! Bitte! So hilf mir doch! Es ist so heiß hier drinnen! Lass mich raus!« Sie schreit jetzt aus Leibeskräften. Dann sinkt sie von einem plötzlichen Hustenanfall überwältigt in die Knie.

»Ich komme, Alice! Ich bin gleich bei dir!«, will ich erwidern, aber aus meiner Kehle kommt kein Laut. Ich versuche, einen Fuß vor den anderen zu setzen, um ihr zu Hilfe zu eilen. Aber ich stolpere und stürze. Entsetzt bemerke ich, dass meine Beine mit einem dicken Seil aneinandergekettet sind.

»Halte durch, Alice!« Mit zitternden Fingern mache ich mich an dem Strick zu schaffen, und unter Aufbringung all meiner Kräfte befreie ich mich von den Fesseln und stürze zur Hütte, die inzwischen lichterloh brennt. Der Fensterrahmen, hinter dem ich Alice gesehen hatte, steht in Flammen, und der Rauch ist so dicht geworden, dass ich meine eigene Hand vor Augen nicht mehr erkennen kann. Verzweifelt suche ich das Hütteninnere nach Alice ab, doch ich kann sie nirgendwo entdecken.

»Alice! Alice, wo bist du?«

Ein herzzerreißendes Wimmern dringt an mein Ohr.

So schnell mich meine Füße tragen, eile ich zur Tür. Doch in dem Moment, als sich meine rechte Hand um die

Türklinke schließt, spüre ich, wie das Treppenhaus im Inneren in sich zusammenstürzt. Ich werde von einer Druckwelle nach hinten geschleudert und bleibe einen Augenblick lang reglos liegen. Im Schatten der Bäume werde ich Zeuge, wie die Hütte endgültig in sich zusammenbricht, begleitet von Alice' Schmerzensschreien.

Mörderin.

Seufzend reibe ich mir die müden Augen. Ich hätte nicht erst Therapeutin werden müssen, um zu wissen, was dieser Traum mir sagen will. Meine Schwester ist gestorben, und ich konnte sie nicht retten. Und auch wenn es genau genommen nicht meine Schuld war, dass in der Hütte ein Feuer ausgebrochen ist, so war ich es doch, die sie dorthin gelockt hat. Es war meine Aufgabe, auf sie aufzupassen, und ich habe versagt. Niemals im Leben hätte ich sie dort alleine lassen dürfen.

Mörderin.

Ich schlucke. Zehn Jahre sind vergangen, und trotzdem glaube ich nicht, dass ich jemals darüber hinwegkommen werde, was mit Alice geschehen ist.

Missmutig nippe ich an meinem Kaffee und werfe einen Blick auf die Uhr an der gegenüberliegenden Wand. Es ist erst kurz vor acht. Normalerweise würde ich um diese Uhrzeit in Claras Bäckerei sitzen, Café Latte schlürfen und mich von ihr über den aktuellen Dorftratsch auf den neuesten Stand bringen lassen. Doch Mia Pfeiffer hat mir gestern Abend eine panische Nachricht hinterlassen und kurzfristig um eine Sitzung gebeten. Und abgesehen davon, dass mir Mia schon jetzt ans Herz gewachsen ist, ist es besonders am Anfang einer Therapie wichtig, in Notfällen stets ein offenes Ohr zu haben.

Pünktlich auf die Minute vernehme ich das zaghafte Klopfen an der Tür. Resolut verbanne ich alle Grübeleien aus meinen Gedanken und werfe noch einen letzten Blick auf die Handakte, bevor ich auf meinem Papierblock eine neue Seite aufschlage.

»Sie können reinkommen!«

Mia huscht herein. Mit gesenktem Kopf läuft sie geradewegs auf die Couch zu und lässt sich auf ihrem angestammten Platz in die Kissen sinken.

»Danke, dass Sie sich so kurzfristig Zeit genommen haben.«

Ich erkenne sofort, dass etwas nicht stimmt. Ihr sonst sorgsam geglättetes Haar ist zerzaust, und unter ihren Augen liegen dunkle Schatten.

»Kein Problem. Ich habe Ihnen ja gesagt, dass Sie mich in Notfällen jederzeit anrufen können. Möchten Sie eine Tasse Tee? Nehmen Sie es mir nicht übel, aber Sie sehen ein wenig blass aus.«

Sie schüttelt den Kopf.

Ich zwinge meinen Körper in eine aufrechte Position und blicke sie erwartungsvoll an. »Nun gut, meine Liebe. Dann erzählen Sie mir, was passiert ist, ja?«

Mia gibt einen unverständlichen Klagelaut von sich.

»Der, mit dem ich aus war. Wie es aussieht, lag ich mit meinen Befürchtungen richtig.«

Eine Weile erweckt es den Eindruck, als wüsste sie nicht, wo sie anfangen soll, schließlich geht ein Ruck durch ihren Körper, und sie sieht mich an.

»Zunächst lief alles gut. Ein paar Tage nach unserer letzten Sitzung rief er mich an und bat um ein Date. Ich war wahnsinnig erleichtert. Immerhin hatte ich befürchtet, er könnte nach unserer überstürzten gemeinsamen Nacht das Interesse an mir verloren haben. Er hat einen Tisch in einem teuren Lokal in der Innenstadt reserviert. Im *Fabios*.« Sie verdreht die Augen. »Sie wissen schon. Stoffservietten, überteuerte Speisen, Männer mit Frauen, die halb so alt sind wie sie. Das Essen verlief entspannt, und wir verstanden uns hervorragend. Als wir schließlich aufbrechen wollten, fragte er mich, ob er auf einen Drink mit zu mir kommen dürfe.«

Sie wirft mir einen finsteren Blick zu und hebt eine Augenbraue.

»Mir war natürlich klar, worauf das hinauslaufen sollte. Und im Grunde hätte ich die Nacht furchtbar gerne mit ihm verbracht. Doch das Thema Beziehung war immer noch nicht zur Sprache gekommen, und ich wurde deswegen zunehmend unsicherer. Also fragte ich ihn, ob wir den Drink nicht lieber in seiner Wohnung einnehmen könnten. Immerhin hatte er erwähnt, er wohne ganz in der Nähe.«

Sie spricht nun zu ihren Knien, als wäre es ihr unangenehm, die folgenden Worte zu sagen.

»Erst versuchte er es mit einer Ausrede. Seine Wohnung sei in Unordnung und so weiter. Ich wusste sofort, was tatsächlich Sache war. Also fasste ich mir ein Herz und fragte ihn rundheraus, ob er eine Freundin habe.«

Ein klägliches Lächeln umspielt ihre Mundwinkel, als sie fortfährt.

»Erst faselte er noch etwas von wegen, er sei in einer schwierigen Situation, dann rückte er endlich mit der Sprache heraus. Er sei verlobt, doch insgeheim habe er schon seit einigen Wochen Zweifel, ob seine Freundin tatsächlich die Richtige für ihn wäre. Sie hätten sich auseinandergelebt, hätten auch kaum Sex. Er hätte gedacht, ihr einen Antrag zu machen, würde sie wieder näher zusammenbringen, doch im Gegenteil, ihre Differenzen und unterschiedlichen Lebensvorstellungen hätten eher zu- als abgenommen. Das Tinder-Profil hat er aus Langeweile erstellt, meinte er, sich aber nie mit einer der Frauen getroffen. Als er mich dann im Fitnessstudio sah und mich besser kennenlernte, hätte er endgültig begriffen, dass er nicht länger so weitermachen kann. Dass er seine Freundin nicht mehr liebt. Aber weil sie sich emotional wie beruflich im Moment in einer angespannten Situation befindet, kann er sich aus Respekt vor ihrer langjährigen Beziehung nicht sofort von ihr trennen. Und dann hat er mich gefragt, ob ich ihm Zeit geben könne, seine Angelegenheiten zu regeln.«

Meine Gedanken wirbeln durcheinander, und es fällt mir zunehmend schwerer, Mias Erzählungen zu folgen. Ausgerechnet das *Fabios*! Karls Stammlokal, nur ein paar Straßen von seiner Kanzlei entfernt. Die Überschneidungen häufen sich, wie mir mit Erschrecken bewusst wird. Anwalt, verlobt, Mitglied im *John Harris*, Ausgehen im *Manolos*, Abendessen im *Fabios*. Ist es tatsächlich möglich, dass all das bloß ein großer Zufall ist?

Um einen neutralen Gesichtsausdruck bemüht, wende ich mich wieder Mia zu, verzweifelt bestrebt, mir meine Bestürzung nicht anmerken zu lassen. Den Gedanken an Karl schiebe ich resolut beiseite und versuche mich darauf zu konzentrieren, meiner Patientin den bestmöglichen Rat zu erteilen.

»Es tut mir leid, das zu hören. Wie haben Sie sich gefühlt, als Ihr Geliebter Ihnen von seiner Verlobten erzählt hat?«

»Na wie wohl? Für mich ist eine Welt zusammengebrochen!« Sie schlägt die Hand vors Gesicht. »Ich weiß, was Sie jetzt denken. Ich habe diesen Mann gerade erst kennengelernt. Ich müsste ihn zum Teufel jagen, ihm klarmachen, dass eine Affäre für mich nicht in Betracht kommt, und die Sache abhaken. Denn selbst wenn er die Wahrheit gesagt hat und seine Verlobte verlässt – was hindert ihn daran, mit mir nicht genau dasselbe zu machen, sobald er meiner überdrüssig geworden ist? Er hat sie betrogen.«

Sie erschauert. »Aber trotzdem – meine Gefühle für ihn – ach, ich weiß auch nicht. So kitschig es klingen mag, es war Liebe auf den ersten Blick. So etwas habe ich noch nie erlebt. Außerdem habe ich doch sonst niemanden. Zum ersten Mal seit Monaten gibt es jemandem in meinem Leben, für den es sich lohnt, am Morgen aufzustehen.« Sie sieht mich an. »Verstehen Sie, was ich meine?«

»Natürlich. In Ihrer aktuellen Situation ist es nur verständlich, dass Sie so empfinden.«

»Also habe ich – ich habe ...«

»Beruhigen Sie sich, Mia. Atmen Sie tief durch. Wir sind hier in einem geschützten Bereich, schon vergessen?«

»Ich habe ihn mit nach Hause genommen«, flüstert sie tonlos. Ihre Schultern sacken nach unten. Ihre Haltung erinnert an einen Ballon, aus dem die Luft gelassen wurde. »Mein Gott, was bin ich nur für ein Idiot! Ich wusste doch, wie falsch das ist. Ich wusste es bereits in dem Moment, als ich seine Hand nahm und ihn in Richtung Ausgang zog.«

Ich muss mich vorbeugen, um ihre nächsten Worte überhaupt zu verstehen.

»Was soll ich jetzt nur tun?«, wispert sie. »Der Sex war unbeschreiblich. Leidenschaftlich, zärtlich, vertraut. Der Beste, den ich je hatte. Umso größer war meine Verzweiflung, als er meine Wohnung gegen drei Uhr morgens verließ. Ich fühlte mich so – dreckig. Benutzt. Allein. Die Leere – sie war einfach unerträglich. Den gesamten nächsten Tag habe ich es nicht einmal aus dem Bett geschafft. Von den Panikattacken, die mich überfielen, ganz zu schweigen.«

Mitfühlend sehe ich sie an.

»Ihr Gefühlschaos ist absolut nachvollziehbar. Sie haben gerade herausgefunden, dass der Mann, für den Sie schwärmen, mit einer anderen Frau liiert ist. Was sagt denn ihr Bauchgefühl? Denken Sie, dass er vorhat, seine Verlobte zu verlassen?«

»Woher soll ich das wissen?«, stößt sie kläglich hervor. »Finden Sie, ich bin ein furchtbarer Mensch, weil ich mir wünsche, es wäre so?«

»Das sind Sie gewiss nicht. Was dieser Mann tut, liegt allein in seiner eigenen Verantwortung. Er ist derjenige, der seine Partnerin betrügt, nicht sie.«

In ihrem Blick liegt eine Hoffnung, die mir schmerzlich vertraut ist.

»Meinen Sie wirklich?«

»Absolut.«

Ihr scheint ein neuer Gedanke gekommen zu sein, denn unvermittelt erscheint ein düsterer Ausdruck auf ihrem Gesicht.

»Mag sein. Trotzdem ist es falsch, was ich tue. Er ist verlobt, Herrgott nochmal! Das einzig Richtige wäre, die Sache an dieser Stelle zu beenden. Aber allein die Vorstellung, ihn nie wiederzusehen, ist mehr, als ich verkraften kann. Ich glaube, ich war noch niemals so vernarrt in einen Kerl.«

»Beziehungen gehen nun einmal in die Brüche. Manche früher, andere später, wieder andere halten ein Leben lang. Wer weiß das schon? Wenn er seine Verlobte zu Ihren Gunsten verlässt, ist das jedenfalls nicht Ihre Schuld.«

Eine Weile herrscht betretenes Schweigen.

»Hatten Sie schon einmal eine Liaison mit einem verheirateten Mann?«

Ich überlege, wie ich auf diese persönliche Frage reagieren soll. Irgendetwas an Mias Gesichtsausdruck und der Art, wie sie die Worte ausgesprochen hat, gefällt mir nicht, auch wenn ich nicht sagen kann, was es ist.

»Meine Beziehungen tun hier nichts zur Sache, Mia. In der Therapie geht es um Sie, nicht um mich. Aber ich kann Ihnen versichern, dass ich Ihren moralischen Konflikt durchaus nachempfinden kann.«

Mia sieht enttäuscht aus, bohrt jedoch nicht weiter nach.

»Glauben Sie, dass sie es weiß? Seine Verlobte, meine ich.«

»Eine gute Frage«, erwidere ich, und mein Blick wandert unwillkürlich zu dem Ring an meiner linken Hand. »Auf eine gewisse Weise denke ich schon, dass man spürt, wenn der eigene Partner fremdgeht«, spreche ich meinen Gedanken laut aus. »Bestimmte Anzeichen, auch wenn man sie nicht wahrhaben will. Auswärtige Übernachtungen, sich häufende Geschäftstermine, ein unbekannter Geruch an der Kleidung.«

Eine Distanz, die vorher nicht da gewesen ist.

»Sie sind doch auch verlobt«, sagt Mia plötzlich und deutet auf meinen Ring. »Würden Sie Ihrem Freund zutrauen, dass er Sie betrügt? Und was würden Sie tun, wenn Sie es herausfänden?«

Ihre Worte versetzen mir einen Schlag in die Magengrube. Abwehrend hebe ich die Hände. »Wie gesagt, hier geht es nicht um mich. Grundsätzlich denke ich, das kommt darauf an. Ob Kinder im Spiel sind, zum Beispiel. Und natürlich die Liebe. Wie viel davon noch übriggeblieben ist. Ob man glaubt, dass der andere eine zweite Chance verdient hat.«

»Ja, aber ich frage *Sie*, ganz direkt. Würden Sie Ihren Mann verlassen, sollte er eines Tages so dumm sein, sie zu hintergehen?« Sie sieht mich gespannt an.

Ich zögere einen Moment, ehe ich antworte. »Mein Verlobter und ich führen eine stabile Beziehung. Wenn Sie mich also so fragen – ich kann es mir nicht vorstellen, nein. Aber wenn dem doch so wäre und ich Bescheid wüsste – ja, dann würde ich ihn vermutlich verlassen.«

Ist das wahr?, meldet sich eine hässliche Stimme in meinem Hinterkopf zu Wort. *Hältst du es wirklich für so* undenkbar, dass Karl dich betrügen würde? Hast du etwa vergessen, wie es damals mit Katharina, seiner Exfreundin, war? Und wenn du dir deiner so sicher bist, wieso bringen dich dann die Parallelen zwischen Mias Geliebten und Karl dermaßen aus der Fassung?

Ärgerlich schiebe ich die Gedanken beiseite.

Mia, der meine heimlichen Zweifel zum Glück verborgen geblieben sind, nickt nachdenklich.

»Ja, ich denke, das würde ich auch.« Nach einer Weile fügt sie hinzu: »Was soll ich denn jetzt tun?«

Ich nehme mir einen Moment Zeit und wähle meine nächsten Worte mit Bedacht. »Ich kann Ihnen diese Entscheidung nicht abnehmen, tut mir leid. Aber als Ihre Therapeutin muss ich Ihnen raten, das zu tun, was für Sie das Beste ist. Wenn sie die Affäre fortsetzen wollen, ist das Ihre Sache. Ich werde Sie dafür nicht verurteilen. Sie sollten sich jedoch der Frage stellen, ob Sie damit leben können, die Nummer zwei für ihn zu sein. Zumindest für eine Weile.«

»Im Glück und im Spiel ist alles erlaubt«, murmelt Mia nachdenklich. »Ist es nicht so?«

»So sagt man.«

Nach einigen Minuten des Schweigens wechsle ich behutsam das Thema.

»Ich würde nun gerne noch einmal auf Ihre Panikattacken zu sprechen kommen. Sie meinten, sie seien schlimmer geworden.«

Mia nickt düster.

»Dann frage ich Sie ganz konkret: Was genau ist es, wovor Sie sich fürchten? Was sehen Sie vor ihrem inneren Auge, bevor die Panik kommt? Was fühlen Sie?«

»Ich habe Angst, alleine zu sein. Dass sich die Menschen von mir abwenden, dass ich diejenigen verliere, die mir wichtig sind«, sagt sie leise. »So wie ich alle verloren habe.«

Ich horche auf. Das war das Stichwort, auf das ich gewartet habe, und ich hake ein.

»Wen haben Sie verloren, Mia?«, frage ich sanft.

Einen Augenblick scheint Mia mit sich zu hadern. Dann geht ein Ruck durch ihren schmalen Körper.

»Philipp«, flüstert sie kaum hörbar, ohne mich anzusehen. »Meinen Bruder.« Obwohl sie den Kopf gesenkt hält, kann ich die Tränen sehen, die ihr bei diesen Worten in die Augen geschossen sind.

»Möchten Sie mir von ihm erzählen? Von Philipp?«

Mia schlingt die Arme um den Körper, als würde sie frieren. Ihre Kiefer sind so fest aufeinandergepresst, dass ich ihre Zähne knirschen hören kann.

»Er ist gestorben, als ich zwölf war«, wispert sie schließlich. Dann schüttelt sie trotzig den Kopf, ihre Stimme klingt auf einmal fest und abweisend. »Das ist Ewigkeiten her. Es tut nichts zur Sache.«

»Nun – normalerweise würde ich Ihnen zustimmen. Als bekennende Verhaltenstherapeutin ist es vorrangig mein Ziel, Ihre Probleme in der Gegenwart anzupacken. Ich halte es für wenig zielführend, Ihre gesamte Vergangenheit aufzuarbeiten, nur um zu der Erkenntnis zu gelangen, dass Sie eine üble Kindheit hatten und Ihre Eltern an allem schuld sind.«

Ich fange ihren überraschten Blick auf und grinse. »Glauben Sie mir, die perfekte Kindheit gibt es nicht. Trotz der Mühe unserer Eltern hat jeder von uns schlechte Erfahrungen gemacht. Erinnerungen, die uns prägen. Und das ist auch nicht weiter schlimm. Aber wenn Ihre Panikattacken tatsächlich auf den Verlust Ihres Bruders zurückzuführen sind, haben Sie ein Trauma erlitten, das es wert ist, aufgearbeitet zu werden. Ich versichere Ihnen, ich weiß, wovon ich spreche.«

»Haben Sie jemanden verloren?«

Mein Blick fällt auf meine ineinander verschränkten Finger.

Normalerweise würde ich private Fragen wie diese im Keim ersticken. Meine Patientin höflich, aber bestimmt darauf hinweisen, dass es in der Therapie um ihre Erfahrungen, ihre Probleme geht und nicht um meine. Doch einer inneren Eingebung folgend beschließe ich, dieses eine Mal eine Ausnahme zu machen. Die Mischung aus Einsamkeit, Verzweiflung und Trauer in ihrem Blick erinnert mich an das Mädchen, das ich selbst einmal gewesen bin.

Und ich entscheide mich für die Wahrheit.

»Ja, das habe ich«, sage ich schlicht. »Meine Schwester ist gestorben, als ich zwanzig war. Ich kann Sie also verstehen, Mia. Sie können sich mir anvertrauen.«

Ihre Augen weiten sich. »Das tut mir leid«, murmelt sie. Zögerlich fügt sie hinzu: »Darf ich fragen, was passiert ist?«

Ich spüre den vertrauten Kloß in meinem Hals.

»In dem Haus, in dem sie schlief, brach ein Feuer aus. Jegliche Hilfe kam zu spät.«

Mia schlägt die Hand vor den Mund. »Oh, mein Gott! Wie schrecklich!«

»Das war es. Und es hat lange gedauert, aber ich bin darüber hinweggekommen. Ich habe meinen Frieden mit ihrem Tod geschlossen.«

Lügnerin. Heuchlerin.

Energisch bringe ich die Stimme in meinem Hinterkopf zum Verstummen.

Das ist jetzt kaum der richtige Zeitpunkt.

Ich wechsle das Thema. »Aber nun genug von mir. Was ist damals mit Philipp geschehen?«

Mia schluckt. Dann beginnt sie langsam zu erzählen.

»Ich war zwölf, mein Bruder Philipp erst vier. Es war Sommer, und wir verbrachten die Ferien im Haus einer

Freundin meiner Eltern. Ich habe es geliebt, dort zu sein. Die Natur, die frische Bergluft und vor allem der Pool im Garten hatten es mir richtig angetan. Eines Nachmittags sollte ich auf Philipp aufpassen, während die Erwachsenen zum Einkaufen in die Stadt fuhren. Das war an sich nichts Ungewöhnliches, wir waren schon öfter allein geblieben. Immerhin war ich schon zwölf.

Für einen Sommertag war es relativ kühl, und ich hatte meine Spielsachen im Wohnzimmer ausgebreitet. Ich hatte damals so ein Harry-Potter-Legoschloss, in das ich ganz vernarrt war. Philipp ging mir furchtbar auf die Nerven. Ständig nahm er die Figuren von ihren Plätzen und tauschte ihre Frisuren und Hosen untereinander aus. Mein Gott, war das lästig!«

Sie lächelt traurig.

»Als er mich dann fragte, ob er sich ein Eis aus der Gefriertruhe holen dürfe, war ich erleichtert, endlich meine Ruhe zu haben. Es dauerte fast eine halbe Stunde, bis mir auffiel, dass er immer noch nicht zurück war. Also stand ich auf, um nachzusehen, wo er abgeblieben war. Nachdem ich das Haus abgesucht hatte, lief ich in den Garten. Da fand ich ihn. Philipps reglosen Körper. Er trieb mit dem Rücken nach oben auf der Wasseroberfläche.«

Sie schluckt. Eine einsame Träne bahnt sich einen Weg über ihre Wange und verschwindet in ihrem Pullover. »Es war meine Schuld. Ich hätte besser auf ihn achtgeben sollen. Dabei wusste ich doch, dass er noch nicht schwimmen konnte!«

Eine Woge des Mitleids überkommt mich, als ich in ihr tränenüberströmtes Gesicht blicke. Ich reiche ihr ein Taschentuch.

»Das tut mir sehr leid, Mia«, murmele ich betroffen. »Eine furchtbare Geschichte.«

Sie schnieft. »Ich kann es nicht fassen, dass ich Ihnen davon erzählt habe. Seit Jahren habe ich nicht mehr über meinen Bruder gesprochen. Mit niemandem.«

»Ich bin froh, dass Sie mich ins Vertrauen gezogen haben. Sie können sehr stolz auf sich sein. Glauben Sie mir, ich weiß besser als jeder andere, wie schwer das ist.«

KAPITEL 11

Lexi

In den weichen Stoff meines Bademantels gekuschelt, beobachte ich das Treiben um mich herum. Im weitläufigen Becken der St.-Martins-Therme tummeln sich Eltern mit Kleinkindern, im Whirlpool kann ich einige knutschende Pärchen entdecken. Von Zeit zu Zeit dringen spitze Schreie aus kleinen Mündern an mein Ohr, ansonsten ist der Geräuschpegel gedämpft. Ich schiebe das Buch auf meinem Schoß beiseite, lehne mich entspannt auf meiner Liege zurück und schließe für einen Moment die Augen.

Zu meinem Entzücken hat Karl tatsächlich Wort gehalten und sich von der Arbeit freigeschaufelt. Als er dann verkündete, er hätte weder Kosten noch Mühen gescheut und für das Wochenende eine Juniorsuite gebucht, war mein Glück perfekt. Die Suite ist riesig, die raumhohen Fenster bieten einen atemberaubenden Ausblick auf die umliegende Thermenlandschaft, und das Badezimmer verfügt sogar über einen Whirlpool. Zwei ganze Tage mit meinem Verlobten zu verbringen, noch dazu in einem so unverschämt luxuriösen Hotel, ist mehr, als ich zu hoffen gewagt hatte. Endlich bekomme ich die Gelegenheit, meinen Schlafmangel aufzuholen und den Krimi, der seit den Weihnachtsferien ein unangerührtes Dasein auf meinem Nachttisch fristet, zu Ende zu lesen. Ganz abgesehen davon, dass es unserer Beziehung guttun wird, all die Unstimmigkeiten und Missverständnisse zwischen uns bei einem Glas Wein aus der Welt zu räumen.

Mein Blick fällt auf die stille Gestalt neben mir, deren Brustkorb sich langsam hebt und senkt. Auch Karl scheint die Auszeit bitter nötig gehabt zu haben. Kaum hatten wir heute Morgen unsere Liegen vor dem Pool bezogen, verfiel er in einen beinahe komatösen Schlaf und verließ seinen Platz seither nur für den einen oder anderen Saunagang.

Lächelnd wende ich mich ab und beobachte einen Jungen mit hellblondem Haar, der sich mit unsicheren Schwimmbewegungen langsam in den tieferen Bereich des Schwimmbeckens vorwagt. Alle paar Meter wirft er einen angstvollen Blick zurück zu seinem Vater, der am Rand des Pools lehnt und ihm aufmunternd zunickt. Er kann nicht älter als drei oder vier Jahre alt sein.

Meine Gedanken schweifen zu Mia. Ein Anflug von Trauer überkommt mich, als ich an die furchtbare Geschichte denke, die sie mir anvertraut hat. Schuld am Tod eines nahen Angehörigen zu empfinden, ist mit das Schlimmste, das einem Menschen widerfahren kann, das weiß ich besser als jeder andere.

Und obwohl ich mir Mühe gegeben habe, ihre Schuldgefühle zu lindern, glaube ich nicht, dass es viel gebracht hat. Ihre permanente Selbstkasteiung wird nichts mehr am Tod ihres Bruders ändern. Ich habe versucht, ihr begreiflich zu machen, dass diese Erfahrung nicht ihr gesamtes Leben überschatten darf. Sie muss lernen zu akzeptieren, was geschehen ist. Sich von der Vergangenheit lösen.

Ich muss über mich selbst lachen. Als ob das so einfach wäre.

Mias Erfahrungen sind den meinen so ähnlich. Selten zuvor habe ich dermaßen große Empathie und Verständnis für eine Patientin empfunden. Ihre Geschichte hat mich tief berührt, und ich frage mich nicht zum ersten Mal, ob ich als Therapeutin überhaupt in der Lage bin, die für eine professionelle Patientenbeziehung angemessene Distanz zu wahren. Andererseits versetzt mich gerade diese Verbundenheit in die einzigartige Position, ihre Sicht der Dinge und ihre nagenden Schuldgefühle vollumfänglich zu begreifen. Außerdem hat Mia bereits früher negative Erfahrungen im Bereich Psychotherapie gemacht. Wenn ich sie an eine Kollegin verweise, riskiere ich damit womöglich, dass sie endgültig das Vertrauen in die Therapie verliert. Und das will ich auf keinen Fall.

Schließlich sind da noch die Parallelen zwischen Mias Geliebtem und Karl, die mir keine Ruhe lassen. Nur zu gerne hätte ich Mia nach dem Namen ihres Liebhabers gefragt, doch das erschien mir angesichts ihres fragilen Zustands übergriffig und unpassend. Verzweifelt zermartere ich mir das Hirn, wie ich Karls Treue auf die Probe stellen könnte. Ob ich ihn einfach fragen soll?

Hey, Schatz. Sag – kann es sein, dass du eine Affäre hast? Ich frage bloß, weil eine meiner Patientinnen mir von einem Kerl erzählt hat, den sie trifft. Wie du ist er Anwalt, verlobt, außerdem trainiert er im John Harris und teilt deine Vorliebe für das Manolos und das Fabios. Kann es sein, dass du dieser Mann bist, Honey?

Ich ziehe eine Grimasse. Allein die Vorstellung ist absurd. Abgesehen von dem Vertrauensverlust, mit dem ein solches Gespräch einhergehen würde, ist Karl, bedingt durch seine Berufswahl, ein hervorragender Geschichtenverdreher. Ich würde ja doch nicht wissen, ob er die Wahrheit sagt.

Seufzend verwerfe ich diese Idee wieder.

Die nächsten Stunden bemühe ich mich redlich, nicht weiter über Mia und Karl nachzugrübeln. Spontan buche ich im hoteleigenen Spabereich eine Thaimassage. Danach treibe ich mich mit Karl abwechselnd in Sauna,

Dampfbad und Pool herum, bevor wir uns gegen acht in schicker Abendgarderobe zum Dinner aufmachen.

Die Tische sind festlich gedeckt, und Kerzen verbreiten in dem sonst spärlich erleuchteten Raum eine romantische Atmosphäre. Ein Ober geleitet uns zu einem etwas abseits gelegenen Platz am Fenster. Schweigend beobachte ich meinen Verlobten, während er mit fachmännischer Miene die Weinkarte studiert. Seine Wangen sind von den Saunagängen noch leicht gerötet, das feuchte Haar kräuselt sich über seiner Stirn.

»Willst du lieber Rot- oder Weißwein? Die haben hier einen tollen Gelben Muskateller, wie ich sehe.«

Ich zucke die Achseln. »Ganz wie du möchtest.«

Er runzelt die Stirn, als ihm auffällt, dass ich ihn immer noch unverwandt anstarre.

»Alles in Ordnung, Schatz? Ist irgendetwas?«

»Nein, nichts«, versichere ich rasch.

Karl hebt fragend eine Augenbraue.

Ich hole tief Luft. »Über drei Jahre sind wir nun schon ein Paar, und immer noch weiß ich oft nicht, was in deinem Kopf vorgeht.«

»Jetzt gerade, meinst du?« Er grinst. »Nichts Spannendes. Ich hab nur überlegt, ob ich lieber die Lachsforelle oder ein Steak bestellen soll.«

»Nicht jetzt. Es ist nur – wir hatten in den letzten Wochen nicht viel Gelegenheit zum Reden. Ich bekomme dich wegen all der Arbeit kaum zu Gesicht. Und dann auch noch die häufigen Übernachtungen bei deinen Eltern.« Ich halte inne und wähle meine nächsten Worte mit Bedacht. »Gibt es vielleicht etwas, das dich belastet?«

»Und was sollte das deiner Meinung nach sein?«

»Ich weiß auch nicht.« Ich schüttle den Kopf. »Du wirkst bloß in letzter Zeit so distanziert.«

Karl langt über den Tisch hinweg nach meiner Hand und drückt sie sanft.

»In den vergangenen Wochen ist es oft spät geworden, ich weiß. Aber das liegt an diesem dummen Prozess. Seit Kristina gekündigt hat, bleibt die ganze Arbeit allein an mir hängen.« Er seufzt. »Und was die Wohnung meiner Eltern anbelangt: Ich übernachte nur bei ihnen, wenn es in der Kanzlei so spät wird, dass mir vor den Akten die Augen zufallen. Es ergibt einfach keinen Sinn, nach Altenhofen zu fahren, wenn ich erst gegen Mitternacht loskomme. Du schläfst da ohnehin schon. Du machst dir deswegen doch nicht etwa Sorgen?«

»Nicht wirklich«, erwidere ich ausweichend. »Aber das ist nicht alles. Ich habe den Eindruck, seit unserer Verlobung waren wir kaum mehr zusammen aus. Früher sind wir auch oft Essen gegangen oder haben zu zweit was unternommen.«

Einer spontanen Eingebung folgend, füge ich hinzu. »Wann warst du eigentlich zuletzt im *Fabios*? Da waren wir lange nicht.«

Karl hebt überrascht die Brauen. »Ich dachte, du hasst das Fabios.«

»Tue ich nicht.« Die Lüge geht mir leicht über die Lippen. »Das Essen ist echt gut dort. Ein toller Ort für ein Date.«

Gespannt harre ich seiner Reaktion.

Doch Karl scheint nicht zu begreifen, worauf ich hinauswill. »Ich war erst letzte Woche mit einer potenziellen Mandantin dort. Aber wenn du möchtest, reserviere ich gerne einen Tisch für uns. Na, was sagst du? Problem gelöst?«

»Ja, das wäre schön.«

Ich zwinge mich zu einem Lächeln, um mir meine Bestürzung nicht anmerken zu lassen.

Letzte Woche? War Mia nicht ebenfalls vergangene Woche mit ihrem Liebhaber im Fabios*?*

Abrupt wechsle ich das Thema.

»Ich habe noch einmal über deinen Vorschlag nachgedacht, in die Wohnung deiner Eltern zu ziehen.«

»Ja?«

»Und ich möchte dir gerne erklären, weshalb es mir so schwerfällt, aus Altenhofen wegzuziehen.«

Karls eben noch hoffnungsvolle Miene verfinstert sich.

»Ich verstehe das nicht, Lexi. Hast du nicht früher auch in Wien gewohnt? Während deines Studiums. Wo liegt denn das Problem? Ist es wegen Sammy? Darüber haben wir doch bereits gesprochen.«

»Es ist nicht nur wegen Sammy. Ich wohne einfach wahnsinnig gerne in Altenhofen. Der Kleinstadtflair, all die vertrauten Straßen und Menschen, Claras Bäckerei – es gibt so vieles, das ich an diesem Ort liebe.« Ich mache eine Pause, ehe ich weiterspreche. »Und dann ist da noch der wichtigste Grund.«

»Und der wäre?«

»Alice.«

»Deine Schwester? Was in Gottes Namen hat sie damit zu tun?«

»Bitte versuch doch, mich zu verstehen. Unmittelbar nach Alice' Tod sind meine Eltern weggezogen. Sie konnten es nicht ertragen, auch nur einen Tag länger dort wohnen zu bleiben, wo sie ihre verstorbene Tochter aufgezogen haben. Doch bei mir war es genau umgekehrt. Aus demselben Grund, warum sie das Weite gesucht haben, kann ich nicht weg. Ich verbinde so viele Erinnerungen mit Altenhofen. Erinnerungen an Alice, an meine Kindheit. Wenn ich fortziehen würde, hätte ich das Gefühl, nicht bloß Altenhofen, sondern auch ihr den Rücken zu kehren. Sie zu verlassen. Und das kann ich einfach nicht.«

Er sieht mich lange schweigend an.

»Wir könnten die Wohnung deiner Eltern doch als Zweitwohnsitz nutzen. Oder ein kleineres Appartement anmieten, falls dir das lieber ist. Doch aus Altenhofen wegzuziehen ist keine Option für mich, tut mir leid.«

»Ach, Lexi.« Er stöhnt. »Du willst nicht umziehen, so viel hab ich verstanden. Aber versetz dich doch mal in meine Lage. Ich richte mich nach dir, wo ich nur kann. Ich habe langsam den Eindruck, dass die Dinge, die mir wichtig sind, die ich gerne machen möchte, für dich nicht zählen.«

»Wie meinst du das?«

»Zum Beispiel, was meine Kollegen betrifft: Ich hab dich schon so oft gebeten mitzukommen, wenn wir uns treffen. Jedes Mal sagst du ab. Immer bin ich der Einzige, der ohne Begleitung erscheint.«

»Ich denke, Kristina war darüber doch recht erfreut«, entgegne ich spitz. »Und was den Skiausflug angeht ...«

Er hebt abwehrend die Hände. »Ich spreche gar nicht von dem Skiausflug. Ich meine, ganz allgemein. Und müssen wir wirklich schon wieder über Kristina streiten? Sie arbeitet nicht einmal mehr in derselben Firma!«

Ich schweige, die Arme vor der Brust verschränkt.

»Oder nimm das Thema Sport: Du weißt, wie sehr ich Golf liebe und wie wenig Freizeit ich habe. Unzählige Male habe ich dich nun schon gebeten, mich zu begleiten. Es zumindest zu versuchen. Trotzdem hast du es noch nicht einmal getan.«

Seine Stimme klingt so enttäuscht, dass es mir beinahe das Herz zerreißt.

»Immer muss alles nach deinem Kopf gehen. Und meist macht mir das nichts aus. Aber irgendeine Art von Zugeständnis musst du mir schon geben. Mir – was weiß ich – mehr Platz in deinem Leben einräumen.«

Er lässt die Schultern sinken und blickt mich mit einer Mischung aus Resignation und Frustration an. Unwillkürlich strecke ich die Hand aus und streiche ihm zärtlich über den Unterarm.

»Tut mir leid. So habe ich das nie gesehen.« Ich schäme mich fast ein bisschen. »Ich gebe zu, ich kann mit den Leuten aus deiner Arbeit nicht viel anfangen. Permanent redet ihr über irgendwelche Prozesse oder Richter. Bei all dem Juristengequatsche fühle ich mich einfach fehl am Platz. Aber mir ist jetzt klar, wie unfair das ist. Nächstes Mal werde ich dich begleiten. Ehrenwort.«

Ein hoffnungsvolles Lächeln breitet sich auf Karls Gesicht aus. »Versprochen?«

»Versprochen.«

»Und sobald es draußen etwas wärmer ist, buche ich eine Stunde bei deinem Golftrainer. Vielleicht hast du recht, und es gefällt mir tatsächlich.«

Karl strahlt. Er beugt sich über den Tisch und drückt mir einen ungestümen Kuss auf die Lippen.

»Danke, Lexi.«

Plötzlich fällt ein Schatten über seine Züge.

»Jetzt, wo wir so offen miteinander sprechen.« Seine Stimme klingt zögerlich. »Was hat es eigentlich mit diesem Charlie auf sich? Dem Neffen deiner verstorbenen Nachbarin? Sei ehrlich – da war doch mal was zwischen euch. Oder geht meine Fantasie da mit mir durch?«

Ganz plötzlich überkommt mich das schlechte Gewissen, und betreten starre ich auf die Tischplatte.

»Das ist ewig her. Ich war damals erst zwanzig. Wir haben unsere Beziehung, wenn man sie so nennen kann, geheim gehalten. Niemand wusste etwas davon.« Ich sehe Karl an. »Um es kurz zu machen – es hat nicht lange gehalten. Der Sommer war vorbei, und unsere Affäre ebenso. Das ist alles, was du wissen musst.«

»Und wieso dachtest du dann, du könntest mir das nicht erzählen?«

Abwartend sieht er mich an.

»Ich wollte es ja.« Verlegen zucke ich mit den Schultern. »Aber erst war ich nicht sicher, ob du es überhaupt wissen willst, und später war keine Gelegenheit mehr. Mir ist jetzt klar, wie dumm das war. Ich hätte es dir sagen sollen, tut mir leid.«

Karl beugt sich vor und streicht mir liebevoll eine verirrte Haarsträhne hinters Ohr.

»Du solltest doch inzwischen wissen, dass du mir alles sagen kannst«, flüstert er. »Du bist die Frau meines Lebens. Ich will dich heiraten, Lexi. Und nichts, das du sagen oder tun könntest, wird mich von diesem Vorhaben abbringen.«

Ich muss erneut an Mia denken. An die Erzählungen über ihren Geliebten, der so frappierende Ähnlichkeiten mit Karl aufweist. Ob ich mir das wirklich alles bloß eingebildet habe?

Ich wünsche mir so sehr, ich könnte Karl glauben.

KAPITEL 12

Lexi

Gedankenverloren knabbere ich an der Kappe meines Kugelschreibers. Eigentlich sollte ich mich auf meine nächste Patientin vorbereiten, doch meine handgeschriebenen Notizen verschwimmen mir immerzu vor den Augen. Als ich merke, dass ich nichts von dem aufgenommen habe, was ich gelesen habe, schiebe ich den Stapel Papiere mit einem Seufzen von mir.

Obwohl das Wochenende mit Karl harmonisch verlaufen ist, nagen immer noch Zweifel an mir. Die Vorstellung, Karl könnte sich hinter meinem Rücken mit einer anderen Frau – womöglich ausgerechnet mit Mia – treffen, verfolgt mich wie ein Schatten. Zum wiederholten Male gehe ich die Ereignisse der letzten Wochen durch. Lasse jeden Streit, jede Auseinandersetzung noch einmal Revue passieren und versuche die Nächte, die Karl angeblich in der Wohnung seiner Eltern verbracht hat, mit Mias Erzählungen abzugleichen.

Ein Knacken ist zu hören, als ich in meinem Groll zu fest zubeiße und der Verschluss des Stifts zersplittert. Ich verziehe das Gesicht und spucke die Plastikkrümel auf das Pult.

In diesem Moment kommt mir die zündende Idee. Ich schlage die Hand vor die Stirn. Mein Herz beginnt heftig zu pochen. Wieso habe ich bloß nicht schon früher daran gedacht?

Auf einmal voller Tatendrang, springe ich auf und eile durch den Gang zu Susannas Arbeitszimmer, wo ich gegen die Tür hämmere. Doch ich bin viel zu aufgeregt, um eine Reaktion abzuwarten, also drücke ich kurzerhand die Klinke hinunter und stecke den Kopf durch den Türspalt.

»Susanna, hast du einen Moment?«

Meine Freundin, die über einem Stapel KrankenkassenFormularen gebrütet hat, zuckt an ihrem Schreibtisch zusammen. »Meine Güte, hast du mich erschreckt. Aber klar, komm rein.«

Sie schiebt die Papiere zur Seite und bedeutet mir, ihr gegenüber Platz zu nehmen.

Als sie meinen Gesichtsausdruck bemerkt, runzelt sie die Stirn.

»Was ist denn mit dir los? Ist irgendwas passiert?«

»Nicht direkt.« Atemlos lasse ich mich auf einen Stuhl sinken.

»Geht es um die Paartherapie am Nachmittag? Nimm es mir nicht übel, aber ich merke doch, dass du förmlich in Arbeit erstickst. Du mutest dir zu viel zu. Bist du sicher, dass ich dir das nicht abnehmen soll? Ist ohnehin erst die erste Sitzung.«

»Lieb von dir, Susi. Das ist es nicht. Es geht um Karl.«

»War es schön in der Therme? Hattet ihr endlich Gelegenheit, euch auszusprechen?«

Ich überlege. »Eigentlich war es total romantisch. Die St.- Martins-Therme ist eine herrliche Anlage, kann ich dir nur empfehlen. Karl hat sogar eine Suite springen lassen.«

»Und wo liegt dann das Problem?«

Unvermittelt beugt sie sich vor und wirft einen Blick auf meinen Bauch. »Du bist doch nicht etwa ...«

»Denk erst gar nicht daran.« Ich werfe ihr einen finsteren Blick zu. »Ich bin nicht schwanger. Das, was du siehst, habe ich bloß Claras Faschingskrapfen und meiner mangelnden Selbstbeherrschung zu verdanken.«

Susanna wirkt beinahe enttäuscht. »Okay. Entschuldige.«

Schließlich gebe ich mir einen Ruck und spreche die gefürchteten Worte aus. »Ich habe Angst, Karl könnte mich betrügen.«

Susanna reißt die Augen auf. »Karl und dich betrügen? Nie im Leben! Wie kommst du nur auf so einen absurden Gedanken?«

In kurzen Sätzen schildere ich meiner Freundin alles, von Mias Erzählungen und meinen darauf aufbauenden Vermutungen angefangen bis zu seinen sich häufenden Auswärtsnächtigungen und dem angeblichen Mandantentreffen im *Fabios*.

Nachdem ich geendet habe, legt Susanna die Stirn in Falten.

»Und du bist sicher, dass du dir in deiner Paranoia nicht etwas zusammenspinnst? Karl vergöttert dich, Lexi. Ich kann mir beim besten Willen nicht vorstellen, dass er dich betrügen würde.«

Sie schüttelt nachdenklich den Kopf. »Aber nach dem, was du mir eben erzählt hast, kann ich deine Sorge zumindest im Ansatz nachvollziehen.«

»Seit Tagen denke ich an nichts anderes mehr. Und eben ist mir die entscheidende Idee gekommen. Einen Weg, wie ich prüfen kann, ob Karl der Kerl ist, von dem Mia mir erzählt hat.«

»Schieß los.«

»Eigentlich ist es ziemlich einfach. Mia hat erwähnt, dass sie diesen Typen ursprünglich auf Tinder entdeckt hat, richtig? Sollte es sich dabei also tatsächlich um Karl handeln, müsste ich dort doch ein Profil von ihm finden.«

Erwartungsvoll blicke ich in das Gesicht meiner Freundin, die immer noch skeptisch aussieht.

»Möglicherweise«, erwidert sie gedehnt. »Er könnte seinen Account allerdings auch inzwischen gelöscht haben. Oder – was ich eher glaube – du bildest dir das alles nur ein und solltest dringend an deinen Verfolgungsängsten arbeiten.«

Ich zucke die Achseln und ignoriere den verbalen Seitenhieb. »Einen Versuch ist es wert. Und hier kommst du ins Spiel: Du hast doch einen Tinder-Account, wenn ich mich recht erinnere. Kannst du für mich nachsehen, ob du Karl dort findest?«

»Tut mir leid, Lexi, aber ich habe das Onlinedating schon vor einer Weile aufgegeben und mein Profil gelöscht. Meine Datingversuche über Tinder waren alles andere als von Erfolg gekrönt, wie du ja weißt.« Sie seufzt, als sie meinen enttäuschten Gesichtsausdruck bemerkt. »Wie gesagt, ich kann mir beim besten Willen nicht vorstellen, dass sich Karl auf Tinder herumtreibt. Aber wenn du unbedingt Gewissheit haben willst, können wir gerne gemeinsam ein Profil erstellen und nach ihm suchen.«

»Danke, Susi.« Am liebsten wäre ich ihr um den Hals gefallen. »Ich werde noch wahnsinnig. Allein der Gedanke, er könnte sich mit einer anderen treffen, macht mich ganz krank.«

»Okay.«

Sie zieht ihr Handy aus der Tasche und legt es vor uns auf den Tisch. Es dauert nur wenige Minuten, bis sie die App heruntergeladen hat und der dunkelrosa Hintergrund der Eingabemaske erscheint.

»Da wären wir. Hallo Tinder«, murmelt Susanna, während sie ein Foto aus ihren Alben auswählt und es als Anzeigebild hochlädt. »Ich hätte nicht gedacht, dass wir uns so bald wiedersehen.«

Sie blickt mich an. »Was soll ich bei der Suche als Altersbeschränkung angeben? Wie alt ist Karl noch gleich?«

»Er wird im Juni vierunddreißig. Aber versuch es sicherheitshalber mit einem größeren Suchradius. Dreißig bis vierzig? Da sollte er dann auf jeden Fall dabei sein.«

Susanna nickt und gibt den Befehl an ihr Smartphone weiter.

»Jetzt der Umgebungsradius? Weißt du, wo sich Karl gerade aufhält?«

»Er sollte in der Kanzlei sein.« Ich rechne im Kopf nach. »Die muss rund fünfzehn Kilometer entfernt sein. Mach sicherheitshalber zwanzig draus.«

»In Ordnung. Und los gehts.«

Sie lacht laut auf. »Jetzt müssen wir uns bloß noch durch etwa tausend Kandidaten klicken, dann wissen wir Bescheid.«

Gespannt über das Smartphone gebeugt, swipen wir uns durch die unzähligen Männerprofile, die Susanna als Datingpartner vorgeschlagen werden. Bei dem einen oder anderen brechen wir in haltloses Gekicher aus. Wäre es nicht Karl, nach dem wir suchen, würde mir die Sache richtig Spaß machen.

»Sieh dir mal den an.« Susanne prustet los. »Mit diesem Hüftspeck würde ich nicht oben ohne posieren. Oder der hier.« Sie deutet auf einen Mann mit tätowiertem Oberkörper, dessen Hände in eindeutiger Pose auf seinen Schritt deuten. »Jetzt weiß ich wieder, warum ich die App gelöscht hab.«

Nach einer Weile verfliegt unsere anfängliche Euphorie, und wir klicken uns schweigend durch die Profile, wischen einen nach dem anderen desinteressiert zur Seite.

Gut zwanzig Minuten später schnappt Susanna hörbar nach Luft. »Oh mein Gott!«

Vor Schreck wäre mein Ellbogen beinahe von der Tischplatte gerutscht. Ich reibe mir über das schmerzende

Gelenk und beuge mich vor, um zu sehen, was – oder wer – Susanna aus dem Konzept gebracht hat.

»Das ist er gar nicht.« Erleichterung durchflutet mich. »Wieso jagst du mir bloß so einen Schreck ein?«

»Nein, natürlich ist er das nicht. Aber Kevin. Mein Schwarm von der Uni. Erinnerst du dich?«

»Kevin, Kevin ...«, murmele ich. »Da dämmert was bei mir.«

Susanna nickt begeistert. Ihre Miene hat einen verträumten Ausdruck angenommen. »Er war in unserem Pädagogikkurs. Ein Traum von einem Mann, ich war ganz verschossen in ihn. Leider hatte er damals bloß Augen für eine unserer Mitstudentinnen.«

»Franziska.« Ich nicke wissend. »Die war aber auch echt hübsch. Die attraktivste Frau unseres Studienjahrgangs.«

Susanna zuckt die Achseln und grinst. »Hallo, Süßer«, gurrt sie ins Telefon. »Na du bekommst auf jeden Fall ein Like von mir.«

Lachend gebe ich meiner Freundin einen Schubs in die Seite. Schon lange habe ich sie nicht mehr so ausgelassen und fröhlich erlebt. Seit sie ihr Ex vor einem Jahr mit ihrer zweijährigen Tochter sitzen gelassen hat, hat sie es wahrlich nicht leicht.

»Zumindest ist meine Paranoia für irgendetwas gut. Vielleicht bekommst du doch noch deine Chance bei Kevin«, feixe ich.

Allmählich fällt die Anspannung von mir ab. Inzwischen bin ich mir fast sicher, dass Susanna recht hat. Karl liebt mich. Niemals würde er mich derart demütigen und auf Tinder nach anderen Frauen Ausschau halten. Mein Verfolgungswahn ist bestimmt nur eine Folge des erhöhten Drucks, dem ich in letzter Zeit ausgesetzt bin. Nichts weiter als ein Anflug von Panik angesichts unserer baldigen Hochzeit.

Ich will Susanna gerade vorschlagen, dass wir die Suche abbrechen und uns sinnvolleren Tätigkeiten widmen sollten, da hebt sie unvermittelt den Kopf. Ihr Gesichtsausdruck ist plötzlich sehr ernst.

»Tut mir leid, Lexi«, sagt sie tonlos. »Ich dachte wirklich, du hättest dich geirrt.«

Schweigend ziehe ich das Handy näher heran und werfe einen Blick auf das Display. Was ich dort sehe, versetzt mir einen Hieb in die Magengrube, und ich kann kaum atmen.

»Das glaub ich einfach nicht.«

Ich fühle mich, als wäre auf einen Schlag sämtliche Energie aus meinem Körper entwichen, und ich sacke zusammen. Kälte breitet sich in meiner Brust aus.

Der Mann, der mir von der Aufnahme entgegen grinst, ist unverkennbar mein Verlobter. Unter Tausenden hätte ich Karls sorgsam nach hinten gegelte Frisur und die Grübchen in seinen Wangen wiedererkannt. Mein Blick fällt auf die Sonnenbrille in seinem Haar. Ich schlucke. Ich sehe ihn noch vor mir, wie er in dem winzigen Laden am Strand um den Preis für die Brille feilscht. Das war während unseres Italienurlaubs im letzten Sommer. Gegen die Übelkeit ankämpfend, scrolle ich durch die übrigen Fotos. Das eine ist ein Selfie aus der Zeit, bevor Karl und ich uns kennenlernten, das andere eine unscharfe Aufnahme, die Karl auf der Drivingrange zeigt.

Wortlos schiebe ich das Smartphone von mir, unfähig, Susanna in die Augen zu sehen. Das Mitleid in ihrem Blick könnte ich nicht ertragen.

»Scheiße.« Erneut schlucke ich, um die Tränen zurückzuhalten. »Ich hatte so gehofft, ich hätte mich getäuscht.«

Susanna antwortet nicht. Stattdessen umrundet sie den Tisch und nimmt mich fest in den Arm. Von Schmerz überwältigt, vergrabe ich mein Gesicht in ihrem weichen

Pullover. Mein Körper wird von heftigen Schluchzern geschüttelt. Ich sehe einzelne Bilder unseres letzten gemeinsamen Wochenendes vor mir. Karl, der mich in seinen Armen wiegt, während wir miteinander schlafen. Karl, der versichert, ich wäre die Frau, mit der er den Rest seines Lebens verbringen wolle. Das Gefühl der Scham und des Verrats droht mich zu ersticken. Ein klägliches Wimmern dringt aus meiner Kehle.

»Könnte es sich nicht um einen Irrtum handeln? Womöglich stammt das Profil noch aus der Zeit, bevor ihr euch kennengelernt habt, und er hat bloß vergessen, es zu löschen?«

»Ja, vielleicht.« Erneut werde ich von einem Weinkrampf überwältigt. Dann schüttle ich vehement den Kopf. »Das glaube ich aber nicht. Hast du dir das erste Foto genauer angesehen? Die Sonnenbrille, die er trägt. Ich war dabei, als er sie letztes Jahr gekauft hat.«

Betretenes Schweigen macht sich zwischen uns breit. Susanna streicht mir immerzu beruhigend über den Rücken.

»Warum? Was habe ich denn bloß falsch gemacht?«

»Du hast gar nichts falsch gemacht, Süße. So etwas darfst du gar nicht erst denken. Er ist derjenige, der Mist gebaut hat. Nicht du.«

Nach einer gefühlten Ewigkeit löse ich mich aus Susannas Umarmung.

»Was soll ich denn jetzt bloß tun?«, flüstere ich. Ich höre, wie verzweifelt und dünn meine Stimme klingt, und eine Woge der Wut kocht in mir hoch. Wut auf Karl, Wut auf das Leben im Allgemeinen, das mich in dieses bemitleidenswerte Häufchen Elend verwandelt hat. Vom eigenen Partner hintergangen und vorgeführt.

Wie erbärmlich.

»Wie konnte er mir das nur antun?« Geräuschvoll ziehe ich die Nase hoch. »Wie soll ich ihm denn je wieder unter die Augen treten?«

130

Susanna drückt meine Schulter.

»So schwer es dir fallen mag, Süße, aber du solltest mit ihm reden. Selbst wenn der Account aktuell ist, bedeutet das noch nicht, dass er dich tatsächlich betrogen hat. Geschweige denn, dass er der Kerl ist, mit dem sich deine Patientin trifft. Vielleicht gibt es ja eine vernünftige Erklärung?« Sie seufzt. »Auch wenn ich zugeben muss, dass mir auf die Schnelle keine einfällt.«

Ich nicke nur.

»Danke, Susanna. Für alles. Könntest du bitte einen Screenshot machen und ihn mir auf mein Handy schicken?«

»Klar, das mach ich.«

Ich wende mich zum Gehen. Im Türrahmen drehe ich mich noch einmal zu ihr um.

»Und – Susi? Bitte behalte die Sache für dich. Ich möchte nicht, dass irgendjemand etwas hiervon erfährt.«

»Natürlich, das versteht sich doch von selbst.«

KAPITEL 13

Lexi

Die Stille dröhnt in meinen Ohren und wird nur von dem penetranten Ticken der Uhr an der gegenüberliegenden Wand durchbrochen. Ab und an kann ich Sammy neben mir auf der Couch im Schlaf stöhnen hören. Abgesehen davon ist es vollkommen ruhig.

Ich genehmige mir einen großen Schluck aus meinem Weinglas. Spüre, wie die Wärme des Alkohols sich in meiner Brust ausbreitet. Nervös kaue ich auf meinen Fingernägeln. Dem Ziffernblatt meiner Armbanduhr zufolge ist es gleich einundzwanzig Uhr. Karl sollte jeden Moment eintreffen.

In Gedanken gehe ich das Gespräch, das mir bevorsteht, Schritt für Schritt durch.

Sogleich steigt die inzwischen vertraute Übelkeit in mir hoch, die den ganzen Tag schon in unterschiedlicher Intensität in mir schwelt. Ich kann immer noch nicht fassen, dass Karl wirklich ein heimliches Tinder-Profil betreiben soll.

Atmen, Lexi, atmen.

Ich schüttle den Kopf. Seit ich Susannas Büro verlassen habe, befinde ich mich in einer Art Trance. Die Stimmen meiner Patientinnen drangen wie aus weiter Ferne an mein Ohr. As wäre ich von dichtem Nebel umgeben, der ihre Laute und Gefühlsäußerungen verschluckt, sodass sie mein Bewusstsein lediglich in Form eines verzerrten Wortbreis erreichen. Trotz der unzähligen Tassen Kaffee, die ich in meiner Verzweiflung trank, um meine

Konzentration zurückzuerlangen, war ich alles andere als in Höchstform. Die Aufnahmesitzung mit dem Ehepaar Schmirl zog regelrecht an mir vorbei, und zum ersten Mal in meiner Laufbahn als Therapeutin fühlte ich mich meiner Aufgabe nicht gewachsen. Ich kam mir vor wie eine Hochstaplerin. Wie konnte ich mir anmaßen, anderen bei ihren Eheproblemen zu helfen, wo ich doch in meiner eigenen Beziehung augenscheinlich so kläglich versage?

In meinem Kopf hämmerte nur die eine Botschaft: *Karl hat dich betrogen oder ist im besten Falle auf dem Weg dazu. Und du Dummkopf hast es nicht einmal bemerkt.*

Auch die Schmirls schienen von meinen Fähigkeiten nicht gerade angetan. Fünfzig quälende Minuten lang beflegelten sie sich gegenseitig mit verbalen Tiefschlägen, doch als es um die Vereinbarung eines Folgetermins ging, waren sie sich auf einmal einig in ihrer Zurückhaltung.

Ich ärgere mich über mich selbst. Wieso war ich bloß zu stolz, um Susannas Angebot anzunehmen, ihr die Beratung der beiden zu überlassen?

In diesem Moment höre ich, wie das Gartentor zugeschlagen wird. Auch Sammy hat es bemerkt, denn er zuckt aus dem Schlaf hoch und hebt den Kopf. Mein Herz schlägt schneller. Eilig nehme ich noch einen tiefen Schluck Rotwein. Wappne mich für das, was kommen wird.

Dann wird die Haustür aufgerissen.

»Hallo, Schatz. Tut mir leid, dass es so spät geworden ist, aber ich bin so schnell gekommen, wie ich konnte.«

Ich trete in den Vorraum, wo Karl gerade seine Sakkojacke abstreift und an den Garderobenständer hängt. Sein Haar ist feucht vom Regen draußen, und einmal mehr fällt mir auf, wie unverschämt gutaussehend er ist. Mein Magen zieht sich schmerzhaft zusammen.

»Worüber wolltest du mit mir sprechen?«

Mit betont ausdrucksloser Miene deutete ich in Richtung Küche. »Ich glaube, es ist besser, wenn wir uns setzen.«

Er runzelt die Stirn, als er meinen ernsten Tonfall bemerkt. Wortlos lassen wir uns einander gegenüber am Küchentisch nieder.

»Du machst mir Angst. Jetzt sag schon. Was um Himmels willen ist passiert?«

Immer noch schweigend ziehe ich mein Handy aus der Hosentasche und rufe mit zitternden Fingern den Screenshot von Karls Tinder-Profil auf. Dann schiebe ich es ihm über den Tisch hinweg zu.

»Was sagst du dazu?«

Ich beobachte seine Reaktion genau, während er auf das Telefon starrt. Zwischen seinen Augenbrauen hat sich eine tiefe Falte gebildet. Als sei ihm auf einmal bewusst geworden, was er da vor sich hat, zuckt er zurück und schnappt hörbar nach Luft.

»Was zum Teufel ...?«

Sein Blick fliegt zu mir. Ich suche seine Miene nach einem Anzeichen von Beschämung oder Schuld ab, kann jedoch nur Fassungslosigkeit darin erkennen.

Du weißt verdammt gut, was für ein guter Schauspieler Karl ist. Lass dich bloß nicht wieder von ihm täuschen.

Wut ballt sich in meinem Magen zusammen. Hält er mich tatsächlich für so blöd, seiner Unschuldsmiene zu glauben?

»Was – ist das?«, stößt er schließlich hervor.

»Dein Tinder-Profil«, entgegne ich kalt. »Und ich frage dich das nur einmal: Gibt es etwas, das du mir sagen willst?«

»Du denkst doch nicht etwa ...« Er vollendet den Satz nicht, sondern starrt mich bloß mit wachsendem Entsetzen an. »Das ist nicht meines, falls du mir das unterstellen willst.« Er schüttelt den Kopf. »Wie kannst du ernsthaft glauben, ich würde mich hinter deinem Rücken nach anderen Frauen umsehen?«

Ich zucke die Achseln. »Ich will es nicht glauben. Aber die Beweise sind ja wohl eindeutig, nicht wahr?«

Karl schluckt. Mit einem flehenden Ausdruck im Gesicht greift er nach meiner Hand. »Ich schwöre, ich war das nicht!«

Entschlossen entziehe ich ihm meine Finger und verschränke die Arme vor der Brust. »Ich bitte dich. Wer sollte es sonst gemacht haben?«

»Ich weiß es nicht. Vielleicht hat sich irgendjemand einen schlechten Scherz mit mir erlaubt.«

»Etwas Besseres fällt dir nicht ein?« Ich verziehe das Gesicht. »Wer könnte denn ein Interesse daran haben, einen Account mit deinen Daten zu erstellen? Das ist Schwachsinn, und das weißt du auch. Gib doch einfach zu, dass du es warst. Ich will bloß eines wissen – warum?«

Als seiner Handfläche mit voller Wucht auf die Tischplatte prallt, zucke ich zusammen.

»Ich lüge nicht. Das hier«, er fuchtelt mit meinem Smartphone vor meinem Gesicht herum, »ist ein Fake-Profil. Begreifst du das nicht?« Karl springt auf und beginnt, in der Küche auf und ab zu laufen. »Denk doch nach: Das Internet ist voll von solchen Geschichten. Das ist Identitätsdiebstahl!«

Als ich in seine entrüstete Miene blicke, fühle ich, wie ein Funken Hoffnung in mir aufkeimt. Karl wirkt so überzeugend, ehrlich bestürzt. Ich bin hin- und hergerissen. Ein Teil von mir wünscht sich nichts sehnlicher, als seinen Beteuerungen Glauben zu schenken. Mich überzeugen zu lassen, dass er Opfer eines Identitätsdiebstahls geworden ist. Dass jemand anderer ein Profil unter seinem

Namen und mit seinen Fotos erstellt hat, egal wer. Doch der andere, vernünftigere Teil in mir erinnert mich daran, dass das mehr als unwahrscheinlich ist.

Meine innere Zerrissenheit steht mir wohl ins Gesicht geschrieben, denn Karls Miene hellt sich plötzlich auf.

»Warte. Ich habe eine Idee, wie ich beweisen kann, dass das nicht mein Account ist.«

Eilig zieht er sein iPhone aus der Hosentasche und legt es vor uns auf die Tischplatte.

»Sieh dir das an«, sagt er und deutet auf die unzähligen Kacheln auf dem Bildschirmhintergrund. Er muss einige Male zur Seite wischen, damit ich seine Apps studieren kann.

»Siehst du? Kein Tinder.« Dann öffnet er das blaue Symbol des App-Stores und scrollt in seinem Apple-Account durch die App-Käufe der letzten Monate. »Auch hier nicht. Hätte ich die App tatsächlich installiert, müsste sie hier aufscheinen, selbst wenn ich sie gelöscht hätte.«

Er sieht mich hoffnungsvoll an, doch ich bin immer noch nicht restlos überzeugt.

»Und woher soll ich wissen, dass du kein zweites Handy besitzt? Vielleicht ein Android-Gerät, das nicht mit deinem Apple-Account verknüpft ist?«

»Das habe ich aber nicht!« Ein Anflug von Ungeduld huscht über sein Gesicht. »Wie kommst du überhaupt auf die Idee, ich könnte dich betrügen?«

»Katarina«, sage ich knapp. »Hast du vergessen, dass ihr noch zusammen wart, als wir uns kennengelernt haben?«

Frustriert birgt Karl das Gesicht in beiden Händen.

»Das war doch eine gänzlich andere Situation«, sagt er dann. »Ja, Katarina und ich haben damals noch zusammengewohnt, das ist richtig. Aber wir waren bereits getrennt.« Er holt tief Luft und sieht mir fest in die Augen. »Ich liebe dich. Wir wollen heiraten, Herrgott nochmal! Seit du in mein Leben getreten bist, habe ich nicht einmal eine andere Frau angesehen!«

Ich nicke langsam.

Das ist zwar nicht ganz richtig, trotzdem spüre ich, wie meine innere Anspannung allmählich nachlässt. Noch immer bin ich unschlüssig, ob ich ihm glauben soll, doch zu dem Gefühl der Unsicherheit haben sich zwei weitere hinzugesellt. Bestürzung und – Schuld. Was, wenn Karl tatsächlich die Wahrheit sagt und ich ihn zu Unrecht angegriffen habe?

Erschöpft stütze ich die Ellbogen auf die Tischplatte und vergrabe das Gesicht in den Händen. Ich weiß einfach nicht mehr, was ich denken soll.

»Ich möchte dir wirklich gern glauben«, murmele ich.

Karl springt auf und kommt um den Tisch herum, wo er sich neben meinem Stuhl hinhockt. Sein Gesicht ist nun ganz nah an meinem. »Dann tu es. Bitte. Ich schwöre dir bei meinem Leben, dass ich nie ein Tinder-Profil erstellt habe. Nicht früher, und schon gar nicht jetzt.«

»Okay.« Meine Stimme klingt matt.

Karl fällt mir erleichtert um den Hals. Sein herbes Parfüm steigt mir in die Nase, und ich muss heftig schlucken, um nicht auf der Stelle in Tränen auszubrechen. Erschöpft lasse ich meinen Kopf an seine Schulter sinken.

»Wie bist du überhaupt darauf gestoßen? Vertraust du mir so wenig, dass du denkst, du müsstest mir hinterherspionieren?« Ihm scheint ein neuer Gedanke gekommen zu sein, denn er lässt unvermittelt von mir ab und sieht mich aus großen Augen an. »Treibst du dich etwa gar selbst auf Tinder herum? Ist es das, was du mir in Wahrheit sagen willst?«

»Blödsinn.«

Einen Augenblick erwäge ich, ihm von Mia zu erzählen, verwerfe den Gedanken jedoch rasch wieder. Ich bin ihre Therapeutin. Es steht mir nicht zu, ihre Geheimnisse auszuplaudern. Mit Susanna über sie zu sprechen ist etwas anders – als meine Kollegin und Supervisorin ist sie selbst an eine Schweigepflicht gebunden. Schließlich entscheide ich mich für eine Halbwahrheit.

»Susanna ist per Zufall über dein Profil gestolpert. Heute Vormittag. Und als ich die Fotos sah, dachte ich ...« Beschämt blicke ich zu Boden. »Tut mir leid, Karl. Ich hätte nicht an dir zweifeln dürfen. Ich hätte wissen müssen, dass du so etwas niemals tun würdest.«

Karl reibt sich müde das Gesicht.

»Schon okay. Vermutlich hätte ich nicht anders gehandelt, wenn dich einer meiner Freunde auf einer Datingplattform gefunden hätte.« Dann fällt ihm etwas ein. »Na großartig. Ich will mir gar nicht ausmalen, was deine künftige Trauzeugin jetzt über mich denken muss.«

Ich lächle schief. »Da musst du dir keine Sorgen machen. Susanna mag dich. Sie war diejenige, die mir das Versprechen abgerungen hat, erst einmal das Gespräch mit dir zu suchen, bevor ich voreilige Schlüsse ziehe.«

Karl nickt. Er sieht einigermaßen besänftigt aus.

»Was willst du jetzt wegen des Profils unternehmen?«, frage ich schließlich.

»Darüber habe ich auch gerade nachgedacht.« Er schnalzt mit der Zunge. »Keine Ahnung. Mich an den Support wenden und es löschen lassen vermutlich.«

Eine Weile sagt niemand von uns ein Wort. Nachdem der größte Schock überwunden ist, fühle ich mich ausgelaugt und müde. Trotzdem gibt es da noch etwas, das ich unbedingt wissen muss.

»Sagt dir eigentlich der Name Miriam Pfeiffer etwas?«, frage ich betont beiläufig.

Mit angehaltenem Atem beobachte ich ihn, während er nachgrübelt und dann ratlos die Achseln zuckt. Erneut kann ich keine Spur von Unaufrichtigkeit an ihm erkennen.

»Der Name sagt mir nichts. Sollte ich? Wer ist diese Miriam?«

»Niemand«, erwidere ich rasch. »Bloß eine Patientin. Ich dachte, ihr kennt euch vielleicht. Ist nicht weiter wichtig.«

KAPITEL 14

Lexi

Erst einmal danke für das Vertrauen, dass Sie mir bei unserer letzten Sitzung entgegengebracht haben. Sich offen einzugestehen, wie sehr Sie der Tod Ihres Bruders immer noch belastet, ist schwer. Das weiß ich aus eigener Erfahrung.«

Ich werfe Mia einen anerkennenden Blick zu. Meine Patientin trägt an diesem Tag eine weiche Kaschmirstola über einer langärmeligen hellen Bluse. Ihre übereinandergeschlagenen Beine stecken in engen Designerjeans.

»Danke.« Sie verzieht das Gesicht. »Ich kam mir dabei allerdings nicht besonders stark vor. Eher wie ein weinerliches Häufchen Elend.«

»Unsinn. Es gibt kaum etwas Schlimmeres, als einen nahen Angehörigen zu verlieren. Noch dazu in so jungen Jahren.«

Ich beschließe, mich diesmal ein wenig weiter vorzuwagen. Meine Stimme klingt sanft, als ich weiterspreche. »Wie war es für Sie, nach all der Zeit Ihre Gedanken und Gefühle, was den Tod Ihres Bruders betrifft, laut auszusprechen?«

Mias Blick wandert zu ihren Fingernägeln. Anders als bei unseren letzten Sitzungen sind sie zwar kurz geschnitten, jedoch nicht abgebissen oder rot umrandet.

»Erst war es unfassbar schmerzhaft. Diesen schrecklichen Tag noch einmal zu durchleben ...« Sie erschauert. »Zu Hause habe ich noch stundenlang geweint.« Einen Augenblick lang hält sie kopfschüttelnd inne. »Aber dann, nachdem der erste Schock überwunden war, habe ich mich besser gefühlt. Irgendwie – erleichtert. Als hätte mein Rucksack an Schuldgefühlen ein klein wenig an Gewicht verloren.«

»Das ist schön zu hören.« Ich schenke ihr ein strahlendes Lächeln. »An dieses Erfolgserlebnis möchte ich anknüpfen. Ich würde gerne etwas mehr über Ihre Kindheit erfahren. Schon bei unserem ersten Treffen haben Sie angedeutet, dass Sie zu Ihrem Vater keinen Kontakt haben. Darf ich fragen, wie es dazu gekommen ist?«

Auf einmal nehme ich eine Veränderung ihrer Körperhaltung wahr. Mias Hände, die eben noch mit den Handflächen nach oben auf der Tischplatte gelegen sind, verkrampfen sich. Um ihren Mund ist ein beinahe feindseliger Zug getreten.

»Ich will Sie nicht drängen, Mia. Aber glauben Sie mir, es wird Ihnen guttun, darüber zu sprechen. Sie können mir vertrauen.«

Mia schweigt. Sie hat die Lippen fest aufeinander gepresst, während sie innerlich mit sich ringt. Dann bemerke ich, wie ihre Anspannung allmählich nachlässt.

»Ich habe nicht allzu viele Erinnerungen an die Zeit nach dem Vorfall in Tirol. Alles ist irgendwie verschwommen.« Sie zögert einen Moment. »Wir waren am Boden zerstört. Philipps Ableben hatte ein Loch in unsere Mitte gerissen und keiner von uns schien recht zu wissen, wie er damit umgehen sollte. Wir sprachen kaum über ihn, er wurde regelrecht zu einem Tabuthema. Im Nachhinein betrachtet war das wohl der Punkt, an dem unsere Familie auseinanderzudriften begann. Jeder von uns versuchte auf seine Weise, mit dem Verlust fertigzuwerden. Bei meinem Vater war es sein Job. Er stürzte sich in die Arbeit, kam immer später nach Hause. Oft war er tagelang weg, ohne dass wir wussten, wo er sich eigentlich genau aufhielt. Für meine Mutter war das besonders schwer. Sie hatte nicht nur ein Kind, sondern auch ihren Partner verloren. Sie versuchte, den Verlust und die Einsamkeit in Alkohol zu ertränken.« Mia wirft mir einen vielsagenden Blick zu. »Ich brauche Ihnen wohl nicht zu sagen, wie gut das funktioniert hat.«

Ich nicke nur. Ich hatte schon einige Patienten mit posttraumatischen Belastungsstörungen und weiß nur zu gut, dass Alkohol und Drogen alles nur noch schlimmer machen.

»Auch ich war einsam. Dazu kamen die Schuldgefühle. Können Sie sich vorstellen, wie es sich anfühlt, für den Tod des eigenen Bruders verantwortlich zu sein?«

Ich sehe ihre Gänsehaut und spüre, wie auch mir ein kalter Schauer über den Rücken jagt.

Ja. Dieses Gefühl kenne ich nur allzu gut.

»Es war meine Schuld«, fährt sie fort, ohne meine Antwort abzuwarten. »Ich wusste es, und meine Eltern wussten es auch, selbst wenn sie mir deswegen niemals offen Vorwürfe gemacht haben. Es war die unausgesprochene Wahrheit. Die Abwesenheit meines Vaters, die Verzweiflung meiner Mutter, die unweigerlich folgenden Eheprobleme – ich fühlte mich für all das verantwortlich. Und das brachte mich an den Rand des Wahnsinns. Es gab Wochenenden, da haben meine Mutter und mein Vater kein einziges Wort miteinander gewechselt. Und so sehr ich mich auch abmühte, zwischen ihnen zu vermitteln, es gelang mir nicht. Die Gräben in unserer Familie wurden immer tiefer, immer unüberwindbarer. Es war nur eine Frage der Zeit, bis sie sich scheiden lassen würden.«

Sie stockt. Tränen sind ihr in die Augen getreten, die sie hastig wegzublinzeln versucht. In einer Übersprungshandlung langt sie nach dem Glas Wasser, das vor ihr auf dem Tisch steht, und stürzt den Inhalt hinunter. Ich warte geduldig, bis sie ausreichend Kraft gesammelt hat, um weiterzusprechen.

»Meiner Mutter schien es zunehmend schlechter zu gehen. Sie war schrecklich blass und dünn. Selbst die kleinste körperliche Anstrengung erschöpfte sie. Sie war immer schon von kränklicher Natur, und ich machte mir große Sorgen um sie. Wochenlang lag ich ihr in den Ohren, zum Arzt zu gehen. Ich versuchte sogar, mit meinem Vater über ihren Gesundheitszustand zu sprechen. Flehte ihn an, sich um sie zu kümmern.« Sie wirft mir einen finsteren Blick zu. »Es gelang mir nicht, zu ihm durchzudringen. Als wäre er in Gedanken weit fort, schon lange nicht mehr Bestandteil unserer Familie. Es dauerte Monate, bis meine Mutter endlich einlenkte und sich untersuchen ließ. Und da kam es dann heraus.«

Mia schluchzt unvermittelt auf, senkt den Kopf. Sie scheint meine Anwesenheit völlig vergessen zu haben. Ich hüte mich, sie daran zu erinnern, wage es nicht einmal, ihr ein Taschentuch zu reichen, um ihren Redefluss nicht zu unterbrechen. Atemlos hänge ich an ihren Lippen, kann den Blick nicht von dieser traurigen und von Schicksalsschlägen gebeutelten Frau abwenden.

»Brustkrebs. Die Ärzte hatten ihn gerade noch rechtzeitig entdeckt. Sie musste sofort operiert werden und bekam danach Chemotherapie.« Ihre Stimme ist kaum mehr als ein ersticktes Flüstern. »Die Therapie war schrecklich. Mama verlor alle Haare, bald war sie nur noch Haut und Knochen. Ich erkannte sie nicht wieder. Selbst mein Vater begriff endlich, wie ernst es um sie stand. Er kümmerte sich rührend um sie, und eine Weile hatte ich tatsächlich den Eindruck, sie würden durch die Krankheit wieder zueinanderfinden.«

Sie lacht kurz und freudlos auf.

»Wie sehr man sich doch täuschen kann. Als es Mama besser ging, dauerte es nicht lange und er fiel in alte Muster zurück. Die Streitigkeiten zwischen den beiden schienen sogar noch zuzunehmen. Selbst mir kamen die Ausreden für seine Abwesenheit immer unplausibler vor. Ich sagte es Mama, aber die wollte nichts davon hören. Also beschloss ich, meinem Vater auf eigene Faust nachzuspionieren. Damals war ich gerade fünfzehn geworden.«

Sie sieht mich an, ein gequältes Lächeln auf den Lippen. »Es war nicht schwer, ihm auf die Schliche zu kommen. Mein Vater hatte eine Affäre.«

Der Schmerz in ihrem Blick trifft mich bis ins Mark, und ich senke betroffen den Kopf. Selten bin ich einem Menschen begegnet, dem seine innere Stärke so wenig bewusst zu sein scheint wie Mia. Ich will mir gar nicht ausmalen, wie es sich angefühlt haben muss, ihren Vater mit einer anderen Frau zu ertappen, während ihre Mutter zu Hause noch mit den Nachwirkungen der Chemotherapie kämpft.

»Wie haben Sie reagiert, als Sie das herausgefunden haben?« Meine Stimme klingt heiser. »Haben Sie es Ihrer Mutter gesagt?«

Bei diesen Worten tritt ein bitterer Zug um ihren Mund. »Nein, das habe ich nicht. Sie war dem Tod doch gerade erst von der Schippe gesprungen. Auf keinen Fall wollte ich riskieren, ihren Gesundheitszustand zu gefährden.« Sie holt tief Luft und stößt den Atem dann hörbar wieder aus. »Stattdessen habe ich versucht, meinem Vater ins Gewissen zu reden. Ihn angefleht, die Affäre zu beenden und nach Hause zurückzukehren.« Sie lacht wieder, dann schüttelt sie den Kopf. »Aber es hat nichts genützt. Natürlich nicht. Er fauchte mich nur an, mich nicht in seine Angelegenheiten zu mischen.«

Eine Weile herrscht betretenes Schweigen im Raum.

»Jetzt verstehe ich, worauf Sie bei unserer letzten Sitzung hinauswollten«, sage ich leise. »Ihre Frage, ob die Ehefrau Bescheid wüsste – da haben Sie in Wirklichkeit an Ihre Mutter gedacht, nicht wahr?«

Sie nickt.

»Glauben Sie denn, dass sie etwas geahnt hat?«

Mia wiegt nachdenklich den Kopf. »Ich habe keine Ahnung. Ich denke, sie wollte es nicht sehen. Wollte den letzten Rest an Zusammenhalt in unserer Familie nicht aufs Spiel setzen, nicht die Konsequenzen ziehen müssen, die die Wahrheit unweigerlich gefordert hätte. Sie zog es vor, den Schein aufrechtzuerhalten. Und was auch immer mein Vater ihr angetan hat – ich weiß, dass sie ihn trotz allem geliebt hat.«

Ich kann Wut und Trauer in ihren Augen aufblitzen sehen.

»Es mag wissenschaftlich nicht bewiesen sein, aber ich bin felsenfest davon überzeugt, dass sich Krankheiten wie Krebs an emotionalem Stress nähren. Dass der Körper uns damit Grenzen aufzeigen will.« Ihre Stimme ist kaum mehr als ein heiseres Krächzen, und ich muss mich vorbeugen, um ihre nächsten Worte zu verstehen. »Wenn Mama ein glücklicheres Leben geführt hätte, wenn Philipp nicht gestorben wäre, wenn mein Vater sie nicht betrogen hätte – wer weiß? Vielleicht wäre sie dann heute noch unter uns.«

Erneut spüre ich, wie sich mein Magen zusammenkrampft. Ein Kloß hat sich in meinem Hals gebildet. Ich schlucke.

Distanz, Lexi. Das ist nicht dein Leben, deine Trauer, deine Familientragödie. Reiß dich zusammen, verdammt!

Trotzdem kann ich ihren Schmerz beinahe körperlich fühlen. Als wäre Mia nicht meine Patientin, sondern eine enge Freundin, eine Seelenverwandte, deren Schicksal Teil des meinen ist.

»Ungefähr ein Jahr danach kehrte der Krebs zurück. Er hatte schon gestreut, als die Ärzte ihn diesmal entdeckten. Es war zu spät. Sie konnten nichts mehr für sie tun. Ich ging damals schon in London aufs Internat.«

»Und Ihr Vater?«

»Ich hab ihm niemals verziehen, was er meiner Mutter angetan hat. Seit ihrer Beerdigung haben wir nicht mehr miteinander gesprochen.«

In Erinnerungen versunken, nestelt Mia an dem Saum ihre Stola, während ich mein Hirn nach den richtigen Worten in einer Situation wie dieser durchforste. Doch bevor ich Gelegenheit habe, meiner Anteilnahme Ausdruck zu verleihen, stößt Mia ein bitteres Lachen aus.

»Es ist schon absurd, finden Sie nicht? Meine Familie ist das Paradebeispiel dafür, welche Folgen Ehebruch haben kann, dabei bin ich in Wahrheit nicht besser als er.«

»Sie meinen Ihren Geliebten?«

Sie nickt.

»Haben Sie sich denn inzwischen entschieden, wie Sie in Bezug auf ihn weiter vorgehen wollen?«

»Ich habe ihm ein Ultimatum gesetzt«, erwidert Mia mit einem leisen Seufzen. »Bis Ostern. Wenn er bis dahin seine Angelegenheiten nicht geregelt hat, bin ich weg.«

Ich nicke, zum Zeichen, dass ich verstanden habe. Ich muss an Karl denken, und sogleich verspüre ich das inzwischen bekannte Ziehen in der Magengrube.

»Die Männer sind doch alle gleich«, murmelt Mia, mehr zu sich selbst als zu mir. »Man kann ihnen einfach nicht über den Weg trauen.«

»Nicht alle Männer sind wie Ihr Vater«, entgegne ich sanft.

»Ach nein? Wie können Sie sich da so sicher sein? Woher nehmen Sie bloß diese unerschütterliche Gewissheit, dass Ihnen nicht dasselbe widerfahren könnte?«

Ich runzele die Stirn und werfe Mia einen raschen Seitenblick zu. Ihre Fragen nach meinem Privatleben empfinde ich zunehmend als unangenehm. »Darf ich fragen, weshalb Sie sich so für meine Beziehung interessieren, Mia?«

Sie sieht auf einmal zerknirscht aus. »Tut mir leid. Ich wollte Ihnen nicht zu nahe treten. Es ist nur – Sie scheinen einfach alles richtig gemacht zu haben. Trotz allem, was Sie wegen des Todes Ihrer Schwester durchgemacht haben, stehen Sie mit beiden Beinen im Leben, sind so verdammt selbstsicher und haben auch noch einen unverschämt gutaussehenden Mann an Ihrer Seite. Ich bewundere Sie, Alexandra. Ich wüsste zu gern, wie Sie das machen, woraus Sie Ihre Kraft schöpfen. Denn ich mache es ganz offensichtlich falsch.«

»Woher wollen Sie wissen, ob mein Verlobter attraktiv ist?« Ich versuche mich an einem Lächeln, das jedoch eher einer Grimasse gleicht. Ein mulmiges Gefühl überkommt mich, und ich mustere meine Patientin eingehend.

Denkt sie tatsächlich das, was ich denke?

Doch Mia lässt sich nicht aus dem Konzept bringen. Sie deutet auf den Bilderrahmen auf meinem Schreibtisch. »Ist er das etwa nicht? Ihr Verlobter? Ich finde, Sie sind ein außergewöhnlich attraktives Paar.«

Ich drehe mich um, und eine Woge der Erleichterung durchflutet mich, als mein Blick auf das Foto fällt. Es zeigt Karl und mich bei einem Ausflug mit Sammy im letzten Jahr.

Verdammt, Lexi! Jetzt krieg dich endlich ein. Schluss mit der Paranoia.

»Tut mir leid, das Bild hatte ich völlig vergessen. Ja, das ist mein Karl.« Ich zucke entschuldigend die Achseln.

147

»Und um Ihre Frage zu beantworten: Als Therapeutin wäre es nicht gerade hilfreich, würde ich den Eindruck vermitteln, mit meinem Leben überfordert zu sein, meinen Sie nicht? Die Zeit nach dem Tod meiner Schwester war tatsächlich alles andere als leicht für mich. Vielleicht kann ich mich deswegen so gut in Ihre Lage versetzen. Aber seien Sie versichert, auch ich bin nicht immer selbstsicher und stark. Ich glaube, das ist niemand. Nicht wirklich. Sie müssen sich Bereiche in Ihrem Leben schaffen, die Ihnen Kraft geben. In meinem Fall sind das neben meiner Beziehung meine Freundinnen, mein Hund Sammy, Sport und ein Beruf, der mich ausfüllt.«

Mia nickt langsam. »Ich glaube, ich verstehe.« Dann runzelt sie die Stirn. »Was ist mit Ihren Eltern? In Ihrer Aufzählung haben Sie sie nicht genannt.«

»Genug über mich für heute, Mia.« Ich hebe abwehrend die Hände. »Vielleicht ein anderes Mal. Lassen Sie uns jetzt wieder auf Ihr Leben zurückkommen, ja? Dafür sind Sie schließlich hier, nicht wahr?«

KAPITEL 15

Lexi

Meine Finger trommeln ungeduldig auf die Holzoberfläche meines Schreibtisches. Mit wachsendem Unmut starre ich auf den Papierberg vor mir. Ausnahmsweise stehen heute keine Patiententermine an – bei dem Terminmarathon der letzten Tage brauche ich dringend etwas Zeit, Abrechnungen mit der Krankenkassa vorzubereiten und Papierkram durchzuackern.

Mein Blick wandert sehnsüchtig zum Fenster. Die Sonne steht hoch am wolkenlosen Himmel, durch die angelehnten Fensterläden kann ich die ersten Vorboten des kommenden Frühlings zwitschern hören. Wenn ich von dem herrlichen Wetter noch etwas haben will, sollte ich mich ranhalten. Sammy hat den geplanten Ausflug in die Wälder dringend nötig – in den letzten Wochen hatte ich nicht viel Zeit für ihn, und die mangelnde Bewegung macht sich allmählich bemerkbar. Wie zur Bestätigung lässt Sammy unter dem Tisch ein ungeduldiges Winseln vernehmen und legt seinen Kopf auf mein Knie.

»Schon gut, alter Knabe.« Liebevoll kraule ich ihn hinter den Ohren. »Zwei Stunden noch, maximal. Dann machen wir einen ausgedehnten Spaziergang, ja?«

Was für eine vorbildliche Hunde-Mami du doch bist. Von wegen.

Ärgerlich verbanne ich die Stimme des schlechten Gewissens aus meinen Gedanken und wende mich wieder meinem Computer zu. Denn natürlich weiß ich, dass es noch einen anderen Grund gibt, weshalb ich die Praxis unbedingt früher als gewöhnlich verlassen will. Und der heißt gewiss nicht Sammy.

Vielmehr liegt es an dem zusammengefalteten Stück Papier, das ich gestern Abend in meinem Briefkasten entdeckt habe. Erst fürchtete ich, es könnte sich wieder um eine Fotobotschaft handeln, doch zu meiner Erleichterung war es nichts dergleichen. Ich erkannte die schwungvolle Handschrift sofort.

> Hallo, Nachbarin. Lust auf einen spontanen Spaziergang am Freitag gegen drei? Zur Belohnung spendiere ich dir anschließend in Claras Bäckerei ein Erdbeereis. Gib mir Bescheid, ob du Zeit hast. Ich würde mich freuen. Alles Liebe, Charlie

Darunter hatte er seine aktuelle Handynummer gekritzelt. Ohne lange nachzudenken, sagte ich zu.

Heute, bei Tageslicht betrachtet, quälen mich Zweifel, ob ich nicht besser hätte ablehnen sollen. Hatte ich mir nicht eigentlich fest vorgenommen, Charlies Annäherungsversuche im Keim zu ersticken? Ich seufze. Noch vor wenigen Wochen hätte ich es nicht im Traum für möglich gehalten, mich freiwillig im selben Raum mit ihm aufzuhalten, geschweige denn einer Verabredung zuzustimmen.

Hast du aus der Vergangenheit denn gar nichts gelernt? Hast du etwa immer noch nicht begriffen, dass dieser Mann eines Tages dein Untergang sein wird?

Doch unser nächtliches Gespräch letzte Woche hat mir überraschend gutgetan, und zu meiner eigenen Verwunderung löste seine Nachricht nicht die erwartete Ablehnung in mir aus, sondern erfüllte mich mit einer Mischung aus Unsicherheit und freudiger Erregung.

Und was ist mit Karl? Wie würdest du es finden, wenn er sich hinter deinem Rücken mit einer Verflossenen verabreden würde?

150

Unsinn. Ich schiebe den Gedanken beiseite. *Ein Spaziergang ist schließlich kein Date.*

Abgesehen davon brauche ich dringend jemanden zum Reden. Susanna habe ich diese Woche kaum zu Gesicht bekommen, weil ihre Tochter wegen einer Verkühlung das Bett hüten musste. Sie kreuzte bloß am Dienstag kurz in der Praxis auf, um ein paar Unterlagen mit nach Hause zu nehmen. Nadine ist wieder einmal in der Versenkung verschwunden und machte bislang keine Anstalten, mich zurückzurufen. Ich zucke die Achseln. So ist Nadine einfach. Wahrscheinlich treibt sie sich mit ihrem Ehemann auf irgendwelchen schicken Galas und Partys herum. Also eben Charlie. Warum auch nicht?

Als ich die Praxis schließlich gegen halb drei verlasse, bin ich immer noch hin- und hergerissen und zudem einigermaßen nervös.

Im Eiltempo flitze ich nach Hause, um mich umzuziehen. Der Golden Retriever ist außer sich vor Freude, als ich endlich nach seiner Leine greife und in meine bequemen Sneakers schlüpfe. Wie ein Welpe tänzelt er um meine Beine, und ich schäme mich ein bisschen, weil ich ihn so vernachlässigt habe.

Ich werfe noch einen letzten flüchtigen Blick in den Spiegel neben der Garderobe und lege einen Hauch Lipgloss auf, dann laufe ich los. Ich erreiche unseren Treffpunkt auf halbem Weg zwischen unseren Häusern einige Minuten vor der vereinbarten Zeit. *Genau wie früher.*

Irritiert schüttle ich den Kopf, verärgert über das unwillkommene Déjà-vu.

Es ist ganz anders als damals. Wir sind Nachbarn, nichts weiter.

Ich erkenne Charlies Gestalt schon von weitem. Er trägt einen dicken Wollpullover und Wanderschuhe, sein dunkelblondes Haar ist unter einer Baseballkappe verborgen.

»Alexandra«, begrüßt er mich mit einem breiten Lächeln und zieht mich spontan an sich. »Schön, dass es geklappt hat.«

Verlegen winde ich mich aus seiner Umarmung. »Hi, Charlie.«

Er tätschelt Sammy zur Begrüßung zärtlich den Kopf. »Hallo, mein Großer. Na, erkennst du mich wieder?«

Der Hund lässt sich wie auf Kommando zu Boden fallen und reckt ihm den Bauch entgegen. Lachend beugt sich Charlie hinunter und liebkost Sammys weiches Fell. Ein wohliges Stöhnen ist zu hören. »Ich deute das mal als ein Ja.«

Kopfschüttelnd begutachtet Charlie die ergrauten Barthaare aus der Nähe. »Unglaublich, wie alt er geworden ist. Als wir zum letzten Mal mit diesem Rabauken hier spazieren gegangen sind, war er fast noch ein Welpe.«

»Du bist auch nicht gerade jünger geworden«, necke ich ihn. »Wenn du in dem Tempo weitermachst, hat dein Haar bald dieselbe Färbung wie Sammys.«

Charlie greift sich in einer theatralischen Geste an die Brust. »Gar nicht nett.« Dann grinst er. »Zumindest einem von uns hat das Älterwerden einen Gefallen getan. Wenn ich ehrlich sein darf – du hast noch nie besser ausgesehen.«

Ich fühle, wie sich meine Wangen rosa färben. »Vielleicht wäre es dann auch allmählich Zeit für eine Brille?«, kontere ich.

Fröhlich plaudernd laufen wir nebeneinander her die Straße hinunter. Nach einigen Minuten Fußweg biegen wir in Richtung Ortsgrenze ab, dahinter beginnen die Felder und weitläufigen Wälder, von denen Altenhofen umgeben ist. Als wir den Feldweg erreicht haben, lasse ich Sammy von der Leine.

Lächelnd beobachte ich, wie er davonsaust, um die Feldhasen, die sich zwischen den Gräsern verstecken, aus ihren Löchern zu scheuchen. Ich spüre, wie auch mir die Bewegung gefehlt hat, und meine Laune hebt sich merkbar.

»Beinahe habe ich vergessen, wie schön es hier ist«, sagt Charlie in diesem Moment. »Diese Weite, diese Ruhe – einfach herrlich. Ich glaube, das habe ich früher nie richtig zu schätzen gewusst.«

Ich nicke bloß. Die Sonne blinzelt auf uns herab, und in der Luft liegt ein Hauch des kommenden Frühlings. Für Ende Februar ist es ungewöhnlich mild, und ich öffne den Reißverschluss meiner Weste.

»Und du bist in all den Jahren hier wohnen geblieben? Hast du nie darüber nachgedacht fortzugehen? In eine größere Stadt zu ziehen?«

Ich zucke die Achseln.

»Mir gefällt es hier. Für mich stand immer fest, dass ich nach dem Studium nach Altenhofen zurückkehren würde. Außerdem ist Wien ja nicht weit entfernt, kaum eine halbe Stunde Fahrt. Die Gemeinschaftspraxis, in der ich arbeite, liegt am Stadtrand. So kann ich hier wohnen bleiben und trotzdem vom Einzugsbereich der Stadt profitieren.«

Charlie nickt mir anerkennend zu. »Ich hab mir eure Website angesehen. Sieht sehr professionell aus.«

»Danke.« Ein Lächeln breitet sich auf meinem Gesicht aus. »Ich liebe meinen Job. Klar, der ganze Papierkram nervt gelegentlich, aber die Arbeit mit meinen Patienten ist es allemal wert. Es erfüllt mich mit Stolz zu sehen, wie sie Fortschritte machen. Außerdem ist Susanna eine großartige Kollegin. Ohne sie hätte ich bestimmt nie den Mut aufgebracht, eine eigene Praxis zu gründen. Mit unserer dritten Kollegin im Bunde, Martha, sind wir ein eingespieltes Team und können uns zudem noch Räume und Kosten teilen.«

»Wirklich beeindruckend, was du leistest. Ich für meinen Teil fände es furchtbar anstrengend, mich tagtäglich mit den Problemen anderer Leute herumzuschlagen.« Er wirft mir einen flüchtigen Seitenblick zu. »Aber du warst immer schon gut im Umgang mit den Menschen. Als wir uns kennenlernten, erschienst du mir als der empathischste und mitfühlendste Mensch, den ich je getroffen hatte. Nur eines der vielen Dinge, die ich an dir bewundere.«

Verlegen wende ich mich ab, unsicher wie ich mit dem Kompliment umgehen soll.

»Danke für die Blumen. Trotzdem – wenn du mir damals gesagt hättest, ich würde einmal meine eigene Psychotherapiepraxis eröffnen, hätte ich dich glatt für verrückt erklärt.«

»Nur keine falsche Bescheidenheit. Mir war immer klar, dass aus dir mal was werden würde. Daran habe ich keinen Tag gezweifelt.«

Ich beiße mir auf die Unterlippe. So freundlich seine Worte auch gemeint sein mögen, haben sie für mich doch einen schalen Beigeschmack.

Unwillkürlich denke ich zurück an mein zwanzigjähriges Ich. Ein nervliches Wrack, bloß noch ein Schatten meiner selbst. Keine Spur von der starken Persönlichkeit, die er heute in mir zu sehen glaubt. Wie viel leichter es doch ist, zehn Jahre später zu befinden, er hätte meinen beruflichen Erfolg schon damals erahnt! Und das, obwohl es an ihm gewesen wäre, mir in der schwierigsten Zeit meines Lebens beizustehen.

Doch ich behalte meine Gedanken für mich. Ich möchte das zarte Pflänzchen unserer Freundschaft nicht gleich zu Beginn unter alten Vorwürfen ersticken.

»Was ist mit dir? Arbeitest du immer noch für die Uni?«

»Seit einigen Jahren habe ich sogar eine feste Professur am Wiener Institut für Politikwissenschaften«, erwidert Charlie. Es klingt stolz. »Das Gehalt ist mehr als in

Ordnung, und meine Vorlesungen erfreuen sich größter Beliebtheit. Ich kann also nicht klagen.«

»Und dein Umzug nach Altenhofen war da kein Problem?«

Er schüttelt den Kopf. »Zweimal pro Woche fahre ich in die Stadt, um meine Kurse abzuhalten, den Rest kann ich von zu Hause erledigen.«

»Dann meinst du es also ernst? Du willst wirklich auf Dauer in Altenhofen wohnen bleiben?«

»Ursprünglich hatte ich geplant, das Anwesen zugunsten einer Eigentumswohnung im Zentrum zu verkaufen. Zuvor müsste ich allerdings renovieren.« Er verdreht die Augen. »Du hast selbst gesehen, in was für einem fürchterlichen Zustand das Haus ist. Das Dach muss an einigen Stellen geflickt und Sanitärräume und Parkettboden müssen erneuert werden.«

Er bedenkt mich mit einem Seitenblick. Seine Miene ist unergründlich. »Doch jetzt, wo ich hier bin, gefällt mir das Kleinstadtleben besser als ich dachte.«

Eine Weile traben wir schweigend nebeneinander her und sehen Sammy dabei zu, wie er in der untergehenden Sonne ausgelassen über die Felder tobt. Von Zeit zu Zeit durchbricht sein lautes Gebell die Stille, während er einem armen Feldhasen hinterherjagt, der hakenschlagend vor dem sonnengelben Ungetüm um sein Leben läuft.

»Wie habt ihr euch eigentlich kennengelernt, du und Karl?«

Überrascht ob des rasanten Themenwechsels drehe ich mich zu ihm um.

»Wieso fragst du?«

Charlie zuckt die Achseln. »Ich interessiere mich einfach für dein Leben. Und Karl ist nun mal ein Teil davon. Aber wenn es dir unangenehm ist, mit mir über deinen Verlobten zu sprechen, musst du natürlich nicht antworten.«

»Wieso sollte es mir was ausmachen, über ihn zu reden?«

Charlie hebt eine Augenbraue, erwidert jedoch nichts.

»Wir haben uns zufällig auf einer Vernissage getroffen. Die Freundin einer Freundin hatte eine Galerie eröffnet, und ich hab sie dorthin begleitet. Nicht, dass ich viel von Kunst verstehen würde«, füge ich grinsend hinzu. »Ich stand da also vor diesem Bild, einem riesengroßen Andy Warhol, da bekam ich plötzlich von hinten einen Stoß in den Rücken, und der Inhalt meines Weinglases ergoss sich über die Leinwand.« Ich schließe für einen Moment die Augen, als ich an diese peinliche Episode zurückdenke. »Einen Augenblick später stand die Galeristin vor mir und keifte mich an, ich hätte das Bild beschädigt und müsse es jetzt auch kaufen. Es kostete schlappe zweitausend Euro. Ich war völlig fertig mit den Nerven. Susanna und ich hatten eben erst unsere Jobs gekündigt, um uns nach einem geeigneten Objekt für unsere Praxis umzusehen. Ich war also alles andere als gut bei Kassa. Da gesellte sich plötzlich ein Mann im Anzug zu uns und stellte sich der Galeristin als mein Anwalt vor. Die Arme schien gar nicht zu wissen, wie ihr geschah, als Karl ihr leidenschaftlich darlegte, aus welchen juristischen Gründen ich keine Verpflichtung hätte, für das Bild zu bezahlen.« Ich lache leise. »Zum Dank für seine Hilfe lud ich ihn auf ein Glas Wein ein.« Ich zucke die Achseln.

»Der Retter in der Not.«

»Genau.«

»Eine nette Geschichte.« Charlie sieht mich an. »Bist du denn glücklich mit ihm?«

Ich denke an die Ereignisse der vergangenen Wochen. Die vielen Abende allein auf der Couch, all die Auseinandersetzungen, schließlich unsere Diskussion wegen Karls angeblichen Fake-Tinder-Profils. Ich schiebe die

Gedanken beiseite. Nichts davon geht Charlie auch nur das Geringste an.

»Ja, sehr«, entgegne ich mit aller Überzeugung, die ich aufbringen kann. »Was ist mit dir? Gibt es eine Frau an deiner Seite? Oder bist du noch ...«

»Es gibt niemanden«, fällt Charlie mir ins Wort, bevor ich meinen Satz vollenden kann. »Ich bin frei wie ein Vogel.« Einen Moment lang sieht es so aus, als würde er etwas hinzufügen wollen, doch er besinnt sich anders.

Ich ziehe es vor, nicht weiter nachzubohren.

»Ich habe überlegt, mir einen Hund anzuschaffen«, sagt er dann.

Ich hebe überrascht die Brauen. »Einen Hund? Und was für einen?«

»Einen richtigen Wachhund. Am liebsten einen Schäferhund.« Er seufzt. »Aber zuerst muss ich mir darüber im Klaren werden, wie ich mit Marias Haus weiter verfahren will. Wenn ich tatsächlich in Altenhofen bleibe, wonach es derzeit aussieht, werde ich mir auf jeden Fall einen Welpen nehmen.«

Inzwischen haben wir die Felder hinter uns gelassen und den Waldrand erreicht.

»Wir sollten umkehren. Die Sonne geht bald unter.« Ich hebe die Finger an den Mund, und ein durchdringender Pfiff ertönt. Das Zeichen für Sammy, dass es Zeit für den Heimweg ist.

»Warst du seit damals ...«

Er braucht den Satz nicht zu vollenden, ich weiß auch so, worauf er hinauswill. Auf die Hütte im Wald. Unsere Hütte.

»Nein«, falle ich ihm lauter als beabsichtigt ins Wort. »Du etwa?«

Charlie schüttelt den Kopf. »Wurde sie denn wiederaufgebaut?«

»Nicht, dass ich wüsste.«

Eine Weile herrscht betretenes Schweigen, während wir mit zügigen Schritten den Rückweg antreten. Die Sonne ist beinahe ganz hinter dem Horizont verschwunden, die Wege und Felder um uns herum erstrahlen in orangenem Licht.

»Hast du inzwischen etwas über die Fotos in Erfahrung bringen können? Die von Alice und der Hütte, meine ich?«

Ich bin erleichtert über den Themenwechsel.

»Nein, leider. In letzter Zeit war so viel los bei mir, dass ich kaum Gelegenheit hatte, mir den Kopf darüber zu zerbrechen.«

»Vielleicht war es ja doch nichts als ein dummer Scherz.«

»Ja – vielleicht«, entgegne ich wenig überzeugt.

Nach gut dreißig Minuten Fußmarsch erreichen wir schließlich die Dorfgrenze. Die Sonne ist hinter den Hausdächern verschwunden, und auf einmal fällt mir auf, wie kühl es geworden ist. Fröstelnd verschränke ich die Arme vor der Brust.

»Das mit dem Eis verschieben wir lieber auf einen anderen Tag. Es ist ohnehin schon spät. Ich sollte zusehen, dass ich nach Hause komme.«

Ich beuge mich zu Sammy hinab, der sich widerstandslos anleinen lässt. Die Zunge hängt ihm aus dem Maul. Er sieht genauso erschöpft aus wie ich mich fühle.

»Weil Karl bald heimkommt? Weil er nicht erfahren soll, dass wir zusammen spazieren waren?«

Ich runzele die Stirn. »Nein – auf beide Fragen. Weil ich müde und erledigt von der Woche bin. Allein deswegen.«

Charlie wirft mir einen vielsagenden Blick von der Seite zu, erwidert jedoch nichts.

»Aber gut zu wissen, dass du dich noch erinnerst, wie sehr ich Erdbeereis liebe.« Ich lache nervös in dem

158

Versuch, der angespannten Stimmung zwischen uns etwas von ihrer Schärfe zu nehmen.

Er sieht mich mit einem unergründlichen Ausdruck in seinen grünen Augen an. Mein Lächeln erstirbt schlagartig.

»Ich habe nichts vergessen, Alexandra. Du wirst es mir vielleicht nicht glauben, aber ich habe oft an dich gedacht in den letzten Jahren.«

Zaghaft streckt er die Hand aus und streicht mir eine verirrte Haarsträhne aus der Stirn. Sofort spüre ich das altbekannte Kribbeln in der Magengrube. Ich weiche zurück. Der Schmerz in meiner Brust, der mich bei seiner Berührung durchzuckt, ist beinahe unerträglich.

»Bitte – nicht.« Meine Stimme klingt heiser, und ich räuspere mich vernehmlich.

Er lässt die Hand sinken, sieht mich aber immer noch unverwandt an.

»Ich muss jetzt wirklich nach Hause.«

Ich wende mich ab, und ohne mich noch einmal nach ihm umzusehen, laufe ich im Eiltempo die Straße hinunter und halte erst inne, als ich die Wohnungstür in meinem Rücken spüre.

Mein Herz pocht wie verrückt. Plötzlich sehe ich wieder alles vor mir. Wie im Zeitraffer durchlebe ich den Ablauf unserer letzten Begegnung, und es fühlt sich an, als würde mein Herz noch einmal in tausend Einzelteile zerspringen.

Charlies herabgesunkene Schultern, die Hände in den Taschen seiner Jeans vergraben, den Oberkörper nach vorne gekrümmt. Die Verzweiflung in seinem Blick. Das schimmernde Schwarz meines Trauerkleids. Der Geruch nach weißen Rosen, die auf Alice' Sarg fallen.

»Es tut mir so leid, Lexi«, flüstert Charlie mit erstickter Stimme. »So unendlich leid.«

Tränen laufen mir über die Wangen und tropfen auf meine Brust. »Es war meine Schuld«, flüstere ich. »Das ist alles bloß meine Schuld. Niemals hätte ich sie überreden dürfen, mit mir in diese verdammte Hütte zu kommen.«

»Du weißt, dass das nicht wahr ist. Es war ein Unfall.«

»Wieso hat es dann nicht uns getroffen? Den ganzen Sommer über waren wir doch ständig dort!« Mein Körper wird von heftigen Schluchzern geschüttelt. »Warum musste das Feuer ausgerechnet an diesem Tag ausbrechen?«

»Ich weiß es nicht.«

Eine Weile streicht er mir tröstend über den Rücken, leistet mir Beistand in meiner Trauer.

»Es gibt übrigens etwas, das ich dir sagen muss.« Seine Stimme klingt belegt, als er fortfährt. »Ich kann nicht länger in Altenhofen bleiben, Lexi. Ich werde morgen früh nach Wien aufbrechen.«

»Das weiß ich doch. Wir hatten das doch schon besprochen. Ich muss ja auch zurück zur Uni.« Ich wische die Tränen weg. »Aber zumindest bedeutet das nicht, dass wir uns nicht mehr sehen. Im Gegenteil, es wird sogar leichter, weil wir unsere Beziehung nicht länger vor meinen Eltern verbergen müssen.«

Charlie schweigt. Sein Blick ist auf seine Schuhspitzen gerichtet.

»Oder etwa nicht?«

»Lexi, ich ...« Er führt den Satz nicht zu Ende. Auf einmal kann ich Tränen in seinen Augen schimmern sehen. »Das mit uns – ich kann das nicht mehr machen.« Er fährt sich mit der Hand durchs Haar, seine Miene ist ernst, angespannt. »So schön es auch war, wir müssen unsere Beziehung beenden, bevor jemand noch ernsthaft Schaden nimmt. Ich weiß, du machst gerade eine schwere Zeit durch, aber glaub mir, es ist besser so. Ich bin nicht der Richtige, um dir jetzt beizustehen.«

Meine Augen weiten sich. Ich spüre den Schmerz, der mein Herz wie die Spitze eines Dolchs durchbohrt.

»Was soll das heißen – du kannst das nicht mehr machen? Wer soll zu Schaden kommen?« Ich ringe nach Luft.

»Das kann jetzt nicht dein Ernst sein. Du *verlässt* mich? Wie in aller Welt kann denn eine Trennung die Lösung sein?«

Charlies Oberkörper bebt vor unterdrücktem Schluchzen. Es scheint, als würde er gegen einen inneren Widerstand ankämpfen, doch die Worte, die aus seinem Mund dringen, sind an Klarheit nicht zu überbieten.

»Es tut mir leid. Wirklich. Aber so weh es auch tut, es ist das Beste für uns beide. Vielleicht wirst du das eines Tages verstehen.«

In mir ringen Wut und Verzweiflung. Ich kann nicht glauben, was er da soeben gesagt hat.

»Dann war es das also? Du machst einfach Schluss? Nach allem, was war?«

Mein Atem geht stoßweise, der Schock pumpt das Adrenalin durch meine Adern. Meine Hände beben vor unterdrücktem Zorn.

»Früher oder später wäre es ohnehin darauf hinausgelaufen. Ich bin über fünfzehn Jahre älter als du. Wir befinden uns in völlig anderen Lebensabschnitten. Du bist noch so jung, wunderschön und frei. Dein ganzes Leben liegt vor dir! Und ich ...« Er seufzt erneut. »Ich trage so viele Altlasten mit mir herum. Das Letzte, was du brauchen kannst, ist ein frustrierter und abgehalfterter Professor an deiner Seite. Das ist mir eben erst so richtig klar geworden. Bitte verzeih mir, aber meine Entscheidung steht fest.«

Mir entfährt ein kraftloses Lachen.

»Und das fällt dir jetzt ein? Verdammt, Charlie! Meine Schwester ist gerade gestorben. Ich habe gerade ihren bis zur Unkenntlichkeit verbrannten Körper zu Grabe getragen! Und ausgerechnet du willst mir etwas von emotionalem Gepäck erzählen?«

161

Doch ich erhalte keine Antwort. Fassungslos schüttle ich den Kopf. »Das hat Alice immer gesagt, wusstest du das? Sie meinte, du bist zu alt und nicht gut genug für mich.« Ich schließe die Augen. Der Gedanke an Alice schmerzt mehr, als ich in Worte fassen kann.

»Und sie hatte recht. Mir war nur nicht bewusst, wie recht sie damit hatte.«

»Aber ...«

Ich vollende den Satz nicht. Starre ihn nur aus weit aufgerissenen Augen an, als würde ich zum ersten Mal wirklich sehen, wer da vor mir steht. Ich erkenne Charlie nicht wieder. Kaum zu glauben, dass dieser Mann hier derselbe sein soll, der mir noch vor wenigen Tagen versichert hat, er würde mich lieben.

»Die Zeit mit dir hier in Altenhofen war die schönste meines Lebens. Ich will, dass du das weißt. Aber jetzt sind wir in der Realität gelandet. So weh es mir auch tut, für uns beide gibt es keine Zukunft. Pass auf dich auf, ja?«

Mit diesen Worten wendet er sich um und stapft mit hängenden Schultern davon. Ich blicke ihm noch lange nach, sehe zu, wie er hinter der nächsten Straßenbiegung verschwindet und damit auch aus meinem Sichtfeld.

KAPITEL 16

Lexi

Das Kinn auf die Handfläche gestützt, beäuge ich die vielen ungelesenen E-Mails in meinem Posteingang. Ich seufze. Seit ich die Praxis am Freitag verlassen habe, sind über fünfzig Nachrichten in dem Gemeinschaftspostfach eingegangen. Susanna, Martha und ich haben das Postfach eingerichtet, um stets wechselseitig über neue Anfragen und organisatorische Belange auf dem Laufenden zu bleiben. Gelangweilt lasse ich den Blick über die Betreffzeilen schweifen und verschiebe hier und dort E-Mails in verschiedene Unterordner. Bei den meisten handelt es sich um Spam, dazwischen findet sich die eine oder andere Nachricht zur Vereinbarung von Erstgesprächen oder Terminverschiebungen.

Gut zwanzig Minuten bringe ich damit zu, belanglose E-Mails auszusortieren, als mein Cursor über eine Nachricht mit dem Betreff »Karl« innehält. Ich runzle die Stirn. Der Absender der Nachricht, eine wahllose Aneinanderreihung von Zahlen und Buchstaben, versendet von einem unbekannten Yahoo-Account, ist wenig aufschlussreich. Einen Moment erwäge ich, die E-Mail in den Spam-Ordner zu verschieben, dann jedoch siegt die Neugier und ich öffne sie mit einem Doppelklick.

Ich beuge mich vor, um die Nachricht näher in Augenschein zu nehmen. Abgesehen von zwei Dateien im Anhang scheint sie leer zu sein. Doch hoffentlich kein Computervirus? Mit einem mulmigen Gefühl im Magen öffne ich das erste Foto.

Einige Sekunden lang starre ich neugierig auf die Aufnahme.

Das Foto, das sich über meinen Bildschirm erstreckt, ist dunkel und an den Rändern leicht verschwommen, als wäre es in einem schummrigen Lokal aufgenommen worden. Die Bar im Hintergrund lässt eine stattliche Sammlung von Whiskeyflaschen und anderer Spirituosen erahnen, vor dem Tresen tummeln sich Männer und Frauen in Abendgarderobe.

Eine dunkle Vorahnung erfasst mich, während ich die Menschen im Vordergrund näher in Augenschein nehme. Meine Blicke bleiben an dem Paar hängen, das auf dem Schnappschuss vor mir lüsterne Blicke tauscht. Dann hat die Erkenntnis endlich meine letzten Hirnwindungen erreicht, und ein erstickter Schrei entfährt meiner Kehle. Entsetzt schlage ich die Hand vor den Mund. Ich spüre, wie auf einen Schlag sämtliche Energie aus meinem Körper entweicht. Heftiges Schwindelgefühl macht sich in mir breit, und ich kralle mich an der Tischplatte fest.

Karls sehnige Gestalt lehnt lässig an der Theke, in der Hand hält er ein Glas mit einer perlenden Flüssigkeit. Sein Oberkörper ist nach vorne geneigt, als würde er seiner Begleiterin etwas zuflüstern. Dabei ruht sein Blick auf ihrem üppigen Dekolleté, die Lippen hat er zu dem für ihn typischen spitzbübischen Grinsen verzogen. Die Frau zu seiner Rechten, eine langbeinige Blondine in einem hauchdünnen schwarzen Kleid, scheint sich prächtig zu amüsieren. Beinahe kann ich ihr mädchenhaftes Kichern hören. Sie stehen so nahe beisammen, dass kaum ein Blatt Papier zwischen ihnen Platz hätte, und ich bin mir sicher, ein bloßer Windhauch würde ausreichen, ihre Brust an seine zu pressen. Es sieht aus, als würden sie sich jeden Moment küssen.

Mit zitternden Fingern öffne ich das zweite Bild. Es stellt sich ebenfalls als Schnappschuss heraus, nur dass

Karl diesmal den Arm um die beneidenswert schlanke Taille der Frau gelegt hat.

In meinen Ohren rauscht es, und eine Woge der Übelkeit steigt in mir hoch, während ich verzweifelt versuche, mir eine plausible Erklärung für die Aufnahmen zurechtzuzimmern. Doch tief in meinem Herzen weiß ich, dass es keine geben kann. Am ganzen Körper bebend suche ich die Fotos nach Beweisen ab, dass es sich um eine Fotomontage handeln könnte. Dann fällt mein Blick auf die Ziffernfolge am rechten unteren Rand, und ich schnappe erneut nach Luft.

Dem Datum zufolge wurden die Bilder letzten Freitag aufgenommen. An jenem Abend, an dem Karl mal wieder kurzfristig bei seinen Eltern übernachtet hat. Vorgeblich, weil er länger arbeiten musste. So viel dazu.

Du mieser verlogener Dreckskerl!

Einen Augenblick lang verfluche ich mich dafür, nicht auf die Stimme der Vernunft gehört und die Mail ungeöffnet in den Spamordner verbannt zu haben. Sehne mich zurück nach meiner heilen Welt, in der mein Vertrauen in meine Beziehung noch intakt war. Wünschte, ich müsste nicht der Wahrheit ins Auge sehen, dass mein geliebter Partner, mein Verlobter, mich schamlos belügt und hintergeht.

In meinem Kopf überschlagen sich die Gedanken. Unstrukturiert und willkürlich, einer belangloser als der andere, in dem verzweifelten Versuch, den Schmerz in meinem Herzen auszublenden.

Ein Glück, dass du dich nicht dazu hast breitschlagen lassen umzuziehen ... Die Hochzeitsankündigungen sind schon raus. Du musst deinen Freunden Bescheid geben, dass die Feier abgesagt ist ... Der halbe Schuppen ist voll mit Karls Zeug. Das muss weg ... Mama – wie soll ich ihr bloß beibringen, dass die Verlobung geplatzt ist? ... Am besten beauftragst du eine Umzugsfirma, die soll Karls ganzen Kram bei seinen Eltern abladen ... Ein Jammer um Paul, den mochte ich wirklich gerne ... Hat Nadine nicht unlängst von einem Unternehmen erzählt, mit dem sie gute Erfahrungen gemacht hat? Vielleicht solltest du sie anrufen und sie danach fragen ... Stopp!

Ich zwinge mich, tief durchzuatmen.

Eins nach dem anderen.

Langsam nimmt ein neuer Gedanke in meinem Kopf Gestalt an.

Susanna. Du musst mit Susanna sprechen. Sie wird wissen, was zu tun ist.

Ich springe auf, wobei ich in meiner Hast die Tasse meines inzwischen kalten Morgenkaffees mit dem Ellbogen vom Tisch fege. Klirrend zerschellt sie auf dem Boden. Die hellbraune Flüssigkeit versickert sogleich in dem hellen Teppich.

Ich stoße einen lautlosen Fluch aus.

Halbherzig klaube ich die größten Scherben auf und werfe sie in den Papiereimer neben meinem Schreibtisch. Ohne noch einen Gedanken an den Läufer zu verschwenden, stolpere ich aus dem Zimmer und in den Flur.

Ich reiße die nächste Tür auf.

»Susanna, du wirst nicht glaube, was ...«

Ich breche unvermittelt ab, als ich das Pärchen neben Susanna auf der Couch erblicke. Es ist das Ehepaar Schmirl.

»Tut mir leid«, stammele ich und trete den Rückzug an. »Ich hätte anklopfen sollen. Lassen Sie sich von mir nicht stören. Wir können später reden.«

Susanna runzelt die Stirn. »Lexi, was zum Teufel ist los? Was ist passiert?« Die Sorge steht ihr ins Gesicht geschrieben.

»Alles gut. Bitte verzeihen Sie die Störung.« Meine entschuldigende Miene kommt wohl eher einer Grimasse gleich.

Ich bin schon halb aus der Tür, als Susanna mir nachruft.

»Gib mir fünfzehn Minuten, okay?«

»In Ordnung.«

Mit hängenden Schultern trete ich den Rückweg in mein Büro an, wo ich auf der Couch in mich zusammensinke.

Susanna betreut jetzt also die Schmirls. Großartig hast du das wieder gemacht, Lexi.

Ich zucke die Achseln. Im Grunde ist es mir egal, dass die beiden Susanna als Therapeutin vorziehen. Sie waren sowieso anstrengend und rettungslos zerstritten.

Ich beginne, haltlos zu schluchzen. Seit ich das Bild von Karl mit dieser Blondine gesehen habe, fühle ich mich wie in Watte gepackt. Mein Kopf ist von Nebelschwaden gefüllt, die nur von einzelnen unzusammenhängenden Gedankenfetzen durchdrungen werden.

Karl ist nicht der, für den du ihn hältst. Alles, woran du geglaubt hast, war gelogen. Er ist ein mieser Betrüger. Und nichts, was er zu seiner Entschuldigung vorbringt, wird daran etwas ändern.

Exakt zwölf Minuten später geht die Tür auf und Susanna ist da. In Sekundenschnelle hat sie die Tragweite der Situation erfasst. Ihr Blick wandert von den Scherbenresten zu dem Kaffeefleck auf dem Teppich und dann zu meinem tränenüberströmten Gesicht. Mit einem Satz ist sie bei mir und schließt mich in die Arme.

»Lexi, Süße, wieso weinst du denn? Was ist passiert?«

Tröstend streicht sie mir übers Haar, und ich lasse mich gegen ihre Schulter sinken.

»Es ist Karl. Er betrügt mich.« Meine Stimme ist kaum mehr als ein Flüstern.

»Das ist nicht dein Ernst. Die Sache mit Tinder? Ich dachte, es wäre ein Fake-Account gewesen, und er hätte das inzwischen geregelt?«

Ich schüttle den Kopf. »Nein, es geht nicht um Tinder. Diesmal nicht.« Dann zucke ich die Schultern. »Aber wer weiß? Vielleicht war das auch gelogen. Ich habe keine Ahnung, was ich noch glauben soll.«

Stockend erzähle ich ihr von dem E-Mail, das ich über die Praxisadresse erhalten habe, und den Bildern von Karl und der langbeinigen Schönheit. Susanna hört mir aufmerksam zu. Ihre Zähne mahlen vor unterdrücktem Zorn.

Als ich geendet habe, springt sie auf. »Zeig mir die Fotos. Jetzt gleich!«

Ohne meine Reaktion abzuwarten, läuft sie zu meinem Computer und hämmert ungeduldig auf die Tastatur ein. Mühsam rappele ich mich hoch und folge ihr. Mit zitternden Händen löse ich die Bildschirmsperre.

Sie saugt scharf die Luft ein, als sie einen Blick auf die Fotos wirft. »Ich fasse es nicht! Dieser elende Wichser. Wenn ich den in die Finger kriege, bringe ich ihn um!«

»Meinst du, bei den Aufnahmen könnte es sich um eine Fälschung handeln?« Unsicher sehe ich sie an. »Vielleicht ist gar nichts passiert und Karl war bloß zur falschen Zeit am falschen Ort? Ich meine – ich habe ihn schließlich nicht explizit gefragt, ob er Freitag nach der Arbeit noch ausgegangen ist. Vielleicht ...«

Susanna schnaubt. »Und das glaubst du wirklich?«

Ich beginne zu weinen und schlinge die Arme um meinen Körper. Dass selbst Susanna, Karls größte Verfechterin, nicht länger an seiner Unschuld festhalten will, bestärkt meine schlimmsten Befürchtungen. Und der letzte Funken Hoffnung in mir erstirbt.

Nachdem Susanna auch das zweite Foto studiert hat, wendet sie sich wieder mir zu und nimmt mich fest in den Arm.

»Es tut mir so leid, Süße. So etwas hast du nicht verdient.«

»Es war alles eine Lüge«, hauche ich tonlos. »Und ich Idiot habe ihm die Geschichte mit dem Fake-Account bei Tinder sogar noch abgekauft!«

Die Tränen fließen in Strömen, und die Erkenntnis, dass Karl mich die ganze Zeit über belogen und gedemütigt hat, schnürt mir die Kehle zu.

»Besser, du erfährst es jetzt, als wenn du erst mit ihm verheiratet bist und Kinder hast.« Sie lacht bitter. »So viel kann ich dir aus Erfahrung sagen.«

Liebevoll tätschelt sie mir den Rücken.

»Sprich mit ihm, Lexi. Stell ihn zur Rede. Gib ihm eine letzte Chance, eine plausible Erklärung für sein Verhalten vorzubringen, und wenn nicht, dann ...«

»Dann muss ich ihn verlassen«, ergänze ich tonlos.

»Ja.«

Eine Weile sitzen wir nur so da, jede in ihre jeweiligen Gedanken vertieft.

Wie hat es bloß so weit kommen können? Wie konnte er mir das antun?

Weil Männer nun einmal so sind, gebe ich mir selbst die Antwort.

Ich muss an Mia denken, und ich muss lachen, als mir dämmert, wie recht sie mit dem hatte, was sie zuletzt zu mir gesagt hat.

Man kann Ihnen nicht trauen. Am Ende des Tages sind sie alle gleich.

Ich halte den Kopf gesenkt und vermeide es, Susanna in die Augen zu blicken. Ich weiß genau, woran sie jetzt denkt. Die Trennung von ihrem Mann vor zwei Jahren.

Damals war ich es, die ihr tröstend über den Rücken strich und ihr versicherte, dass sie etwas Besseres verdient hätte. Dass sie keine Schuld treffe. Zwei Jahre, in denen ich mich der Illusion hingab, mir könne so etwas niemals passieren. Wie sehr man sich doch täuschen kann.

Schließlich nehme ich all meine verbliebene Kraft zusammen und greife nach dem Telefon. Ein verkniffener Ausdruck ist um meinen Mund getreten. Aus dem Gedächtnis wähle ich die Nummer von Karls Kanzleisekretärin.

»Hallo, hier ist Alexandra.« In Anbetracht meines Gefühlszustands klingt meine Stimme erstaunlich fest und klar. »Ist Karl zu sprechen?«

Innerhalb weniger Minuten habe ich in Erfahrung gebracht, dass Karl gegen zwölf eine Stunde Mittagspause hat. Ich lasse mir von seiner Sekretärin einen halbstündigen Termin geben und bitte sie, Karl auszurichten, dass wir uns in einem nahegelegenen Kaffeehaus treffen.

Dann greife ich nach meiner Handtasche und wende mich zu Susanna um. »Würdest du meine Patienten anrufen und meine Nachmittagstermine verschieben? Ich muss das jetzt sofort klären. Sonst werde ich noch wahnsinnig.«

Susanna sieht überrascht aus, nickt aber. »Klar, natürlich.«

»Danke, Susi. Für alles.« Ich werfe ihr zum Abschied eine Kusshand zu, dann steuere ich, den besorgten Blick meiner Freundin im Rücken, auf den Ausgang zu.

KAPITEL 17

Lexi

Der Wind zerrt an meinem Haar, während ich zu meinem Wagen haste. Ich höre das Einschnappen meines Sicherheitsgurts, dann steige ich aufs Gas. Der Range Rover macht einen erschrockenen Satz nach vorne. Das lähmende Gefühl der Demütigung und der Verzweiflung ist einer grimmigen Entschlossenheit gewichen.

Eine halbe Stunde lang quäle ich mich durch den Berufsverkehr, bis ich Karls Kanzlei endlich erreicht und meinen Wagen in eine Parklücke gezwängt habe.

Forschen Schrittes steuere ich auf das *Delias* zu, ein winziges Kaffeehaus, keine fünf Minuten Fußmarsch von Karls Arbeitsstätte entfernt. In der Anfangszeit unserer Beziehung haben wir oft hier zusammen zu Mittag gegessen.

Karl ist bereits da, als ich eintreffe. Er sitzt an einem der vorderen Tische nahe dem Fenster und tippt konzentriert Nachrichten in sein Smartphone. Ich seufze. Die unverhohlen interessierten Seitenblicke, die ihm die weiblichen Kaffeehausbesucher von Zeit zu Zeit zuwerfen, entgehen mir nicht. Ich kann es ihnen nicht verübeln. In dem schmal geschnittenen Designeranzug und mit den halblangen, nach hinten gegelten Haaren sieht er aus wie eine jüngere Version von Christian Bale.

Der Anblick seiner blauen Krawatte im Paisleymuster versetzt mir einen Stich. Kaum zu glauben, dass ich ihm erst heute Morgen geholfen habe, den doppelten Windsorknoten zu binden. Es kommt mir vor, als wären seither mehr als bloß Stunden vergangen. Als würde ein ganzes Universum zwischen diesem intimen Moment und der Gegenwart liegen.

Verzweifelt versuche ich, die Panik niederzukämpfen, die beim Gedanken an unser bevorstehendes Gespräch in mir hochsteigt. Ich hole tief Luft und straffe die Schultern. Mit allem Selbstbewusstsein, das ich aufbringen kann, lege ich die letzten Meter zu seinem Tisch zurück.

»Hi.«

Karl hebt den Kopf. Wie gewohnt will er mir zur Begrüßung einen Kuss auf den Mund drücken, doch ich wende mich ab, sodass seine Lippen nur meine Wangenknochen streifen.

»Geht es dir gut, Schatz?« Er beäugt mich mit besorgter Miene. »Du hast mir einen ganz schönen Schrecken eingejagt, mich untertags hierher zu zitieren.« Er greift nach meiner Hand und drückt sie. »Ist mit Sammy und Susanna alles okay?«

»Den beiden geht es gut.« Ich entwinde meine Finger seiner Umklammerung und winke die Bedienung an unseren Tisch.

»Einen Gin Tonic bitte.«

Karl runzelt die Stirn, verkneift sich jedoch eine Bemerkung. Nach einem kurzen Blick in die Speisekarte entscheidet er sich für einen Espresso und ein Clubsandwich.

Nachdem die Kellnerin abgezogen ist, ergreift er erneut das Wort.

»Seit wann trinkst du zu Mittag denn harten Alkohol? Und was um Himmels willen ist so dringend, dass es nicht bis heute Abend warten konnte?«

Wieder erfasst mich eine Woge der Panik.

Du musst das nicht tun! Wenn du Karl jetzt der Untreue beschuldigst, gibt es kein Zurück mehr. Du liebst ihn doch, verdammt! Willst du alles, was ihr euch aufgebaut habt, wegen ein paar unscharfer Fotos aufs Spiel setzen?

Einen Moment lang starre ich ihn bloß an. Dann wische ich meine Bedenken beiseite. Mit ausdrucksloser Miene ziehe ich mein Handy aus der Tasche und rufe die verhängnisvolle E-Mail auf. Wortlos schiebe ich ihm das Smartphone dann zu.

»Was sagst du dazu?«

Mit angehaltenem Atem beobachte ich seine Reaktion. Karls Miene wechselt von Sorge zu Überraschung und schlägt schließlich in Bestürzung um.

»Woher hast du das?«

Mein Magen krampft sich zusammen.

Falsche Antwort.

»Das ist unwichtig, oder nicht?«

Die pummelige Kellnerin kommt an unseren Tisch, und ich warte ungeduldig, bis sie die Getränke vor uns abgestellt und sich wieder entfernt hat. Als wäre ich kurz vorm Ertrinken, greife ich nach meinem Cocktail und leere ihn in einem Zug zur Hälfte. Karl beobachtet mich mit wachsendem Entsetzen.

»Du hast mich belogen, Karl.« Meine Stimme trieft vor Verachtung. »Das tust du also, wenn du vorgeblich bis in die Nacht arbeiten musst. Vergnügst dich in Bars mit irgendwelchen halbnackten Frauen.«

»Lexi – ich ...«

Ich falle ihm ins Wort. »Ich warne dich, beleidige nicht meine Intelligenz und streite es jetzt auch noch ab.«

Für einen Moment schließt Karl die Augen. »Glaub mir, Lexi«, murmelt er. »Es ist nicht so, wie es aussieht. Da war nichts zwischen mir und dieser Frau.«

Fassungslos schüttle ich den Kopf.

»Du erwartest doch wohl nicht ernsthaft, dass ich dir das abkaufe?«

173

Meine Stimme ist so laut, dass sich einige Gäste an den umstehenden Tischen verwirrt zu uns umdrehen. Ich beachte sie gar nicht. Alles, was ich sehe, ist Karls verärgerte Miene. Herbe Enttäuschung droht mich zu übermannen, und ich muss heftig schlucken, um nicht auf der Stelle in Tränen auszubrechen. Seine Abgebrühtheit angesichts der Beweise für seine Untreue verursachen mir Übelkeit. Wie konnte ich mich bloß dermaßen in ihm täuschen?

»Ich habe dir geglaubt, Karl. Deine Geschichte mit dem angeblich gefälschten Tinder-Profil. Mein Gott, wie naiv bin ich eigentlich?« Ich schüttelte den Kopf. »Aber diese Fotos hier sprechen eine eindeutige Sprache. Wie konntest du nur, Karl? Wie konntest du mir das antun?«

Ich zucke zusammen, als Karl die Faust so fest auf die Tischplatte rammt, dass die Gläser klirren.

»Scheiße, Lexi! Ich habe mich nur mit ihr unterhalten. Darf ich jetzt nicht einmal mehr mit anderen Frauen sprechen? Hörst du überhaupt, was du da sagst? Das ist doch absurd! Deine permanenten Unterstellungen – krieg dich verdammt nochmal wieder ein!«

Zorn wallt in mir hoch. »Du bist derjenige, der gelogen hat. Und nun stellst du es auch noch so dar, als würde ich mir das nur einbilden? Als wäre das hier«, ich deute auf das Foto, »meine Schuld?«

»Herrgott, Lexi! Ich war nach dem Büro mit Kollegen etwas trinken. Na und? Ist das auf einmal verboten?«

Ich lache, es klingt freudlos. »Die Aufnahme machte auf mich keinen besonders kollegialen Eindruck.«

Karl schlägt die Hände vors Gesicht. Als er sie wieder sinken lässt, sieht er aus, als würde er jeden Moment explodieren. »Woher hast du überhaupt diese verdammten Fotos? Spionierst du mir etwa hinterher?«

Seine Unverfrorenheit macht mich einen Moment lang sprachlos.

»Ich habe Besseres zu tun, als meinem betrügerischen Mistkerl von Verlobten hinterher zu spionieren«, höhne ich. »Wenn du es unbedingt wissen willst – ich habe sie heute per E-Mail zugesendet bekommen. Über die Praxisadresse.«

Bei diesen Worten leuchtet Karls Gesicht auf. »Da hast du es! Weshalb glaubst du denn, wurden dir diese Fotos zugespielt? Erst der gefakte Tinder-Account und jetzt das. Irgendjemand versucht, uns auseinanderzubringen. Wieso siehst du das denn nicht?«

Meine Lippen verziehen sich zu einem gequälten Grinsen. Typisch Karl, irgendeinem Fremden die Schuld in die Schuhe zu schieben. Glaubt er ernsthaft, ich würde ihm diese abstruse Erklärung abkaufen?

»Sehr kreativ, aber reichlich weit hergeholt, selbst für deine Verhältnisse.«

Doch Karl lässt sich nicht beirren. »Es ist aber die Wahrheit.«

Er holt tief Luft und sieht mir fest in die Augen, als er fortfährt. »Ja, ich war am Freitag noch mit Kollegen aus. Es tut mir leid, dass ich dir nichts davon erzählt habe, ich dachte, es sei nicht von Belang. Dort war auch diese Frau. Wir haben uns unterhalten. Sie fragte mich, ob ich ihr bei ihrer Scheidung rechtlichen Beistand leisten würde. Und ja – es gab die eine oder andere Flasche Champagner.« Er zuckt die Achseln und sieht mich mit einem flehenden Ausdruck in den Augen an. »Du weißt doch, wie die Klientenakquise manchmal läuft.«

»Und das war mit Sicherheit nicht das Einzige, wobei sie deinen Beistand wollte.« Ich deute vielsagend auf das tief dekolletierte Kleid der Blondine auf dem Foto.

Karl seufzt. »Mag sein. Ich weiß es nicht. Aber bitte – glaub mir, wenn ich dir sage, dass nichts zwischen uns gelaufen ist.«

Ich sehe ihn lange schweigend an. Mein Blick gleitet über sein schönes Gesicht, die feinen jungenhaften Züge und die Sorgenfalten um seinen Mund. Sein Anblick verursacht mir beinahe körperlichen Schmerz.

»Das Problem ist nur, ich glaube dir nicht«, flüstere ich schließlich. »Es tut mir leid, aber – das zwischen uns, das ist vorbei.«

Karl starrt mich fassungslos an, sagt jedoch nichts. Und ich spüre, wie eine tiefe Leere von mir Besitz ergreift.

Ich nehme all meine verbliebene Kraft zusammen und erhebe mich.

»Hallo?«, rufe ich mit zitternder Stimme in Richtung Bedienung. »Mein Getränk geht auf ihn.«

Nach einem letzten Blick auf Karl mache ich kehrt. So schnell mich meine Füße tragen, flüchte ich aus dem Lokal, damit niemand die Tränen sehen kann, die mir in Sturzbächen über die Wangen strömen.

KAPITEL 18

Lexi

Die Arme vor der Brust verschränkt, begutachte ich den Inhalt des Kleiderschranks. Mein Blick gleitet über die schier endlose Reihe von Anzügen, die stapelweise feinsäuberlich zusammengelegten Pololeibchen und die überquellende Sockenschublade. Die überwältigende Anzahl von Karls Habseligkeiten und Klamotten entmutigt mich, und ich lasse kraftlos die Hände sinken. Für einen Augenblick schließe ich die Augen, um die Tränen zurückzuhalten. Ich presse die Kieferknochen so fest aufeinander, dass ein knirschendes Geräusch zu hören ist. Heulen scheint neuerdings zu meiner bevorzugten Beschäftigung geworden zu sein, doch meine geschwollenen Tränendrüsen haben eine Verschnaufpause dringend nötig.

Nicht weinen, Lexi. Du schaffst das. Du bist stark. Du hast schon Schlimmeres durchgestanden.

Nach der Trennung von Karl gestern habe ich Susannas Drängen nachgegeben und mir den Tag frei genommen. Und auch wenn ich es ungern zugebe, weiß ich, dass es die richtige Entscheidung war. Mein fragiler Gemütszustand, jeden Augenblick nur einen Wimpernschlag von einem neuerlichen Tränenausbruch entfernt, hätte jedes Therapiegespräch sinnlos gemacht.

Vereinzelte Sonnenstrahlen blinzeln durch die Wolkendecke, durch die geöffneten Fensterläden dringt der Singsang der ersten Rotkehlchen in diesem Jahr an mein Ohr. Die frühlingshafte Stimmung draußen will so gar nicht zu meiner miserablen Stimmungslage passen. Entschlossen trete ich ans Fenster und ziehe die Vorhänge zu, bevor ich mich wieder dem Kleiderschrank zuwende. In der Reflexion der Schranktür erkenne ich mein Spiegelbild, und ich erschrecke vor meinem Anblick. Tiefe Schatten umranden meine Augen, meine Haut hat eine ungesunde gräuliche Farbe angenommen, und mein dichtes Haar hängt schlapp und kraftlos um mein Gesicht. Kein Wunder. Rasch wende ich den Blick ab. Die Nacht, die hinter mir liegt, war die reinste Qual. Gleich, wie viele hundert Schafe ich auch zählte, der herbeigesehnte Schlaf wollte sich einfach nicht einstellen, und so lag ich stundenlang wach und starrte auf die leere Betthälfte zu meiner Rechten. Erst gegen sieben erlöste mich der Wecker von meinem Martyrium, und ich zwang mich zum Aufstehen, um einen Kaffee und ein paar Reiscracker herunterzuwürgen. Einzig Sammy spendete mir Trost und versuchte, meinen Kummer mit seinen feuchten Hundeküssen zu lindern. Seit ich als verheultes Elend über die Türschwelle trat, folgt er mir, wohin ich auch gehe, selbst wenn es bloß der Gang zur Toilette ist. Dort wartet er dann winselnd vor der geschlossenen Badezimmertür, bis ich wieder herauskomme.

Ich greife nach dem ersten Kleiderbügel und lasse ein Kleidungsstück nach dem anderen in den großen IKEA-Sack zu meinen Füßen fallen. Nach gut einer halben Stunde lege ich eine kurze Verschnaufpause ein. Die leeren Fächer meines Schranks starren mich wie vorwurfsvolle Augen an. Ich habe das Gefühl, als wären nicht nur Karls Kleider, sondern auch Teile meiner selbst aus meinem Leben gerissen worden und befänden sich jetzt in den Tüten, bereit zum Abtransport. Ich dränge die aufsteigende Verzweiflung zurück und werfe mir die beiden Kleidersäcke über die Schulter, bevor ich mich dem Rest meines Hauses zuwende. Immer mehr Kleidungsstücke, elektronische Geräte, Ladekabel und sonstiger Krimskrams landen in dem Sack, und es kostet mich gute zwei Stunden, bis ich den Großteil von Karls Habseligkeiten beisammenhabe.

Vor der Kommode im Wohnzimmer halte ich inne. Wehmütig lasse ich den Blick über die vielen Fotorahmen schweifen, aus denen mir eine glücklichere Version von Karl und mir entgegenstrahlt. Seufzend sammle ich einen nach dem anderen ein und verstaue sie in einer Kiste, die ich später in den Keller tragen will. Als ich nach einer alten Strandaufnahme greife, spüre ich, wie sich mein Brustkorb zusammenkrampft. Ich atme einige Male tief durch, um meinen rasenden Puls zu beruhigen. Das braungebrannte Pärchen, Arm in Arm und mit Surfbrettern in den Händen, scheint so unverschämt verliebt zu sein, dass mich allein der Anblick schmerzt. Wie glücklich wir doch waren!

Ich spüre den vertrauten Kloß im Hals. Ich denke an unsere unzähligen Verabredungen, Ausflüge und Urlaube zurück und schüttle den Kopf. Merkwürdig, wie die Dinge im Nachhinein oft in einem völlig anderen Licht erscheinen. Ob sich Karl bereits damals, als dieses Strandfoto aufgenommen worden ist, insgeheim nach anderen Frauen umgesehen hat? War er mir womöglich sogar schon untreu? Mir wird das Herz schwer. Auf diese Frage werde ich wohl nie eine ehrliche Antwort bekommen. Und im Grunde spielt es auch keine Rolle mehr.

Nachdem ich alle sichtbaren Spuren unseres gemeinsamen Lebens beseitigt habe, stelle ich die Säcke und Kisten mit Karls Besitztümern im Vorraum ab. Unschlüssig sehe ich mich in der deutlich kahleren Wohnküche um. Was nun? Es ist erst kurz nach zwei, ich habe also noch gut sechs Stunden totzuschlagen, bevor dieser schreckliche Tag endlich ein Ende findet.

Spontan beschließe ich, eine Runde im Garten zu drehen. Die Luft, die durch das Küchenfenster ins Wohnungsinnere strömt, ist herrlich lau, und die Sonne hat sich vollends gegen die Wolken durchgesetzt.

Ich schlüpfe in ein paar ausgelatschte Sneakers, dann trete ich vor die Tür. Sammy folgt mir. Die Bäume im hinteren Teil des Gartens sind noch kahl, doch an vereinzelten Ästen kann ich bereits Ansätze von Knospen entdecken, in der Wiese recken die ersten Märzenbecher die Köpfe in die Luft. Schon nach einigen Metern übermannt mich erneut die Müdigkeit, und ich gehe kraftlos vor einem großen Nussbaum in die Knie. Erschöpft lehne ich den Hinterkopf gegen den dicken Stamm. Kälte dringt mir in die Glieder, doch es kümmert mich nicht. Teilnahmslos starre ich ins Leere. Ein paar vereinzelte Frühlingsvorboten zwitschern in den Bäumen, ansonsten ist es ruhig. Frierend ziehe ich die Schultern hoch. Zum ersten Mal in meinem Leben kommt mir Altenhofen einsam und trostlos vor.

Plötzlich zerreißt der durchdringende Klingelton meines Handys die Stille, und ich zucke vor Schreck zusammen. Ich winde mein Smartphone aus der Seitentasche meiner Jogginghose, erkenne Charlies Namen auf dem Display und bin einen Augenblick hin- und hergerissen zwischen Enttäuschung und Erleichterung, dass es nicht Karl ist. Kurz erwäge ich ranzugehen, entscheide ich mich dann aber dagegen. Ich bin nicht in der Stimmung zu reden. Nach einer Weile verstummt das Klingeln, und die Stille bricht erneut über mich herein.

Meine Gedanken wandern zu meinen Eltern. Mit einem Anflug von schlechtem Gewissen stelle ich fest, dass ich seit Wochen nicht mehr mit ihnen gesprochen habe. Wie soll ich ihnen bloß beibringen, dass es zwischen Karl und mir vorbei ist? Das Verhältnis zu meinen Eltern war nie besonders gut. Mein Vater ist Kardiologe, meine Mutter Krankenschwester, sodass die beiden in meiner Kindheit nur wenig zu Hause waren und wir überwiegend von wechselnden Kindermädchen, ab und an auch von Clara, betreut wurden. Es hat uns zwar an nichts gefehlt, trotzdem waren wir nie so eng miteinander verbunden, wie es zwischen Eltern und Kindern vielleicht normal gewesen wäre. Alice und ich hatten einander, und das war genug für mich. Sie gab mir das Gefühl von Nestwärme, das ich bei meinen Eltern vermisste. All das änderte sich schlagartig, als Alice starb, und unser fragiles Familiengefüge geriet in eine Schieflage. Die geballte Fürsorge unserer Eltern konzentrierte sich plötzlich auf mich, und ebendiese Aufmerksamkeit, die ich mir als Kind insgeheim gewünscht hatte, überforderte mich zusehends. Auf einmal meldeten sie sich mehrmals täglich bei mir und waren außer sich vor Sorge, wenn sie für ein paar Stunden nichts von mir hörten. Das machte mir nur umso deutlicher bewusst, wie sehr sie Alice vermissten, und ich fühlte mich für ihr Leid verantwortlich. Ihre Fürsorge aber schien mich regelrecht zu erdrücken, und ich begann, mich immer weiter von ihnen zu distanzieren. Es war ein Teufelskreis, der schließlich in einem riesigen Krach vor etwa fünf Jahren seinen Höhepunkt fand. Inzwischen telefonieren wir zwar ein- oder zweimal im Monat, aber unsere Gespräche sind oberflächlich und bestehen überwiegend aus belanglosem Smalltalk.

Beim Gedanken an meine Familie werden mir einmal mehr die Parallelen zwischen Mias und meinem Leben bewusst. Auch bei ihr mündete der Tod eines Geschwisterteils in tiefgreifende Veränderungen im familiären System. Ganz abgesehen von den Schuldgefühlen, die uns beide auch nach so langer Zeit immer noch quälen.

Ob es ihr wohl gut geht?

Ein Anflug von Unbehagen überkommt mich. Bei unserer letzten Sitzung hatte ich den Eindruck, einen Durchbruch bei ihr erzielt zu haben. Dass Mia endlich bereit ist, sich mir zu öffnen und den wahren Ursachen für ihre Panikattacken ins Auge zu sehen. Auf einmal ärgere ich mich darüber, Susannas Ratschlag beherzigt und meine Termine abgesagt zu haben. Und ich nehme mir fest vor, Mia noch heute anzurufen, um einen Ersatztermin zu vereinbaren. Besonders am Anfang einer Therapie sind Verlässlichkeit und Beständigkeit unerlässlich.

Gerade will ich nach meinem Smartphone greifen, um den Anruf sofort hinter mich zu bringen, da vernehme ich aus der Ferne eine Stimme.

»Lexi?«

Ich spitze die Ohren und wende den Kopf, unsicher, ob ich mir das Geräusch bloß eingebildet habe. Doch auch Sammy scheint etwas gehört zu haben, denn er springt auf, schießt mit tosendem Gebell an mir vorbei und verschwindet hinter der Ecke meines Hauses aus meinem Gesichtsfeld.

»Lexi, bist du da?«

Mühsam rapple ich mich hoch und mache ein paar unsichere Schritte in Richtung Einfahrt. Beim Näherkommen erkenne ich Charlie, der, die Hände in den Taschen seiner Weste vergraben, vor meinem Gartentor steht und das Gewicht einmal auf das eine, dann wieder auf das andere Bein verlagert.

»Was machst du denn hier?«

»Ich habe beim Spazierengehen dein Auto gesehen. Danach war ich bei *Claras* und dachte, du hast vielleicht Lust auf eine Tasse Kaffee und einen von diesen hier.«

Er schwenkt eine Gebäcktüte, und sogleich dringt mir der Duft von frischen Croissants in die Nase. Wie auf Kommando knurrt mein Magen, und mir fällt ein, dass ich abgesehen von den Reiscrackern heute noch nichts gegessen habe.

Als ich näherkomme, tritt ein besorgter Ausdruck auf Charlies Gesicht. »Geht es dir nicht gut?«

Verlegen senke ich den Blick, als mir mein verwahrlostes Äußeres bewusst wird. Meine Beine stecken in fleckigen alten Jogginghosen, die ich schon längst zur Altkleidersammlung hätte bringen sollen, darüber trage ich einen schlabberigen Kapuzenpullover. Mein Gesicht ist ungeschminkt und vom Weinen mit roten Flecken übersät.

»Ich – mir ...«

Ich halte abrupt inne, als Charlie kurzerhand über den Gartenzaun langt und den Türöffner bedient, um sich Einlass zu verschaffen.

»Nichts für ungut, aber du siehst furchtbar aus. Wieso bist du überhaupt daheim? Solltest du nicht eigentlich bei der Arbeit sein?«

»Ich habe mir den Tag frei genommen.« Ich weiche seinem Blick aus. »Ich hatte zu Hause ein paar Dinge zu erledigen.«

»Verstehe.« Nach einer kurzen Pause, in der er mich misstrauisch von Kopf bis Fuß mustert, hebt er erneut die Tüte mit den Croissants. »Darf ich reinkommen?«

Ich seufze schicksalsergeben. »Von mir aus.« Ich kenne Charlie gut genug, um zu wissen, dass jeder Versuch, ihn abzuwimmeln, zwecklos ist. »Aber sei gewarnt – drinnen herrscht das reinste Chaos. Ich bin gerade am Aufräumen.«

Ohne eine Antwort abzuwarten, wende ich mich um und schlurfe, gefolgt von Charlie, zurück zum Haus. Als er die unzähligen Säcke und Kisten bemerkt, hebt er überrascht die Brauen.

»Aufräumen, hm?« Er deutet mit vielsagendem Blick auf die Tüten.

Ich zucke die Achseln, erwidere jedoch nichts. Nachdem ich frischen Kaffee aufgesetzt und Teller für die Croissants bereitgestellt habe, führe ich Charlie ins Wohnzimmer.

»Bitte, setz dich doch. Fühl dich wie zu Hause.«

Ich lasse mich auf die Couch fallen und genehmige mir einen großen Schluck aus meiner Tasse. Charlie nimmt keine Armeslänge von mir entfernt auf einem Lehnstuhl Platz. Sein Blick folgt meinen Bewegungen und bleibt an der kahlen Stelle meiner linken Hand hängen, wo einst mein Verlobungsring prangte. Er holt hörbar Luft.

»Ich möchte nicht indiskret sein. Aber du und Karl, habt ihr euch ...« Er verstummt, als er die frischen Tränen bemerkt, die mir in die Augen schießen.

»Ja.« Unwirsch fahre ich mir mit dem Handrücken über die Wangen. »Gestern erst.«

»Das – das tut mir ehrlich leid.«

Er setzt eine angemessen mitfühlende Miene auf. Dann beugt er sich vor und drückt mir tröstend den Arm. Schließlich fügt er behutsam hinzu: »Darf ich fragen, wieso? Ich meine – es hat doch nichts mit mir und unserem Spaziergang letzte Woche zu tun?«

Ich lache kurz und freudlos auf.

Typisch Männer. Immerzu denken sie, die ganze Welt würde sich bloß um sie drehen.

»Nein, Charlie. Keine Sorge. Ich versichere dir, unsere Trennung hatte wirklich rein gar nichts mit dir zu tun.«

In kurzen Sätzen berichte ich ihm, was vorgefallen ist. Von den sich häufenden auswärtigen Übernachtungen, meinem Verdacht, Karl könnte mich betrügen, seinem Tinder-Profil und schließlich den Fotos mit der langbeinigen Blondine. Charlies Miene wird mit jedem Wort finsterer.

»Dein Karl ist ein mieser Dreckskerl«, erklärt er, nachdem ich geendet habe. »Und ein dummer noch dazu.«

Erneut füllen sich meine Augen mit Tränen, und ich lasse mir von Charlie eine Serviette reichen. »Tut mir leid«, sage ich und schniefe vernehmlich. »Ich bin nur so wütend! Wie konnte ich nur so naiv sein zu glauben, Karl wäre einer von den Guten? Ich war mir so sicher, dass er der Richtige ist. Und dann das.« Lustlos nehme ich einen Bissen von meinem Gebäckstück. Normalerweise bin ich ganz vernarrt in Claras Croissants, doch heute schmeckt der sonst so knusprige Teig merkwürdig fade und trocken, und ich lege das Gebäck zurück auf den Teller.

»Der Kerl hat nicht die geringste Ahnung, was er an dir hat. Hätte ich eine Frau wie dich an meiner Seite, würde ich dich niemals betrügen. Glaub mir, Lexi, du bist die großartigste Person, die ich kenne. Ich weiß, dass es schwer ist, aber gib bloß nicht dir die Schuld. Du hast rein gar nichts falsch gemacht.«

Charlie erhebt sich und lässt sich neben mir auf der Couch nieder. Zögernd streckt er die Hand aus und streicht mir eine verirrte Strähne hinters Ohr. Und dieses Mal lasse ich es zu.

»Danke.«

Eine Weile sitze ich einfach an ihn gelehnt und starre ins Leere. Dann wird mir auf einen Schlag bewusst, wer der Mann ist, der mir gerade zärtlich übers Haar streicht, und ich rücke verlegen ein paar Zentimeter von ihm ab. Selbst jetzt noch spüre ich ein Kribbeln an der Stelle, an der seine Finger meine Wange berührt haben.

Charlie scheint meine Verunsicherung gespürt zu haben, denn er lacht plötzlich und sagt: »Wenn ich gewusst hätte, was bei dir los ist, hätte ich nicht Croissants, sondern Tequila mitgebracht.«

Müde erwidere ich sein Grinsen, froh über den Themenwechsel. »Vielleicht ein anderes Mal. Mir brummt ohnehin der Schädel von der Flasche Rotwein, die Susanna und ich gestern geleert haben. Glaub mir, mein Bedarf an Alkohol ist mehr als gedeckt.«

»Gibt es denn gar nichts, was ich tun kann, um dir zu helfen? Ich kann es nicht ertragen, dich so traurig zu sehen.« Nachdenklich tippt er sich mit dem Finger an die Oberlippe. »Besorgungen machen oder mit Sammy spazieren gehen vielleicht? Sag mir, was ich tun soll, und ich mache es.« Ein wenig schüchtern fügt er hinzu: »Das heißt – natürlich nur, wenn du das möchtest.«

Die nächsten Worte haben meinen Mund verlassen, bevor ich mich aktiv dazu entschieden habe, meinen Gedanken laut auszusprechen. »Dann läufst du diesmal also nicht weg, wenn es schwierig wird? Wie war das noch gleich – nicht der Richtige, um mir jetzt beizustehen?«

Charlie verzieht das Gesicht. Ich sehe, dass ich ihn gekränkt habe, und ich beiße mir verlegen auf die Unterlippe.

»Bitte entschuldige. Ich wollte das nicht sagen. Ist mir bloß so rausgerutscht.«

»Ich schätze, das habe ich wohl verdient.« Charlie seufzt und blickt zu Boden. Dann sieht er mir in die Augen. »Aber ich meine es ernst, Lexi. Natürlich weiß ich, dass Vertrauen nicht über Nacht entsteht. Und ich weiß auch, dass du keinen Grund hast, mir mein egoistisches Verhalten von damals zu verzeihen.« Er schüttelt den Kopf. »Mein Gott, wie oft habe ich unsere Unterhaltung am Friedhof in Gedanken durchgespielt. Ich wünschte, ich könnte es ungeschehen machen, wünschte, ich wäre nicht weggelaufen. Hätte den Mut gehabt, der Partner für dich zu sein, den du verdient hast.«

Atemlos lausche ich seinen Reuebekundungen.

Kann ich das denn? Kann ich ihm tatsächlich vergeben, was er mir angetan hat?

186

Zumindest ein Teil von mir sehnt sich danach.

»Wieso bist du es dann? Weggelaufen, meine ich.« Meine Stimme ist nicht mehr als ein Flüstern.

Ich betrachte Charlies im Schoß verknotete Finger. Er ringt nach Worten. Sucht nach einer nachvollziehbaren Begründung für ein Verhalten, für das es, wie wir beide wissen, keine Entschuldigung geben kann.

»Ich war damals in einer schwierigen Situation«, sagt er schließlich. »Ich schätze, mir ist das alles über den Kopf gewachsen. Ich dachte, ich hätte keine andere Wahl, und es sei besser für dich, wenn ich nicht länger Teil deines Lebens wäre.« Wieder betrachtet er den Teppich. »Glaub mir, diese Entscheidung habe ich seither an jedem einzelnen Tag bereut.«

Ich lehne mich in die Kissen und schließe für einen Moment die Augen. Mein Kopf ist voll von widersprüchlichen Empfindungen.

»Du hast mir damals das Herz gebrochen.« Meine Stimme klingt müde. »Aber so sehr ich dich auch gehasst habe, auf irgendeine verquere Weise hattest du recht. Es war tatsächlich gut für mich, auf eigene Faust herauszufinden, wo mein Platz im Leben ist.«

Ich wende meinen Kopf zur Seite und sehe ihm direkt in die Augen.

»Das soll nicht heißen, dass ich dir verziehen habe. Alles, was ich dir anbieten kann, ist eine zweite Chance. Die Gelegenheit, mir zu zeigen, dass du es verdienst, eine Rolle in meinem Leben zu spielen.«

Welche auch immer das sein mag, vollende ich den Satz in Gedanken.

Charlie erwidert meinen Blick, und ein dankbares Lächeln umspielt seine Mundwinkel. »Das ist mehr als ich mir erhoffen konnte. Danke, Lexi. Ich verspreche dir, du wirst es nicht bereuen.«

Auf einmal wird mir die Wärme seines Körpers neben meinem bewusst, die Berührung seines Knies, das meinen Oberschenkel streift. Trotzdem bin ich nicht in der Lage, mich von der Stelle zu rühren. Mit angehaltenem Atem warte ich ab, was er als Nächstes tun wird.

Als er sich vorbeugt, glaube ich für einen irrsinnigen Moment, dass er versuchen wird, mich zu küssen. Doch er tut es nicht. Stattdessen streift er mit seinen Lippen meinen Haaransatz, bevor er sich langsam erhebt.

»Ich werde jetzt besser gehen«, sagt er mit rauer Stimme. »Danke für den Kaffee und die Gesellschaft.«

Als ich aufstehen will, um ihn zur Tür zu bringen, hält er mich zurück. »Bleib sitzen und ruh dich aus. Ich finde selbst raus.«

Im Türrahmen wendet er sich noch einmal zu mir um. »Und – Lexi? Vergiss nicht: Ich bin für dich da. Tag und Nacht. Ein Anruf genügt.«

Dann ist er verschwunden.

KAPITEL 19

Lexi

Die Ellbogen auf die Knie gestützt, zupfe ich an dem Etikett des Teebeutels in meiner humpengroßen Tasse. Nachdenklich beobachte ich, wie sich die dampfende Flüssigkeit allmählich gelblich färbt, und ein Schwall des süßlichen Kamillearomas steigt mir in die Nase. In Gedanken lasse ich mein Gespräch mit Susanna heute Morgen noch einmal Revue passieren.

Sie meint es nur gut, versucht mich eine Stimme in meinem Inneren zu besänftigen. *Hättest du ihr umgekehrt denn nicht dasselbe geraten? Im Grunde weißt du selbst, dass es keine gute Idee ist, Charlie wieder in dein Leben zu lassen. Hat dich deine Vergangenheit denn nichts gelehrt? Er ist Gift für dich. Du kannst dich nicht auf ihn verlassen.*

Ärgerlich schüttle ich den Kopf. Es ist nicht Susannas Aufgabe zu entscheiden, was das Beste für mich ist. Weder beruflich noch privat.

Wäre eine kleine Auszeit denn wirklich so schlimm? Es sind doch nur ein paar Tage, vielleicht ein oder zwei Wochen. Deine Klienten werden so lange schon ohne dich klarkommen. Nimm dich verdammt nochmal nicht so wichtig!

Das Klopfen an der Tür lässt mich so heftig zusammenzucken, dass die Tasse überschwappt und sich die heiße Flüssigkeit über meine Strumpfhose ergießt.

»Herein!«

Leise fluchend krame ich in dem Durcheinander auf meinem Schreibtisch nach der Kleenexbox und versuche, mein schmerzendes Bein trocken zu tupfen.

»Hallo, Alexandra.«

Ich unterdrücke meinen Ärger und befördere die nassen Tücher in den Papierkorb. Dann wende ich mich mit einem Lächeln meiner Lieblingspatientin zu.

»Guten Morgen, Mia.« Ich werfe einen Blick auf meine Armbanduhr. »Sie sind pünktlich auf die Minute. Tut mir übrigens leid, dass unser letzter Termin so kurzfristig ausgefallen ist. Ich war leider krankheitsbedingt einige Tage ans Bett gefesselt.«

»Kein Problem.« Einen Moment lang mustert sie mich forschend. Zwischen ihren Augenbrauen bildet sich eine kleine Sorgenfalte.

»Sicher, dass mit Ihnen alles in Ordnung ist?«

»Klar. Warum fragen Sie?«, erwidere ich und straffe unwillkürlich die Schultern.

Ausnahmsweise habe ich heute mehr Zeit als sonst fürs Schminken aufgewendet. Meine Augenschatten sind unter einer dicken Schicht Concealer verborgen, das Rouge auf meinen Wangen verleiht meiner fahlen Haut einen Hauch von Farbe. Mein Körper steckt in einem enganliegenden Etuikleid – ein halbherziger Versuch, mein professionelles Erscheinungsbild auf das Chaos in meinem Inneren abfärben zu lassen. Trotzdem sind mir die Strapazen der vergangenen Tage deutlich anzumerken, wie mir wohl bewusst ist.

»Sie sehen nur irgendwie – erschöpft aus. Hübsch natürlich, wie immer, aber man merkt, dass Sie noch nicht wieder ganz fit sind.«

»Keine Sorge, mir geht es bestens. Es war bloß eine kleine Magenverstimmung. Nichts Ernstes.«

Die Situation ist mir peinlich, und in einer Übersprungshandlung greife ich nach meiner halbvollen Teetasse. Ich weiß nicht, was mich so nervös macht, aber in meiner Magengegend fühle ich ein Flattern der Unsicherheit, das ich seit meinen frühen Anfängen als Therapeutin nicht mehr verspürt habe. Als ich die Tasse zum Mund führe, wird mir das Zittern meiner Hände bewusst, und ich stoße einen stummen Fluch aus.

Ruhig, Lexi. Du machst das hier schließlich nicht zum ersten Mal. Was zur Hölle ist bloß los mit dir?

Mia, die mich immer noch mit Argusaugen beobachtet, runzelt die Stirn, als ihr Blick an dem ringlosen Finger meiner linken Hand hängenbleibt.

»Wo ist denn Ihr Verlobungsring? Sie haben ihn doch nicht etwa verloren?«

Die Bemerkung versetzt mir einen Schlag in die Magengrube. Es kostet mich einiges an Anstrengung, nicht die Miene zu verziehen. Ich werfe meinerseits einen demonstrativen Blick auf meine Hand und zucke betont beiläufig die Achseln.

»Ich muss vorhin beim Händewaschen vergessen haben, ihn wieder anzustecken.« Meine Stimme klingt mindestens eine Oktave zu hoch, und ich vermeide es tunlichst, meiner Patientin dabei in die Augen zu blicken.

Mia hebt eine Braue, entgegnet jedoch nichts.

Beiläufig wendet sie den Kopf und sucht meinen Schreibtisch mit Blicken ab. Dort, wo die Aufnahme von Karl und mir einst stand, befindet sich nun ein Bild von Sammy als Welpe. Sie holt tief Luft.

»Das Foto von Ihnen und Ihrem Verlobten ...«

Meine mühsam aufrechterhaltene Selbstbeherrschung fällt wie ein Kartenhaus in sich zusammen, und ich spüre, wie mein Körper jegliche Spannung verliert.

»Sie haben sich getrennt, nicht wahr?« Ihre Stimme klingt traurig und zugleich wissend.

Gerade will ich zu einer brüsken Erwiderung ansetzen und dieses neugierige Gör in seine Schranken weisen, dann besinne ich mich anders. Wem will ich hier eigentlich etwas vormachen?

»Wenn Sie mich so direkt fragen – ja, das haben wir.«

»Mein Gott, das tut mir schrecklich leid.«

Ihre Miene ist voll ehrlichen Mitgefühls. Spontan streckt sie die Hand aus und streicht mir tröstend über den Arm. Erschrocken ob der unerwarteten Berührung zucke ich zurück. Ich beiße die Zähne zusammen und zwinge mich zu einem gequälten Lächeln.

»Entschuldigung.« Schuldbewusst senkt sie den Blick. »Das geht mich nun wirklich nichts an.«

»Schon gut.«

Ich spüre das inzwischen gefürchtete Brennen in meinen Augenwinkeln und blinzele heftig, um meine Fassung aufrechtzuerhalten.

Reiß dich zusammen!

Nach einigen Augenblicken verlegenen Schweigens erhebt Mia erneut die Stimme.

»Darf ich fragen, was passiert ist? Als Sie zuletzt von Ihrer Beziehung erzählt haben, hörte es sich so an, als ...«

»Ich weiß«, falle ich ihr ins Wort. »Tja, was soll ich sagen? Nicht für jede Liebesbeziehung gibt es ein Happy End. Aber keine Sorge, mir geht es gut.«

»Okay.« Meine abwehrende Haltung scheint ihr nicht entgangen zu sein, denn sie bohrt zu meiner großen Erleichterung nicht weiter nach.

»Aber genug von mir. Wie läuft es zwischen Ihnen und Ihrem Freund, dem Rechtsanwalt? Wie hieß er noch gleich?«, füge ich hinzu, wohl wissend, dass sie den Namen ihres Geliebten bisher mit keinem Wort erwähnt hat. Auf einmal komme ich mir dumm vor, sie nicht schon früher danach gefragt zu haben. Das hätte mir mit Sicherheit einiges an Ungewissheit und Sorgen erspart.

Mias Gesichtsausdruck verdunkelt sich augenblicklich.

»Christopher. Christopher Wiebald.« Sie stößt einen tiefen Seufzer aus. »Nicht gut, um ehrlich zu sein. Erst neulich bin ich ihm zufällig begegnet. Ich hatte es mir gerade mit einem Buch gemütlich gemacht, da schneite er plötzlich mit seinen Kanzleikollegen herein. Ich hätte mich ohrfeigen können. Ich hatte schlicht nicht bedacht, dass *Freshfields*, die Anwaltskanzlei, für die er arbeitet, gleich gegenüber von dem Kaffeehaus gelegen ist.«

Insgeheim frage ich mich, ob Mia das Café nicht vielmehr genau aus diesem Grund aufgesucht hat, behalte den Gedanken jedoch für mich.

»Das kann ich nachvollziehen«, sage ich stattdessen. »Und Ihrer Reaktion nach zu urteilen, vermute ich mal, das Treffen lief nicht gut? War das Ihr erstes Aufeinandertreffen seit Ihrem klärenden Gespräch vor ein paar Wochen?«

Mia bejaht. »Ich wollte, dass er zuerst seine Angelegenheiten geregelt bekommt.« Sie seufzt erneut. »Es war ziemlich unangenehm. Ich war total von der Rolle und plapperte die ganze Zeit irgendein unnötiges Zeug. Zumindest konnte ich in seiner Gegenwart einigermaßen die Fassung wahren. Die Panik kam erst später, als ich zu Hause im Bett lag.«

Ich nicke nachdenklich. Jetzt, da es nicht länger mein Liebesleben ist, das zur Diskussion steht, fühle ich, wie die Selbstsicherheit langsam in meinen Körper zurückströmt. Endlich finde ich mich wieder in meiner Therapeutenrolle ein und lenke das Gespräch in jene Bahnen, die ich mir für den heutigen Tag zurechtgelegt habe.

»Da heute unsere fünfte Sitzung ist, würde ich an dieser Stelle gerne unsere bisherigen Erkenntnisse zusammenfassen. Anschließend erläutere ich Ihnen den von mir angedachten Behandlungsplan, okay? Bitte hören Sie mir aufmerksam zu und unterbrechen Sie mich, sollte ich etwas missverstanden oder unrichtig wiedergegeben haben.«

»In Ordnung.«

Mias Schultern straffen sich kaum merklich. Die Hände hat sie über ihrem knielangen Rock gefaltet, und sie sieht mich aus ernsten Augen an. Mit einem flüchtigen Blick auf meine Notizen fahre ich fort.

»Ihren Schilderungen zufolge bestehen Ihre Beschwerden vornehmlich in Panikattacken, gepaart mit Depressionsschüben, die vermehrt seit Ihrer Rückkehr in Ihre Heimatstadt aufgetreten sind. Aufgrund Ihrer langen Abwesenheit können Sie an Ihr früheres soziales Umfeld nicht anknüpfen und sind gezwungen, neue Freundschaften und Kontakte zu schließen, was Sie mit Einsamkeit und Isolation erfüllt. Zwischenzeitlich ist ein Mann in Ihr Leben getreten, der Ihnen jedoch nicht die Stabilität und den Rückhalt geben kann, den Sie brauchen – ein weiterer Grund für Ihren emotionalen Stress. Zudem sind Sie auf Jobsuche, wovon Sie sich wiederum überfordert fühlen. Soweit richtig?«

Mia nickt.

»Nun zu meiner vorläufigen These. Meiner Meinung nach liegt es auf der Hand, dass Ihre Beschwerden auf Ereignisse in Ihrer Kindheit zurückzuführen sind. Von Ihrer familiären Vorgeschichte haben Sie mir bereits einiges berichtet. Ich fasse kurz zusammen: Als Sie zwölf Jahre alt waren, ist ihr jüngerer Bruder unter Ihrer Aufsicht tödlich verunglückt. Anschließend mussten Sie mitansehen, wie die Ehe Ihrer Eltern in die Brüche ging und Ihre Mutter an Krebs erkrankte. Ihre Versuche, zwischen Ihren Elternteilen zu vermitteln, schlugen fehl. Später haben Sie herausgefunden, dass Ihr Vater fremdgeht. Mit diesem Wissen mussten Sie alleine fertigwerden, da Sie Ihre Mutter aufgrund ihres Gesundheitszustands nicht belasten wollten. Eine unfassbar große Bürde für ein fünfzehnjähriges Mädchen, wie ich hinzufügen möchte. Letzten Endes ist Ihre Mutter ihrer Erkrankung erlegen, wofür Sie Ihren Vater verantwortlich machen. Sie haben jeglichen Kontakt zu ihm abgebrochen.« Ich lege eine kurze Pause ein, um mich zu räuspern.

»Durch die räumliche Distanz und das geänderte Umfeld kamen Sie während Ihres Studiums in London recht gut mit diesen Erlebnissen zurecht – ich gehe davon aus, dass Sie das meiste davon schlichtweg verdrängt haben. Zurück am Ort des Geschehens jedoch brachen die Einsamkeit, die Isolation und das Gefühl des Verlassenwerdens neuerlich mit einer solchen Wucht auf Sie herein, dass Sie alleine nicht mehr damit fertig wurden.« Ich spreche jetzt schneller.

»Sie verspüren ein starkes Bedürfnis nach Sicherheit und Zugehörigkeit, die Ihnen in Ihrer aktuellen Lebenssituation allerdings weitgehend verwehrt bleiben. Sie sind beherrscht von der Angst, die Personen in Ihrem Umfeld könnten Sie im Stich lassen. Ein Gefühl, das Sie mit dem Verlust Ihres Bruders, Ihrer Mutter und nicht zuletzt auch mit Ihrem Vater verbinden.«

Ich blicke auf und mustere Mia erwartungsvoll.

»Was sagen Sie? Habe ich einen wesentlichen Aspekt außer Acht gelassen? Wenn ja, ist es wichtig, dass Sie es mir jetzt sagen.«

Mia wiegt bedächtig den Kopf, während ihr Blick in die Ferne wandert. »Ich denke, Sie haben meine Situation ziemlich gut zusammengefasst«, sagt sie schließlich. Ich kann sehen, wie das Gehörte in ihr arbeitet. »Wenn ich Sie so reden höre, bekomme ich beinahe selbst noch Mitleid mit mir. Was für eine Scheiße.« Sie versucht ein Lachen, doch ihr Mienenspiel macht nur zu allzu deutlich, wie sehr meine Worte sie aufgewühlt haben.

Ich lächle ihr aufmunternd zu.

»Meiner Einschätzung nach gibt es zwei Aspekte, an denen wir vorrangig arbeiten sollten. Zum einen Ihre

Angstzustände und Panikattacken, zum anderen die Aufarbeitung Ihrer Vergangenheit, der Schuldgefühle, die Sie immer noch quälen. Beginnen wir mit Letzterem. Gleich vorweg – die Bewältigung von Erlebnissen wie den Ihren kann schmerzhaft und langwierig sein. Das Einzige, was da hilft, ist wieder und wieder darüber zu sprechen. Sie müssen nämlich vor allem eines – sich selbst verzeihen. Glauben Sie mir, ich weiß, so etwas ist nicht leicht und geschieht nicht von heute auf morgen.«

Ich genehmige mir einen Schluck aus meiner Teetasse.

»Nehmen wir den Tod Ihres Bruders. Als Sie erzählt haben, was da vorgefallen ist, habe ich bewusst nicht Stellung bezogen oder Ihnen vorschnell Ratschläge erteilt. Ich wollte mir zunächst ein Bild von Ihrer Gesamtsituation machen. Doch jetzt wäre, denke ich, ein guter Zeitpunkt, weiter in die Tiefe zu gehen.«

Ich sehe ihr fest in die Augen, bevor ich Luft hole, um fortzufahren. »Sie machen sich für den Tod Ihres Bruders verantwortlich – so viel ist klar. Und verstehen Sie mich nicht falsch – ich kann diese Gedankengänge durchaus nachvollziehen. Aber ich möchte Sie dazu anregen, die Geschehnisse einmal aus einer anderen Perspektive zu betrachten. Aus jener der erwachsenen und starken jungen Frau, die Sie heute sind. Sie waren damals erst zwölf. Sie sind doch bestimmt davon ausgegangen, dass Ihr Bruder wusste, dass er nicht allein in den Garten durfte. Noch dazu, wo dort ein Swimmingpool stand. Oder ist es etwa öfter vorgekommen, dass er Reißaus nahm, während Sie auf ihn aufpassten?«

»Nein«, erwidert Mia gedehnt. »Trotzdem war es meine Aufgabe, auf ihn achtzugeben.«

»Das ist so nicht ganz richtig. Genau genommen waren es Ihre Eltern, denen die Obsorge für Ihren Bruder oblag, nicht wahr? Und es ist schlichtweg ungerecht, diese

Verantwortung auf eine Zwölfjährige abzuwälzen. Oder haben Sie ihn dazu ermutigt, nach draußen zu gehen?«

»Nein, natürlich nicht!«

»Eben. Sie haben ihm bloß erlaubt, sich ein Eis zu holen, was durchaus altersgerecht ist. Im Gegenteil, als er nicht zurückkam, haben Sie sich auf die Suche nach ihm gemacht, wie es sich für eine gute Schwester gehört.«

Mia gibt ein trockenes Schnauben von sich. »Nur war es da schon zu spät.«

»Mag sein. Trotzdem können Sie nicht die ganze Schuld für sich beanspruchen. Oder denken Sie, Ihren Eltern wäre nicht bewusst gewesen, dass sie ihre Aufsichtspflicht verletzt haben, indem sie Philipp mit Ihnen allein gelassen haben? Der Tod Ihres Bruders war ein Unfall, Mia. Und Unfälle passieren eben, so schrecklich und traumatisierend sie auch sein mögen. Sie haben ihn geliebt. Sie haben um ihn getrauert. Schlimmer noch, Sie haben die letzten dreizehn Jahre wegen seines Todes Schuldgefühle mit sich herumgeschleppt. Meinen Sie nicht, Sie hätten deswegen genug gelitten? Sie müssen sich von Ihrer Schuld freisagen, aufhören, sich selbst für das zu bestrafen, was damals passiert ist. Denn so leid es mir tut, Sie können nichts mehr daran ändern. Was geschehen ist, ist geschehen. Ihr Bruder würde wollen, dass Sie ein erfülltes Leben haben, Mia. Da bin ich mir sicher.«

Als ich die frischen Tränen bemerke, die ihr bei diesen Worten über die Wangen strömen, schiebe ich ihr diskret die Taschentuchbox zu und gebe ihr einige Minuten Zeit, ihre Fassung zurückzuerlangen.

»Und hier kommen wir zum zweiten Aspekt, den ich vorhin angesprochen habe. Ihren Panikattacken. Haben Sie schon einmal von der Stopp-Technik gehört?«

Mia schüttelt den Kopf.

»Dann erkläre ich es Ihnen. Es gibt nämlich ein einfaches Verfahren, das Ihnen dabei helfen kann, Ihre quälenden negativen Gedankenspiralen zu durchbrechen. Erinnern Sie sich noch, dass ich Sie gefragt habe, welche wiederkehrenden Gedankenmuster in Ihnen ablaufen, bevor die Panikattacken einsetzen?«

»Ja. Ich sollte sie in einer Art Tagebuch festhalten.«

»Genau. In Zukunft möchte ich, dass Sie jedes Mal, wenn Sie merken, dass sich eine Panikattacke anbahnt, *Stopp* sagen. Ruhig laut, schreien Sie es heraus! Dazu denken Sie an ein großes rotes Stoppschild. Es funktioniert auch mit einem Haargummi, das Sie ums Handgelenk tragen und das Sie bei Einsetzen der Angstgedanken schnalzen lassen. So banal es klingen mag, die Verbalisierung ebenso wie der kurze Schmerz unterbrechen die Gedankenkette, und Sie können in das Hier und Jetzt zurückkehren. Zudem werden wir uns für jedes Gedankenmuster eine positive Formulierung ausdenken, die Sie sich dann ebenfalls laut vorsagen. Im Falle Ihres Bruders könnte dieser wie folgt lauten: Philipps Tod war ein Unfall, aber ich habe ihn überwunden und mich trifft keine Schuld. Philipp würde wollen, dass ich glücklich bin. In den nächsten Sitzungen werden wir uns daran machen, für jede Ihrer Ängste entsprechende Formulierungen auszuarbeiten.

Ich wende die Taktik selbst an und kann Ihnen versichern, dass sie funktioniert. Mit der Zeit wird es Ihnen immer leichter fallen, Ihrem persönlichen Sorgenkarussell zu entfliehen. Wenn Sie erst einmal geübt sind, müssen Sie auch nicht mehr Stopp schreien, da reicht es, wenn Sie das Wort denken. Aber für den Anfang machen Sie es bitte laut.«

Nachdem Mia gegangen ist, bin ich völlig erschöpft, körperlich wie emotional, trotzdem bin ich zufrieden mit meiner Leistung. Ich habe den Eindruck, dass Mia schon jetzt in einer deutlich besseren Verfassung ist als noch vor wenigen Wochen.

Zumindest eine Sache, die du gut hinbekommen hast.

Plötzlich keimt ein neuer Gedanke in mir, und ich beschließe, in die Gemeinschaftsküche zu gehen, wo sich Susanna gerade eine Verschnaufpause zwischen ihren Sitzungen gönnt. Das Gespräch mit Mia hat in mir eine innere Zuversicht geweckt, die ich lange nicht mehr verspürt habe, und auf einmal weiß ich, was ich Susanna entgegenhalten kann.

Jedenfalls werde ich keinen weiteren Tag zu Hause sitzen und Trübsal blasen. Zwei Tage in meinem leeren Haus haben mir vollends gereicht. Es wird Zeit, dass ich meinen Trennungsschmerz überwinde und mein Leben wieder in den Griff bekomme. Denn ich bin mir sicher: Alice würde wollen, dass ich glücklich bin. Und keinem Mann der Welt, nicht einmal Karl, werde ich die Genugtuung verschaffen, erneut in dem seelischen Abgrund meiner Studentenzeit zu versinken.

KAPITEL 20

Lexi

Als ich meinen Range Rover am folgenden Montag auf seinem angestammten Parkplatz abstelle und das Gartentor passiere, ist es bereits nach zwanzig Uhr. Die Sonne ist schon vor Stunden hinter dem Horizont verschwunden, und der helle Kiesweg, der zu meinem Haus führt, erstrahlt im Licht der Sterne am ungewöhnlich klaren Himmel. Ich unterdrücke ein Gähnen. Kaum zu glauben, dass die Woche eben erst begonnen hat. Der Tag war gespickt mit Terminen, und mein Rücken schmerzt vom pausenlosen Sitzen.

Das Wochenende brachte alles andere als die ersehnte Erholung. So groß meine Zuversicht nach Mias Sitzung auch war, traf mich die Erkenntnis, dass zwei weitere endlos lange Tage allein vor mir liegen, umso härter. Den Großteil meiner Zeit verbrachte ich damit, liegengebliebene Arbeiten nachzuholen. Und obwohl ich mich dabei redlich bemühte, meine Gedanken an Karl auf ein Minimum zu beschränken, gelang mir das mehr schlecht als recht. Dass er mehrfach anrief und mir minutenlange Nachrichten auf dem Anrufbeantworter hinterließ, machte es auch nicht einfacher. Schließlich gab ich seinem Drängen nach und willigte in ein Treffen am kommenden Dienstag ein.

Mir graut bei der Vorstellung, ihn wiederzusehen. Der Gedanke, in Karls schöne blaue Augen zu blicken in dem Wissen, ihn nie mehr zu küssen, nie mehr in den Armen zu halten, schnürt mir die Kehle zu. Denn so sehr er mich auch verletzt und gedemütigt hat – ich vermisse ihn schrecklich.

Ich verbanne Karl aus meinen Gedanken, stattdessen schiebt sich Charlies dunkelblonder Haarschopf vor mein inneres Auge. Zu meiner Überraschung hat er tatsächlich Wort gehalten und sich täglich nach meinem Befinden erkundigt, mir Brötchen und andere Aufmerksamkeiten vorbeigebracht und mich mit kurzen Textnachrichten aufzumuntern versucht. Erst am Samstag haben wir einen ausgedehnten Morgenspaziergang mit Sammy unternommen, und auch wenn ich versuche, die kühle Distanziertheit zu ihm aufrechtzuerhalten, schwindet mein Misstrauen allmählich. Als wir Seite an Seite durch die Wälder streiften, fühlte es sich beinahe an wie früher. Und ich ertappe mich zunehmend öfter dabei, wie sich ein Fünkchen Hoffnung in mir regt, er könnte sich tatsächlich geändert haben.

Immer noch in Gedanken bei unserem Spaziergang, steige ich gemächlich die Treppe zur Veranda meines Hauses empor. Das vertraute Quietschen der mangelhaft geölten Scharniere erklingt, als ich die Eingangstür aufstoße. Im matten Schein des Mondlichts, das durch die Fensterläden fällt, sehe ich Karls Sachen, die sich immer noch im Vorraum türmen, und seufze.

Auf einmal überkommt mich ein mulmiges Gefühl, als mir bewusst wird, wie still es tatsächlich ist.

»Sammy!«

Angestrengt horche ich in die Dunkelheit.

Nichts. Kein freudiges Winseln, kein Kratzen flinker Pfoten auf dem Parkett.

Ich runzle die Stirn.

Merkwürdig. Normalerweise kann er es kaum erwarten, dass ich endlich heimkomme, wird vom kleinsten Geräusch angelockt und wartet dann schon am Eingang auf mich.

»Sammy!«

Zur Bekräftigung hebe ich zwei Finger an die Lippen für einen gellenden Pfiff.

Noch immer keine Spur des alten Retrievers.

Ich werde unruhig. Wo steckt er bloß? Habe ich den armen Kerl in der Früh womöglich irrtümlich im Schlafzimmer eingeschlossen?

Ich lasse meinen Mantel zu Boden fallen und laufe durch den Vorraum, wo ich hastig die Treppe hinauf in den ersten Stock steige. Doch die Schlafzimmertür ist nur angelehnt und Sammy nirgendwo zu sehen. Zunehmend besorgt suche ich ein Zimmer nach dem anderen nach meinem treuen Freund ab.

In der Küche halte ich abrupt inne.

Was ich sehe, verschlägt mir den Atem.

Halb verborgen unter einem Küchenstuhl lugt Sammys Kopf hervor, daneben befindet sich, wie mir bei näherem Hinsehen mit Erschrecken bewusst wird, eine Pfütze von Erbrochenem.

Ich ringe nach Luft. Dann bin ich mit einem Satz bei ihm und sinke auf die Knie.

»Sammy«, schluchze ich und streiche ihm übers Fell. »Sammy, was hast du denn?«

Doch er scheint mich nicht zu hören, zuckt nicht einmal mit den Lidern. Reglos liegt er auf der Seite, alle Viere von sich gestreckt. Seine Augen sind geschlossen, Sabber tropft von seinen Lefzen und sammelt sich zu einer klebrigen Lache auf dem Fußboden. Einen fürchterlichen Augenblick lang bin ich sicher, dass er tot ist.

Als ich mich weiter vorbeuge stelle ich zu meiner Erleichterung fest, dass sich sein Brustkorb in unregelmäßigen Abständen hebt und senkt. Seine Nase fühlt sich unter meiner Berührung trocken und heiß an.

Vorsichtig schiebe ich den Stuhl beiseite und taste seinen Körper nach einer Wunde ab, die mir bislang verborgen geblieben ist. Doch sein Fell ist unversehrt, dem äußeren Anschein nach fehlt ihm nichts.

Verzweifelt blicke ich mich in meiner Küche um, auf der Suche nach einem spitzen Gegenstand oder etwas anderem, das Sammy gefressen oder verschluckt haben könnte. Abgesehen von seinem leeren Futternapf und den halb verdauten Resten an Hundefutter auf dem Küchenfußboden kann ich nichts Ungewöhnliches entdecken. Während ich auf dem Boden kauernd unablässig durch sein Fell streiche, um ihn zu beruhigen, fühle ich, wie sein Körper von immer heftigeren Zitteranfällen geschüttelt wird. Panik wallt in mir hoch. Ich muss ihn zum Tierarzt bringen, und zwar schnell.

Sachte schiebe ich meine Hände unter seinen Brustkorb und versuche, ihn hochzuhieven. Doch er ist zu schwer, und mit einem stummen Fluch gebe ich auf. Obwohl der Retriever kaum mehr als vierzig Kilo wiegt, gleicht sein schlaffer Körper in meinen Armen einem tonnenschweren Sandsack. Als sein Kopf erneut auf dem Küchenfußboden zum Liegen kommt, gibt Sammy ein Wimmern von sich, das mich bis ins Mark erschüttert.

Mit vor Angst bebenden Fingern fische ich mein Handy aus der Gesäßtasche meiner Jeans und wähle, ohne lange nachzudenken, die Kurzwahltaste eins. Es klingelt einige Male, dann werde ich zum Anrufbeantworter weitergeleitet.

Das ist die Mobilbox von Karl Hofmeister. Bitte hinterlassen Sie mir eine Nachricht nach dem Signalton, ich rufe umgehend zurück.

Vor Schreck wäre mir beinahe das Telefon aus der Hand gefallen und ich lege rasch auf. Verärgert über meine eigene Dummheit schüttle ich den Kopf.

Ihr seid nicht mehr zusammen, begreif das endlich!

Fieberhaft zermartere ich mir das Hirn, an wen ich mich sonst wenden könnte. Dann kommt mir der rettende

Gedanke. *Natürlich – Charlie. Warum habe ich bloß nicht gleich an ihn gedacht?*

Eilig wähle ich seine Nummer aus dem Gedächtnis und lausche, das Smartphone ans Ohr gepresst, atemlos dem Freizeichen.

Bitte, bitte, bitte. Geh ran!

Acht quälend lange Sekunden später nimmt er ab.

»Du wirst es nicht glauben, aber ich habe eben an dich gedacht.« Ich kann ihn durchs Telefon lächeln hören. »Was verschafft mir die Ehre zu so später Stunde? Ist dein Wochenstart gut verlaufen?«

»Gott, bin ich froh, dass du rangehst!« Vor Erleichterung hätte ich beinahe laut aufgeschluchzt. »Ich brauche deine Hilfe. Schnell! Irgendetwas stimmt nicht mit Sammy. Er ist apathisch, zittert die ganze Zeit, und erbrochen hat er auch. Bitte, Charlie, kannst du mir helfen, ihn zum Tierarzt zu bringen? Ich würde selbst fahren, aber in seinem Zustand kriege ihn einfach nicht hoch!«

Ich höre, wie Charlie am anderen Ende erschrocken Luft holt.

»Rühr dich nicht vom Fleck. Ich bin gleich da.«

Dann ist die Verbindung beendet, und ich breche neben Sammys regungslosem Körper in Tränen aus. Vorsichtig bette ich seinen Kopf auf meinen Schoß, streiche ihm ein ums andere Mal zärtlich über den Rücken. Dabei tropfen Tränen von meinen Wangen und versickern in seinem Fell.

»Es wird alles gut, Sammy«, wispere ich. »Halte durch. Nur noch ein kleines bisschen. Alles wird gut.«

Mir kommt es wie eine Ewigkeit vor, bis die Haustür aufgerissen wird und ich schwere Schritte im Vorraum höre.

»Wir sind in der Küche!«

Einen Augenblick später stürmt Charlie herein und lässt sich neben uns zu Boden fallen. Ich sehe, dass er unter der dicken Jacke nur ein T-Shirt trägt, sein Haar ist ungekämmt, und auf seinem Kinn schimmern Bartstoppeln. Er muss sofort losgefahren sein. Er tastet Sammy ab, und seine Miene ist plötzlich sehr ernst.

»Sieht nach einer Vergiftung aus. Wollen wir hoffen, dass es kein Rattengift war. Ich habe so eine Reaktion schon einmal gesehen. Bei einer unserer Katzen.«

Ich schlage die Hand vor den Mund. »Hat sie es überlebt?«, flüsterte ich tonlos, nicht sicher, ob ich die Antwort auf meine Frage überhaupt hören will.

Charlie wirft mir einen Seitenblick zu, entgegnet jedoch nichts.

»Aber er war doch den ganzen Tag im Haus! Wie hätte er ...«

»Das spielt jetzt keine Rolle. Wir nehmen meinen Wagen. Auf der Rückbank ist Platz genug für euch beide. Auf dem Weg hierher hab ich bei der Tierklinik angerufen, die erwarten uns schon.«

Ohne eine Reaktion von mir abzuwarten, wendet er sich wieder dem Retriever zu.

»Das wird schon, Kumpel«, murmelt er besänftigend, während er ihn mühelos hochhebt und wie ein übergroßes Baby auf den Armen zu seinem Wagen trägt.

Ich haste hinter den beiden her und rutsche dann auf die Rückbank von Charlies Pick-up, erleichtert, dass mein Freund die Führungsrolle übernommen hat. Umsichtig bettet Charlie Sammys Körper zu meiner Linken, dann klettert er hinter den Fahrersitz und braust davon.

Der Weg zur Klinik kommt mir unendlich lang vor. Während der gesamten halsbrecherischen Fahrt lasse ich Sammy nicht aus den Augen, der von immer heftigeren Zitteranfällen gepeinigt wird.

Übelkeit steigt in mir hoch, und ich muss mich sehr anstrengen, nicht in hemmungsloses Schluchzen auszubrechen. An meiner Kleidung haftet der saure Geruch von Sammys Erbrochenem, und meine Hände sind klebrig von Hundesabber, doch all das bemerke ich erst später.

Sammy wird vielleicht sterben. Er wurde vergiftet.

Allein die Vorstellung, ich könnte ihn verlieren, ist mehr, als ich verkraften kann.

Mit quietschenden Reifen kommt der Wagen vor der Tierklinik zum Stehen. Sofort ist Charlie an meiner Seite, und gemeinsam hieven wir Sammy in seine Arme und legen den kurzen Weg zum Eingang der Klinik im Laufschritt zurück.

Die Frau am Empfang sieht überrascht auf, als wir hereinstürzen. »Wie kann ich Ihnen helfen?«

»Wir haben telefoniert. Es ist ein Notfall. Unser Hund zeigt Vergiftungserscheinungen.«

Erneut überkommt mich eine Woge der Dankbarkeit, dass Charlie die Sache in die Hand nimmt. Meine Kehle ist staubtrocken, und ich bin überzeugt davon, sofort wieder in Tränen auszubrechen, sobald ich den Mund aufmache.

Die Frau nickt und winkt uns zu, wir sollen mitkommen. Wir folgen ihr durch eine weiße Tür zu ihrer Linken, wo sich zwei Männer in Kitteln gerade über einen Käfig mit einem Zwergpudel beugen. Behutsam bettet Charlie den Retriever auf einen freien Behandlungstisch. Die beiden Ärzte, ein älterer mit Hornbrille und Glatze und ein jüngerer, schlaksiger Kerl, kommen zu uns und untersuchen Sammy mit fachmännischen Handgriffen, während Charlie kurz erklärt, was passiert ist.

»Sie werden ihn doch retten?« Endlich habe ich meine Stimme wiedergefunden. »Bitte, sagen Sie, dass Sie ihm helfen können!«

Mit ernstem Gesichtsausdruck wendet sich der Glatzkopf zu mir um.

»Wir werden tun, was wir können. Wie lange ist er schon in dieser Verfassung? Wissen Sie zufällig, was für ein Gift es ist, das er gefressen hat?«

»Nein. Ich habe ihn vor etwa einer Stunde gefunden, da war er bereits in diesem Zustand. Ich habe ihn zu Hause gelassen, meine Nachbarin sieht ein paarmal am Tag nach ihm. Er hatte erbrochen, als ich kam, war er völlig apathisch. Außerdem sabbert und zittert er die ganze Zeit. Das macht er sonst nie.«

»In Ordnung. Gut, dass Sie gleich gekommen sind. Bitte gehen Sie jetzt nach draußen in den Wartebereich. Wir werden ihn weiter untersuchen und Maßnahmen einleiten, um das Gift aus seinem Organismus zu bekommen.«

Ich rühre mich nicht vom Fleck. Meine Finger sind immer noch in Sammys Fell vergraben, ich kann mich einfach nicht von ihm losreißen.

»Aber er wird doch wieder, oder nicht?«

»Sie müssen uns jetzt wirklich unsere Arbeit tun lassen«, schaltet sich nun auch der Jüngere ein. »Wir geben Ihnen Bescheid, sobald wir mehr wissen, versprochen.«

Charlies Arm umschließt mit sanfter Gewalt meine Schulter, und widerstrebend lasse ich mich von ihm aus dem Behandlungszimmer führen. Im Wartebereich lasse ich mich in den nächsten Sessel fallen.

»Ich glaub das einfach nicht.« Ratlos starre ich ins Leere. »Wie konnte das bloß passieren?«

Charlie streichelt mir über den Rücken. »Ich weiß es nicht.« Er seufzt. »Aber du hast ja gehört, was die Ärzte gesagt haben. Sie tun, was sie können. Bestimmt ist er bald wieder auf den Beinen, du wirst schon sehen.«

Auf einmal fühle ich mich unendlich erschöpft und lasse mich gegen seine breite Schulter sinken. Die Wärme, die von seinem Körper ausgeht, spendet mir Trost.

Im Wartebereich herrscht zu der späten Stunde gähnende Leere, bloß dann und wann durchquert einer der Tierpfleger den Raum, um in eines der angrenzenden Behandlungszimmer zu gelangen. Jedes Mal hebe ich in banger Erwartung den Kopf, nur um ihn kurz darauf enttäuscht wieder sinken zu lassen.

Es vergehen gut anderthalb Stunden, bis der glatzköpfige Tierarzt endlich vor uns tritt.

»Wir haben Neuigkeiten«, verkündet er. Er sieht müde aus, aber zufrieden, ein gutes Zeichen. »Ich will Ihnen nicht verheimlichen, wie knapp es war, doch zum Glück war die Menge des Giftes nicht so groß, wie wir anfangs vermuteten. Wir haben ihm Infusionen gegeben, um die Giftstoffe aus seinem Organismus zu schwemmen, dazu bekam er eine Magenspülung. Zur Sicherheit sollte er die Nacht über hierbleiben, aber es sieht aus, als wäre das Gröbste überstanden.«

Eine Woge der Erleichterung durchflutet mich, und ich springe auf und falle dem Arzt um den Hals. Dieser, von meinem Gefühlsausbruch überrumpelt, tätschelt mir mit einem Seitenblick auf Charlie unsicher den Rücken.

»Danke! Vielen Dank!«

»Wissen Sie denn, was für ein Gift es war?«, wendet sich nun auch Charlie an Sammys Retter.

Die Miene des Tierarztes wird ernst. »In seinem Erbrochenen haben wir Spuren von Rattengift gefunden Irgendeine Idee, wie er damit in Kontakt gekommen sein könnte?«

Ich schüttle den Kopf. »Ich habe nicht die geringste Ahnung. Im Haus hab ich so etwas nicht – und selbst im Garten benutze ich kein Gift.«

»Nun, wie dem auch sei. Ich kann Ihnen nur raten, die Quelle des Gifts zu finden, damit sowas nicht nochmal passiert. Diesmal hat Ihr Hund Glück gehabt. Das nächste Mal kommt er vielleicht nicht so glimpflich davon.«

Ich nicke. »Natürlich, das mache ich.« Tatsächlich hab ich keine Ahnung, wo ich suchen sollte.

»In Ordnung.« Der Arzt nickt und wirft einen Blick auf die Uhr an der Wand. »Ich halte ich es für das Beste, wenn Sie jetzt gehen. Sammy hat ein Beruhigungsmittel bekommen, er wird jetzt schlafen. Wenn alles gut geht, können Sie ihn morgen gegen Mittag abholen.«

Zum Abschied nickt er uns ein weiteres Mal zu, bevor er eilig hinter der weißen Tür verschwindet.

Meine Füße kribbeln wie von tausend Wespenstichen und meine Glieder schmerzen nach dem stundenlangen Sitzen auf den harten Stühlen des Wartebereichs. Mit unsicheren Schritten folge ich Charlie aus der Klinik und zu seinem Wagen. Nachdem ich auf dem Beifahrersitz Platz genommen und mich angeschnallt habe, werfe ich Charlie einen langen Blick zu.

»Ich kann dir gar nicht genug für deine Hilfe danken«, sage ich endlich. »Ohne dich hätte ich das niemals geschafft. Dann wäre Sammy jetzt vielleicht ...« Ich beende den Satz nicht.

»Das war doch selbstverständlich.« Charlies Stimme klingt sanft. »Wie ich gesagt habe – ich bin immer da, wenn du mich brauchst.«

Die Wärme in seinem Blick jagt mir eine Gänsehaut über den Körper, und verlegen wende ich mich ab.

Die Fahrt nach Hause verläuft schweigend. Zwanzig Minuten später hält Charlie schließlich hinter meinem geparkten Wagen. Die Uhr auf dem Armaturenbrett verrät, dass es bereits weit nach Mitternacht ist, doch obwohl ich körperlich erschöpft bin, ist an Schlaf nicht zu denken. Dank des Adrenalins bin ich immer noch viel zu aufgekratzt – abgesehen davon erscheint mir die Vorstellung, eine Nacht ohne Sammy allein in meinem großen Bett zu verbringen, alles andere als verlockend.

»Ich weiß, es ist spät, aber hättest du vielleicht Lust, auf ein Glas Wein mit reinzukommen?«, frage ich schüchtern. »Wir könnten uns einen Film ansehen. Nach dem, was heute passiert ist, möchte ich – da wäre ich – ich will jetzt einfach nicht allein sein.« Ich gerate ins Stottern. »Aber wenn du lieber nach Hause willst, verstehe ich das natürlich vollkommen«, setze ich rasch nach. Zum Glück liegt der Fahrzeuginnenraum im Dunkeln, denn ich kann regelrecht spüren, wie meine Wangen heiß werden.

Halb erwarte ich, dass Charlie dankend ablehnen wird, doch zu meiner Überraschung tut er nichts dergleichen. »Wieso nicht«, entgegnet er achselzuckend und fährt sich mit der Hand übers Gesicht. »Das mit Sammy war ein ziemlicher Schock, selbst für mich.«

Nachdem ich mir hastig in der Dusche den Gestank vom Körper gespült und meine verdreckten Jeans gegen eine Jogginghose getauscht habe, machen wie es uns gemeinsam mit ein paar Flaschen Bier im Wohnzimmer gemütlich. Im Fernsehen läuft irgendein alter Schinken von Rosamunde Pilcher.

Perfekt. Leichte Kost ist genau das, was ich jetzt brauche.

Während wir schweigend an unseren Gläsern nippen, ziehe ich mein Handy aus der Tasche, um Susanna zu texten, was passiert ist, und dass ich morgen daher erst später in der Praxis erscheinen werde.

Als ich das Display entsperre, stelle ich verdutzt fest, dass in den letzten Stunden fünf Anrufe und zwei SMS eingegangen sind, die ich in meiner Sorge wohl überhört haben muss. Sie sind allesamt von Karl. Rasch überfliege ich die Nachrichten.

Hallo, Lexi. Ich war vorhin in einem Termin, habe aber versucht zurückzurufen. Ab jetzt bin ich erreichbar. Bleibt es bei morgen Abend? Ich vermisse dich. Karl.

Knapp eine Stunde später kam die zweite SMS.

Alles in Ordnung? Ich hab ein paar Mal bei dir angerufen. Wieso, gehst du nicht ran? Ich mache mir Sorgen. Bitte ruf mich zurück!

Ich schicke eine Nachricht an Susanna, dann lege ich das Handy beiseite. Karl wird sich ein wenig gedulden müssen, beschließe ich. Ist schließlich nicht so, als wäre ich ihm Rechenschaft schuldig. Ich schüttle den Kopf. Ich könnte mich dafür ohrfeigen, ihn überhaupt angerufen zu haben. Verdammte Gewohnheit. Ich nehme mir vor, ihn gleich morgen früh aus meinem Kurzwahlspeicher zu löschen.

»Alles okay bei dir?« Mit wissendem Blick deutet Charlie auf mein Smartphone.

Ich nicke. »Ja. Das war nur Karl. Er will morgen Abend vorbeikommen, um seine Sachen zu holen.« Ich verdrehe die Augen. »Kann es kaum erwarten.«

Charlie schnalzt mitfühlend mit der Zunge. »So etwas ist nie leicht. Ich leiste dir gerne seelischen Beistand, falls du nicht allein mit ihm sein willst. Ich hab am Nachmittag zwar ein paar Kurse, aber gegen sieben könnte ich da sein.«

»Lieb von dir, aber da muss ich wohl durch. Du hast ohnehin schon mehr als genug getan. Dass du mir heute mit Sammy geholfen hast, hat mir eine Menge bedeutet. Danke nochmal dafür.«

»Stets zu Diensten«, entgegnet Charlie und zieht grinsend seinen imaginären Hut vor mir. Nach einer Weile fügt er ernster hinzu: »Wie alt ist Sammy noch gleich?«

»Elf.«

Er nickt, bohrt jedoch nicht weiter nach. Ich weiß auch so, was er denkt. Seine bekümmerte Miene verrät ihn.

»Mir ist sehr wohl bewusst, dass Sammy nicht ewig leben wird. »Es ist nur – nach Alice' Tod war er die einzige

Konstante in meinem Leben. Abgesehen von Susanna und Nadine natürlich. In gewisser Weise ist er das Letzte, das mir von ihr geblieben ist. Allein die Vorstellung, er könnte eines Tages nicht mehr da sein ...« Ich schlucke schwer und bemühe mich, die Tränen wegzublinzeln, die mir in die Augen getreten sind.

»Ich weiß.« Charlies Stimme klingt belegt. »Auch ich habe in den Jahren oft an sie gedacht.«

Erfüllt von einer Woge aus Zuneigung und Verbundenheit lasse ich meinen Kopf gegen Charlies Schulter sinken. Und obwohl mein Blick auf den Fernseher gerichtet ist, wandern meine Gedanken fort, weg von der schnulzigen Liebesgeschichte auf dem Schirm, zurück in die Vergangenheit.

Ich sehe Alice vor mir, in einem blütenweißen Kleid, wie sie im Garten einem semmelgelben Fellknäuel hinterherjagt, während der Welpe, einen Schuh von ihr im Maul, die Schnauze triumphierend in die Höhe reckt.

»Glaubst du, es wird eines Tages leichter?«, murmele ich nach einer Weile.

»Hm? Was meinst du?«

»Das mit Alice. Ich dachte, ich würde irgendwann aufwachen, und die Leere in meinem Herzen wäre endlich verschwunden. Aber so ist es nicht. Zehn Jahre ist es jetzt her, und noch immer vergeht kein Tag, an dem ich nicht an sie denke. Was sie wohl von mir halten, welchen Ratschlag sie mir erteilen würde, zu was für einem Menschen sie herangewachsen wäre. Der Schmerz ist blasser geworden, doch ist er deswegen nicht weniger gegenwärtig.«

Ich führe mein Bierglas an den Mund und trinke in langen Zügen.

Charlie, der mir aufmerksam zugehört hat, streicht mir behutsam übers Haar. »Ich weiß es nicht«, sagt er schließlich. »Ich kann nur hoffen, dass es so ist.«

Mit jemandem über Alice zu sprechen, der sie tatsächlich gekannt hat, tut gut, und allmählich fällt etwas von der Anspannung und Sorge um Sammy von mir ab. Schweigend kuschle ich mich näher an Charlie, genieße die Zärtlichkeit seiner Berührungen an meinem Haar. All das Misstrauen und die Vorbehalte, die ich ihm gegenüber verspürte, scheinen auf einmal wie weggeblasen zu sein. Also lasse ich zu, dass seine Finger über meinen Oberarm bis zu meinem Hals wandern und schließlich sanft mein Kinn umfassen.

Was tust du da bloß?, meldet sich eine Stimme weit hinten in meinem Kopf.

Ich ignoriere sie.

Alles, was zählt, ist das Hier und Jetzt. Charlies warmer Körper nahe dem meinen, seine Fingerspitzen auf meiner Haut. Ich bin es leid, mich mit Schuldgefühlen und emotionalen Altlasten zu quälen. Alles, was ich will, ist eine kleine Auszeit. Bloß einen Moment, in dem ich nicht vorgeben muss, stärker zu sein, als ich in Wahrheit bin.

Und als er sich schließlich zu mir beugt und ich seine Lippen zart auf meinen spüre, erwidere ich seinen Kuss.

Er schmeckt so süß und verheißungsvoll wie unser erster.

KAPITEL 21

Lexi

Wie aus weiter Ferne durchbricht ein Geräusch den Nebel, der mein Bewusstsein umfängt. Im Halbschlaf taste ich auf dem Nachttisch nach meinem Handy und bekomme es nach einigen Versuchen zu fassen. Das Klingeln erstirbt. Schlaftrunken sinke ich zurück in die Kissen und kuschele mich ein wenig näher an Karls warmen Körper. Ich bin drauf und dran, wieder in das Reich der Träume abzugleiten, da dringt erneut das penetrante Klingelgeräusch an mein Ohr.

Widerwillig öffne ich erst ein Auge, dann das andere. Mein Blick wandert von der leise vor sich hin brabbelnden Mattscheibe zu den leeren Bierflaschen auf dem Couchtisch und bleibt schließlich an dem Sakko über der Polsterlehne hängen. Ich runzle die Stirn. Karl würde niemals ein so altmodisches Karomuster tragen, so viel steht fest.

Dann ist auf einen Schlag alles wieder da. Ich zucke so heftig zusammen, dass Charlies Arm von meiner Taille rutscht. Wie im Zeitraffer brechen die Erinnerungen an den vorangegangenen Abend über mich herein. Sammys apathische Silhouette auf dem Küchenfußboden. Sein klägliches Wimmern, während sein Körper von Krämpfen geschüttelt wird. Charlie, der sich über ihn beugt und etwas von Rattengift erzählt. Die ernste Miene des Tierarztes, als er mir erklärt, Sammy wäre gerade eben nochmal mit dem Leben davongekommen. Der Geruch von Charlies Aftershave. Seine Finger, die zärtlich über mein Gesicht streifen. Charlie, der ... Beim Gedanken, was danach geschehen ist, weiten sich meine Augen vor Entsetzen.

Mist. Mist. Mist.

Abrupt richte ich mich auf. Die Couchdecke, die Charlie in der Nacht über uns ausgebreitet hat, gleitet zu Boden, und er gibt ein schlaftrunkenes Stöhnen von sich. Seine Lider sind geschlossen, die Gesichtszüge ungewohnt entspannt, das Haar vom Schlaf jungenhaft zerzaust.

Rasender Kopfschmerz macht sich bemerkbar, und ich presse die Finger an die Schläfen.

Was hast du getan, Lexi? War dein Leben nicht schon kompliziert genug?

Die Hände immer noch an die Stirn gepresst, versuche ich, die Selbstvorwürfe aus meinen Gedanken zu verbannen. Immer noch dröhnt ein Klingeln in meinen Ohren, bei dem es sich, wie mir allmählich dämmert, um die Türglocke handelt. Ich werfe einen Blick auf die Uhr an der Wand. Es ist nicht einmal acht. Zorn wallt in mir hoch. Wer in Gottes Namen wagt es, um diese Zeit bei mir Sturm zu läuten?

Vorsichtig, um Charlie nicht zu wecken, robbe ich einige Zentimeter von ihm weg, bevor ich mich schwankend erhebe. Ich ziehe mir meinen Kapuzenpullover, der neben dem Sofa auf dem Boden liegt, über den Kopf und stapfe in Richtung Wohnungstür, wo ich Riegel und Kette beiseiteschiebe und die Tür aufreiße.

»Was zum Teufel ...«, schimpfe ich los, verstumme jedoch jäh. Mein Mund formt sich zu einem stummen Oh.

Auf der Schwelle steht Karl, die Stirn in tiefe Sorgenfalten gelegt.

»Gott sei Dank – du bist okay.« Er klingt atemlos, als wäre er gerannt. »Wieso hast du die Kette vorgelegt?«

Unvermittelt tritt er einen Schritt vor, schlingt die Arme um meinen Körper und drückt mich an seine Brust. Ich fühle mich so überrumpelt, dass ich die Umarmung einen Moment lang hilflos über mich ergehen lasse, bevor ich mich mit sanfter Gewalt aus seiner Umklammerung winde. Stirnrunzelnd mustere ich meinen Exverlobten. Obwohl er in seinem anthrazitfarbenen Anzug wie immer akkurat gekleidet ist, macht er einen unverkennbar erschöpften Eindruck.

»Karl – was tust du hier?«

Er sieht mich verständnislos an. »Das fragst du ernsthaft? Ich habe mir Sorgen um dich gemacht! Wieso hast du meine Anrufe denn nicht entgegengenommen? Ich habe zigmal versucht, dich zu erreichen. Susanna hat mir schließlich getextet, was passiert ist. Mein Gott, der arme Sammy! Wird er es schaffen? Ist er hier?«

Ohne eine Antwort abzuwarten, schiebt er sich an mir vorbei ins Innere der Wohnung. Mir bleibt nichts anderes übrig, als ihm hinterherzulaufen. Karl steuert schnurstracks die Küche an. Als er das auf dem Boden verstreute Hundefutter und die Flecken von Erbrochenem bemerkt, schluckt er betroffen.

»Sammy geht es gut, Karl. Sie haben ihm in der Klinik ein Entgiftungsmittel verabreicht und ihn zur Sicherheit über Nacht dabehalten. Er ist okay – wirklich. Du hättest nicht extra herzukommen brauchen.«

Karl nickt bloß. Mit grimmiger Miene macht er sich an der Espressomaschine zu schaffen. »Nach dem Schreck brauche ich erst einmal Koffein.« Er stöhnt. Die Erschöpfung steht ihm ins Gesicht geschrieben.

»Willst du auch einen Kaffee?«

Sprachlos beobachte ich, wie er den Kühlschrank aufreißt und die angebrochene Packung Milch herausnimmt, bevor er im Schrank nach sauberen Tassen kramt. Bietet er mir gerade wirklich in meinem eigenen Haus etwas zu trinken an? Seine Sorge um Sammy in allen Ehren, aber wir sind getrennt!

Offenbar deutet er mein Schweigen als Zustimmung, denn er lässt sich mit zwei dampfenden Bechern schwer atmend am Küchentisch nieder, sorgsam darauf bedacht, nicht in die Spuren von Sammys Erbrochenem zu treten.

»Wir müssen reden.« Er genehmigt sich einen großen Schluck der heißen Brühe. »Ich war unglaublich wütend auf dich. Schließlich habe ich dir nie einen Grund gegeben, an meiner Treue zu zweifeln, und dass du mir nicht geglaubt hast, hat mich enttäuscht. Ich habe dich nicht betrogen – nicht mit der Frau in der Bar und auch sonst nicht. Aber willst du wegen dieser dummen Geschichte wirklich alles wegwerfen, was wir uns in den letzten Jahren zusammen aufgebaut haben?« Er stößt einen tiefen Seufzer aus. »Du bist die Frau meines Lebens, Lexi. Ich liebe dich. Und ich habe beschlossen, dir zu verzeihen.«

Fassungslos starre ich in Karls selbstgefällige Miene. »*Du* willst *mir* verzeihen?« Ich schnappe nach Luft. »Nichts für ungut, Karl, aber ich glaube nicht, dass ausgerechnet du in der Position bist ...«

Ich halte unvermittelt inne, als ich bemerke, wie Karls Blick zur Küchentür wandert. Seine Schultern haben sich verkrampft, und um seinen Mund ist ein feindseliger Zug getreten. Mit einem flauen Gefühl im Magen wende ich ebenfalls den Kopf.

Verdammt. Das hat mir gerade noch gefehlt.

Charlie ist hinter uns im Türrahmen aufgetaucht. Sein zerzaustes Haar und das zerknitterte T-Shirt, das lose über den Bund seiner Jeans fällt, lassen keinen Zweifel daran, dass er hier übernachtet hat. Ich fluche tonlos.

Karl kneift die Augen zu schmalen Schlitzen zusammen. »Was hat der hier zu suchen?«

Mit einem Anflug von Panik beobachte ich, wie Charlie eine aufrechte Haltung einnimmt. Sein Blick wandert zwischen mir und Karl hin und her.

»Dasselbe könnte ich dich fragen.«

»Charlie hat mir geholfen, Sammy in die Klinik zu bringen«, sage ich schnell, bevor Karl zu einer Erwiderung ansetzen kann. »Ich habe ihn gebeten, anschließend bei mir zu bleiben. Nach dem, was mit Sammy passiert ist, konnte ich es einfach nicht ertragen, allein zu sein.«

Karl zieht eine Augenbraue hoch, erwidert jedoch nichts. Seine Wangen haben einen ungesunden Rotton angenommen. Er sieht aus, als würde er jeden Moment explodieren. In seinen Augen funkeln Wut und Enttäuschung um die Wette. »Verdammt, Lexi! Wie konntest du nur?«

»Ich denke nicht, dass dich das etwas angeht.« Charlies angriffslustiger Unterton ist nicht zu überhören. »Ihr seid nicht länger ein Paar, wenn ich richtig unterrichtet bin. Nicht wahr?«

Karl springt so schnell auf, dass die Tassen klirren. »Wie redest du mit mir?«

Charlie lässt sich davon nicht beeindrucken. Seine Mundwinkel verziehen sich zu einem beinahe amüsierten Grinsen. »Hältst du es etwa für angebracht, unangekündigt bei deiner Ex aufzutauchen und ihr Vorhaltungen zu machen, wen sie in ihr Haus einladen darf?«

»Charlie, Karl, bitte – lasst es gut sein«, sage ich matt, aber die beiden beachten mich gar nicht. Die Spannung zwischen ihnen ist beinahe greifbar. Mit wachsender Verzweiflung beobachte ich, wie sich die beiden Kampfhähne in ihrem Wortgefecht immer weiter aufschaukeln.

»Ich warne dich.« Karls Augen funkeln vor mühsam unterdrücktem Zorn. »Meine Beziehung mit Lexi geht dich einen Scheißdreck an!«

»Oh, die Situation ist recht eindeutig, wenn du mich fragst. Du hast Lexi betrogen, und sie hat dich deswegen verlassen. Und als Lexis Freund geht mich das sehr wohl etwas an, finde ich.«

218

Karls Augen weiten sich vor Entsetzen.

»Habt ihr etwa – seid ihr ...«, stammelt er, während sein Blick von Charlie zu mir und dann wieder zu seinem Konkurrenten wandert.

»Nein!«, rufe ich.

»Ja!«, tönt es zeitgleich von Charlie.

Karl scheint wie vom Donner gerührt. Ich sehe Schmerz in seinem Blick aufflackern und schließe für einen Moment die Augen. Rasch rufe ich mir das Foto von ihm in Erinnerung, das ihn Arm in Arm mit einer Fremden zeigt.

Er hat dich hintergangen. Ihr seid getrennt. Du hast dir nichts zuschulden kommen lassen.

»Karl – bitte.« Meine Stimme klingt erschöpft. »Ich denke, du gehst jetzt besser. Wir reden ein andermal. Okay?«

Karl rührt sich nicht vom Fleck. »So glaub mir doch!« Jetzt wendet er sich an mich, sein Tonfall ist flehend. »Ich habe dich nicht betrogen. So etwas würde ich nie tun!«

»Du hast gehört, was sie gesagt hat.« Charlie deutet in Richtung Ausgang. »Du solltest jetzt gehen. Warte, ich helfe dir mit deinen Sachen.«

Mir stockt der Atem. Im Bruchteil einer Sekunde erkenne ich, dass Charlie zu weit gegangen ist. Aus dem Augenwinkel sehe ich, wie Karl die Hände zu Fäusten ballt. Doch bevor ich auch nur einen Finger rühren kann, hat er sich schon auf Charlie gestürzt und ihm die Faust ins Gesicht gerammt.

Das Nächste, was ich höre, ist das Geräusch von zerberstendem Glas, als Charlie, der den Angriff nicht kommen gesehen hat, gegen den Geschirrschrank kracht und dann zu Boden geht.

»Oh mein Gott, Charlie!« Mit einem Satz bin ich bei ihm. Charlie presst sich vor Schmerz stöhnend die Hand vors Gesicht. Blut strömt aus seiner Nase und tropft auf sein T-Shirt, das sich nach und nach karmesinrot färbt.

Mit wutverzerrter Miene fahre ich zu Karl herum.

»Verdammt, was sollte das? Bist du verrückt geworden?«

Karls Wutausbruch ist so schnell abgeflaut, wie er gekommen ist. Mit weit aufgerissenen Augen starrt er auf das Chaos, das er angerichtet hat. Schließlich geht ein Ruck durch seinen Körper, und er eilt mit polternden Schritten aus der Küche. Ich höre noch, wie die Eingangstür mit einem lauten Rumms ins Schloss fällt, dann ist er verschwunden.

Rasch wende ich mich wieder Charlie zu.

»Es tut mir so leid!« Hilflos beobachte ich, wie er sich bemüht, die Blutung zu stoppen. »Warte – ich helfe dir.« Eilig hole ich vom Küchentresen eine Stoffserviette und presse sie behutsam gegen seine Nasenlöcher.

»Es geht schon.« Vorsichtig betastet er seinen Nasenrücken. »Scheint, als wäre nichts gebrochen.«

Erschöpft lasse ich mich gegen die Wand sinken. »Es tut mir so leid«, wiederhole ich. »Ich hätte nicht zulassen dürfen, dass du in die Sache hineingezogen wirst.«

»Wenn eine Frau es wert ist, Schläge für sie einzustecken, dann du«, entgegnet Charlie und lächelt, verzieht aber gleich vor Schmerz das Gesicht.

Verlegen senke ich den Blick. »Gestern Nacht ...«, beginne ich zögerlich, ohne recht zu wissen, was ich eigentlich sagen will.

»... war wundervoll«, vollendet er meinen angefangenen Satz. »Trotzdem fühle ich mich schuldig. Ich wollte deine Angst um Sammy nicht ausnutzen oder dich in eine schwierige Lage bringen. Du steckst mitten in einer komplizierten Trennung. Karls Auftritt eben war der beste Beweis dafür.«

»Ich fand es auch schön. Aber ...« Erneut halte ich inne.

Charlie streckt die Hand aus und streicht zärtlich über meine Wange.

»Ich weiß, was du sagen willst. Es ist zu früh. Du bist noch nicht bereit für etwas Neues. Keine Sorge, ich verstehe das.« Er versetzt mir einen liebevollen Knuff in die Seite. »Wir haben alle Zeit der Welt. Mach dir keine Gedanken. Wir lassen es langsam angehen, okay?«

KAPITEL 22

Lexi

Gedämpft plätschert Annas Stimme an mein Ohr. Ich runzele die Stirn und horche angestrengt auf das, was sie sagt. Trotzdem fällt es mir schwer, ihrem Redeschwall zu folgen. Wie so oft in letzter Zeit fühle ich mich wie in Watte gepackt, die Silben und Wortfetzen verschluckt, sodass lediglich ein unverständlicher Buchstabenbrei in meinem Gehirn anlangt. Mein Blick trifft meine auf dem Schoß gefalteten Hände. Mit Erschrecken bemerke ich, wie blutig die Nagelhaut an mehreren Stellen ist – ein untrügliches Zeichen meines angeschlagenen Nervenkostüms. Rasch verschränke ich die Arme vor der Brust und wende mich wieder meiner Patientin zu.

»Ich fasse nicht, wie sie mit mir umspringt«, sagt Anna in diesem Moment und schüttelt so heftig den Kopf, dass ihr akkurat geföhnter Long Bob nur so durch die Gegend fliegt.

»Wieso bloß habe ich mir das mein Leben lang gefallen lassen? Ich sage Ihnen, diese Frau interessiert sich ausschließlich für sich selbst – kein Fünkchen Verständnis für die Bedürfnisse anderer! Dabei sollte sie doch am besten wissen, wie schwer es ist, Familie und Beruf unter einen Hut zu bringen. Immerhin ist sie meine Mutter!«

Sie greift nach ihrem Wasserglas und genehmigt sich einige Schlucke, bevor sie ihre Schimpftirade fortsetzt.

»Jede Woche fahre ich zu ihr, um für sie Besorgungen und die Wäsche zu machen. Dabei könnte sie diese Dinge längst wieder selbst erledigen – ihre Hüftoperation liegt immerhin schon zwei Jahre zurück. Aber als gute Tochter, die ich nun einmal bin, greife ich ihr natürlich gerne unter die Arme – und das, obwohl ich mit dem Job und den Kindern alle Hände voll zu tun habe.« Sie macht eine kurze Pause, ehe sie weiterspricht. »Gestern habe ich ihr gesagt, dass ich kommende Woche nicht kommen könne. Mein Mann hat mich anlässlich unseres zehnjährigen Hochzeitsjubiläums zu einem Wochenende in Paris eingeladen.« Bei diesen Worten leuchten ihre Augen auf, bevor sich ihre Miene wieder verfinstert. »Man könnte meinen, dass sie sich für mich freut.« Theatralisch wirft sie die Hände in die Luft. »Doch – Fehlanzeige. Im Gegenteil. Stattdessen hat sie ...«

Anna bricht unvermittelt ab und deutet auf meine Beine.

»Verzeihen Sie, aber könnten Sie vielleicht aufhören, mit Ihrem Fuß zu wackeln? Das macht mich ehrlich gesagt nervös.«

Ich blicke zu meinen übereinandergeschlagenen Knien, die tatsächlich in hohem Tempo auf und ab wippen. Rasch ändere ich meine Sitzposition, sodass meine Füße nun parallel nebeneinander auf dem Boden stehen.

»Das ist mir gar nicht aufgefallen. Entschuldigung. Bitte fahren Sie fort.«

»Wie auch immer. Anstatt mir viel Spaß zu wünschen, hielt sie mir einen Vortrag, wie unzuverlässig und egoistisch ich sei.« Sie schnaubt. »Ausgerechnet ich, verstehen Sie? Dabei bin ich es doch, die sich permanent um sie kümmert, während sich Andreas höchstens alle zwei Monate bei ihr blicken lässt. Aber macht sie ihm deswegen Vorhaltungen? Nein, natürlich nicht. Mein heiliger Bruder, der vielbeschäftigte Kieferorthopäde, ist in ihren Augen unfehlbar. Dass ich neben meinem Beruf auch noch Hausfrau und Mutter bin, zählt offenbar gar nicht.«

Um Zustimmung heischend blickt sie mich an. Ihre Wangen sind vor Empörung gerötet und ihr hellbraunes Haar ist zerzaust. Nie zuvor habe ich sie so wütend erlebt.

»Frau Kraft? Haben Sie mir überhaupt zugehört?« In Ihrer Stimme schwingt Ungeduld mit. »Was sagen Sie denn dazu? Ihr Verhalten ist doch mehr als ungerecht, finden Sie nicht auch?«

»Absolut.« Mit einem Anflug von Panik fällt mir auf, dass ich kaum etwas von dem behalten habe, was sie mir soeben erzählt hat.

Verdammt, Lexi. Wo bist du nur mit deinen Gedanken?

»Ihre Mutter weiß eindeutig nicht zu schätzen, was Sie an Ihnen hat«, sage ich schließlich und hoffe, dass ich die Sache damit auf den Punkt getroffen habe.

Anna nickt nachdrücklich.

»Genau. Ich habe die Nase voll davon, ihren Fußabtreter zu spielen. Die Bedürfnisse aller anderen, allen voran Mamas, permanent über die meinen zu stellen. Aber wie soll ich ihr das bloß begreiflich machen?«

Ich setze eine verständnisvolle Miene auf. »Sich einzugestehen, dass Ihre Mutter Ihnen nicht die Wertschätzung entgegenbringt, die Sie verdienen, muss sehr schmerzhaft sein. Betrachten Sie Ihre Lage doch einmal aus einer anderen Perspektive: Sie haben bereits große Fortschritte gemacht, Frau Wild. Immerhin sind Sie inzwischen in der Lage, gegenüber Ihrem Mann für Ihre Bedürfnisse einzutreten, beizeiten sogar gegenüber Ihrer Chefin. Ich denke da an den Osterurlaub, den Sie genehmigt bekommen haben, obwohl Frau Wiedermann erst dagegen war. Ihre Zwangshandlungen scheinen auch zurückgegangen zu sein. Sie sollten stolz auf das sein, was Sie erreicht haben, anstatt sich zu ärgern, dass gewisse Personen noch an eingespielten Verhaltensmustern festhalten. Entschuldigen Sie die harte Ausdrucksweise, aber Ihre Mutter hat

224

Ihr Leben lang mit Ihnen tun und lassen können, was sie wollte. Solche Schemata sind über Jahrzehnte gewachsen. Sie lassen sich nicht über Nacht ausradieren. Das braucht Zeit.« Ich lächle ihr aufmunternd zu. »Wenn Sie Ihre Mutter regelmäßig in die Schranken weisen, wird Ihnen auch das gelingen, da bin ich sicher.«

Anna hebt zweifelnd die Brauen.

»Ihr Bein«, murmelt sie dann vorwurfsvoll und deutet auf meinen wippenden Fuß.

Ich zwinge meine Lippen zu einem entschuldigenden Lächeln. »Tut mir leid. Ich habe es wohl heute mit dem Kaffee ein wenig übertrieben.«

Meine Patientin sieht mich einen Augenblick lang schweigend an.

»Ich möchte nicht indiskret sein, aber ist mit Ihnen alles in Ordnung? Es geht mich im Grunde nichts an, doch Sie wirken in letzter Zeit etwas – abwesend. Als ob sie nicht richtig bei der Sache wären.«

Ich spüre, wie meine Wangen heiß werden. *Nicht schon wieder.*

Anna Wild ist nun schon die zweite Patientin, die mich auf meine psychische Verfassung anspricht.

»Mir geht es bestens.« Ich mache eine wegwerfende Handbewegung. »Ich bin in Sorge um Sammy, meinen Hund. Er ist ziemlich alt und musste diese Woche in die Klinik. Das ist alles.«

»Das tut mir leid.« Sie senkt verlegen den Blick. »Es ist nur – anfangs hatte ich wirklich den Eindruck, als würde es vorangehen. Dass die Therapie Früchte trägt. Doch seit einiger Zeit ...« Sie lässt den Satz unvollendet.

»Machen Sie sich keine Gedanken, das ist völlig normal. »Haben Sie Geduld. Es gibt Phasen, da geht es schneller voran, dann dauert es wieder ein wenig, bis sich weitere Erfolge einstellen.« Ich versuche, überzeugend zu klingen. »Aber es tut mir leid, wenn Sie den Eindruck hatten, ich wäre nicht voll und ganz für Sie da gewesen. Und um unserer guten Zusammenarbeit willen werde ich Ihnen die heutige Sitzung nicht in Rechnung stellen. Okay?«

»Vielen Dank, das weiß ich zu schätzen.«

Halb erwarte ich, sie würde das Angebot ausschlagen, doch sie tut nichts dergleichen. Mit einem kurzen Blick auf ihre Armbanduhr greift sie nach den Henkeln ihrer Handtasche und erhebt sich. Im Türrahmen wendet sie sich noch einmal zu mir um.

»Danke für Ihre Mühe und Ihr Entgegenkommen. Ich melde mich telefonisch wegen eines neuen Termins.«

Sie winkt mir zum Abschied zu, dann verschwindet sie im Flur.

Nachdem sie gegangen ist, bleibe ich noch einen Augenblick reglos auf dem Sofa sitzen. Seit Anna bei mir in Behandlung ist, hat sie zum ersten Mal nicht gleich auf die Vereinbarung einer Folgesitzung gedrängt, und mir ist bewusst, was das zu bedeuten hat. Unser heutiges Treffen wird für eine Weile unser letztes sein.

Nicht gut.

Ich habe das Gefühl, langsam aber sicher den Verstand zu verlieren. Die Fotos von Alice und der Hütte, Sammys Vergiftung, die Trennung von Karl und nicht zuletzt die emotionale Achterbahnfahrt, in die mich Charlies Rückkehr gestürzt hat, setzen mir immer mehr zu. Und ich spüre, wie mir meine Sorgen und Probleme allmählich über den Kopf wachsen. Seit Wochen zermartere ich mir nun schon das Hirn, wer hinter den Fotos stecken könnte. Am meisten erschreckt mich, dass mir keine Erklärung einfallen will, wie das Bild von der Jagdhütte auf meine Wohnzimmerkommode gelangt sein könnte.

Charlies Worte kommen in den Sinn.

Irgendjemand hat Zugriff auf dein Haus.

Ich hatte den Gedanken als abwegig abgetan, doch seit Sammy vergiftet wurde, frage ich mich, ob er nicht womöglich recht hatte. Die bloße Vorstellung jagt mir eine Höllenangst ein. Mehrmals habe ich das ganze Haus auf den Kopf gestellt, um nach dem Gift zu suchen, das Sammy fast getötet hat – aber Fehlanzeige. Dass ein Fremder in mein Haus gelangt sein soll, um meinen Hund zu vergiften, kommt mir zwar reichlich absurd vor, doch die Zweifel haben ein tiefes Loch in meine Überzeugung gefressen und lassen sich nicht abschütteln.

Und als wäre meine Sorge um Sammy nicht schon schlimm genug, besucht mich Alice Nacht für Nacht in meinen Träumen. Ich sehe sie vor mir, wie sie über einem blutüberströmten Hundekadaver kauert und mich anbrüllt, ich hätte Sammy im Stich gelassen. So wie ich sie damals in der Hütte zum Sterben zurückgelassen hätte.

Ich presse die Handballen gegen meine Schläfen.

Es ist, als würde mein Leben Stück für Stück auseinanderbrechen, und ich habe keine Ahnung, wie ich das wieder in den Griff bekommen soll. Die Ereignisse scheinen mit Charlies Rückkehr nach Altenhofen ihren Anfang genommen zu haben, und ich ertappe mich bei dem Gedanken, ob das Schicksal mich dafür bestrafen will, weil ich ihm eine zweite Chance gegeben habe. Obwohl er alles in seiner Macht Stehende tut, um sein Verhalten von damals gut zu machen, frage ich mich, ob ich mir bloß etwas vormache, wenn ich glaube, ich könnte ihm vertrauen.

Seit wir die Nacht zusammen verbracht haben, habe ich ihn nicht mehr zu Gesicht bekommen, und insgeheim bin ich froh darüber. Ich bin hin- und hergerissen. Karls unangekündigtes Auftauchen hat mich wütend gemacht, doch ein nicht unerheblicher Teil meines Herzens fragt sich immer noch, ob ich ihm womöglich Unrecht getan habe. Erst heute Morgen hat er mir Blumen in die Praxis liefern lassen, einen riesigen Strauß rubinroter Rosen zum Zeichen seiner Entschuldigung. Und obwohl ich es mir nur ungern eingestehe, bin ich erleichtert, dass er entschlossen ist, um mich zu kämpfen.

Ein Klopfen an der Tür reißt mich unvermittelt aus meinen Gedanken. Verwirrt werfe ich einen Blick auf meine Armbanduhr und stelle beruhigt fest, dass mir noch gut eine halbe Stunde Zeit bleibt, bis meine nächste Patientin eintrifft.

Beim Anblick von Susanna, die, zwei dampfende Becher in den Händen, den Kopf hereinsteckt, hellt sich meine Miene schlagartig auf. Der verführerische Duft nach Zimt und Kaffee lässt mir das Wasser im Mund zusammenlaufen.

»Hast du einen Moment Zeit?«

»Klar, komm rein.«

Verwundert beobachte ich, wie hinter Susanna auch Martha, ebenfalls mit einem Becher Kaffee bewaffnet, den Raum betritt.

»Wie geht es dir, Lexi?«, fragt Susanna, während sie die Tassen sachte auf dem Couchtisch abstellt und sich mir gegenüber niederlässt. Ihr Tonfall ist sanft, doch der Hauch von Mitleid in ihrer Stimme entgeht mir nicht. Ich runzle die Stirn.

»Danke, bestens.« Ich bemühe mich um mein zuversichtlichstes Lächeln.

»Ich wusste gar nicht, dass du heute hier bist, Martha. Hast du donnerstags nicht normalerweise frei?«

»Stimmt.« Verlegen fegt Martha ein unsichtbares Staubkorn von ihrer Bluse. »Doch es gibt da etwas, das wir mit dir besprechen möchten.«

Mein Blick fällt auf Susannas umeinander geschlungene Finger. Das ungute Gefühl in meiner Magengegend verstärkt sich.

»Und das wäre?«

Susanna holt tief Luft. »Wir machen uns Sorgen um dich, Lexi. Wir wissen, wie schwer du es in letzter Zeit hattest. Die Trennung von Karl. Sammys Erkrankung. Deine – Beziehung – zu Charlie.«

Die Art, wie sie das Wort Beziehung ausspricht, lässt mir die Nackenhaare zu Berge stehen. Nur mit Mühe kann ich mich davon abhalten, ihr über den Mund zu fahren.

»Du befindest dich gerade in einer Ausnahmesituation. Und da dachten wir ...«

»Bitte sag nicht, du willst mir schon wieder vorschlagen, eine Auszeit zu nehmen«, falle ich ihr ins Wort.

Susanna läuft rot an. Schuldbewusst senkt sie den Blick.

»Dir geht es nicht gut«, sagt sie schließlich. »Man muss dich nicht einmal sonderlich gut kennen, um das zu bemerken. Du bist blass, fahrig, abwesend. Sieh doch, wie dünn du geworden bist! Wie viel hast du abgenommen – fünf Kilo, mindestens?« Sie sieht mich an. »Wir wollen dir nichts Böses, Lexi. Wir machen uns bloß Sorgen um dich, das ist alles.«

Ich beiße die Zähne zusammen, um die aufsteigende Wut im Zaum zu halten.

Was bildet sie sich eigentlich ein?

»Ich habe alles unter Kontrolle.« Mein Blick ist zornig. »Ja – zugegeben – ich schlafe in letzter Zeit nicht gut. Na und? So geht es uns schließlich allen mal.«

»Mag sein.« Sie hält einen Augenblick inne, bevor sie tief Luft holt und fortfährt. »Uns sind da einige – Dinge – zu Ohren gekommen. Patienten haben sich über dich beschwert. Sie meinten, du wärst in letzter Zeit nicht du selbst.« Sie weicht meinem Blick aus, zupft an ihrer Bluse. »Sie haben gefragt, ob Martha oder ich einstweilen übernehmen könnten. Natürlich nur so lange, bis es dir wieder besser geht.«

»Sie haben was?«

Mit offenem Mund starre ich sie an. Dann dämmert es mir.

Verdammte Anna.

»Dabei handelt es sich nicht zufällig um eine gewisse Frau Wild? Sie war vorhin bei mir und hat etwas Ähnliches behauptet.« Meine Miene verfinstert sich. »Ich bin ihr entgegengekommen, habe ihr angeboten, ihr nichts für die heutige Sitzung zu verrechnen. Also keine Sorge, ich hab's im Griff.«

»Das ist es ja gerade«, meldet sich Martha zaghaft zu Wort. »Du hast es eben *nicht* im Griff. Und vergiss bitte nicht – was auch immer du tust, fällt auf uns alle zurück. Wir sind noch nicht lange im Geschäft. Wir können es uns nicht leisten, Patienten zu vergraulen.«

»Ich habe doch niemanden vergrault! Das ist die Übertreibung des Jahrhunderts!«

Hilfesuchend wende ich mich wieder Susanna zu, meiner Freundin.

»Susi – bitte! Erinnerst du dich noch, wie verzweifelt du warst, als dein Ex dich damals mit der Kleinen sitzengelassen hat? Du warst am Boden zerstört. Ein nervliches Wrack. Und habe ich dir da gesagt, du sollst dich deswegen aus dem Job zurückziehen?« Ich springe auf und beginne, im Zimmer auf und ab zu laufen. »Nein, das habe ich nicht. Im Gegenteil – ich habe dich unterstützt, dir den Rücken freigehalten. Und ebendiese Unterstützung erwarte ich jetzt von dir.« Fassungslos schüttle ich den Kopf. »Unglaublich, dass ich das überhaupt erwähnen muss.«

Susanna hebt abwehrend die Hände. »Ich weiß. Und dafür bin ich dir immer noch dankbar. Versteh uns nicht falsch – wir wollen dich zu nichts drängen. Die Entscheidung liegt selbstverständlich bei dir.«

»Das hat sich eben aber anders angehört.« Ich werfe einen feindseligen Blick in Marthas Richtung.

»Susanna hat recht. Wir möchten bloß, dass du weißt, dass wir für dich da sind. Und dass wir gerne deine Patienten eine Weile übernehmen, wenn du Zeit für dich brauchst. So haben wir es doch auch schon früher gemacht, wenn eine von uns überlastet war. Sieh es einfach als Angebot, ja?«

Stumm starre ich erst Susanna, dann Martha an. Wut und Enttäuschung schnüren mir die Kehle zu, und ich muss einige Male schlucken, bis ich den Kloß in meinem Hals nicht mehr spüre. Dass Susanna sogar Martha ins Boot geholt hat, um mich von einer Auszeit zu überzeugen, kränkt mich mehr, als ich in Worte fassen kann.

»Wenn das so ist – danke. Doch die Antwort lautet nein. Ich habe nicht vor, mich zurückzuziehen.« Ich bin selbst beinahe überrascht, wie fest meine Stimme klingt. »Und nachdem wir das geklärt haben, würde ich euch jetzt bitten zu gehen. Ich muss mich auf meine nächste Sitzung vorbereiten.«

Die beiden werfen einander verstohlene Blicke zu. Susanna nickt kaum merklich. Dann treten sie mit gesenkten Häuptern den Rückzug an.

Und ich bleibe wütend und verletzt zurück.

KAPITEL 23

Karl

Stöhnend betaste ich mein geschundenes Handgelenk, das bei jeder Bewegung schmerzhaft pocht.

Dieser elende Wichser!

Während ich die Abschürfungen an meinen Fingerknöcheln begutachte, stoße ich mit dem Ellbogen gegen das Lenkrad, was mein Audi mit einem erschrockenen Hupen quittiert. Der Fahrer vor mir reckt wütend die Faust in den Rückspiegel, und ich hebe rasch die Hand zur Entschuldigung.

Wieder sehe ich Charlies süffisanten Gesichtsausdruck vor mir, als er anbietet, mir meine Habseligkeiten zum Wagen zu tragen, und eine neuerliche Woge des Zorns steigt in mir hoch. Ich kann mich nicht erinnern, jemals so verdammt wütend gewesen zu sein. Wütend auf Charlie, diesen Dreckskerl, der sich hinter meinem Rücken an meine Freundin herangemacht hat. Wütend auf Lexi, die sich hartnäckig weigert, mir zu glauben. Aber vor allem bin ich auf mich selbst wütend. Ich hätte es kommen sehen müssen. Hätte diesen Charlie zur rechten Zeit in die Schranken weisen, die Anzeichen richtig deuten, sein falsches Spiel durchschauen müssen. Und vor allem hätte ich mich vorhin nicht von ihm provozieren lassen dürfen. Denn indem ich in Lexis Anwesenheit die Fassung verloren habe, hab ich alles noch viel schlimmer gemacht, so viel ist sicher.

Ich setze den Blinker und schlage das Lenkrad nach links ein, wobei ich beinahe den Wagen übersehen hätte, der gerade aus einer Parklücke schießt. Ich gebe Gas und kann einen Zusammenstoß knapp vermeiden.

Ich verspüre einen Anflug von grimmiger Genugtuung. Nicht, dass Charlie es nicht verdient hätte. Wenn es nach mir gegangen wäre, hätte ich diesen Kerl windelweich geprügelt, hätte ihm die selbstgefällige Visage poliert, bis er mich auf Knien um Gnade anwinselt. Die Sache mit dem Tinder-Profil hat mich schon stutzig gemacht, aber die Fotos von jenem Abend in der Bar haben das Fass zum Überlaufen gebracht. Hunderte Male habe ich die Nacht in Gedanken durchgespielt und mir das Hirn zermartert, wer wohl der heimliche Fotograf gewesen sein könnte. Nun ist mir einiges klar geworden – *Charlie*. Ja, so muss es sein. Ich merke, wie ich immer angespannter werde.

Schon auf Maria Stegners Beerdigung war kaum zu übersehen, dass Charlie mehr als nur freundschaftliche Gefühle für Lexi hegt. Doch ich habe mir nichts dabei gedacht, seine Blicke als harmlose Schwärmerei eines Mannes mittleren Alters abgetan.

Wie sehr man sich täuschen kann!

Meine Gedanken wandern zurück zu jenem verhängnisvollen Abend. Wut und schlechtes Gewissen kämpfen in mir um die Oberhand. Ich reibe mir das Kinn, fühle meinen Dreitagebart.

Im Grunde war es ein Tag wie jeder andere. Meine Kollegen Chris und Matthias und ich hetzten von einem Meeting zum nächsten, gingen die Konzepte kommender Verhandlungsrunden durch und fanden dazwischen sogar noch Zeit, ein paar Schriftsätze vorzubereiten. Als wir schließlich gegen neun unsere Laptops zuklappten, waren wir vor allem eines – todmüde und erschöpft. Trotzdem war ich in Hochstimmung. Am Vormittag war es mir endlich gelungen, einen wichtigen Klienten für die Kanzlei zu gewinnen, an dem ich schon monatelang dran war, und ich hoffte inständig, dadurch in meiner Karriere einen entscheidenden Schritt voranzukommen. Spontan beschlossen wir, meinen Erfolg und die Bewältigung unseres schier endlosen Arbeitspensums bei ein paar Gläsern Wein zu feiern.

Dabei blieb es natürlich nicht. Nachdem die Anspannung und der Stress von uns abgefallen waren, wurde unsere Stimmung immer ausgelassener, und der Alkohol floss in Strömen. Meine Kollegen ließen sich nicht lumpen und orderten flaschenweise Wodka und Champagner. Wir feierten, als gäbe es kein Morgen.

Mein Kumpel Chris war es schließlich, der uns auf die beiden attraktiven Blondinen aufmerksam machte, die in knappen Kleidern an der Bar lehnten und uns verstohlene Blicke zuwarfen. Ohne lange nachzudenken, gesellten wir uns zu ihnen. Der Alkohol und der Erfolg hatten meine Hemmungen gelockert, und so hatten uns die zwei bald in ein Gespräch verstrickt. Besonders eine von ihnen, Annabelle, schien ganz angetan von mir. Während ich von unserer Arbeit in der Kanzlei erzählte, hing sie regelrecht an meinen Lippen, schlug an den richtigen Stellen staunend die Hand vor den Mund und warf von Zeit zu Zeit eine witzige Bemerkung ein. Sie selbst arbeitete in der PR-Abteilung eines aufstrebenden Modeunternehmens, das kürzlich in Wien einen neuen Standort gegründet hatte und – wie ich auf Nachfrage erfuhr – in Österreich anwaltlich noch nicht vertreten war.

Natürlich spürte ich, dass sie im Grunde weniger an einem Rechtsbeistand als an mir als Mann interessiert war, doch das kümmerte mich nicht. Es war eine Gelegenheit, die ich nicht ungenutzt verstreichen lassen durfte, und es war mir egal, wenn ich sie dafür umgarnen musste. Ich hatte schon größere Opfer für meine Karriere gebracht, als mit einer attraktiven Frau zu flirten.

Zugegeben, Annabelle war wirklich verdammt heiß. Ihr hautenges Kleid überließ nur wenig der Fantasie, und der Art nach zu urteilen, wie sie beim Lachen ihr Haar in den Rücken warf, sehnte sie sich nach weit mehr als nur einem harmlosen Flirt. Und für einen außenstehenden Beobachter mag es tatsächlich so ausgesehen haben, als wären wir drauf und dran gewesen, übereinander herzufallen. Viel gefehlt hat nicht, das weiß ich.

Verdammt. Ich bin doch auch nur ein Mann!

In diesem Moment bemerke ich, dass ich die Abfahrt ins Zentrum verpasst habe, weil ich so in Gedanken war. Mir bleibt nichts übrig, als die nächste Abzweigung zu nehmen, wo schon eine lange Fahrzeugkolonne auf mich wartet. Auch das noch.

Wenn das so weitergeht, schaffe ich es nie rechtzeitig zu meinem ersten Termin.

Während ich den Wagen im Schritttempo rollen lasse, denke ich weiter darüber nach, was an jenem Abend passierte – nichts nämlich. Trotz meines volltrunkenen Zustands gelang es mir, standhaft zu bleiben und dem Drängen in meiner Leistengegend zu widerstehen. Und ich schlug Annabelles Bitte, sie nach Hause zu begleiten, im allerletzten Moment aus. Und das ist letztendlich alles, worauf es ankommt, oder nicht?

Erneut fühle ich Ohnmacht und Wut in mir aufsteigen, und ich lasse die Faust auf meinen Oberschenkel herabsausen. Ich fasse einfach nicht, dass Lexi so naiv ist. Sieht sie denn nicht, worauf Charlie aus ist? Das Ganze war von Anfang an ein abgekartetes Spiel! Bis dieser Mann aufgetaucht ist, war alles gut zwischen uns, und das ist bestimmt kein Zufall.

Die letzten Tage hab ich mich der Hoffnung hingegeben, Lexi würde von selbst wieder zur Vernunft kommen und mich um Verzeihung bitten. Wie meistens. Ihre

Eifersuchtsanfälle sind schließlich nicht neu für mich, und ich fand das bisher ja sogar ganz süß. Tief in ihrem Herzen müsste sie wissen, dass sie mir vertrauen kann. Doch so schwierig, neurotisch und temperamentvoll sie auch sein mag – ich bin völlig verrückt nach dieser Frau. Ich kann mir keine bessere Partnerin an meiner Seite vorstellen.

Während ich noch mein Hirn nach einem Ausweg aus meiner Misere durchforste, dringt ein Hupen an mein Ohr. Erschrocken stelle ich fest, dass die Ampel vor mir schon lange grün ist. Eilig steige ich aufs Gaspedal, und mein Wagen macht einen Satz nach vorne.

Irgendetwas muss ich doch tun können! Denn so, wie die Dinge eben liefen, glaube ich kaum, dass Lexi unsere Trennung noch einmal überdenken wird. Jedenfalls nicht, solange dieser ekelhafte Schleimer Charlie um sie herumscharwenzelt und ihr Flausen in den Kopf setzt.

Dann kommt mir die entscheidende Idee.

Sofort mache ich mich an meinem Armaturenbrett zu schaffen und wähle die Nummer meines besten Freunds über die Freisprecheinrichtung.

»Sperl.«

»Paul, ich bin's, Karl. Hast du einen Moment Zeit oder ist es gerade schlecht?«

»Klar, Kumpel. Ich bin allein im Auto, kann also offen sprechen. Was gibt's? Habt ihr eure Streitereien endlich aus der Welt geschafft, du und Lexi?«

»Weit gefehlt.«

In wenigen Worten schildere ich Paul, was vorgefallen ist. Nachdem ich geendet habe, herrscht Schweigen am anderen Ende der Leitung.

»Autsch, das tut mir leid.« Seine Stimme ist voll ehrlichen Mitgefühls. »Ich brauche dir wohl nicht zu sagen, wie dumm es von dir war, mit Fäusten auf ihn loszugehen. Was, wenn dieser Charlie dich anzeigt? Du könntest deine Anwaltszulassung verlieren!«

»Ich weiß. Aber das bereitet mir gerade die geringste Sorge. Ich mache mir eher Gedanken um meine Beziehung. Ich kann Lexi doch nicht diesem dahergelaufenen Mistkerl überlassen!«

»Klar, das verstehe ich. Wenn ich irgendetwas für dich tun kann, gib Bescheid. Ich kenne da ein paar hervorragende Plätze, um eine Leiche zu verscharren.« Ich kann ihn durch die Leitung grinsen hören und fühle mich gleich ein wenig besser.

»So weit wird es hoffentlich nicht kommen. Aber es gibt in der Tat etwas, das du tun könntest.«

»Und zwar?«

»Würdest du in eurer Datenbank für mich Nachforschungen über diesen Charlie anstellen? Ein wenig Dreck aufwirbeln? Irgendetwas muss es über ihn geben! Die Polizei hat doch sicher ihre Mittel und Wege.«

Paul schweigt.

»Ich will dich natürlich nicht in Schwierigkeiten bringen.« Ich seufze. »Aber ich bin echt verzweifelt, Paul. Ich würde dich nicht darum bitten, wenn es nicht wirklich ernst wäre.«

Schließlich gibt mein Freund seinen Widerstand auf. »Also gut. Weil du es bist. Ich werde sehen, was ich machen kann. Wie hieß Charlie noch gleich mit Nachnamen?«

»Stegner.«

»Alles klar. Ich melde mich, sobald ich was herausgefunden hab.«

Ich atme erleichtert auf. »Danke, Mann. Ich wusste, ich kann auf dich zählen.«

Ich verabrede mich mit Paul für einen Barbesuch in den nächsten Tagen, dann verabschieden wird uns.

Mit neu gewonnener Zuversicht trete ich das Gaspedal durch und bremse die Kolonne neben mir mit einem riskanten Überholmanöver aus, um mich an der roten Ampel ganz vorne einzureihen.

Dieser Charlie wird noch sein blaues Wunder erleben. Das schwöre ich bei allem, was mir lieb und teuer ist.

KAPITEL 24

Lexi

Mit einem Seufzer der Erleichterung sehe ich zu, wie der Wohnkomplex im Rückspiegel mit zunehmender Entfernung allmählich kleiner wird und schließlich ganz aus meinem Sichtfeld verschwindet.

Ich spüre, wie Müdigkeit mich überkommt, und lenke meine Aufmerksamkeit rasch wieder auf die Fahrbahn. Die Dreizimmerwohnung meiner Eltern liegt inmitten des Linzer Stadtzentrums, sodass noch rund anderthalb Stunden Fahrzeit vor mir liegen. Die Minenfelder zu umschiffen, die unter der Oberfläche aus belanglosem Smalltalk schlummern, war zermürbend und kräfteraubend. Und wie immer, wenn ich gezwungen bin, mehr Zeit am Stück mit meinen Eltern zu verbringen, fühle ich mich ausgelaugt und müde.

Mögen Alice und ihr Tod in unserer Familie im Laufe der Jahre auch zu einem Tabuthema geworden sein, ist die Wohnung der beiden geradezu vollgestopft mit Fotos aus unserer Kindheit. Als ewigwährende Erinnerung an das, was wir verloren haben, lächelt sie uns von nahezu jeder Abstellfläche entgegen. Mal als Zehnjährige mit braven Schulmädchenzöpfen, ein anderes Mal in dem marineblauen Kleid, das sie am Tag ihres Abschlussballs getragen hat. Und obwohl ich mich redlich bemühe, den Bildern keine Beachtung zu schenken, ist es unmöglich, dem mahnenden Antlitz meiner Schwester zu entgehen.

Auch Sammy scheint mit seinen Kräften am Ende zu sein. Ungeachtet meines Protests ließ es sich meine Mutter nicht nehmen, ihn mit allerlei Hundekeksen und sonstiger Leckereien zu verwöhnen, bis selbst mein gefräßiger Retriever keinen Bissen mehr anrühren wollte. Nun liegt er zusammengerollt auf der Rückbank meines Wagens und gibt bloß gelegentlich grunzende Schnarchgeräusche von sich.

Gedankenverloren fahre ich mir mit den Fingerspitzen durchs Haar, während ich das Wochenende noch einmal Revue passieren lasse.

Wie befürchtet genügte meiner Mutter ein Blick in mein Gesicht, um zu erkennen, wie blass und dünn ich geworden war und sie in helle Sorge zu versetzen. Die folgenden Stunden waren die reinste Tortur. Unaufhörlich löcherte sie mich mit Fragen über Karl, die Praxis und das Haus und bekundete wiederkehrend ihre Besorgnis, ich könnte mir zu viel zumuten. Erst als mein Vater schließlich mit einem mahnenden Seitenblick brummte, es sei jetzt aber genug, hörte sie endlich damit auf und ließ mich zufrieden.

Ein grimmiges Lächeln macht sich auf meinem Gesicht breit, als ich daran denke, wie souverän ich mich ihren unangenehmen Fragen gestellt habe. Nach eingehenden Überlegungen bin ich zu dem Schluss gelangt, dass es das Beste ist, wenn ich meine und Karls Trennung vorerst für mich behalte. Meine Eltern haben es ohnehin schwer genug, da möchte ich sie nicht auch noch mit meinen Beziehungsproblemen belasten. Auf ihre Fragen, wo Karl sei, reagierte ich ausweichend, indem ich bloß zugab, es liefe derzeit nicht so gut zwischen uns, und er hätte es vorgezogen, in der Stadt zu bleiben.

Die Reaktion meiner Mutter auf diese Nachricht hätte ich mir zwar denken können, trotzdem komme ich nicht umhin, Ärger ob ihrer unsensiblen Wortmeldung zu empfinden.

Nicht doch, Liebes! Muss ich dich daran erinnern, wie schwer es in deinem Alter ist, einen vernünftigen Kindesvater zu finden? Was auch immer du getan haben magst – entschuldige dich einfach bei ihm. Ich bin sicher, er wird dir verzeihen und alles wendet sich zum Guten. Du wirst schon sehen.

Ich runzle die Stirn.

Typisch Mama.

Wie immer ist sie auf der Seite des Mannes und geht wie selbstverständlich davon aus, ich und nicht Karl hätte einen Fehler begangen, der eine Entschuldigung erforderlich machen würde. Im allerletzten Moment konnte ich mich abhalten, ihr die Meinung zu geigen und von Karls Untreue zu berichten. Denn das hätte, da bin ich mir sicher, alles noch schlimmer gemacht und zu weiteren Nachfragen geführt, auf die ich keine Antwort weiß.

Kein Wunder, dass sie mich nicht verstehen, versucht ein Teil von mir sie in Schutz zu nehmen. Meine Mutter hat nicht die geringste Ahnung, wie es ist, eine unverheiratete Frau im einundzwanzigsten Jahrhundert zu sein. Sie und mein Vater sind schon seit über vierzig Jahren ein Paar, und eine Trennung stand nie auch nur eine Sekunde als Möglichkeit im Raum. Und streng katholisch, wie sie sind, muss ihnen die Vorstellung, dass ihre einzige verbliebene Tochter mit Anfang dreißig immer noch in wilder Ehe mit einem Mann zusammenlebt, schlaflose Nächte bereiten.

Nach langem fruchtlosem Nachdenken habe ich mir vorgenommen, nichts zu überstürzen und meine nächsten Schritte wohl zu überlegen. Zwar ist mir bewusst, dass ich meine Probleme damit nicht löse, sondern bloß vor mir herschiebe, doch für den Moment ist das alles, wozu ich imstande bin. Trotzdem weiß ich, dass ich nicht ewig so weitermachen kann. Dass ich eine Entscheidung treffen muss. Und obwohl ich mich redlich bemühe, auf die

Stimme meines Herzens zu hören, sträubt sich alles in mir dagegen, zwischen Karl und Charlie zu wählen. Denn für wen auch immer ich mich entscheide, es ist unvermeidlich, dass ich den anderen verliere. Und allein der Gedanke, einen der beiden loszulassen, wirbelt meine Empfindungen so heftig durcheinander, dass bloß noch ein dumpfes Gefühl von Panik bleibt.

Charlie scheint das begriffen zu haben, denn er drängt mich zu nichts. Ganz anders als Karl, der mich mit liebevollen Nachrichten bombardiert und mir beinahe täglich frische Blumen schickt.

Inzwischen habe ich die Autobahn hinter mir gelassen. Ich kann es kaum erwarten, den Sonntagabend in der Badewanne ausklingen zu lassen, in der Hoffnung, bei einem guten Glas Wein vielleicht ein wenig meines inneren Gleichgewichts zurückzuerlangen.

Als ich das Altenhofener Ortsschild passiere, runzle ich die Stirn. Ein merkwürdiger Nebel hat sich über die Straßen gesenkt, wie eine graue Dunstglocke liegt er über der Stadt und wird nur spärlich durch das Licht der Straßenlaternen durchbrochen.

Seltsam. Dabei war der Himmel eben noch sternenklar und wolkenlos.

Je näher ich komme, desto mehr verdichtet sich die Nebelsuppe. Mit einem Anflug von Unbehagen dämmert mir, dass es nicht Nebel, sondern Rauch ist, der meinen Wagen und die Bäume und Häuser um mich verschluckt und zu konturlosen Ungetümen verzerrt.

Rauch – wie von einem Feuer.

Mit einem mulmigen Gefühl im Magen schalte ich die Nebelscheinwerfer ein und kneife die Lider zusammen, um die Straße vor mir besser erkennen zu können. Als ich schließlich an der Kreuzung zu meiner Wohnstraße abbiege, stockt mir der Atem.

Von plötzlicher Helligkeit geblendet reiße ich die Hand hoch, um meine Augen vor dem grellen und blau flackernden Lichtschein abzuschirmen. In der Ferne sehe ich das Blinken zweier Feuerwehrwagen aufleuchten. Nachdem sich meine Pupillen an die geänderten Lichtverhältnisse gewöhnt haben, erkenne ich mehrere Gestalten in gelben Uniformen, die um das Fahrzeug Stellung bezogen haben und sich redlich abmühen, einen dicken Schlauch durch eine Grundstückseinfahrt zu zerren.

Das Herz sackt mir in die Hose.

Das ist mein Grundstück. Mein Haus.

Die Geschwindigkeitsbeschränkung der Wohnstraße missachtend, beschleunige ich den Wagen und halte mit quietschenden Reifen erst hinter dem Einsatzfahrzeug, das quer über der Fahrbahn vor meinem Gartentor steht. Mein Puls beschleunigt sich, und ich spüre die Angst, die meine Eingeweide zusammenpresst.

Meine Blicke fliegen von den Feuerwehrmännern über die weit offenstehende Einfahrt, durch die nun ein armdicker Löschschlauch verläuft, zu den Umrissen meines Hauses.

Ohne Zeit zu verlieren, springe ich aus dem Wagen und sprinte los. Sammy, angstvoll winselnd und mit eingezogenem Schwanz, folgt mir nur zögernd. Als ich um die Ecke biege, bleibe ich wie angewurzelt stehen. Mit weit aufgerissenen Augen starre ich auf die Feuersbrunst.

Das darf nicht wahr sein. Nein ... Bitte nicht schon wieder.

Mein Garten ist erleuchtet, als wäre es helllichter Tag, aus dem Dach meines Werkzeugschuppens, in dem ich Gartengeräte und sonstigen Kleinkram aufbewahre, schlagen Flammen. Grell und leuchtend rot lecken sie an den Dachbalken.

Ein ächzendes Geräusch ist zu hören. Die Luft ist erfüllt von Gestank, es riecht nach geschmolzenem Metall und knisterndem Holz, und hustend reiße ich meinen Arm hoch, um meinen Mund vor den Rauchschwaden zu schützen. Sieben Feuerwehrmänner sind vollauf damit beschäftigt, dem Brand Einhalt zu gebieten. Sie scheinen mich nicht einmal zu bemerken.

Aus dem Augenwinkel sehe ich eine Gestalt auf mich zukommen. Bei näherem Hinsehen erkenne ich Charlie, der sich den Weg zu mir bahnt. In seinen Augen lodert das blanke Entsetzen.

»Gott sei Dank, dir geht es gut.« Er drückt meinen Körper fest an seine Brust. Mein Gesicht versinkt dabei in seinem Pullover, der so stark nach Rauch riecht, dass mich erneut ein Hustenanfall überkommt. Ich winde mich aus seiner Umklammerung.

»Was – was ist passiert?«

»Ich weiß es nicht. Ich hab den Rauch über deinem Haus gesehen und bin sofort hergekommen. Die Feuerwehr war schon da, als ich eintraf. Einer deiner Nachbarn muss sie gerufen haben.«

»Aber – wie?«, stammle ich, nicht fähig, einen klaren Gedanken zu formulieren.

»Es ist die Gartenhütte. Irgendwie muss sie Feuer gefangen haben.«

Seine Stimme dringt kaum zu mir durch. Mein Blick ist auf die lodernde Hütte gerichtet, doch ich sehe sie nicht. Bilder laufen in rascher Folge vor meinem inneren Auge ab. Bilder von einem anderen Brand, vom schlimmsten Tag meines Lebens, tausendmal in meinen Träumen aufs Neue erlebt.

Alice' Gesichtsausdruck während ich sie anbrülle. Die verrußten und bis auf die Grundmauern abgebrannten Ruinen der Jagdhütte. Die Gesichter der beiden Polizisten, die mich mit Fragen löchern, was wir in der Hütte im Wald zu suchen hatten. Die Schuld. Die Miene meiner Mutter, als sie schluchzend zusammensackt. Der Schmerz in den Augen meines Vaters, während er ihr tröstend über den Rücken streicht. Die Erkenntnis, dass ich Alice für immer verloren habe. Die Leere, das schwarze Loch in meinem Herzen.

Ich spüre, wie alle Kraft aus meinem Körper weicht, und ich sinke auf die Knie. Voll stummen Entsetzens starre ich auf die Feuersbrunst. Tränen laufen mir über die Wangen, doch ich spüre sie nicht. Alles, was ich höre, sind die Worte, die durch meinen Kopf hallen.

Bitte nicht. Bitte nicht schon wieder. Ich ertrage das nicht noch einmal.

»Alice«, bringe ich wimmernd hervor.

Ich registriere kaum, wie Charlie neben mir in die Hocke geht und mich in den Arm nimmt. Langsam wiegt er meinen Körper hin und her, während er mir beruhigend ins Ohr flüstert.

»Ich weiß, wie du dich jetzt fühlen musst, aber alles wird gut, Lexi. Bitte glaub mir. Der Schuppen war leer. Niemandem ist etwas geschehen.«

»Wie?«, hauche ich erneut und klammere mich so fest an seinen Arm, dass Charlie vor Schmerz das Gesicht verzieht.

Ich weiß nicht, wie lange wir auf diese Weise aneinandergedrängt dasaßen, doch nach einer Weile taucht ein Feuerwehrmann in meinem Gesichtsfeld auf.

»Alles in Ordnung? Geht es Ihnen gut?«

»Was – aber, wie ...?« Ich deute auf den qualmenden und stinkenden Rest, der von meiner Gartenhütte übriggeblieben ist.

»Wir wissen es noch nicht mit Sicherheit.« Seine Miene ist ernst. »Es könnte Brandstiftung gewesen sein. Schwer vorstellbar, dass sich das Feuer sonst so rasant hätte ausbreiten können.«

Ich halte die Hand vor den Mund, um nicht laut aufzuschreien. Ich fühle, wie auch Charlie neben mir zusammenzuckt.

»Brandstiftung?« Er blickt zu dem Feuerwehrmann auf. »Im Ernst?«

Der nickt. »Zum Glück hat Ihre Nachbarin rechtzeitig Alarm geschlagen. Das Haupthaus ist nur Meter von der Hütte entfernt. Nicht auszudenken, wenn ...«

Ich schlage die Hände vors Gesicht und sacke in mich zusammen.

Die Fotos von Alice und der Jagdhütte. Sammys Vergiftung. Und jetzt ein Brand auf meinem Grundstück. Jemand hat es auf mich abgesehen, das wird mir mit einem Schlag klar. Die Erkenntnis reißt mir den Boden unter den Füßen weg.

Ich spüre, wie die Schemen des Feuerwehrmanns und Charlies vor meinen Augen verschwimmen.

Das Letzte, das ich dann noch spüre, ist Charlies Arm um meine Schulter, bevor ich zu Boden sinke und mich endlich die rettende Dunkelheit umhüllt.

KAPITEL 25

Lexi

Mit einem Klicken springt die Tür auf. Sammy, in letzter Zeit stets darauf bedacht, sich nicht zu weit von mir zu entfernen, folgt mir ins Innere der Praxis. Der Gang, von dem aus die Therapieräume abzweigen, ist nur spärlich beleuchtet, und ich taste im Halbdunkel nach dem Lichtschalter.

Als mein Blick auf den Garderobenspiegel fällt, zucke ich zusammen. Ich sehe aus wie ein Wrack. Das Kleid, das ich in der Früh in aller Hast übergeworfen habe, schlottert um meine mageren Hüften, mein Haar hängt schlapp herunter und meine Augen sind rotgerändert. Rasch wende ich mich ab.

»Susanna? Susanna, bist du da?«

Ich höre meine Stimme von den Wänden widerhallen, doch ansonsten bleibt es vollkommen still.

Wie ferngesteuert begebe ich mich in die Küche, wo ich mich an der Kaffeemaschine zu schaffen mache. Während das Wasser in der Maschine aufheizt, lasse ich mich mit dem Rücken gegen die Küchentheke sinken.

Mit zitternden Fingern streiche ich mir eine Haarsträhne aus der Stirn, sie fühlt sich fettig an. Ich hatte nicht die Kraft zu duschen. Ich bin mit den Nerven am Ende. So schlecht wie heute ging es mir nicht mehr seit ... Ich brauche den Satz nicht zu vollenden. Ich weiß sehr gut, wann ich mich zuletzt so gefühlt habe.

Meine Haut ist von einem Film kalten Schweißes überzogen. Und noch immer glaube ich, den Rauch an mir riechen zu können. Als ob sich der widerwärtige Geruch der qualmenden Dachbalken in meinen Nasenschleimhäuten festgesetzt hätte. Eine fortwährende Mahnung, auf der Hut zu sein.

Brandstiftung.

Ein kalter Schauer läuft mir den Rücken hinunter. Seit ich erfahren habe, dass meine Gartenhütte womöglich absichtlich in Brand gesteckt wurde, fühle ich mich wie in Watte gepackt. Mein Sichtfeld scheint auf einen winzigen Ausschnitt zusammengeschrumpft zu sein, als befände ich mich am Ende eines dunklen Tunnels. Es kostet mich einiges an Anstrengung, überhaupt wahrzunehmen, was um mich herum geschieht. Die Erinnerungen an die vergangene Nacht sind verschwommen, wie die halbverblassten Fetzen eines Albtraums.

Schemenhaft erinnere ich mich an Charlies Arme, die mich halten, als er meinen benommenen Körper ins Haus trägt und mich im Wohnzimmer auf die Couch bettet. An das Stimmengemurmel der Feuerwehrmänner im Nebenzimmer, die sich mit gedämpften Stimmen mit Charlie und zwei Polizisten unterhalten, deren Ankunft ich nicht mitbekommen habe. An Sammys wimmernde Gestalt, die sich an mich presst, als würde auch er von den Erinnerungen heimgesucht. Von den Erinnerungen an ein anderes Feuer, in einer längst vergangenen Zeit.

Beim Gedanken an Charlie überkommt mich ein Gefühl tiefer Dankbarkeit. Es fällt mir schwer zu glauben, dass das der Mann sein soll, der mich nach Alice' Tod im Stich gelassen hat. Der Charlie von heute scheint so gar nichts mit diesem Mann von damals gemein zu haben. Trotz meiner Beteuerungen, dass es mir gutgehe, wich er mir keine Sekunde von der Seite. Und nachdem Feuerwehr und Polizei fort waren, schlug er schließlich wortlos neben meiner Couch ein provisorisches Bettenlager auf und legte sich schlafen. Ich ließ ihn gewähren. Ich war ja dankbar, nicht allein sein zu sein müssen.

Charlies Schnarchen, das kurz darauf einsetzte, war so ohrenbetäubend, dass das ganze Haus davon zu erzittern schien, aber mir machte das nichts aus. Ich hätte auch in völliger Stille keinen Schlaf gefunden. Jedes Mal, wenn ich die Augen schloss, sah ich die Flammen wieder vor mir, und ich meinte, Alice' Stimme zu vernehmen, die verzweifelt um Hilfe rief. Also lag ich fast die ganze Nacht wach, starrte in die Dunkelheit und lauschte Charlies Schnarchen und dem gelegentlichen Knarren der Dielen. Jederzeit bereit, beim nur kleinsten unbekannten Geräusch aufzuspringen und mich auf den Angreifer zu stürzen.

Irgendjemand hat es auf mich abgesehen. Und dieser jemand hat einen Schlüssel zu meinem Haus, davon bin ich inzwischen überzeugt. Gleich heute Morgen habe ich beim Schlüsseldienst angerufen, um die Schlösser tauschen zu lassen. Keine Nacht länger will ich mehr in einem Haus schlafen, in dem ich mich nicht sicher fühle.

Ich seufze. Ist das wirklich so, oder bin ich vielleicht bloß paranoid und bilde mir das alles nur ein? Verliere ich allmählich den Verstand?

Nein. Ich bin sicher. Das Foto von der Waldhütte auf meiner Kommode, Sammys Vergiftung und nun der Brand – das kann einfach kein Zufall sein.

Die Frage ist bloß, wer ein Interesse daran hat, mich in den Wahnsinn zu treiben. Und warum.

Das Geräusch eines sich im Schloss drehenden Schlüssels lässt mich plötzlich aufhorchen. Einen Moment glaube ich, ich hätte mir den Laut nur eingebildet, doch auch Sammy spitzt die Ohren.

»Hallo?« Verärgert stelle ich fest, wie schwach und dünn meine Stimme klingt.

Du bist in der Praxis, du dumme Gans. Bestimmt sind es bloß Susanna oder Martha.

»Ich bin's, Susanna!«

Erleichtert atme ich auf. So viel zu meiner Paranoia.

Ich höre Schritte in der Diele, dann steckt Susanna den Kopf zur Tür herein.

»Was machst du denn so früh hier? Wolltest du nicht ...« Ein Blick auf mein Gesicht lässt sie verstummen. »Was ist passiert? Du siehst ja furchtbar aus!«

Ich breche unvermittelt in Tränen aus.

Mit drei großen Schritten hat Susanna die Küche durchquert und geht neben meinem Stuhl in die Hocke. Liebevoll streichelt sie meinen Arm.

»Schhhh. Alles ist gut, Süße. Wieso weinst du denn?«

Schniefend ziehe ich die Nase hoch. Unfähig, auch nur ein Wort herauszubringen, lasse ich den Kopf gegen ihre Schulter sinken.

»Du machst mir Angst, Lexi. Sag schon – was ist geschehen?«

»Mein Leben ist ein einziges Chaos.« Nur mühsam unterdrücke ich ein Schluchzen. »Es ist einfach alles zu viel für mich. Ich kann nicht mehr, Susi.«

Dann beginne ich stockend zu erzählen. Die ganze Geschichte. Angefangen mit dem Foto von der Hütte, von meiner Sorge, jemand könnte Sammy absichtlich Gift gegeben haben, und schließlich von dem Brand meines Gartenschuppens.

Susanna hört mir aufmerksam zu und unterbricht mich kein einziges Mal. Als ich geendet habe stößt sie einen Pfiff aus.

»Das mit deinem Schuppen tut mir leid. Wie schrecklich, nach Hause zu kommen, und die Bude brennt!« Sie schüttelt sich. »Ich will mir gar nicht ausmalen, was das für ein Schock gewesen sein muss.«

250

»Verstehst du endlich, weshalb ich in letzter Zeit so durcheinander bin?« Ich blinzele die Tränen weg und sehe sie an. »Ich glaube langsam, ich werde verrückt. Das Foto in der Wohnung, das Rattengift und jetzt auch noch Brandstiftung – das kann doch alles kein Zufall sein. Irgendjemand hat es auf mich abgesehen.« Ich schniefe erneut. »Aber wieso? Warum ich? Was habe ich bloß getan, um das zu verdienen?«

»Ach, Süße. Das tut mir alles so schrecklich leid.« Besänftigend streicht sie mir über den Rücken. Doch der Ansatz eines Stirnrunzelns auf ihrem Gesicht ist mir nicht entgangen.

»Aber ...?«

Das folgende Schweigen dauert einen Moment zu lange für meinen Geschmack. Susanna knabbert an ihrer Unterlippe. Ich weiß schon jetzt, dass mir nicht gefallen wird, was sie zu sagen hat.

»Das mit dem Foto von Alice und dir, das fand ich tatsächlich merkwürdig«, sagt sie schließlich. »Aber die übrigen Geschehnisse ... Bist du sicher, dass du da nicht zu viel hineininterpretierst? Einen Zusammenhang sehen willst, wo vielleicht gar keiner ist?«

»Was willst du damit sagen?« Ich sehe Susanna hilfesuchend an. »Meinst du etwa, ich bilde mir das alles nur ein?«

»Das habe ich nicht gesagt.« Sie hebt beschwichtigend die Hände. »Aber betrachten wir das Ganze doch rational. Das Foto von der Hütte – kannst du wirklich ausschließen, dass du es selbst dorthin gestellt hast? Wir wissen beide, wie schusselig du manchmal bist. Ich bin auch nicht besser, ständig vergesse ich irgendwelche Sachen. Erst letzte Woche habe ich stundenlang meinen Wohnungsschlüssel gesucht, war mir sicher, ich hätte ihn verloren. Und weißt du, wo ich ihn letztendlich fand? Im Kühlschrank.« Sie lacht verlegen. »So etwas kommt vor. Und was Sammys Vergiftung betrifft: nichts gegen dich, mein Guter.« Sie krault Sammy, der unter dem Tisch liegt, den Kopf. »Aber dein Hund ist ein Müllschlucker auf Beinen. Hast du nicht im Sommer erst erzählt, er hätte diese Lücke im Zaun gefunden, durch die er manchmal entwischt, um auf eigene Faust auf die Pirsch zu gehen? Vielleicht hat einer deiner Nachbarn Rattengift ausgelegt, und Sammy hat irrtümlich was davon gefressen. Das wäre immerhin möglich. Ich kann mir jedenfalls beim besten Willen nicht vorstellen, dass er absichtlich vergiftet worden sein soll. Wer sollte denn so etwas tun?«

Mit zusammengepressten Lippen habe ich Susannas Redeschwall gelauscht, aber jetzt reicht es mir.

»Und meine Gartenhütte? Die hat von alleine Feuer gefangen, oder wie?«

Susanna zuckt die Schultern. »Die Hütte ist doch steinalt. Vielleicht hat die Deckenlampe einen Kurzschluss ausgelöst. Immerhin war es in den letzten Tagen ziemlich trocken. Das wäre zumindest eine Erklärung.«

Mit wachsender Bestürzung starre ich in das Gesicht meiner Freundin. »Du glaubst mir also nicht.« Ich versuche erst gar nicht, meine Enttäuschung zu verbergen.

Susanna windet sich. Ich sehe ihr an, wie unbehaglich ihr zumute ist.

»Das habe ich nicht gesagt. Ich meine nur, dass nicht unbedingt ein Zusammenhang zwischen den Vorkommnissen bestehen muss. Die Trennung von Karl war extrem belastend für dich. Und dass Charlie wieder in dein Leben getreten ist, macht es auch nicht einfacher.« Sie zögert, ehe sie weiterspricht. »Könnte es nicht sein, dass du dich so in die Sache verbeißt, weil du damit deine Beziehungsprobleme zu verdrängen versuchst?«

Ich hole tief Atem, um mich zu beruhigen. »Mit wem spreche ich hier – mit meiner Freundin oder mit Susanna Schwarz, der Therapeutin?«

Sie streckt die Hand aus und drückt meine Finger. Es kostet mich einiges an Überwindung, sie ihr nicht zu entreißen.

»Beide, schätze ich.« Sie versucht ein Lächeln, es gelingt nicht. »Wie schon gesagt, ich mache mir Sorgen um dich. Du bist in letzter Zeit nicht du selbst. Du wirkst permanent verwirrt, ängstlich – geradezu paranoid. Damals, nach Alice' Tod, warst du in einer ganz ähnlichen Verfassung. Glaubst du nicht auch, dass das alles durch Charlies Rückkehr wieder hochgekommen ist?«

Ich springe auf und beginne, vor ihr in der Küche auf und ab zu laufen. Ich bin wütend.

»Wie kannst du es wagen, Charlie die Schuld in die Schuhe zu schieben?« Ich baue mich vor ihr auf. »Er hat rein gar nichts mit alldem zu tun. Im Gegenteil – anders als meine Freundinnen ist er für mich nämlich da. Er war es, der mir bei Sammys Vergiftung beigestanden hat. Und er war es auch, der sich um Polizei und Feuerwehr gekümmert hat, während ich vor Verzweiflung beinahe den Verstand verlor. Mein Gott, er hat sogar vor meiner Couch auf dem Boden geschlafen, weil er mich in meinem Zustand nicht allein lassen wollte!«

Susanna hebt eine Augenbraue. »Und das bestimmt nur aus ehrwürdigen Motiven.« Ihre Stimme trieft vor Sarkasmus.

»Jetzt reicht es mir aber!« Das Herz klopft laut und schnell in meiner Brust. »Alles, was ich von dir – meiner angeblich besten Freundin – verlange, ist ein wenig Verständnis und Beistand. Da erzähle ich dir, dass ich mit den Nerven am Ende bin, und das Einzige, was dir dazu einfällt, ist auf Charlie herumzuhacken?«

»Schon gut. Bitte, Lexi, – beruhige dich. So habe ich das nicht gemeint. Aber seit er nach Altenhofen zurückgekehrt ist, scheint dein Leben zunehmend im Chaos zu versinken.« Hilflos hebt sie die Hände und lässt sie wieder sinken. »Ich weiß noch sehr gut, wie verzweifelt du warst, als er dich damals verlassen hat. Also verzeih mir, dass ich dir nicht gleich um den Hals falle und dich zu deiner neuerwachten Liebe zu diesem Mann beglückwünsche. Ich will doch bloß, dass du auf dich achtgibst. Das ist alles.«

»Du hast eine merkwürdige Art, das zu zeigen.«

Eine Weile herrscht betretenes Schweigen zwischen uns. Ich fühle, wie die Wut in meinem Bauch allmählich abflaut und einer bleiernen Schwere weicht. Auf einmal unendlich erschöpft, lasse ich mich zurück auf den Hocker neben Susanna fallen.

Denn so sehr mich ihre Worte auch verletzt haben, so hat sie doch in einem Punkt recht. Mein Leben ist tatsächlich zu einem Chaos geworden. Und ich habe nicht die leiseste Ahnung, wie ich mich aus dem Sumpf aus Angst und Paranoia wieder befreien soll. Die Medikamente, die ich nach Alice' Tod genommen habe, kommen mir in den Sinn, und mit einem Anflug von Resignation beschließe ich, mir am Nachhauseweg welche zu besorgen.

Antidepressiva. So weit ist es also gekommen.

»Hast du heute viele Termine?«, sagt Susanna schließlich, in dem Versuch, das Gespräch auf weniger konfliktträchtiges Terrain zu lenken.

Ich zucke die Achseln. »Ich habe allen mit Ausnahme von Frau Pfeiffer abgesagt. Du weißt schon, das ist die mit den Panikattacken. Anschließend muss ich zur Polizei. Sie wollen mit mir nochmal über den Brand sprechen.« Ich werfe einen Blick auf meine Armbanduhr. »Frau Pfeiffer sollte jeden Moment hier sein. Ich muss rüber.«

»Möchtest du, dass ich dich zur Polizei begleite? Ich kann meine Termine verschieben, wenn du willst.«

»Danke, nicht nötig. Charlie wird dabei sein.« Noch bevor Susanna zu einer Erwiderung ansetzen kann, hebe ich abwehrend die Hand. »Spar dir den Kommentar. Ich weiß, dazu hast du bestimmt eine Menge zu sagen.«

Susanna nickt wortlos.

»Ich hab übrigens über deinen und Marthas Vorschlag nachgedacht«, sage ich, während ich mich umständlich von dem Hocker erhebe. »Ich will dir nicht verheimlichen, wie sauer ich war, dass du Martha mit hineingezogen hast, ohne vorher nochmal mit mir darüber zu sprechen. Ich dachte, wir würden uns näherstehen.« Ich werfe ihr einen vorwurfsvollen Blick zu. »Aber wie dem auch sei – ihr habt recht. Es wäre nicht richtig, in meinem aktuellen Zustand Patienten zu empfangen.«

Susannas Miene hellt sich schlagartig auf.

»Eine gute Entscheidung. Ich bin stolz auf dich, Süße. Und vergiss bitte nicht – wir meinen es nur gut mit dir.«

Ich nicke.

»Mia wird fürs Erste meine letzte Patientin sein. Am Nachmittag rufe ich die anderen an und gebe ihnen Bescheid, dass ich eine Weile ausfalle und sie sich für weitere Termine an euch wenden sollen. Wo meine Akten stehen, weißt du ja.«

Dann mache ich mich ohne ein weiteres Wort auf den Weg in mein Büro.

Keine fünf Minuten später klopft es an meiner Tür, und Mia betritt den Raum. Eilig setze ich eine professionelle Miene auf.

»Hallo, Mia. Kommen Sie, machen Sie es sich gemütlich.«

Nachdem meine Patientin Platz genommen hat, mustere ich sie eingehend. Sie trägt einen langen Faltenrock zu einem flaschengrünen Rollkragenpullover, der ihre Augen zum Leuchten bringt. Ich bin immer wieder aufs Neue fasziniert, wie viel Mühe sie sich mit ihrem Äußeren gibt. Wie viel Zeit sie wohl in der Früh vor dem Spiegel verbringt, um so auszusehen? Mein eigenes verlottertes Erscheinungsbild wird mir jäh bewusst, und möglichst beiläufig streiche ich mein zerknittertes Kleid glatt.

»Wie geht es Ihnen, Alexandra?« Sie runzelt die Brauen. »Wenn ich ehrlich sein darf – Sie sehen ziemlich mitgenommen aus. Ist irgendwas passiert?«

»Eigentlich wäre es meine Aufgabe, Sie das zu fragen.« Ich bemühe mich um eine professionelle Haltung.

»In einer Therapie geht es doch vor allem um zwischenmenschliche Beziehungen. Das haben Sie selbst gesagt. Und zu einer Beziehung gehören immer zwei, nicht wahr?« Mia grinst verschmitzt. »Also sagen Sie schon – wie geht es Ihnen? Haben Sie den Trennungsschock einigermaßen verwunden?«

»Touché.« Ich erwidere ihr Grinsen. »Nun gut, wenn Sie mich so direkt fragen – nein, es geht mir ehrlich gesagt nicht besonders gut.«

Neugierig beugt sie sich vor, ihre Miene ist mitleidig.

»Das dachte ich mir schon. Man sieht Ihnen an, dass etwas nicht stimmt. Wollen Sie mir vielleicht davon erzählen? Ich verrate es auch niemandem, versprochen.«

Abwehrend hebe ich die Hände. »Danke, aber ich möchte lieber nicht darüber reden. Allerdings bringt mich Ihre Frage gleich zu einer organisatorischen Angelegenheit, die ich mit Ihnen klären muss.« Ich hole tief Luft und sehe meiner Patientin fest in die Augen. »Die heutige Sitzung wird für eine Weile unsere letzte sein.«

Mia ringt erschrocken nach Atem. »Habe ich irgendetwas Falsches gesagt? Bin ich Ihnen zu nahe getreten? Denn wenn das so ist, dann ...«

»Es liegt nicht an Ihnen«, falle ich ihr ins Wort. »Im Gegenteil, wenn es mir leidtut, eine Patientin abzugeben, dann sind Sie es.« Ich schenke ihr ein aufmunterndes Lächeln. »Es gibt da bloß ein paar persönliche Dinge, die meine volle Aufmerksamkeit erfordern. Deswegen nehme ich mir eine Auszeit. Ein paar Wochen, nicht länger. In der Zwischenzeit möchte ich Ihnen meine Kollegin, Susanna Schwarz, ans Herz legen. Wenn Sie einverstanden sind, gebe ich ihr Ihre Patientenakte und sage ihr alles, was sie wissen muss, damit es in Ihrer Therapie zu keiner Unterbrechung kommt.«

Mia schweigt betreten.

»Ja – natürlich. Wenn es nicht anders geht.« Sie klingt enttäuscht. »Es fällt mir bloß schwer zu glauben, dass es mit Ihrer Kollegin dasselbe sein wird. Ich habe mich in Ihrer Obhut so wohl gefühlt. Es mag dumm klingen, aber Sie waren fast wie eine Freundin für mich.«

Bei diesen Worten färben sich ihre Wangen rosa, und mir wird bewusst, wie sympathisch mir Mia Pfeiffer ist. In der kurzen Zeit, die wir einander kennen, ist Mia beinahe zu einer Vertrauten geworden. Auch ich könnte mir gut vorstellen, mit ihr befreundet zu sein. Der Gedanke, dass ich sie nun eine Weile nicht sehen werde, macht mich traurig, obwohl ich im Grunde meines Herzens weiß, dass es so das Beste ist – für sie und für mich.

»Frau Schwarz ist eine großartige Therapeutin. Nicht nur das, sie ist auch eine meiner engsten Freundinnen. Sie werden bestimmt hervorragend mit ihr zurechtkommen. Wahrscheinlich wollen Sie am Ende gar nicht mehr zu mir zurück.« Ich lächle schief.

Mia sieht zwar alles andere als überzeugt aus, nickt aber. Ihre beinahe kindliche Enttäuschung rührt mich. Schließlich zuckt sie die Achseln und setzt einen trotzigen Blick auf.

»Na dann – okay.«

»Wunderbar«, sage ich erleichtert. »Nachdem wir das geklärt haben, machen wir doch das Beste aus unserer verbliebenen Zeit. Wie ist es Ihnen in der letzten Woche so ergangen? Hatten Sie schon Gelegenheit, die Stopp-Technik auszuprobieren?«

KAPITEL 26

Karl

Erleichtert klappe ich den Laptop zu und stopfe ihn zusammen mit ein paar Akten in meine Laptoptasche.

Feierabend – endlich!

Müde fahre ich mir mit der Hand übers Gesicht. Die Woche war ein absoluter Albtraum, mein Terminkalender so vollgestopft mit Fristen und Terminen wie schon lange nicht mehr. Doch obwohl ich die Kanzlei keinen Tag vor Mitternacht verließ, kann ich nicht behaupten, dass die Arbeitswoche besonders produktiv gewesen wäre. Die Trennung von Lexi lässt mir keine Ruhe, und es vergeht kaum eine Stunde, in der ich nicht an sie denke. Ständig frage ich mich, wo sie wohl gerade ist, was sie tut und vor allem – mit wem. In meinem Kopf laufen in einem fort Bilder ab, was sie und Charlie womöglich miteinander treiben, und trotz aller Anstrengungen gelingt es mir nicht, diese Fantasien aus meinen Gedanken zu verbannen. Ich schnaube. Wie leicht es für Charlie gewesen sein muss, ihre Ängste und Paranoia auszunutzen, damit sie sich von mir abwendet!

Ich vergewissere mich, dass ich alles beisammenhabe, dann greife ich nach meinem Mantel und mit einem missmutigen Blick zum Fenster auch nach meinem Schirm. Der Himmel draußen ist wolkenverhangen und trüb, fingernagelgroße Regentropfen trommeln gegen die Fensterscheiben.

Wie passend.

Ich will gerade gehen, da spüre ich das Vibrieren des Mobiltelefons in meiner hinteren Hosentasche. Ich unterdrücke einen Fluch.

Bitte – bloß nicht schon wieder mein Chef.

Ich bin sowohl nervlich als auch körperlich am Ende, und ein weiterer Arbeitsauftrag ist das Letzte, das ich brauchen kann. Den ruhigen Abend vor dem Fernseher im Wohnzimmer meiner Eltern habe ich mir mehr als verdient. Seufzend fische ich das Gerät aus der Gesäßtasche.

Überrascht und erleichtert zugleich stelle ich fest, dass es Pauls Name ist, der auf dem Display aufleuchtet.

»Paul – hey! Wie geht es dir?« Ich lege Mantel und Schirm zurück, werfe einen Blick auf meine Armbanduhr und zucke die Achseln. Fernsehen kann ich morgen immer noch. »Hast du Lust, spontan mit mir was trinken zu gehen? Ich verlasse soeben die Kanzlei.«

»Sorry, geht nicht, Kumpel«, entgegnet Paul bedauernd. »Ich bin auf dem Weg zu einem Einsatz. Könnte eine lange Nacht werden. Ich wollte dir nur rasch ein Update geben, was meine Nachforschungen über Charlie Stegner angeht.«

Instinktiv presse ich das Handy fester ans Ohr. »Lass hören. Was hast du herausgefunden?«

»Abgesehen von ein paar Strafzetteln wegen Falschparkens erst einmal gar nichts. Bei der Polizei ist er jedenfalls ein unbeschriebenes Blatt.«

Meine Stimmung sinkt.

Mist.

»Da kann man nichts machen. Danke trotzdem für deine Mühe. Du hast was gut bei mir.«

»Nicht so hastig. Ich bin noch nicht fertig.« Pauls Tonfall klingt ernst. »Es gibt da nämlich doch eine Kleinigkeit, die dich interessieren dürfte.« Er zögert einen Moment, bevor er fortfährt. »Wusstest du, dass Charlie Witwer ist? Seine Frau, Brigitte Stegner, ist vor etwa acht Jahren gestorben. Er war über fünfzehn Jahre mit ihr verheiratet.«

Ich runzle die Stirn. »Und inwiefern ist das für mich relevant?«

»Wie alt war Lexi noch gleich, als sie damals mit Charlie zusammen war?«, beantwortet er meine Frage mit einer Gegenfrage.

»Hm, um die zwanzig – warum?« Dann begreife ich es. Meine Augen weiten sich. »Du meinst doch nicht – nein – unmöglich!«

»Ganz genau.« Seine Stimme klingt eine Spur selbstgefällig. »Charlie war damals noch verheiratet, wie es aussieht, war Lexi seine heimliche Affäre. Es kann gar nicht anders sein. Was meinst du: Ob sie wohl davon gewusst hat?«

Nachdenklich kaue ich an meiner Unterlippe, dann schüttle ich den Kopf. »Ich kann es mir beim besten Willen nicht vorstellen. Das wäre nicht die Lexi, die ich kenne. Treue und Loyalität gehen ihr über alles. Es fällt mir schwer zu glauben, dass sie bewusst eine Affäre mit einem verheirateten Mann eingegangen sein soll.«

»Und es kommt noch besser. Charlie war nicht nur verheiratet, er hatte auch eine Tochter. Angelika Stegner. Sie war damals ein Teenager.«

»Nein!« Das kommt unerwartet, meine Gedanken wirbeln durcheinander. »Eine Affäre ist die eine Sache – aber nie im Leben hätte Lexi eine Familie zerstört. Nicht, wenn Kinder im Spiel sind.«

»Das habe ich mir auch gedacht. Sieht ganz so aus, als wäre Charlie doch nicht so edel und ehrlich, wie er immer vorgibt.«

Mit pochendem Herzen tigere ich in meinem Arbeitszimmer auf und ab. Keine Spur von Erschöpfung mehr. Stattdessen fühle ich Zuversicht und eine grimmige Entschlossenheit.

Das ändert alles.

»Danke, Paul«, sage ich schließlich. »Mir ist bewusst, wie weit du dich für mich aus dem Fenster gelehnt hast, und ich bin dir dafür unendlich dankbar. Ich weiß jetzt, was ich tun muss.«

Mit diesen Worten raffe ich meinen Mantel und den Schirm zusammen und stürme aus dem Büro.

KAPITEL 27

Lexi

Mit ausdrucksloser Miene starre ich auf die Tischplatte. Meine Finger umklammern den Henkel einer riesigen Teetasse, deren Inhalt einen Duft nach Kamillearoma verströmt. Gleich daneben liegt die angebrochene Packung Cipralex. Obwohl bereits drei Tabletten in dem Blister fehlen, fühle ich mich immer noch wie von einer Wand aus Plexiglas umgeben, die mich von der Umwelt abschirmt und alle Farben mit einem tristen Grauschleier überlagert. Ich werfe der Tablettenschachtel einen anklagenden Blick zu, deren stimmungsaufhellende Wirkung sich einfach nicht einstellen will.

Du weißt doch, wie es läuft. Gib den Medikamenten Zeit. Zehn Tage, zwei Wochen musst du noch durchhalten. Dann wird es dir besser gehen.

Ich wende mich dem digitalen Ziffernblatt am Herd zu, wobei ich Sammy, der sich zu meinen Füßen zusammengerollt hat, irrtümlich einen unsanften Stoß versetze. Der Hund quittiert die Störung mit einem vorwurfsvollen Brummen.

»Sorry, Sammy«, entschuldige ich mich abwesend bei dem Vierbeiner, während ich überlege, wie viel Zeit mir bis Karls Ankunft noch bleibt. Als hätte ich nicht schon genug Probleme, hat er sich für den Abend angekündigt, um ein wichtiges Thema, wie er es nannte, zu besprechen. Das Letzte, das ich gebrauchen kann, ist ein nervenraubendes Gespräch über unser Beziehungsende.

Gerade überlege ich, ob ich mich noch umziehen sollte, da höre ich, wie die Klinke der Eingangstür hinuntergedrückt wird. Instinktiv zucke ich zusammen. Auch Sammy hebt misstrauisch den Kopf. Das Geräusch wird vom Klappern eines Schlüsselbunds abgelöst, dann vernehme ich das Stochern eines Schlüssels im Schloss. Seufzend erhebe ich mich. Also nicht mehr umziehen – auch gut. Gemächlich begebe ich mich zum Eingang, wo ich einen Riegel nach dem anderen zurückschiebe, bevor ich die Kette löse und die Tür aufziehe.

Mein Magen krampft sich zusammen, als ich Karl erblicke. In der Hand hält er immer noch den Schlüsselbund, zu seinen Füßen erkenne ich einen riesigen Strauß Pfingstrosen. Wie gewöhnlich sieht er in seinem maßgeschneiderten Anzug aus wie aus dem Ei gepellt, wenngleich er einen unverkennbar erschöpften Eindruck macht. Auch er scheint in letzter Zeit nicht viel Schlaf gefunden zu haben. Ob das wohl mit unserer Trennung zusammenhängt? Ich schiebe den Gedanken beiseite. Letztendlich macht es keinen Unterschied.

»Hallo, Lexi.«

»Hi, Karl.«

Eine peinliche Pause entsteht, während wir uns wortlos anstarren, unsicher, wie wir einander begrüßen sollen. Bloß Sammy, dem die Spannung zwischen uns nichts auszumachen scheint, tänzelt freudig um Karls Beine. Doch Karl beachtet ihn kaum. Sein Blick ist unverwandt auf mich gerichtet.

»Warum verriegelst du denn die Tür? Das hast du früher nie gemacht. Und wieso sperrt mein Schlüssel eigentlich nicht mehr?«

Anklagend hebt er seinen Schlüsselbund, an dessen Ende immer noch der herzförmige Anhänger baumelt, den ich ihm zu unserem einjährigen Jubiläum geschenkt habe.

»Ach das.« Ich zucke die Achseln. »Ich habe vor ein paar Tagen die Schlösser tauschen lassen.«

Karl runzelt die Stirn. »Und wieso, wenn ich fragen darf?« Auf einmal tritt ein verletzter Ausdruck auf sein Gesicht. »Doch nicht etwa meinetwegen?«

»Das ist eine lange Geschichte.« Ich mache eine abwehrende Handbewegung. »Aber nein, nicht deinetwegen. Natürlich nicht.«

Karl nickt und starrt dabei auf seine Fußspitzen. Offenbar nicht sicher, ob er mir glauben soll.

»Komm rein«, sage ich schließlich. »Oder willst du lieber hier draußen Wurzeln schlagen?«

Ohne eine Antwort abzuwarten, wende ich mich um und gehe zurück in die Küche.

Die wenigen Meter haben genügt, um mich zu ermüden, und ich lasse mich auf einen der Stühle fallen. Karl bleibt neben dem Küchentresen stehen und deutet verlegen auf den Blumenstrauß.

»Die sind für dich.«

»Danke, das wäre aber nicht nötig gewesen.« Ich bemühe mich um ein Lächeln. »Leg sie einfach auf den Tisch. Ich kümmere mich später darum.«

Karl nickt und tut wie geheißen. Erneut macht sich eine beklommene Stille zwischen uns breit. Sein Blick wandert von meinen ausgezehrten Gesichtszügen zu meinem fleckigen Shirt und den schlabbrigen Jogginghosen, die ich schon den ganzen Tag trage. Er schluckt. Keiner von uns beiden scheint recht zu wissen, was er als Nächstes tun oder sagen soll.

Schon merkwürdig, dieses Schweigen, denke ich bitter. *Drei Jahre Beziehung, und alles was bleibt, sind dröhnende Stille und unterschwellige Vorwürfe.*

»Du siehst – erschöpft aus«, sagt Karl schließlich. Die Untertreibung des Jahrhunderts.

Ich zucke bloß teilnahmslos die Schultern. »War nicht leicht für mich in letzter Zeit.«

Karl beißt sich auf die Unterlippe.

»Was ist eigentlich mit der Hütte im Garten passiert? Ich wusste gar nicht, dass du sie abreißen wolltest.«

In wenigen Sätzen erzähle ich ihm von dem Brand und der Baufirma, die ich beauftragt habe, um die verkohlten Reste abzutransportieren. Das Thema Brandstiftung spare ich geflissentlich aus. Ich bin mir sicher, dass Karl Susannas Einschätzung teilen würde – und den Zweifel und die Sorge in seinem Gesicht zu lesen, könnte ich schlicht nicht ertragen.

»Mein Gott, Lexi!«, stößt er hervor, nachdem ich geendet habe. »Wie furchtbar! Wieso hast du mir denn nicht Bescheid gegeben? Ich hätte dir mit der Polizei und der Feuerwehr doch helfen können! Du sollst wissen, dass ich immer für dich da bin. Selbst wenn ...« Er stockt. »Selbst wenn wir im Moment kein Paar sind.«

»Ich war nicht allein«, entgegne ich rasch. »Charlie hat mir geholfen. Er war sogar schon vor mir an Ort und Stelle. Aber danke. Ich weiß dein Angebot zu schätzen.«

Beim Klang von Charlies Namen verzieht Karl das Gesicht, als hätte er Zahnschmerzen.

»Es tut mir jedenfalls leid, was da passiert ist. Das muss ein ziemlicher Schock für dich gewesen sein.« Mit einem gequälten Lächeln fügt er hinzu: »Allerdings haben wir ohnehin schon lange darüber nachgedacht, einen Pool zu bauen. Jetzt ist im Garten wenigstens Platz dafür.«

Das »wir« in seinem Satz lässt mich zusammenzucken, doch ich bringe es nicht übers Herz, ihn zurechtzuweisen.

»Ich lasse es mir durch den Kopf gehen.« Ich zögere. »Aber du bist wohl kaum hergekommen, um mit mir über meine Umbaupläne zu sprechen, nicht wahr? Also sag endlich: Was ist so wichtig, dass du es mir nicht am Telefon erzählen konntest?«

266

Ich sehe, wie Karls Schultern sich verkrampfen. Auf einmal wirkt er nervös.

»Es – es geht um Charlie.« Er richtet sich in seinem Stuhl auf, bevor er rasch fortfährt, als fürchte er, ich könnte ihn unterbrechen. »Deine wachsenden Zweifel an unserer Beziehung, das gefälschte Tinder-Profil, die Fotos aus der Bar – das alles fing an, als dieser Mann wieder in dein Leben trat. Erst konnte ich mir keinen Reim darauf machen, doch als ich ihn zuletzt mit dir zusammen gesehen habe, ist mir einiges klar geworden. Um es kurz zu machen: Ich glaube, dass er versucht hat, uns auseinanderzubringen. Und so traurig es sein mag – offensichtlich mit Erfolg.«

Ich kneife die Augen zusammen.

»Karl, ich ...«

Er hebt die Hände. »Warte. Bitte lass mich ausreden. Ich weiß, du willst nicht hören, was ich dir zu sagen habe, aber es gibt da ein paar Dinge über deinen Jugendfreund, die du wissen solltest.«

Ich verschränke die Arme vor der Brust. »Und das wäre?«

»Ich hab Nachforschungen über Charlie angestellt.« Er sucht nach Worten. »Ich weiß, ich hätte das nicht tun sollen. Wenn du nicht länger mit mir zusammen sein willst, werde ich das akzeptieren müssen, auch wenn es mir das Herz bricht. Aber Charlie ist nicht der Mann, für den du ihn hältst, Lexi. Ich will, dass du dir zumindest bewusst bist, mit wem du es zu tun hast.«

Ich werde ärgerlich und schüttle den Kopf. Wie viel leichter es doch ist, jemand anderem die Schuld zu geben, anstatt sich die eigenen Fehler einzugestehen.

Typisch Karl. Aber was hatte ich auch erwartet?

»Lass mich eines klarstellen. Unsere Trennung hatte rein gar nichts mit Charlie zu tun. Dein Vertrauensbruch hat uns in diese Lage gebracht, nicht er. Und mit wem ich meine Zeit verbringe, geht dich einen Dreck an. Abgesehen davon ist Charlie bloß ein Freund, nichts weiter.«

Noch während ich diese Worte ausspreche, steigen Erinnerungen an unsere gemeinsame Nacht in mir hoch. An Charlies Arme, die über meinen Körper streichen, das Gefühl seines Atems auf meiner Haut.

Lügnerin.

Unwirsch schiebe ich den Gedanken beiseite. Hätte Karl mich nicht betrogen, wäre es niemals dazu gekommen.

»Du warst doch mit Charlie liiert. In deinen frühen Zwanzigern«, fährt Karl fort, ohne auf meine Erwiderung einzugehen. »Sag mir nur eines: Wusstest du, dass Charlie damals verheiratet war? Dass du nichts weiter warst als seine Affäre?«

Er lehnt sich zurück und blickt mich erwartungsvoll an.

Die Bedeutung seiner Worte schlägt ein wie eine Bombe. Mit ausdrucksloser Miene starre ich Karl an. Der selbstgefällige Ausdruck in seinem Gesicht versetzt mir einen schmerzhaften Stich. Zugleich flutet eine Woge tief verschütteter Erinnerungen meinen Verstand, und für einen kurzen Moment bin ich von Enttäuschung überwältigt.

Dann gewinnt ein anderes Gefühl in mir die Oberhand – Wut. Wut auf Karl, der tatsächlich zu glauben scheint, er könne die Moral meines Verhaltens als Zwanzigjährige in Frage stellen und daraus auch noch einen Vorteil schlagen.

»Und inwiefern sollte das für mich von Relevanz sein?«, entgegne ich kalt.

Karl, der mich unablässig beobachtet hat, sieht jetzt verwirrt aus. Beinahe kann ich sehen, wie die Gedanken in seinem Kopf durcheinanderwirbeln und sich neu formieren.

»Du hast es gewusst.« Vor Überraschung starrt er mich aus großen Augen an. »Du – du wusstest, dass er verheiratet ist, und hast trotzdem mit ihm geschlafen?«

Ich zucke bloß die Achseln. Wut pulsiert in meinen Adern, doch ich weigere mich, mir davon auch nur das Geringste anmerken zu lassen. Ich werde Karl nicht die Genugtuung geben, mich aus der Fassung zu bringen. Nicht heute – niemals wieder.

»Anfangs nicht.« Ich schüttle den Kopf. »Ich fasse nicht, dass du ihm hinterherspioniert hast. Was für eine Reaktion hast du eigentlich erwartet? Was macht es für uns für einen Unterschied, ob Charlie damals verheiratet war oder nicht? Das ist doch Schnee von gestern. Mein Gott, das war vor zehn Jahren!«

Karl ist einen Moment sprachlos. Er sieht enttäuscht und schockiert zugleich aus.

»Wie konntest du das tun, Lexi? Gerade du, der dir Treue und Loyalität angeblich über alles gehen? Das ist nicht die Lexi, die ich kenne und liebe.«

»Vielleicht kennst du mich schlicht nicht so gut, wie du dachtest.« Langsam erhebe ich mich. »Und wenn das alles ist, halte ich es für das Beste, wenn du jetzt gehst.«

Doch Karl macht keine Anstalten aufzustehen. Er hat die Hände zu Fäusten geballt, aber sein Blick ist flehend.

»Sag, dass das nicht wahr ist. Dass du nichts davon gewusst hast. Er hatte eine *Tochter*, verdammt!« Er schüttelt den Kopf, ratlos. »Ich erkenne dich nicht wieder. Wer bist du nur?«

Ich zucke zurück. Mir wird schlagartig übel, und ich muss mich beherrschen, um ihm nicht vor die Füße zu spucken.

Das kann nicht sein. Bestimmt hast du dich bloß verhört.

»Was soll das heißen, Charlie hat eine Tochter?«, entgegne ich, verärgert, dass ich mich doch noch von ihm habe aus der Reserve locken lassen. »Charlie hat keine Tochter. Wenn es so wäre, wüsste ich davon.«

»Oh doch – das hat er. Ihr Name ist Angelika Stegner.« Ein triumphierender Ausdruck erscheint auf Karls Gesicht. »Da siehst du's! Ich hab doch gesagt, dass du ihn nicht richtig kennst. Du hast eine Familie zerstört, Lexi! Kümmert dich das denn gar nicht? Und ausgerechnet du wirfst mir vor, ich hätte mit einer anderen Frau geflirtet? Dabei hast du weit Schlimmeres getan.«

Ein Frösteln überläuft meinen Körper, und die Wut bahnt sich unaufhaltsam ihren Weg. Meine Augen sprühen Funken.

»Ich will, dass du jetzt gehst. Raus hier! Nimm endlich deine verdammten Sachen und geh.«

Karl sieht ehrlich erschrocken aus, macht jedoch immer noch keine Anstalten, sich zu erheben.

»Lexi, warte, ich ...«

»Verschwinde!« Meine Stimme überschlägt sich. »Ich will dich hier nie wieder sehen. Nie wieder, hörst du?«

Mit einem letzten wutentbrannten Blick auf Karl stürme ich an ihm vorbei aus dem Haus. Ich bin froh, dass er die Tränen nicht sehen kann, die mir in Sturzbächen über die Wangen strömen.

KAPITEL 28

Lexi

Tränen vernebeln mir die Sicht, während ich blindlings die Straße entlang stolpere. Sammy trabt mit heraushängender Zunge hinter mir her. Eben noch war ich kaum in der Lage, mehr als ein paar Meter auf einmal zurückzulegen, doch das Bedürfnis, so viel Distanz wie möglich zwischen Karl und mich zu bringen, treibt mich zu Höchstleistungen an.

Bloß raus hier. Egal wohin. Einfach nur weg.

Bald habe ich die Ortsstraßen hinter mir gelassen und biege in einen Feldweg ein. Das Trommeln meiner Fußsohlen auf dem harten Boden klingt dumpf in meinen Ohren, doch alles, was ich höre, sind Karls anklagende Worte, die durch meine Gedanken hallen.

Du wusstest, dass Charlie verheiratet ist, und hast trotzdem etwas mit ihm angefangen. Du, der dir Treue und Loyalität doch angeblich über alles gehen. Wer bist du nur?

Ich schüttle so heftig den Kopf, dass meine Haare durch die Gegend fliegen.

Ob ich es gewusst habe? Natürlich habe ich es gewusst. Aber dieses Mädchen bin ich schon lange nicht mehr. Es war eine andere Lexi. Die Lexi von damals war ein junges naives Ding, noch nicht gezeichnet von den Prüfungen, die das Leben für sie bereithalten würde. Vor allem war sie eines – hoffnungslos verliebt in einen Mann, für den sie alles getan hätte. Wirklich *alles*. Ob ich heute anders handeln würde? Mit Sicherheit. Doch das ändert nichts an dem, was war. Und Karl, dieser betrügerische Mistkerl, ist der Letzte, der sich darüber ein Urteil bilden darf.

Während ich meinen Tränen freien Lauf lasse, spüre ich, wie eine schiere Flut von Erinnerungen, normalerweise sorgsam verwahrt hinter einer roten Tür mit der Aufschrift »Betreten verboten«, an die Oberfläche drängt. Und so sehr ich auch versuche, sie von mir zu schieben, brechen die Eindrücke mit der Gewalt eines Tsunamis über mich herein. Ich bin ihnen hilflos ausgeliefert. Auf einmal bin ich wieder dort.

Mit nichts als einem Männerunterhemd und knappen Pantys bekleidet, fläze ich mich auf dem Bett in Charlies Schlafzimmer, die Haare zerzaust von der Nacht. So früh am Morgen ist es herrlich kühl, durch das geöffnete Fenster fallen die ersten Sonnenstrahlen auf meine gebräunte Haut. Aus dem angrenzenden Badezimmer dringt das Plätschern der Dusche an meine Ohren. Von Glücksgefühlen berauscht, wende ich mein Gesicht der Sonne zu. Die letzte Nacht war einfach der Wahnsinn. Noch immer kann ich den Duft von Charlies Körper an meinem riechen.

Ich verspüre einen Anflug von schlechtem Gewissen bei dem Gedanken, was meine Mutter sagen würde, wenn sie wüsste, was ich hier treibe. Eigentlich sollte ich gar nicht hier sein. Hätte Marias Haus wie üblich vor Mitternacht verlassen und nach Hause schleichen sollen. Weder die alte Tratschtante Maria noch sonst jemand im Ort weiß, was zwischen Charlie und mir läuft, und das ist auch gut so. Charlie ist mehr als fünfzehn Jahre älter als ich – was würden bloß die Leute denken? Das kann ich meinen armen Eltern unmöglich zumuten. Dabei sind Charlie und ich nun schon seit sechs Wochen heimlich ein Paar. Ich grinse vor mich hin. Ich kann mich nicht entsinnen, jemals zuvor in meinem Leben so unverschämt glücklich gewesen zu sein.

Ich schiebe den Gedanken an meine Eltern beiseite.

Sei's drum. Was sie nicht wissen, kann ihnen auch kein Kopfzerbrechen bereiten.

Mein Vater ist meilenweit entfernt auf einer Konferenz, und Alice hat Mama auf meine Bitte hin erzählt, ich würde bei einer Freundin übernachten. Und selbst wenn sie meine Begeisterung für Charlie nicht teilt, weiß ich: auf meine Schwester ist Verlass.

Während ich mich in Grübeleien versunken in den Laken räkele, vernehme ich auf einmal das Geräusch eines bimmelnden Telefons. Ich greife zu meinem Handy am Nachttisch. Doch das Display ist dunkel, keine Anzeichen eines eingehenden Anrufs.

Ratlos sehe ich mich im Zimmer nach der Geräuschquelle um. Schließlich entdecke ich das blinkende Gerät, halb verdeckt unter einem Stapel Papiere auf dem Schreibtisch. Ich springe auf und fische Charlies Handy zwischen den Unterlagen hervor. Auf dem Bildschirm prangt bloß ein einzelner Buchstabe – B. Ich runzle die Stirn. Wer zum Teufel ist B?

»Charlie – dein Telefon!«, wispere ich halblaut durch die angelehnte Badezimmertür.

Doch Charlie scheint mich nicht zu hören, meine Stimme wird vom Rauschen des Wassers verschluckt. Dann erstirbt das Läuten. Offenbar hat der Anrufer endlich aufgegeben. Ich will mich schon umwenden, da erklingt das penetrante Geräusch von Neuem.

Ich fluche leise und starre einen Moment lang unschlüssig auf das Gerät in meiner Hand. Es scheint dringend zu sein. Warum sonst sollte Herr oder Frau B es gleich zweimal hintereinander versuchen? Und das um acht Uhr morgens! Kurzerhand tippe ich auf den grünen Hörer und nehme den Anruf entgegen.

»Bei Professor Stegner. Was kann ich für Sie tun?«

Ich fühle mich ungemein professionell, fast als wäre ich Charlies Sekretärin. Ich unterdrücke gerade noch ein Kichern. Der Gedanke fühlt sich sexy und verführerisch an.

Stille am anderen Ende der Leitung.

»Hallo?«

Endlich vernehme ich ein Räuspern. »Maria, bist du das?«, krächzt eine unverkennbare weibliche Stimme. Sie hört sich merkwürdig zerbrechlich an. »Kann ich bitte Charlie sprechen? Es ist dringend.«

»Hier spricht Alexandra. Ich bin eine – Freundin – von Charlie. Soll ich ihm etwas ausrichten? Er ist noch unter der Dusche, wird Sie aber bestimmt gleich zurückrufen.«

Erneut Schweigen.

»Hallo?«, wiederhole ich. »Mit wem spreche ich eigentlich?«

Die Anruferin holt hörbar Luft. »Sagen Sie ihm, Brigitte hat angerufen. Seine Ehefrau. Er soll mich bitte umgehend zurückrufen.«

Dann ist die Verbindung getrennt.

Fassungslos starre ich auf das Telefon. Habe ich das gerade richtig verstanden?

Seine Frau?

Meine Hände beginnen unkontrolliert zu zittern. Wie von einem Fausthieb getroffen, schaffe ich es gerade noch zurück zum Bett, wo ich zusammengekrümmt liegenbleibe.

Unmöglich – das kann nicht sein. Du musst dich verhört haben. Charlie ist nicht verheiratet. Wenn es so wäre, wüsstest du das.

Während ich mir noch das Hirn nach einer vernünftigen Erklärung zermartere, geht die Badezimmertür auf, und Charlie, ein Handtuch um die Hüften geschlungen, betritt den Raum. Er drückt mir einen leidenschaftlichen Kuss auf den Mund.

»Hallo, meine Schöne. Du bist ja schon wach.«

Er runzelt die Stirn, als er meinen Gesichtsausdruck bemerkt.

»Alles in Ordnung mit dir? Du bist ja ganz blass.«

Mit immer noch bebenden Händen deute ich auf das Telefon. »Dein Handy hat geläutet. Ich dachte, es sei vielleicht wichtig und bin rangegangen.«

Charlie zuckt nicht einmal mit der Wimper. »Und – wer war es?«

»Sie – sie hat gesagt, ihr Name sei Brigitte«, flüstere ich. »Deine Ehefrau.«

Mit hoffnungsvollem Bangen blinzele ich zu ihm hoch. Halb erwarte ich, dass er meine Worte mit einem Lachen abtun wird. Mir versichern wird, Brigitte sei bloß eine Freundin, die sich einen schlechten Scherz mit mir erlaubt hat. Oder eine Schwester. Hat Charlie überhaupt Geschwister? Ich kann mich nicht erinnern, ihn je danach gefragt zu haben. Doch zu meinem Entsetzen tut Charlie nichts dergleichen. Seine Miene ist auf einmal ungewohnt ernst.

»Wir sollten reden.«

Er lässt sich neben mich auf die Bettkante sinken.

Wie paralysiert starre ich ihn an.

Charlie – verheiratet? Unmöglich. Das kann, das darf einfach nicht wahr sein.

»Es ist also wahr? Du bist wirklich verheiratet?« Meine Stimme ist kaum mehr als ein heiseres Flüstern.

Einen Augenblick lang schweigt Charlie. Er sieht mich nicht an, als er schließlich das Wort ergreift.

»Es ist nicht so, wie du denkst.«

Meine Eingeweide krampfen sich zusammen. Die Erkenntnis trifft mich mit der Wucht einer Kanonenkugel.

»Was gibt es da falsch zu verstehen? Entweder du bist verheiratet, oder du bist es nicht.« Ich ringe nach Atem. »Bitte sag, dass das nicht wahr ist. Dass du mich nicht die letzten sechs Wochen über angelogen hast. Sag, dass sie lügt. Dass Brigitte lügt!«

Charlie meidet noch immer meinen Blick.

»Es ist wahr. Ich bin verheiratet. Das heißt, *noch* bin ich das. Wir haben uns eine Auszeit genommen. Deswegen bin ich hier, in Altenhofen. Zum einen, um mich um Maria zu kümmern, aber auch, um mir über einiges klarzuwerden.«

Endlich hebt er den Kopf und sieht mir in die Augen. Sein Blick ist voller Schmerz und Bedauern. »Meine Entscheidung steht bereits fest – ich werde mich scheiden lassen.«

»Es ist also wahr. Du bist verheiratet.« Wut regt sich in mir. »Und wann in Gottes Namen hattest du vor, mir das zu sagen?«

Er greift nach meiner Hand. Auf einmal sieht er sehr alt aus. Als wäre ihm jedes einzelne seiner sechsunddreißig Lebensjahre plötzlich deutlich ins Gesicht geschrieben.

»Ich überlege schon seit einiger Zeit, wie ich es dir beibringen soll. Aber irgendwie war nie der richtige ...«

»Der richtige Zeitpunkt?«, vollende ich den Satz für ihn und entreiße ihm meine Hand. »Der wäre vor sechs Wochen gewesen! Bevor wir begonnen haben, miteinander auszugehen. Bevor wir miteinander im Bett waren!«

»Schhh, leise.« Er legt den Finger an die Lippen und deutet in Richtung Schlafzimmertür. »Oder willst du, dass Maria uns hört?«

Ich kann mich kaum zurückhalten. »Du hast mich belogen, Charlie! Die ganze Zeit über! Alles, was zwischen uns war, beruht auf einer Lüge!«

Ich springe auf und beginne, vor ihm im Zimmer auf und ab zu laufen. Es ist mir gleichgültig, ob Maria uns hören kann. Es ist mir sogar egal, dass meine Eltern von uns erfahren könnten. Alles ist auf einmal egal. Das Einzige, was ich fühle, ist der stechende Schmerz in meinem Herzen.

Mit einem Satz ist Charlie bei mir und schlingt die Arme um meinen Körper. Ich wehre mich gegen die Umarmung, versuche, mich von ihm loszureißen. Doch er ist stärker als ich. Meine Fäuste trommeln gegen seine Brust, und ich trete ihm mit meinem ganzen Gewicht auf den Fuß, aber Charlie hält mich nur umso fester. Nachdem ich eine Weile auf ihn eingeprügelt habe, verlässt mich die Kraft, und ich sinke schluchzend an seine Schulter.

»Es war keine Lüge«, flüstert er mir beschwörend ins Ohr. »Meine Gefühle zu dir sind echt. Ich liebe dich, Lexi. Mehr als ich je für möglich gehalten hätte. Es tut mir leid, dass du es auf diese Weise erfahren musstest. Bitte verzeih mir, dass ich dir nicht von Anfang an die Wahrheit gesagt habe. Ich war nur so verwirrt – ich hatte das nicht geplant. Aber ich weiß jetzt, was ich tun muss. Ich werde mich scheiden lassen.«

Aus tränenverschmierten Augen blinzele ich zu ihm hoch. Ich kann keine Unwahrheit in seinem Blick erkennen. Ich schlucke. Seit Wochen warte ich darauf, dass Charlie mir endlich seine Liebe gesteht, doch jetzt, wo ich die ersehnten Worte höre, haben sie einen schalen Beigeschmack.

Er ist verheiratet.

Ich muss an meine Eltern denken, an ihre Vorstellung von einem Bund fürs Leben. Und ich spüre, wie mein Herz in tausend Einzelteile zerspringt.

Unvermittelt weiche ich einen Schritt zurück.

»Ich kann das nicht«, sage ich tonlos. »Selbst wenn ich dir glauben wollte, dir vergeben könnte, dass du mich belogen hast – ich kann und will nicht dafür verantwortlich sein, eine Ehe zerstört zu haben. Es ist einfach nicht richtig.«

Charlie umfasst mein Kinn und hebt es an, sodass ich ihm in die Augen sehen muss. Er drückt mir einen Kuss auf den Mund, der mir die Knie weich werden lässt.

»Fühlt sich das falsch für dich an?«

Einen Augenblick gebe ich mich der Zärtlichkeit seiner Berührungen hin, bevor ich mich erneut von ihm löse.

»Nein! Ja – ich weiß es nicht.«

»Dann sage ich es dir: Noch niemals hat sich etwas so verdammt richtig angefühlt. Mit dir zusammen zu sein, macht mich glücklicher als alles andere auf der Welt.« Seine Stimme klingt beinahe flehend, als er fortfährt. »Meine Ehe war schon am Ende, lange bevor du in mein Leben getreten bist. Ich war nur nicht bereit, es mir einzugestehen. Doch jetzt, wo ich weiß, wie sich die wahre Liebe anfühlt, kann ich unmöglich zu meiner Frau zurück. Ich werde mich scheiden lassen – ob mit dir an meiner Seite oder ohne dich. Und nichts, das du sagst oder tust, wird an meiner Entscheidung etwas ändern.«

Widerstreitende Gefühle ringen in meinem Inneren um die Oberhand. Charlie ist der Mann meiner Träume. Ich bin verrückt nach ihm. Und ich wünsche mir nichts sehnlicher, als dass unsere Beziehung eine Zukunft hätte. Und doch ist da noch die andere Stimme. Die Stimme der Vernunft. Zweifelnd hebe ich die Brauen.

»Ich weiß nicht, Charlie. Was ist mit deiner Frau? Bist du es ihr nicht schuldig, um eure Ehe zu kämpfen?«

»Zwischen uns ist so viel vorgefallen, so vieles, das du nicht über mein Leben weißt. Noch nicht.« Er seufzt.

»Ich werde mit ihr reden. Das muss ich ohnehin. Es wird nicht leicht für sie, aber letzten Endes ist es für uns alle das Beste so. Niemand sollte in einer lieblosen Beziehung gefangen sein. Das hat sie nicht verdient. Und ich auch nicht.«

Ein Funke Hoffnung keimt in mir.

»Eure Trennung hätte also nichts mit mir zu tun?«

Charlie nickt. »Ich schwöre es.«

Erneut küsst er mich, noch intensiver und leidenschaftlicher als zuvor. Und meine Zurückhaltung schwindet dahin.

Im Nachhinein betrachtet war genau das der Moment, in dem ich hätte gehen sollen. Der Moment, in dem alles aus dem Ruder lief.

Ich war so in Gedanken versunken, dass ich gar nicht bemerkt habe, dass mich meine Füße geradewegs in den Wald getragen haben. Obwohl ich viele Jahre nicht hier gewesen bin, finden meine Beine die Lichtung wie von selbst. Im schummrigen Licht der untergehenden Sonne ragen die letzten Überreste der alten Jagdhütte empor. Alles ist genau so wie in meiner Erinnerung. Die verkohlten Dachbalken sind von Unkraut überwuchert und die wenigen heilen Holzpfeiler unter der dichten Schicht aus Efeu kaum noch zu erkennen, doch ansonsten scheint sich nichts verändert zu haben. Als wäre die Zeit stehen geblieben.

In der Dämmerung werfen die Bäume und Sträucher lange Schatten, und die Stille der hereinbrechenden Nacht wirkt beinahe bedrohlich. Trotzdem habe ich keine Angst, spüre nicht einmal die Kälte, die allmählich um sich greift. Vor der Dunkelheit habe ich mich nie gefürchtet. Die Dämonen, die mich quälen, sind nicht in den Untiefen der Wälder zu finden. Sie sind immer bei mir, haben sich in meiner Seele eingenistet und folgen mir überallhin. Vor ihnen gibt es kein Entkommen.

Ich sinke auf den feuchten Waldboden und breche in Tränen aus. Das Fünkchen Hoffnung, das sich in den letzten Wochen klammheimlich in mein Herz geschlichen hat, ist erloschen. Diesmal endgültig.

Charlie hat dich belogen, Lexi. Wie er dich immer belogen hat. Er hat eine Tochter, verdammt nochmal. Wie konntest du auch nur einen Moment glauben, er hätte sich geändert?

Er war unaufrichtig, er hat mich schamlos belogen, und diese Erkenntnis trifft mich nun mit voller Härte. Es fühlt sich an, als wäre der Rettungsanker, an den ich mich in den letzten Monaten wie eine Ertrinkende geklammert habe, mir mit einem Ruck aus meinen Händen gerissen worden. Und mir bleibt nichts anderes übrig, als in den Fluten meiner Enttäuschung zu versinken. Denn insgeheim – so gestehe ich mir endlich ein – hatte ich die Hoffnung, dass Charlie eines Tages zu mir zurückkehren würde, niemals aufgegeben. Tief in meinem Herzen hatte ich mir gewünscht, dass sich unsere Wege ein zweites Mal kreuzen würden. Dass es diesmal anders laufen würde.

Und ich spüre, dass gemeinsam mit dieser Hoffnung auch ein Teil von mir gestorben ist. Mein Rettungsanker ist verschwunden. Letzten Endes bin ich vollkommen und mutterseelenallein.

Verzweifelt vergrabe ich mein Gesicht in den Händen.

»Oh, Alice«, schluchze ich in die Stille. »Es tut mir so unendlich leid. Du hattest recht. Du hattest mit allem recht.«

KAPITEL 29

Lexi

Mit einem dumpfen Geräusch fällt die Eingangstür hinter mir ins Schloss und ich trete ins gleißende Sonnenlicht. Instinktiv hebe ich die Hände, um meine Augen vor der plötzlichen Helligkeit zu schützen.

Jetzt ist es also amtlich. Ich bin offiziell beschäftigungslos.

Während ich in der Handtasche nach meiner Sonnenbrille krame, frage ich mich, ob ich darüber erleichtert oder traurig sein soll.

Ziellos schlendere ich die Straße entlang, ohne recht zu wissen, was ich mit meiner neugewonnen Freizeit anfangen soll. Ich könnte ein wenig durch die Geschäfte bummeln, die Gelegenheit nutzen und mir endlich ein neues Kleid kaufen. Aber als frisch gebackene Quasi-Arbeitslose sollte ich meine finanziellen Reserven wohl kaum für Klamotten ausgeben. Außerdem habe ich Sammy dabei – er hasst es, wenn ich ihn zum Einkaufen mitschleife.

Menschenmassen streben an mir vorbei, Männer und Frauen, die es offenbar gar nicht erwarten können, zu ihrem nächsten Termin zu gelangen. Während ich langsam dahin trotte, werde ich von dem einen oder anderen Passanten angerempelt, sodass ich darauf achten muss, die Ellbogen eng am Körper zu halten. Niemand schenkt mir Beachtung. Jeder um mich herum scheint ein klares Ziel zu haben. Und inmitten all des Trubels laufe ich. Allein, planlos und mit einem gähnend leeren Terminkalender.

Großartig.

Gerade überlege ich, ob ich am Heimweg einen Abstecher in Claras Laden machen soll – immerhin habe ich sie schon seit einer gefühlten Ewigkeit nicht mehr gesehen – da vernehme ich hinter mir eine Stimme.

»Alexandra? Alexandra Kraft, sind Sie das?«

Überrascht wende ich mich um und lasse den Blick suchend durch die Menge schweifen. Ungefähr zwanzig Meter entfernt, halb verdeckt von einer Gruppe Touristen, entdecke ich Mia Pfeiffer, die hektisch winkend auf mich zustrebt.

Wie immer ist sie modisch gestylt in ihrem cremefarbenen Hosenanzug und den farblich passenden halbhohen Pumps. An ihrem Arm baumelt eine teure Handtasche. Angesichts ihres Aufzugs kommt mir mein eigenes Outfit – abgetragene Jeans, ein schlichtes weißes T-Shirt und vergammelte Turnschuhe – unpassend und schmuddelig vor. Zumindest meine tiefen Augenringe werden durch die Sonnenbrille auf meiner Nase verdeckt.

»Hallo Mia.« Ich lächle verlegen. »Was treibt Sie denn in diese Gegend?«

»Wusste ich doch, dass Sie es sind.« Sie ist atemlos von der Rennerei. »Gerade hatte ich meine erste Sitzung bei Ihrer Kollegin, Frau Schwarz. Und was führt Sie hierher? Waren Sie in der Praxis? Wollten Sie sich nicht eine Auszeit nehmen?«

»Richtig. Ich habe bloß ein paar letzte Unterlagen abgegeben. Wir müssen uns knapp verpasst haben.«

»Na dann bin ich froh, dass ich Sie doch noch erwischt habe.«

Ihr Blick fällt auf Sammy, der hinter meinen Beinen hervorlugt und Mia misstrauisch beäugt.

»Du bist ja ein Süßer«, säuselt sie. »Was für ein hübsches Kerlchen.«

Sie streckt die Hand aus und streichelt ihm ein wenig ungelenk den Kopf, was Sammy mit einem unwilligen Knurren quittiert.

»Sammy, lass das!« Ich strafe den Hund mit einem mahnenden Stirnrunzeln. »Sei nicht so grantig, das ist bloß Mia. Eine besonders liebe Patientin, hörst du?« Ich wende mich an Mia. »Keine Sorge, er beißt nicht. Normalerweise kommt er gut mit Fremden zurecht, aber auf seine alten Tage wird er manchmal ein wenig übellaunig.«

»Schon gut, mein Fehler.« Sie lacht. »Ich würde auch nicht wollen, dass mir ein Unbekannter ungefragt den Kopf tätschelt. Nicht wahr, mein Hübscher?«

Sammy zieht wie zur Bestätigung die Lefzen hoch, gibt jedoch keinen Laut mehr von sich.

»Stellen Sie sich vor, ich habe heute noch ein Bewerbungsgespräch!« Sie deutet auf ihren Hosenanzug. »Daher auch die formelle Kleidung und die Stöckelschuhe.«

»Das sind ja tolle Neuigkeiten. Gratulation!«

»Danke.«

Ich spüre Mias neugierigen Blick auf meinem Körper und streiche möglichst beiläufig über mein zerzaustes Haar. Ich muss einen erbarmungswürdigen Anblick bieten. Doch zu meiner Erleichterung enthält sie sich eines Kommentars. Stattdessen wirft sie einen Blick auf ihre Armbanduhr.

»Bis ich mich auf dem Weg zu dem Bewerbungsgespräch machen muss, habe ich noch anderthalb Stunden Zeit. Hätten Sie spontan Lust auf eine Tasse Kaffee?«

Sie deutet auf ein winziges Kaffeehaus auf der gegenüberliegenden Straßenseite, das mir zuvor nie aufgefallen ist.

»Ein verlockendes Angebot.« Verzweifelt zermartere ich mir das Hirn nach einer plausiblen Ausrede. Nicht nur, dass privater Kontakt mit Patienten als unprofessionell gilt, ich bin auch kaum in der Verfassung für eine Unterhaltung. »Aber sollten Sie die Zeit nicht besser nutzen, um sich vorzubereiten?«

»Ach wo. Das habe ich gestern bereits zu Genüge. Im Gegenteil – Sie würden mir einen Gefallen tun. Ein wenig Ablenkung wäre jetzt genau das Richtige für mich. Das heißt, natürlich nur, wenn Sie keine anderen Pläne haben.«

Ihr hoffnungsvoller Blick rührt mich. Eigentlich ist sie ja gar nicht mehr meine Patientin, schiebe ich meine Bedenken beiseite. Und was ist schon falsch an einer harmlosen Tasse Kaffee? Ich weiß ohnehin nicht, was ich mit meiner Zeit anfangen soll. Trübsal blasen kann ich später schließlich immer noch.

»Also gut.« Meine Zustimmung entlockt Mia ein strahlendes Lächeln.

Das Kaffeehaus stellt sich als kleiner französischer Laden mit bloß einer Handvoll runder Tische heraus. Der herrliche Geruch nach frischen Croissants liegt in der Luft und lässt mir das Wasser im Mund zusammenlaufen. Mit einem knurrenden Laut erinnert mich mein Magen daran, dass ich heute Morgen noch nichts gegessen habe. Überhaupt scheint es neuerdings eine Angewohnheit von mir geworden zu sein, nicht zu essen. Ich kann mich nicht erinnern, wann ich zuletzt eine ordentliche Mahlzeit zu mir genommen habe.

»Sehen Sie sich diese Zitronentörtchen an!« Mia deutet auf den Tresen. »Die müssen sie unbedingt probieren. Sie sind köstlich.«

Zielstrebig steuert sie einen freien Tisch am Fenster an und winkt die Bedienung zu uns. Wir entscheiden uns für Café Latte und die angepriesenen Törtchen, der Spezialität des Hauses, wie uns die geschwätzige Kellnerin versichert.

»Ich freue mich wirklich, Sie zu sehen«, plappert Mia munter drauflos, nachdem die Frau abgezogen ist. »Wäre es unpassend zu sagen, dass Sie mir gefehlt haben?«

»Geht mir genauso.« Ich stelle überrascht fest, dass es stimmt. Auch wenn Mia eigentlich meine Patientin ist, genieße ich den beinahe freundschaftlichen Umgang mit ihr. Meine Stimmung hebt sich ein wenig.

»Frau Schwarz ist in Ordnung und alles, trotzdem hoffe ich, dass Sie bald zurückkommen. Mit ihr ist es einfach nicht dasselbe.« Sie runzelt besorgt die Stirn. »Wobei Ihnen die Erholung bestimmt guttun wird. Wenn ich ehrlich bin – Sie sehen ein wenig erschöpft aus.«

Ein starker Euphemismus meines aktuellen Zustands, wie ich finde. Trotzdem wehre ich lächelnd ab. »Ich habe nur viel um die Ohren.«

»Ihr Exverlobter?« Sie schnalzt bedauernd mit der Zunge. »Ich will mir gar nicht ausmalen, wie schwierig es sein muss, einen gemeinsamen Haushalt wieder aufzulösen.«

Wenn das alles wäre.

»Ich verstehe einfach nicht, wie jemand eine Frau wie Sie gehen lassen kann.« Sie schüttelt den Kopf. »Ihr Exverlobter muss verrückt sein. Und dumm obendrein.«

»Wieso glauben Sie, dass er für unsere Trennung verantwortlich war?«

Ich weiß nicht, wie es Mia immer wieder gelingt, dass sich unser Gespräch bloß um mich dreht.

Mia zuckt die Achseln. »Das kann ich natürlich nicht wissen. War nur so ein Gefühl.« Dann scheint ihr ein neuer Gedanke gekommen zu sein, denn sie zwinkert mir verschwörerisch zu.

»Oder gibt es da womöglich schon jemand Neuen?«

Sofort denke ich an Charlie und kann mir ein Schnauben nicht verkneifen.

»Nicht wirklich, leider. Mein Liebesleben ist im Moment eine einzige Katastrophe. Nicht gerade vorbildhaft.« Mein Lächeln gerät schief.

»Nicht *wirklich*?«

»Sie sind ganz schön neugierig.«

»Ich weiß.« Sie sieht zerknirscht aus. »Sie müssen nicht antworten, wenn Ihnen die Fragerei unangenehm ist.«

»Schon in Ordnung.« Nachdenklich stochere ich mit dem Löffel in meiner Kaffeetasse und beobachte, wie sich der Milchschaum allmählich ocker färbt. »Es gab tatsächlich jemandem, von dem ich dachte ...« Ich schüttle den Kopf. »Es war dumm von mir. Meine Jugendliebe ist vor Kurzem in meine Heimatstadt zurückgekehrt, wissen Sie. Insgeheim hatte ich die Hoffnung wohl nie ganz aufgegeben, dass wir vielleicht eines Tages eine zweite Chance bekommen würden.« Ich zucke mit den Schultern.

»Aber das haben Sie nicht?«

»Nein.«

Mia stützt die Ellbogen auf den Tisch und beugt sich gespannt vor.

»Erzählen Sie mir davon.«

Einen Augenblick lang hadere ich mit mir. Mein vermurkstes Liebesleben ist das Letzte, woran ich gerade denken will. Doch noch während ich überlege, wie ich Mia am besten abwimmeln soll, sprudeln die Worte bereits wie von selbst aus mir heraus.

Ich erzähle von meiner Affäre mit Charlie, den Umständen unserer Trennung und meinen widersprüchlichen Gefühlen seit seiner Rückkehr. Schließlich auch von Karls und meiner Beziehung und unserem Zerwürfnis. Im Grunde weiß ich nicht, warum ich ausgerechnet mit Mia über all das spreche. Sie ist meine Patientin, nicht meine Freundin. Trotzdem strahlt sie eine solche Wärme und Zuversicht aus, wie ich sie selten zuvor erlebt habe. Es fühlt sich gut an, jemandem von meinen Erlebnissen und Ängsten zu erzählen, der unvoreingenommen ist und mich nicht verurteilt. Mia entpuppt sich als hervorragende Zuhörerin.

Sie reißt an den richtigen Stellen empört die Augen auf und stellt die eine oder andere Zwischenfrage, doch ansonsten lauscht sie bloß andächtig meinen Schilderungen. Früher habe ich solche Gespräche mit Susanna geführt. Mir war gar nicht bewusst, wie sehr mir das gefehlt hat.

Nachdem ich geendet habe, schweigt Mia eine Weile betreten.

»Wow. Jetzt verstehe ich, warum Sie eine Auszeit brauchen.« Sie schüttelt den Kopf. »Und dieser Charlie hat Ihnen wirklich nicht gesagt, dass er eine Tochter hat? Unglaublich. Was für ein Mistkerl.«

Ich bringe ein schwaches Lächeln zustande. »Nein, das hat er nicht. Und ich Dummkopf habe sogar ernsthaft darüber nachgedacht, ihm eine zweite Chance zu geben!«

»Das kann ich gut verstehen. Aber so ist das mit der Liebe nun einmal. Man sieht nicht, was direkt vor einem ist, weil man es nicht sehen möchte.«

»Mag sein.«

»Und was werden Sie jetzt tun? Reden Sie mit ihm?«

»Ich weiß es ehrlich gesagt noch nicht. Ich denke darüber nach, erst einmal ein paar Wochen wegzufahren. Ans Meer vielleicht. Die Füße in den Sand stecken, mir die Sonne auf den Bauch scheinen lassen, zur Ruhe kommen.« Ich zucke die Achseln. »Mal sehen.«

Gedankenversunken zeichne ich mit den Fingern einen Sprung im Holz nach, der quer über die Tischplatte verläuft und unter Mias Ellbogen aus meinem Gesichtsfeld verschwindet. Sie hat die Ärmel ihres Hosenanzugs hochgeschoben, und mir fällt auf, dass ich ihre Arme noch nie aus der Nähe gesehen habe. An ihrer rechten Hand, etwas unterhalb des Handgelenks, sticht mir ein Narbengeflecht von etwa zehn Zentimeter Durchmesser ins Auge.

»Was ist eigentlich mit Ihrem Unterarm passiert?«, frage ich und deute auf die Stelle. »Sieht böse aus.«

»Ach das.« Sie winkt ab. »Ein Missgeschick mit dem Wasserkocher, als ich noch klein war. Sieht schlimmer aus, als es ist.«

Ich nicke, bin mit den Gedanken jedoch schon wieder woanders.

»Ich glaube nicht, dass ein Urlaub Ihnen helfen wird. Wenn Sie mich fragen, sollten Sie diesen Charlie zur Rede stellen. Geben Sie ihm die Chance, Ihnen zu erklären, warum er Sie angelogen hat. Vermutlich bringt es nichts, aber zumindest haben Sie dann die Gelegenheit, sich Ihre ganze Wut und Enttäuschung von der Seele zu schreien.« Sie grinst schief. »Das hat vielleicht wenigstens eine kathartische Wirkung.«

»Wer ist hier die Therapeutin?« Ich erwidere ihr Lächeln. »Wenn Sie den Job heute nicht kriegen, können Sie meinen haben.«

Wir müssen lachen, und Mias Wangen färben sich rot dabei.

»Was ist eigentlich aus Ihrem Freund, dem Anwalt, geworden? Stehen Sie noch in Kontakt?«

Mia schüttelt den Kopf. »Nein. Ist aber vermutlich auch besser so.«

Ich will gerade nachhaken, da fällt mein Blick auf meine Armbanduhr, und ich zucke erschrocken zusammen. Seit wir das Café betreten haben, sind anderthalb Stunden verstrichen. Mir war gar nicht bewusst, wie rasch die Zeit verflogen ist.

»Wann ist Ihr Bewerbungsgespräch noch gleich?«

»Um halb drei.« Mia wirft ihrerseits einen Blick auf ihre Uhr. »Mist. Ich sollte mich langsam auf den Weg machen.«

Eilig winkt sie die Kellnerin heran. Mir fällt auf, dass ich sie nicht einmal gefragt habe, wo sie sich beworben hat, und ein Anflug von schlechtem Gewissen überkommt mich.

Eine großartige Therapeutin bist du.

Ich zücke meine Geldbörse, doch Mia hält mich am Arm zurück.

»Der Kaffee geht auf mich. Ich habe Sie praktisch dazu genötigt, mit mir hierherzukommen. Außerdem bin ich dankbar für die Ablenkung. So musste ich mich nicht mit meiner Nervosität herumschlagen.«

»Also gut.« Widerstrebend sehe ich zu, wie Mia die Rechnung begleicht.

Vor dem Eingang verabschieden wir uns.

»Es war schön, mit Ihnen zu reden, Alexandra. Wie immer.«

»Das fand ich auch.« Ich grinse verlegen. »Und danke fürs Zuhören. Hat echt gutgetan.«

Mia macht eine wegwerfende Handbewegung. »Sie haben doch schon Stunden damit zugebracht, sich meine Probleme anzuhören. Es war mir eine Freude zu hören, was in Ihnen vorgeht.«

Ich wende mich schon zum Gehen, als ich noch einmal ihre Stimme höre.

»Ach – Alexandra?«

»Hm?«

»Passen Sie auf sich auf. Und vergessen Sie nicht – Weglaufen ist keine Lösung.«

Sie zwinkert mir noch einmal aufmunternd zu, dann ist sie auch schon in der Menge verschwunden.

KAPITEL 30

Lexi

Die Hände in die Hüften gestemmt, betrachte ich mein Spiegelbild. Ich erkenne mich selbst kaum wieder. Dank einer ordentlichen Schicht Make-up ist meine Haut ebenmäßig und glatt, sogar die stressbedingten Pickelchen auf Kinn und Stirn sind verschwunden. Mein Haar ist frisch gewaschen und fällt mir locker über den Rücken.

Gar nicht mal so übel.

Mit grimmigem Stolz lasse ich die Finger über meinen flachen Bauch wandern. Der Winterspeck ist dahingeschmolzen wie Butter in der Aprilsonne. Sogar meine Lieblingsjeans, die in den letzten zwei Jahren unangetastet im Schrank hing, sitzt auf einmal wieder wie angegossen. Nun aber steckt mein Körper in einem nagelneuen schwarzen Kleid, das ich wider besseren Wissens doch noch erstanden habe und das meinen neuerdings ungewohnt schmalen Hüften schmeichelt.

Auf einmal wird mir die Ironie meiner Situation bewusst, und ich verziehe den Mund zu einem bitteren Lächeln. Keine drei Monate ist es her, da stand ich, ebenfalls in ein schwarzes Kleid gehüllt, vor diesem Schrank. Wie viel sich doch in der kurzen Zeit geändert hat! Damals hatte ich eine glückliche Beziehung, einen tollen Job und Freundinnen, für die ich die Hand ins Feuer gelegt hätte.

Und jetzt?

Seufzend wende ich mich vom Spiegel ab. Unwillkürlich frage ich mich, warum ich mir überhaupt so große Mühe gegeben habe, hübsch auszusehen. Im Grunde ist es egal, ob ich Charlie gefalle. Schließlich werde ich wohl kaum bis zur Hauptspeise bleiben.

Mein Blick fällt auf den aufgeklappten Koffer neben meinem Bett.

Ein Abend noch, ein letztes klärendes Gespräch, dann hast du all das überstanden.

Der Gedanke zaubert ein Lächeln auf meine Lippen. Gleich Montagfrüh geht es los. Zum ersten Mal im Leben habe ich keinerlei Verpflichtungen, keinen Partner, nach dem ich mich richten müsste, keine Patienten, die auf meine Rückkehr warten. Und ich habe vor, meine neu gewonnene Unabhängigkeit in vollen Zügen zu genießen. Gemeinsam mit Sammy werde ich mit dem Auto die Toskana erkunden, anhalten, wo es mir gefällt, weiterfahren, wenn es mich fortzieht. Am Strand Aperol-Spritz aus Pappbechern schlürfen und den Wellen dabei zusehen, wie sie an die Küste heranrollen – das ultimative Gefühl von Freiheit.

Heute Morgen habe ich schweren Herzens meinen Verlobungsring in eine Schachtel gepackt und per Einschreiben an Karls Eltern geschickt. Wenn er in einigen Tagen bei Karl eintrifft, werde ich mcilcnwcit weg sein. Bleibt nur noch eine letzte Sache, die ich erledigen muss.

Ich greife nach meiner Handtasche, werfe Lippenstift, Geldbörse und Handy hinein und wende mich zum Gehen. Meine anfängliche Wut auf Charlie ist allmählich Trauer und Resignation gewichen. Doch obwohl ich mir nichts sehnlicher wünsche, als endlich in mein Auto zu steigen und mein Leben in Altenhofen für eine Weile hinter mir zu lassen, hatte Mia in einem Punkt recht: Abzureisen, ohne noch ein letztes klärendes Gespräch mit Charlie geführt zu haben, käme einer Flucht gleich. Und ich habe nicht vor, auch noch Feigheit auf die Liste meiner vielen Unzulänglichkeiten zu setzten. Ich war lange genug Therapeutin, um zu wissen, dass ich keinen Frieden finden werde, solange ich mir nicht all den Zorn und die Enttäuschung von der Seele geredet habe. Vielleicht – so hoffe ich zumindest – gelingt es mir dann endlich, ihn ein für alle Mal loszulassen.

Resolut schnappe ich meinen Blazer, fische meinen neuen Schlüsselbund aus der Schale im Vorzimmer und laufe zu meinem Wagen.

Das italienische Restaurant, das Charlie ausgewählt hat, liegt in einer unscheinbaren Seitengasse im Zentrum von Wien. Neugierig sehe ich mich in dem winzigen Lokal um. Emsige Kellner wuseln umher und schaffen eilig Getränke und riesige Platten Antipasti heran, überlagert vom Stimmengemurmel dringt klassische Musik an mein Ohr. Quadratische Tische schmiegen sich an die Wände und werden bloß von dem schummrigen Licht je zweier schmaler Kerzen beleuchtet. Der herrliche Duft nach frischer Pasta und Parmesan liegt in der Luft. Eines muss man Charlie lassen – was die Restaurantwahl betrifft, hat er ins Schwarze getroffen.

Kaum habe ich die Schwelle übertreten, eilt auch schon ein Ober herbei und geleitet mich mit einer galanten Verbeugung in den hinteren Bereich des Lokals.

Ich erkenne Charlie schon von weitem. In seinem sportlichen dunkelblauen Sakko und dem weißen Hemd versprüht er seinen altvertrauten jugendlichen Charme. Als unsere Blicke sich treffen, krampft sich mein Herz zusammen.

»Lexi!« Er springt auf und drückt mir zur Begrüßung einen Kuss auf die Wange. Anerkennend lässt er den Blick über meinen Körper wandern. »Du siehst fantastisch aus! Ist das Kleid neu?«

Nur mit Mühe kann ich mich davon abhalten, vor seiner Berührung zurückzuweichen. Ich zwinge mich zu einem Lächeln. »Ja, danke.«

»Ich habe Champagner bestellt.« Er deutet auf einen silbernen Eimer auf dem Beistelltisch, aus dem ein Flaschenhals emporragt. »Die Empfehlung des Hauses. Immerhin ist das unser erstes Date seit – wie lange?« Er strahlt mich an. »Ich kann dir gar nicht sagen, wie sehr ich mich freue, heute mit dir hier zu sein. Nachdem du tagelang nichts von dir hast hören lassen, dachte ich schon, du hättest es dir anders überlegt.«

Ich halte dem Blickkontakt stand, erwidere jedoch nichts. Ein flaues Gefühl hat sich in meiner Magengegend breitgemacht, und ich verspüre auf einmal den unbändigen Drang aufzuspringen und davonzulaufen.

Reiß dich zusammen. Contenance.

Charlie ist meine Unruhe entgangen. Er hebt sein Glas und prostet mir zu. »Auf dich, Lexi. Auf uns.«

Auch ich greife nach meiner Sektflöte. Das sprudelnde Getränk perlt sanft meine Kehle hinab, und ich schließe für einen Moment die Augen. Charlie hat recht. Der Champagner schmeckt in der Tat köstlich. Im Nu habe ich das halbe Glas geleert.

»Da ist aber jemand durstig.« Grinsend greift er nach der Flasche, um mir nachzuschenken, wobei seine Hand flüchtig die meine streift.

Seine Berührung versetzt mir regelrecht einen Stromschlag, und ich spüre, wie sich meine Eingeweide zusammenkrampfen. Auch nach all den Jahren hat dieser Mann eine Wirkung auf mich, die ich mir selbst nicht recht erklären kann.

Vergiss bloß nicht, weshalb du hergekommen bist.

Es kommt mir vor, als würde ich am Rand einer Klippe stehen, noch nicht bereit für den Absprung. Doch ich weiß, es hat keinen Sinn, die Sache hinauszuzögern.

»Wir müssen reden, Charlie.«

»Klar – worüber denn?«

Sei stark. Denk an Italien.

Ich hole noch einmal tief Luft, dann lasse ich die Bombe platzen.

»Wieso hast du mir nicht gesagt, dass du eine Tochter hast?«

Charlie, der gerade sein Glas an die Lippen geführt hat, hält mitten in der Bewegung inne. Mit angehaltenem Atem beobachte ich seine Reaktion. Sehe zu, wie seine Miene von Überraschung erst in Ungläubigkeit und schließlich in Entsetzen umschlägt.

Ich schließe die Augen. Einen winzigen Moment hatte ich gehofft, dass es vielleicht nicht wahr wäre. Dass Karl sich geirrt hätte und Charlie doch der Mann wäre, den ich immer in ihm zu sehen geglaubt hatte. Aber die Art, wie mein Gegenüber schluckt und den Blick abwendet, sagt mehr als tausend Worte.

»Wie kommst du darauf, dass ...«

Meine guten Vorsätze, Charlie ausreden zu lassen, weichen jähem Zorn. »Wage es nicht, mich anzulügen. Nicht schon wieder.« Die Arme vor dem Körper verschränkt, funkele ich ihn an. »Mein Gott, Charlie – wie konntest du nur!«

Charlie sieht auf einen Schlag sehr blass aus.

»Woher weißt du von Angelika?« Er ringt sichtlich um Fassung.

Falsche Antwort.

»Das tut nichts zur Sache«, entgegne ich kalt. »Ich will nur wissen, wieso. Warum hast du es mir nicht gesagt? Damals, als ich herausfand, dass du verheiratet bist. Das wäre doch die ideale Gelegenheit gewesen, reinen Tisch zu machen. Wozu die Lügerei?«

Charlie betrachtet schweigend die Tischplatte.

»Sag es mir! Nach allem, was zwischen uns war, habe ich ein Recht, es zu erfahren, findest du nicht auch? Bitte, Charlie – sei einmal in deinem Leben ehrlich zu mir.«

Den Kellner, der mit den Speisekarten an unseren Tisch kommt, scheuche ich mit einer Handbewegung fort. Meine volle Aufmerksamkeit gilt Charlie.

»Es tut mir leid«, murmelt er schließlich, nachdem der Ober sich verzogen hat. »Du hast recht, ich hätte dir damals reinen Wein einschenken müssen. Und das hatte ich auch vor. Aber dann ...« Er vollendet den Satz nicht. Ein flehender Ausdruck ist auf sein Gesicht getreten. »Ich hatte Angst, Lexi. Angst, dich zu verlieren. Du hättest mich doch sofort verlassen, wenn du Bescheid gewusst hättest.«

»Mit gutem Grund! Du hattest eine Familie, Herrgott nochmal!«

Dann runzle ich die Stirn. »Außerdem wäre die Wahrheit früher oder später ohnehin ans Licht gekommen. Du hättest Angelika doch niemals auf Dauer vor mir geheim halten können. Allein die Vorstellung ist absurd!«

»Das wollte ich auch nicht.« Er fährt sich mit der Hand durchs Haar. »Ich wollte nur erst mit Brigitte reden. Klare Verhältnisse schaffen.«

Ich schüttle den Kopf. »Tut mir leid, aber ich glaube dir nicht. Was du sagst, ergibt keinen Sinn. Wenn du tatsächlich so große Angst hattest, mich zu verlieren – weshalb hast du mich dann verlassen? Und wenn deine Tochter der Grund für unsere Trennung war, warum hast du mir das nicht einfach gesagt? Ich wäre wütend gewesen, enttäuscht, verletzt. Aber das wäre zumindest eine respektable Begründung gewesen.« All die Verbitterung der letzten zehn Jahre dringt auf einmal an die Oberfläche. Ich werde lauter. »Stattdessen hast du mich in dem Glauben zurückgelassen, du wärst meiner überdrüssig geworden. Dass es meine Trauer um Alice war, die dich überfordert und zum Rückzug bewogen hat. Mein Gott, ich habe Jahre gebraucht, um darüber hinwegzukommen!«

»Ich verstehe, dass du wütend bist. Du hast alles Recht dazu. Aber ich schwöre dir, dass ich dich nicht zum Narren gehalten habe. Ich bin deiner nicht überdrüssig geworden, wie du es nennst. Glaub mir, ich hatte meine Gründe.«

»Und die wären?«

Charlie beißt sich auf die Unterlippe, erwidert jedoch nichts.

»Beantworte meine Frage! War deine Tochter, deine Familie, der Grund für unsere Trennung?«

Ein merkwürdiger Ausdruck ist auf sein Gesicht getreten.

»In gewisser Weise ja.«

Ich werde ungeduldig. »Was soll das heißen – in gewisser Weise?«

Zornig starre ich in seine leuchtend grünen Augen. Ich sehe, wie sehr ihn meine Fragen quälen, doch ich kann kein Mitleid für ihn aufbringen. Wenn überhaupt, machen mich seine ausweichenden Antworten nur noch wütender.

»Ja«, sagt er schließlich. »Es war wegen Angelika. Mehr kann ich dir nicht sagen, tut mir leid. Es gibt so viele Dinge über meine Familie, die du nicht weißt.« Er sieht mich bedauernd an. »Ich wünschte, es wäre anders zwischen uns gelaufen. Dass wir eine reelle Chance gehabt hätten.«

»Was für Dinge? Jetzt sag endlich – was verschweigst du mir? Was kann so schlimm sein, dass du es nicht einmal mir sagen kannst?«

Charlie sieht mich weiterhin aus traurigen Augen an, antwortet jedoch nicht.

»Es ist schon absurd, weißt du?«, sage ich schließlich. »Hättest du mir damals die Wahrheit gesagt, hätten wir womöglich tatsächlich eine zweite Chance bekommen. Aber so – ich kann dir einfach nicht vertrauen. Ich glaube kein einziges Wort mehr, das aus deinem Mund kommt.«

Charlie schluckt und tastet nach meinen Händen. Rasch lege ich sie auf meinen Schoß, außerhalb seiner Reichweite.

»Bitte, Lexi, gib uns nicht auf. Ich weiß, ich habe einen Fehler gemacht. Einen riesengroßen, unverzeihlichen Fehler. Aber das alles liegt über zehn Jahre zurück. Ich flehe dich an: Verzeih mir!«

»Wie ist sie so?«, entgegne ich, ohne auf seine Worte einzugehen.

»Wen meinst du?«

Ich verdrehe die Augen. »Angelika natürlich. Deine Tochter. Erzähl mir von ihr.«

Charlie stöhnt auf und reibt sich die Augen, ehe er mich wieder ansieht. »Sie ist – wunderschön. Intelligent. Schwierig. Zu sagen, unsere Beziehung sei kompliziert, wäre die Untertreibung des Jahrhunderts. Ich habe sie seit Jahren nicht gesehen.«

»Und warum?«

Charlies Miene wirkt gequält. »Wie gesagt, das ist kompliziert.«

Ich spüre, wie mein Gesicht vor Wut rot anläuft.

»Es reicht! Ich ertrage deine Ausflüchte nicht mehr. Mit zwanzig fand ich deine geheimnisvolle Art vielleicht noch anziehend, aber ich bin schon lange keine zwanzig mehr. Was ich brauche, das ist ein Partner. Einen Mann an meiner Seite, dem ich vertrauen, auf den ich mich verlassen kann.« Ich schüttle den Kopf. »Und du erfüllst keine dieser beiden Eigenschaften.«

Einen Augenblick lang mustere ich mein Gegenüber schweigend. In rasantem Tempo erinnere ich mich an alles, was wir gemeinsam erlebt haben, ein bunter Wirbelsturm aus Farben und Empfindungen, der mich aufwühlt. Ich wünschte, ich hätte niemals von Angelika erfahren. Sehne mich danach, noch einmal in Charlies Armen zu liegen, den Hauch seines Atems auf meiner Haut zu spüren, mich gänzlich in seinem Blick zu verlieren. Noch einmal das Mädchen von damals sein zu dürfen. Naiv, unbeschwert – und vor allem eines: glücklich.

Dann fasse ich schweren Herzens einen Entschluss. Ich hätte mich schon vor Jahren dazu durchringen müssen. Was genug ist, ist genug. Das Gefühl der Resignation und Enttäuschung hüllt mich ein wie eine eiskalte Decke.

In einem Zug leere ich mein Champagnerglas, ehe ich mich vorbeuge und ihm wehmütig über die Wange streiche.

»Auch ich habe mir gewünscht, es wäre anders zwischen uns gelaufen«, sage ich leise. »Doch was die Lüge mit deiner Tochter angeht – ich glaube nicht, dass ich dir das jemals verzeihen könnte. Es tut mir leid, Charlie. Aber es ist vorbei. Ich muss dich endlich gehen lassen.«

Mit diesen Worten erhebe ich mich und verlasse erhobenen Hauptes das Lokal.

KAPITEL 31

Lexi

Nachdem die Lokaltür hinter mir ins Schloss gefallen ist, finde ich mich ein wenig verloren in einer Seitengasse der Kärntnerstraße wieder. Noch immer pocht mein Herz wie verrückt, trotzdem bin ich stolz, dass ich es über mich gebracht habe, Charlie die Stirn zu bieten.

Ohne recht zu wissen, was ich als nächstes tun oder wohin ich gehen soll, laufe ich drauflos. Vor den Bars und Cafés tummeln sich die Menschen in den Gastgärten. Dann und wann ziehen Schwärme lachender Jugendlicher an mir vorbei, wahrscheinlich auf dem Weg zu irgendeiner Party. In der Ferne kann ich den Stephansdom erkennen. Ein paar Nachzügler eilen auf den Eingang zu, um mit ein wenig Verspätung dem letzten Gottesdienst an diesem Tag beizuwohnen. Langsam senkt sich die Dämmerung über die Stadt, doch die Luft ist immer noch lau. Einer der ersten warmen Frühlingstage neigt sich dem Ende zu.

Am Graben biege ich in eine weniger frequentierte Seitenstraße ab. Mein Blick wandert ziellos über die Schaufensterscheiben. Allmählich normalisiert sich mein Adrenalinspiegel, und ich spüre, wie gähnende Leere von mir Besitz ergreift. Karl und Charlie – die einzigen Männer, die ich je geliebt habe, sind nun endgültig nicht länger Teil meines Lebens.

Seit ich den Entschluss gefasst habe, Charlie zur Rede zu stellen, war ich so darauf konzentriert, was ich zu ihm sagen soll, dass ich keinen Gedanken an danach verschwendet habe. Auf die Einsamkeit, die mich jetzt umfängt, war ich nicht vorbereitet, und ich fühle mich, als würde ich in ihr ertrinken.

Ich halte vor einer Glasfront inne, die einen Blick gewährt auf das Innere einer kleinen, aber gut gefüllten Bar. Mit einem Anflug von Neid beobachte ich die Grüppchen Erwachsener, die sich um die lederbezogenen Sitzgruppen scharen. Sie scheinen sich prächtig zu amüsieren. Der Anblick versetzt mir einen Stich. Ich habe nicht die geringste Lust, jetzt schon den Heimweg anzutreten. Es ist noch nicht einmal acht – mein Treffen mit Charlie hat kaum eine halbe Stunde gedauert. Die bloße Vorstellung, erneut einen Freitagabend allein in meinem leeren Haus zu verbringen, kommt mir unerträglich vor. Kurz entschlossen stoße ich die Glastür auf und trete ein.

Nachdem ich mich vergewissert habe, dass Karl nicht unter den Anwesenden ist, lasse ich mich auf einen freien Sitzplatz sinken. Nach einem Blick auf die Getränkekarte entscheide ich mich für Grünen Veltliner. Während ich mit dem Strohhalm die Zitronenscheibe in meinem Glas hin und her schiebe, beobachte ich beiläufig die anderen Gäste. Die meisten dürften ungefähr in meinem Alter sein und tragen Anzüge oder konservative Etuikleider. Den Gesprächsfetzen und einstudiert klingenden juristischen Phrasen nach zu urteilen, die ich gelegentlich aufschnappe, handelt es sich wohl überwiegend um Berufskollegen von Karl. Ich rümpfe die Nase. Zumindest etwas, das mir mit Sicherheit nicht fehlen wird.

In diesem Moment wird die Lokaltür aufgerissen, und weitere Anzugträger strömen in die Bar. Sie steuern geradewegs auf mich zu und nehmen die Sitzgruppe neben mir in Beschlag.

»Verzeihung.« Der junge Mann lächelt höflich und deutet auf den Hocker mir gegenüber. »Dürfte ich mir den vielleicht ausleihen?«

»Nehmen Sie ihn ruhig. Ich bleibe ohnehin nicht lange.«

Er bedankt sich mit einer angedeuteten Verbeugung. Dann schiebt er den Hocker einige Zentimeter weiter an den Nebentisch, bevor er sich wieder seinen Freunden zuwendet.

Auf einmal fühle ich mich schrecklich verloren, so ganz allein in all dem Trubel. Ich ziehe mein Handy aus der Tasche und werfe einen Blick auf das Display. Keine eingegangenen Anrufe. Keine Nachrichten.

Was hast du erwartet? Die einzigen Menschen, denen etwas an dir lag, hast du schließlich zum Teufel gejagt.

Frustriert öffne ich mein Telefonbuch und scrolle durch meine Kontaktliste. Gibt es denn wirklich niemanden, den ich anrufen könnte?

Nadine hat schon seit Wochen nichts von sich hören lassen. Ich habe es aufgegeben, ihr zu schreiben. Sie wird sich bei mir melden, wenn es ihr in den Kram passt. Ich weiß, sie meint es nicht böse. So ist sie eben. Über Susannas Namen halte ich unschlüssig inne. Ob ich sie um ein Treffen bitten soll? Ich bin mir sicher, sie würde nicht ablehnen. Und ich könnte ein paar nette Worte aus dem Mund meiner besten Freundin gerade gut gebrauchen. Dann fällt mir wieder ein, wie unsere letzten Gespräche verlaufen sind, und ich verwerfe den Gedanken. Auf eine Moralpredigt kann ich verzichten.

Abgesehen von Nadine und Susanna habe ich bemerkenswert wenig Freunde. Früher, in meiner Jugend, war das anders. Ich erinnere mich, wie Alice in Altenhofen stets der Mittelpunkt jeder Fete war, keine Ahnung, wie sie das gemacht hat. Angelockt von ihrer mitreißenden Art scharte sich immerzu eine Reihe von Freunden und Bewunderern um sie, die darum buhlten, etwas mit ihr zu unternehmen. Als fester Bestandteil ihrer Clique musste ich mich nie darum kümmern, eigene Kontakte zu knüpfen. Traurigkeit überkommt mich. Nach Alice' Tod haben sich die vielen Bekannten, die ich für meine Freunde hielt, nach und nach in alle Winde verstreut. Geblieben sind mir bloß Nadine und Susanna, von ein paar entfernten Studienkollegen einmal abgesehen.

Ich denke an Mia, daran, wie sie mich über den Tisch des französischen Cafés hinweg verschmitzt angrinst. So nervtötend ihre Neugierde mitunter auch sein mag, so hat mir das Gespräch mit ihr doch überraschend gutgetan. Und ich nehme mir fest vor, sie anzurufen, sobald ich aus Italien zurück bin.

In einem Zug leere ich mein Glas und gebe dem Barkeeper ein Zeichen, mir ein neues zu bringen. Sei's drum. Was sind schon zwei Achtel Wein? Notfalls kann ich mir immer noch ein Taxi rufen.

Kurz darauf strebt der Kellner an meinen Tisch, in der Hand ein Tablett mit dem georderten Getränk. Just als er sich vorbeugt, um das Weinglas vor mir abzustellen, springt einer der Männer am Nebentisch auf, wobei er dem Ober einen unsanften Stoß in den Rücken versetzt. Es kommt, wie es kommen muss: das Glas kippt zur Seite und ergießt sich über mein Kleid.

Für einen Moment stockt mir der Atem. »Scheiße, ist das kalt.«

Ich mühe ich mich, den Eiswürfel, der sich in mein Dekolleté verirrt hat, möglichst unauffällig aus meinem BH zu fischen.

Der Ober starrt mich nicht minder erschrocken an. »Bitte entschuldigen Sie vielmals!«, stammelt er und wirft dem Übeltäter einen wütenden Seitenblick zu.

Der Mann am Nebentisch schlägt beschämt die Hand vor den Mund. Es ist derselbe Kerl, der sich vorhin den Hocker geborgt hat.

»Das ist alles meine Schuld! Ich habe Sie nicht kommen sehen.« Eilig kramt er in seiner Aktentasche nach Taschentüchern. »Bitte bringen Sie der Dame ein frisches Getränk. Das geht auf meine Rechnung.« Mir reicht er die Packung. »Bitte, nehmen Sie die. Tut mir ehrlich leid!«

»Schon in Ordnung.« Vorsichtig betupfe ich mein Kleid. »Sowas kann passieren.«

»Sollte es aber nicht.« Einen Augenblick sieht er mich unschlüssig an. »Erwarten Sie noch jemanden? Falls nein – wollen Sie sich vielleicht eine Weile zu uns setzen?« Er deutet auf seine Kollegen, zwei Männer und eine Frau, die unser Gespräch interessiert beobachtet haben und mir freundlich zunicken.

Das völlig durchweichte Taschentuch noch in der Hand, halte ich inne. »Ich wollte ohnehin gleich los«, entgegne ich zögernd.

Dann überlege ich es mir spontan anders.

Warum eigentlich nicht? Ist schließlich nicht so, als würde dich zu Hause jemand erwarten. Hast du dich nicht eben erst über dein eigenbrötlerisches Dasein beklagt?

Ich lächle ihn schüchtern an. »Aber für ein Getränk leiste ich Ihnen gerne Gesellschaft.«

»Super.« Strahlend streckt mir der Fremde die Hand zur Begrüßung entgegen. Erst jetzt fällt mir auf, dass er Karl mit seinem markanten Kinn und den stechend blauen Augen zum Verwechseln ähnlich sieht. »Christopher Wiebald. Sehr erfreut.«

Er deutet auf seine Freunde. »Und das sind meine Kollegen Christina, Siggi und Felix.«

»Alexandra Kraft. Aber alle nennen mich Lexi.«

Ich werfe Christopher einen verstohlenen Seitenblick zu, während ich meinen Hocker ein wenig ungelenk näher an den Nachbartisch rücke. Der Name Christopher Wiebald kommt mir entfernt vertraut vor, doch ich komme einfach nicht dahinter, wo ich ihn schon einmal gehört habe.

Angestrengt durchforste ich mein Hirn, auf der Suche nach einem Gesprächsthema.

»Schick.« Etwas lahm deute ich mit einer Kopfbewegung auf seinen schmal geschnittenen Anzug. »Steigt heute irgendeine Party, von der ich wissen sollte?«

»Schön wär's.« Er lacht. »Leider nein. Wir sind einfach direkt von der Arbeit gekommen.« Er deutet aus dem Fenster. »*Freshfields* – falls dir das etwas sagt. Die Kanzlei liegt gleich gegenüber.«

Ich werfe einen demonstrativen Blick auf meine Armbanduhr. »Und da dachte ich immer, Work-Life-Balance wäre für euch Anwälte ein Fremdwort. Ich weiß, wie das ist. Mein Freund – das heißt, genau genommen mein Exfreund – ist ebenfalls Anwalt. Aber vor elf kam er selbst an einem Freitag selten raus.«

Kaum haben die Worte meinen Mund verlassen, hätte ich sie am liebsten zurückgenommen. Ich beiße mir auf die Unterlippe.

Toll, Lexi. Erzähl ruhig einem Haufen Fremder, wie frustriert du bist. Und dann lästerst du auch noch über ihre Berufswahl? Wie erbärmlich bist du eigentlich?

Christina, ein unscheinbares Mädchen mit prägnantem Unterkiefer, kichert verhalten.

»Schlimme Trennung?« Christopher schnalzt mitfühlend mit der Zunge. »Aber ich verstehe, was du meinst. Mein Freund Philipp beklagt sich auch ständig über meine unmöglichen Arbeitszeiten.« Er verdreht die Augen.

Just in diesem Moment durchzuckt mich die Erkenntnis.

Christopher Wiebald.

Plötzlich weiß ich wieder, wo ich den Namen schon einmal gehört habe. Mias Bekanntschaft – der Kerl, in den sie so rettungslos verliebt war – hieß ebenfalls Christopher

Wiebald. Instinktiv richte ich mich zu meiner vollen Körpergröße auf. Je länger ich darüber nachgrübele, desto sicherer bin ich, dass mich mein Erinnerungsvermögen nicht täuscht. Das Aussehen, der Nachname, selbst die Kanzlei, für die er arbeitet – alles passt. Möglichst beiläufig schiele ich auf Christophers Hände. Kein Ring.

»Ihr – Freund?«

»Christopher ist homosexuell«, entgegnet Christina und reckt angriffslustig das Kinn. »Das ist doch kein Problem für dich?«

Erneut hätte ich mir für meinen unpassenden Kommentar am liebsten die Zunge abgebissen.

Was zum Teufel ist los mit dir? Bist du wirklich so unfähig im Umgang mit Fremden? Kein Wunder, dass du kaum Freunde hast.

»Gott bewahre!« Beschwichtigend hebe ich die Arme und setze ein entschuldigendes Lächeln auf. »Ich war mir bloß nicht sicher, ob ich richtig gehört hab.«

Christina sieht immer noch skeptisch aus.

»Wirklich nicht! Als Therapeutin arbeite ich oft mit Homosexuellen zusammen. Ich weiß also recht gut, wie schwer es ist, mit den Vorurteilen der Menschen klarzukommen.«

Peinliches Schweigen ist die Folge.

Großartig. Jetzt halten sie dich nicht nur für beziehungsgestört und verbittert, sondern auch noch für homophob.

»Wie auch immer.« Ich erhebe mich von meinem Stuhl. »Zeit zu gehen. Danke für den Drink und die nette Gesellschaft. Hat mich gefreut, euch kennenzulernen.«

Ich winke Christopher und den anderen noch freundlich zu, dann verlasse ich fluchtartig das Lokal.

Im Halbdunkel schlängle ich mich durch die Menschenmassen zurück zu meinem Wagen. Meine Gedanken kreisen um Mia. Christopher Wiebald, Mias angebliche

Affäre, ist also schwul. Angestrengt zermartere ich mir das Hirn nach einer plausiblen Erklärung. Eine unsinniger als die nächste.

Eigentlich, so schlussfolgere ich schließlich, gibt es nur drei mögliche Szenarien. Erstens: Mia hatte keine Ahnung, dass Christophers Verlobte in Wahrheit ein Mann ist – mehr als unwahrscheinlich. Zweitens: Mia wusste, dass er in einer homosexuellen Beziehung lebt, hat sich deswegen aber geschämt und diesen Teil mir gegenüber bewusst ausgelassen. Oder, Variante drei: Ihre ganze Geschichte war gelogen.

Aber wieso?

Ich lasse meine Gespräche mit Mia noch einmal Revue passieren. Ratlos schüttle ich den Kopf. Das ergibt alles absolut keinen Sinn. Unzählige Sitzungen haben wir damit zugebracht, Mias Beziehungsprobleme zu analysieren – und wofür das Ganze?

Am liebsten wäre ich zurückgelaufen und hätte Christopher rundheraus nach ihr gefragt. Doch natürlich geht das nicht. Mia hat mir von ihrer Affäre im Vertrauen auf meine Schweigepflicht erzählt – ob gelogen oder nicht, ihre Geheimnisse auszuplaudern, das kommt nicht in Frage. Dann schießt mir ein neuer Gedanke durch den Kopf.

Eine letzte Möglichkeit gibt es noch.

Eilig ziehe ich mein Handy aus der Tasche. Mit vor Aufregung zitternden Fingern tippe ich den Namen Christopher Wiebald in die Google-Suchmaschine. Der Name scheint nicht sonderlich häufig zu sein, denn meine Suche fördert bloß drei Einträge zutage. Einen rund fünfzigjährigen Berliner Architekten mit Geheimratsecken und stattlichem Bierbauch, einen sechzehnjährigen Linzer Gymnasiasten mit tätowiertem Oberarm, und schließlich Magister Wiebald, Rechtsanwalt bei *Freshfields*, den ich soeben kennengelernt habe. Sein Facebook-Profilfoto zeigt ihn Arm in Arm mit einem rotblonden jungen Mann.

Womit Variante eins wohl endgültig ausscheiden dürfte.

»Wieso in aller Welt hast du mich angelogen, Mia?«, murmele ich. Irgendetwas stimmt da nicht, das spüre ich genau.

Zu Hause angekommen führt mein erster Weg in die Küche. Mit einer Flasche Rotwein bewaffnet klappe ich meinen Laptop am Küchentisch auf und tippe den Namen Miriam Pfeiffer in die Suchmaschine. Die Neugierde hat mich fest im Griff.

Konzentriert klicke ich mich durch die unzähligen Einträge. Eine gefühlte Ewigkeit durchforste ich das Internet, doch weder auf einer der Universitätsseiten, noch auf Facebook oder einer anderen Plattform finde ich auch nur den geringsten Hinweis auf Mia. Zwar scheint es einen Haufen anderer Miriam Pfeiffers zu geben, aber keine davon sieht meiner Patientin im Entferntesten ähnlich.

Merkwürdig. Wie ist es möglich, dass sie nicht die Spur eines virtuellen Fußabdrucks hinterlassen hat?

Schließlich logge ich mich sogar in das Buchhaltungsprogramm der Praxis ein und nehme Einsicht in ihre Patientenakte. Verblüfft stelle ich fest, dass Mia nicht einmal eine Sozialversicherungsnummer bei uns hinterlegt hat. Einen Antrag auf Kostenstützung durch die Krankenkassa haben wir auch nie gestellt, dies geschieht zumeist auf Ansuchen unserer Patientinnen. Nachdenklich nippe ich an meinem Weinglas.

»Wer bist du bloß?«, murmle ich, ohne den Blick vom Bildschirm abzuwenden. »Und was führst du im Schilde?«

Kurz entschlossen greife ich zum Telefon und wähle aus dem Gedächtnis Susannas Handynummer. Vor Ungeduld an meinen Fingernägeln kauend, lausche ich dem

Freizeichen. Es läutet fünfmal und ich will gerade wieder auflegen, da meldet sie sich schließlich doch.

»Lexi?«, flüstert sie. Ihre Stimme klingt schlaftrunken. »Ist irgendetwas passiert? Es ist fast Mitternacht!«

Mein Blick fliegt zu der digitalen Uhr am Herd, und ich verziehe das Gesicht. Tatsächlich ist es bereits weit nach elf. Ich war so in meine Grübeleien vertieft, dass mir gar nicht aufgefallen ist, wie rasch die Zeit verflogen ist.

»Tut mir leid, Susi. Mir war nicht bewusst, wie spät es schon ist. Ich wollte dich nur etwas fragen, ist aber nicht so wichtig. Schlaf weiter, wir reden morgen.«

Ich höre, wie sich Susanna am anderen Ende der Leitung stöhnend aus den Laken windet, dann das quietschende Geräusch der Balkontür.

»Schon okay, jetzt bin ich ohnehin wach. Ich wollte nur die Kleine nicht wecken«, entgegnet sie, nun in normaler Zimmerlautstärke. »Was wolltest du mich fragen?«

In kurzen Sätzen schildere ich ihr von meiner Bekanntschaft mit Christopher Wiebald und den Ergebnissen meiner Recherche.

»Ich weiß, Mia ist jetzt deine Patientin und eigentlich geht sie mich nichts mehr an – trotzdem will mir die Sache nicht mehr aus dem Kopf. Habt ihr in eurer Sitzung vielleicht über diesen Christopher gesprochen? Irgendetwas stimmt da nicht, das spüre ich genau.«

»Bei – unserer Sitzung? Von welcher Sitzung sprichst du?«

Ich runzle die Stirn.

»Na, die in der vergangenen Woche. Am Dienstag. Ich war in der Praxis, um eine liegengebliebene Akte vorbeizubringen, als Mia mir zufällig über den Weg lief. Sie meinte, sie käme gerade von einem Treffen mit dir.«

»Bist du sicher, dass du da nicht irgendwas verwechselst?« Susannas Tonfall ist unverkennbar skeptisch. »Mia war nicht bei mir. Im Gegenteil – als ich anrief, um eine Sitzung zu vereinbaren, meinte sie, es gehe ihr schon viel besser und sie würde die Therapie lieber erst nach deiner Rückkehr fortsetzen.«

»Sie – war gar nicht bei dir?«, stottere ich fassungslos. »Aber sie hat mir doch gesagt, dass ...«

»Nein, war sie definitiv nicht«, fällt Susanna mir scharf ins Wort. »Und als deine Freundin bitte ich dich inständig: Lass es gut sein. Ich verstehe ja, dass du Mias Verhalten merkwürdig findest, aber das kann warten. Du hast dir eine Auszeit genommen, schon vergessen?«

»Trotzdem ...«

»Ich meine es ernst, Lexi: Vergiss Mia! Was kümmert es dich, ob sie gelogen hat, selbst wenn es so wäre? Solange sie keine Gefahr für sich oder andere darstellt, kann dir das im Augenblick herzlich egal sein. Du bist ihre Therapeutin, nicht ihre Babysitterin. Und gewiss ist es nicht deine Aufgabe, ihr nachzuspionieren. Wenn sie dir Lügengeschichten auftischt und damit ihren Therapieerfolg gefährdet, ist das ihr Problem, nicht deines. Sieh erst einmal zu, dass es dir besser geht, bevor du dir weiter Gedanken um andere machst. Was du brauchst, sind Ruhe und Abstand.«

»Ich weiß. Aber trotzdem. Was, wenn ...«

»Schluss jetzt! Ich will nichts mehr davon hören. Mein Gott, es ist fast Mitternacht! Geh ins Bett. Ich jedenfalls werde das tun. Wir hören uns dann morgen.«

Mit diesen Worten beendet sie das Telefonat. Und ich bleibe hellwach und fassungslos zurück.

KAPITEL 32

Lexi

Meine Schritte hallen von den Wänden wider, während ich forsch den Gang entlang und auf die Therapieräume zustrebe. Ich fröstele. Der Regen prasselt gegen die Scheiben und rüttelt an den Fenstern. Von meinem Mantel tropft Wasser, und meine Schuhe hinterlassen braune Pfützen auf dem gewienerten Parkett. Doch es kümmert mich nicht, dass ich den Boden schmutzig mache. Was ich brauche, sind Antworten.

Susannas mahnende Worte kommen mir in den Sinn.

Was zum Teufel glaubst du, dass du da tust? Du hast dir eine Auszeit genommen, schon vergessen? Lass es gut sein!

Bei der Erinnerung an unser nächtliches Gespräch steigt Wut in mir auf. Es war ein Fehler, Susanna mit meinen Sorgen in Bezug auf Mia zu behelligen, dumm zu denken, sie würde mich verstehen. Und obwohl ihr Ratschlag gut gemeint war, kann ich einfach nicht anders. Ich muss wissen, was es mit Mias Lügen auf sich hat. Unwillkürlich frage ich mich, was sonst noch alles gelogen war. Entsprach überhaupt irgendetwas von dem, was sie mir anvertraut hat, der Wahrheit?

Resolut stoße ich die Tür meines Arbeitszimmers auf. Dem hellen Flauscheteppich großräumig ausweichend, stapfe ich im Halbdunkel zu meinem Schreibtisch. Es kommt mir befremdlich vor, ihn derart sauber und ordentlich zu sehen. Normalerweise ist der Tisch mit Aktenbergen und Notizen überladen. Auf einmal komme ich mir vor wie ein Eindringling.

Mach jetzt bloß keinen Rückzieher. Du musst es wissen.
Ich öffne den Rollcontainer und ziehe Mias Patientenakte hervor. Einige Minuten blättere ich konzentriert durch meine Aufzeichnungen, dann finde ich die Information, nach der ich gesucht habe.

Die ganze Nacht über habe ich kein Auge zugetan. Die Erkenntnis, dass Mia mich nicht einmal, sondern sogar zweimal angelogen hat, brachte mich schier um den Verstand. Emotional aufgewühlt, wie ich war, starrte ich stundenlang an die Zimmerdecke und durchforstete meine Erinnerungen nach einem Hinweis, den ich womöglich übersehen hatte. Gegen vier fiel ich schließlich in einen unruhigen Halbschlaf, aus dem ich jedoch kurz darauf wieder hochschreckte, als ich endlich eine Eingebung hatte.

Nachdenklich fahre ich mit dem Zeigefinger über den Namen, den ich vor Monaten notiert habe. Ingrid Ferschner. Mias Therapeutin aus Teenagerzeiten. Mein Herz beginnt vor Aufregung wie wild zu pochen.

Es dauert nicht lang, bis ich ihre Homepage gefunden habe. Erleichtert stelle ich fest, dass Mia zumindest in diesem Punkt die Wahrheit gesagt hat. Ingrid Ferschner, eine sympathisch aussehende Frau mit kurzem grauen Haar und einer randlosen Lesebrille, betreibt ihre Praxis mit Spezialisierung auf systemische Familientherapie nicht weit von hier. Dem Foto auf ihrer Website nach zu urteilen muss sie inzwischen über sechzig sein. Ich werfe einen raschen Blick auf meine Armbanduhr. Es ist kurz vor zehn – an einem Samstagmorgen.

Egal. Einen Versuch ist es wert.

Kurzerhand wähle ich die Nummer, die sie für Notfälle angegeben hat. Nach viermaligem Klingeln geht sie tatsächlich ans Telefon.

»Ferschner.«

»Hallo, Frau Ferschner.« Ich bin atemlos vor Anspannung. »Mein Name ist Alexandra Kraft, ich bin ebenfalls Psychotherapeutin. Bitte entschuldigen Sie die Störung, aber hätten Sie vielleicht einen Augenblick Zeit für mich? Es ist wichtig.«

»Worum geht es denn?« Ihre Stimme klingt schroff. »Kann das nicht bis Montag warten? Ich wollte gerade frühstücken.«

Wie zum Beweis vernehme ich im Hintergrund das Klappern von Tellern.

»Es dauert wirklich nur einen Moment«, sage ich hastig. »Um es kurz zu machen: Ich bin in Sorge um eine Patientin. Ihr Name ist Miriam Pfeiffer. Angeblich war sie als Teenager bei Ihnen in Behandlung. Das muss vor zehn oder zwölf Jahren gewesen sein. Ich weiß natürlich, dass das lange her ist und Sie sich vermutlich nicht an sie erinnern. Trotzdem hatte ich gehofft, Sie könnten mir vielleicht bestätigen, ob Sie damals eine Ihrer Patientinnen war.«

»Der Name sagt mir gar nichts«, erwidert Frau Ferschner nach kurzem Überlegen. »Außerdem müssten Sie doch wissen, dass ich Ihnen keine Auskünfte über Patientendaten geben darf. Schweigepflicht, Datenschutz und all das.«

Ich fluche lautlos.

»Das ist mir selbstverständlich bewusst. Ich habe bloß kürzlich herausgefunden, dass Frau Pfeiffer mich im Zuge ihrer Therapie mehrfach angelogen hat. Ich habe Grund zu der Annahme, dass sie womöglich nicht die Person ist, die sie vorgibt zu sein.« Meine Stimme klingt jetzt beinahe flehentlich. »Ich erwarte auch gar nicht, dass Sie vertrauliche Inhalte mit mir teilen. Ich wüsste bloß gerne, ob sie damals bei Ihnen war. Damit wäre mir schon sehr geholfen.«

Ich halte zwei Finger verkreuzt, während ich atemlos auf ihre Reaktion warte.

»Glauben Sie denn, Frau Pfeiffer könnte eine Gefahr für sich oder für andere darstellen?«

Einen Augenblick hadere ich mit mir, was ich auf diese Frage antworten soll. »Ich habe keine Ahnung«, gebe ich schließlich zu. »Aber ich mache mir Sorgen. Sonst würde ich Sie kaum damit behelligen.«

Einen Moment herrscht Stille am anderen Ende der Leitung, dann höre ich ein Seufzen. »Also gut. Warten Sie einen Augenblick, ich sehe in der Buchhaltung nach. Ich weiß gar nicht, ob meine Aufzeichnungen überhaupt so weit zurückreichen. Aber vielleicht finde ich ja doch eine Rechnung, die auf diesen Namen lautet. Kann ich Sie in zehn Minuten unter dieser Nummer erreichen?«

»Klar.« Ich strahle und recke in stummen Triumph die Faust in die Luft. »Vielen herzlichen Dank! Ich weiß Ihre Mühe wirklich zu schätzen!«

Es dauert quälend lange zwanzig Minuten, in denen ich an den Fingernägeln kaue und das Handy zu hypnotisieren versuche, bis Frau Ferschner zurückruft. Gleich beim ersten Kleingeln hebe ich ab.

»Also, ich habe meine Buchhaltungsunterlagen der entsprechenden Jahre durchgesehen und kann Ihnen mit hundertprozentiger Sicherheit sagen, dass ich niemals eine Frau namens Miriam Pfeiffer behandelt habe«, verkündet sie. »Und Sie sind ganz sicher, dass kein Irrtum vorliegen kann? Dass ihre Patientin tatsächlich von mir gesprochen hat?«

Ich werfe einen neuerlichen Blick auf meine Notizen. Doch dort steht es, schwarz auf weiß.

»Absolut sicher.«

»Hm, dann kann ich Ihnen leider auch nicht weiterhelfen. Auf jeden Fall alles Gute.«

KAPITEL 33

Angelika

Regen peitscht mir ins Gesicht, während ich mit unbewegter Miene zu dem Backsteinbau emporstarre. Die Farbe des cremeweißen Gartenzauns ist an mehreren Stellen abgeblättert, die Fassade von Efeu überwuchert, und Marias geliebte Gartenanlage – einst feudal anmutend mit akkurat gestutzter Rasenfläche – sieht völlig verwildert aus. Ich zucke die Achseln. Mir gefällt es besser so. Dem englischen Rasen konnte ich ohnehin nie etwas abgewinnen.

Für einen Augenblick lasse ich die Erinnerungen zu, die beim Anblick des Anwesens in mir aufsteigen. Ich sehe ein schmächtiges Mädchen in ausgelatschten Converse und engen Jeans vor mir, das mit entschlossenen Schritten die Treppe zur Veranda hinaufsteigt. Beobachte Maria, wie sie das junge Ding in die Arme schließt, werfe einen Blick in das verdutze Gesicht meines Vaters.

Was in Gottes Namen tust du denn hier?

Dasselbe könnte ich dich fragen. Ich muss mit dir reden. Es geht um Mama.

Mit einem Wimpernschlag wische ich die Erinnerung beiseite.

Meine Fingerspitzen ertasten in den Taschen meiner Jeans die Konturen eines winzigen Fläschchens, und ein grimmiges Lächeln macht sich auf meinem Gesicht breit. Mit einem raschen Blick in die Reisetasche zu meinen Füßen vergewissere ich mich, dass ich alles Nötige dabeihabe. Meinen Wagen habe ich vorsorglich ein paar Straßen weiter geparkt.

Ich straffe die Schultern. Monatelang habe ich auf diesen Tag gewartet. Nun ist es endlich so weit.

Ich hole noch ein letztes Mal tief Luft, dann stoße ich das Gartentor auf, laufe die Stufen zur Veranda hoch und betätige den Klingelknopf. Atemlos lausche ich den Schritten, die aus dem Inneren des Hauses an mein Ohr dringen und allmählich näher kommen. Erst die Treppe hinunter, dann durch den Flur. Ein wenig nervös streiche ich mir eine Strähne meines feuchten Haares aus der Stirn.

Wie er wohl reagieren wird, wenn er mich sieht? Ob er mich nach all den Jahren überhaupt noch erkennt?

Bevor ich über die Antwort auf meine Fragen nachsinnen kann, wird die Tür auch schon aufgerissen.

Neugierig mustere ich den Mann, der im Türrahmen erschienen ist. Er sieht alt aus. Deutlich älter als in meiner Erinnerung. Sein einst dunkelblondes Haar ist von grauen Strähnen durchzogen, Falten zieren seine vormals makellosen Gesichtszüge, und unter seinen Lidern kann ich Ansätze von Tränensäcken erkennen. Doch noch immer erstrahlt seine Iris in einem leuchtenden Grün. Derselbe Grünton, den ich jeden Morgen im Spiegel erblicke.

»Hi, Papa.«

Mit einem Anflug von Genugtuung beobachte ich, wie sich Charlies Augen vor Überraschung weiten. Sein Mund ist leicht geöffnet, was ihm einen dümmlichen Ausdruck verleiht.

»Ich glaub's nicht«, bringt er schließlich hervor. »Angelika – bist du das wirklich? Was in Gottes Namen tust du hier?«

Beinahe wie damals.

»Ich wollte dich sehen«, säusele ich. Ich setze ein schüchternes Lächeln auf. »Was ist los? Willst du mich gar nicht hereinbitten?«

Charlie starrt mich immer noch ungläubig an. Einen Augenblick lang scheint er mit sich zu hadern, was er tun soll. Dann geht ein Ruck durch seinen Körper und er tritt wortlos zur Seite, um mich einzulassen.

Ob er weiß, dass er sich eben sein eigenes Grab geschaufelt hat?

Meine Mundwinkel zucken.

Vermutlich nicht. Weitblick war noch nie deine Stärke, nicht wahr, Paps?

Zielstrebig schiebe ich mich an ihm vorbei in den Flur. Sogleich empfängt mich der Geruch nach abgestandener Luft, und ich rümpfe leicht die Nase, während ich schnurstracks in Richtung Küche marschiere. Mein Blick fliegt von der Einbauküche im Stil der Fünfzigerjahre zu der alten hässlichen Blumentapete an den Wänden.

Als wäre die Zeit stehen geblieben.

Ohne Eile mache ich mich an den Küchenkästen zu schaffen und krame aus dem Schrank über der Spüle eine Schachtel Teebeutel hervor.

»Hat sich nicht viel verändert, seit ich zuletzt hier war. Höchste Zeit für eine Renovierung, findest du nicht auch?« Ich deute auf die altmodische Küchenzeile. Mit zwei Keramikbechern in den Händen wende ich mich schließlich zu meinem Vater um. »Tee?«

Charlie, der etwa drei Meter entfernt von mir stehengeblieben ist, starrt mich immer noch mit einer Mischung aus Unglauben und Schock an. Blass, wie er ist, sieht er aus, als würde er jeden Moment in Ohnmacht fallen.

»Was ist? Geht es dir nicht gut?«

»Ich fasse nicht, dass du tatsächlich hier bist. Nach all den Jahren Funkstille.« Unvermittelt macht er ein paar Schritte auf mich zu. »Mein Gott, du bist es wirklich«, höre ich ihn dicht an meinem Ohr sagen, während er mich mit den Armen schraubstockartig an seine Brust presst.

Ich fühle mich, als wäre ich in einer Zwangsjacke gefangen. Der Gestank seines herben Männerparfums steigt mir in die Nase, und eine neuerliche Welle von Erinnerungen droht mich zu übermannen. Das Gefühl von Ekel, das mich dabei erfüllt, ist kaum zu ertragen. Ich schnappe nach Luft. Zwinge mich, die Umarmung widerstandslos über mich ergehen zu lassen.

Beruhige dich. Der Moment der Rache wird kommen. Denk an deinen Plan.

Nach einer gefühlten Ewigkeit lässt er von mir ab. Er hält mich eine Armeslänge entfernt und mustert mich eingehend.

»Wie hübsch du bist.« Er schüttelt den Kopf. »Du bist deiner Mutter wie aus dem Gesicht geschnitten, weißt du das?«

Ich beiße die Zähne zusammen. Nur mit Mühe kann ich mich davon abhalten, ihm rüde über den Mund zu fahren.

Wie kannst du es wagen, vor mir ihren Namen auch nur in den Mund zu nehmen?

Im Bruchteil der Sekunde habe ich meine Miene wieder unter Kontrolle gebracht. Drei Jahre Schauspielstudium müssen schließlich für irgendwas gut gewesen sein.

»Danke.« Ich lächle scheu.

Sanft entwinde ich meine Hände seinem Klammergriff und wende mich erneut dem Teekessel zu. »Pfefferminze oder Blutorange?«

Er zuckt die Achseln. »Wie du willst.«

»Dann Blutorange. Holst du einstweilen den Zucker aus dem Schrank?« Ich deute auf Marias silberne Zuckerdose in der Glasvitrine hinter dem Küchentisch.

Während Charlie mir den Rücken zukehrt, ziehe ich eilig das Fläschchen aus der Hosentasche und lasse unbemerkt ein paar Tropfen in seine Tasse fallen. Die beiden Becher in Händen, sinke ich ihm gegenüber auf einen Stuhl.

»Bitte sehr«, sage ich und schiebe ihm einen davon über den Tisch hinweg zu, wobei ich ihn mit einem besorgten Blick bedenke. »Mein Gott, Paps – bist ja ganz blass um die Nase!« Ich schnalze mitfühlend mit der Zunge. »Du solltest etwas trinken. Glaub mir, der Tee wird dir guttun.«

Mit Argusaugen beobachte ich, wie er den Becher gehorsam an die Lippen führt und an der heißen Flüssigkeit nippt. Ich grinse zufrieden in mich hinein.

»Kaum zu glauben, dass neun Jahre vergangen sind, seit wir uns zuletzt gesehen haben!« Kopfschüttelnd lasse ich mich gegen die Rückenlehne sinken. »Dann erzähl doch mal, Papa. Wie ist es dir in all der Zeit ergangen?«

Er lacht kurz und freudlos auf. »Du willst wissen, wie es mir – ergangen ist? Auf einmal?«

»Nach Mamas Tod hat sich für dich alles zum Guten gewendet, nicht wahr?«, fahre ich fort, ohne eine Antwort abzuwarten. »Du hast die Professorenstelle, die du immer wolltest, und mit Marias Erbe kannst du dir endlich die Traumwohnung in der Innenstadt kaufen. Bravo, Papa!« Ich klatsche in gespielter Begeisterung in die Hände. »Und als zusätzliches Sahnehäubchen ist nun auch Alexandra an deiner Seite.«

Dann schüttle ich mitfühlend den Kopf. »Wenngleich euer Liebesglück zuletzt ein wenig getrübt worden sein dürfte. Die Arme hat es gar nicht gut verkraftet, von mir zu erfahren, nicht wahr?«

Charlie starrt mich mit unverhohlener Bestürzung an. »Woher weißt du ...?«

»Woher ich weiß, dass Alexandra noch am Leben ist?«, falle ich ihm scharf ins Wort. »Woher ich weiß, dass ihr wieder ein Paar seid?« In meinen Augen blitzt der Zorn. Unwillkürlich ballen sich meine Hände zu Fäusten. Ich atme einige Male tief durch, um mich zu beruhigen. »Ich weiß mehr als dir lieb ist. Aber das war schon immer so, nicht wahr, Papa?«

Nach und nach ist auch der letzte Rest Farbe aus Charlies Gesicht gewichen.

»Was soll das? Neun Jahre, verdammt! Neun Jahre hast du nichts von dir hören lassen. Hast meine E-Mails und Nachrichten ignoriert, meine Briefe ungeöffnet zurückgeschickt.« Seine Hände zittern vor unterdrücktem Zorn. »Wieso bist du überhaupt zurückgekehrt? Was willst du, Angelika?«

Ich lasse mir Zeit mit meiner Antwort. Beiläufig werfe ich einen Blick auf meine Armbanduhr. Lange kann es nicht mehr dauern.

»Du bist mein Vater.« Ich zucke die Achseln. »Wir sind eine Familie, schon vergessen? Ich habe doch nur noch dich.«

Charlies Fingerknöchel knacken gefährlich. »Verkauf mich nicht für dumm. Du hast bei unserem letzten Treffen mehr als deutlich gemacht, was du von mir hältst, wie sehr du mich verachtest.«

»Ich hatte gerade meine Mutter zu Grabe getragen« Ich kann nicht verhindern, dass sich meine Stimme erhebt.

Ruhig, Angelika. Lass dich nicht provozieren.

Etwas leiser füge ich hinzu: »Meine Mutter, die ich nicht mehr lebendig zu Gesicht bekommen habe, weil du mich auf ein Internat am anderen Ende der Welt geschickt hast!«

»Du weißt genau, warum du gehen musstest. Es war der einzige Ausweg.«

»Und wessen Schuld war das?«

Ich zwinge mich, einige Male tief durchzuatmen, und setze ein betont gleichgültiges Lächeln auf. Erneut werfe ich einen Blick auf die Uhr. »Aber lassen wir das. Das ist Vergangenheit, nicht wahr?«

Neugierig beobachte ich meinen Vater. Seine Miene wirkt merkwürdig entrückt, als würde es ihm schwerfallen, die Augen offen zu halten. Er schwankt auf seinem Stuhl sachte vor und zurück. Jetzt sollte es jeden Moment so weit sein.

»Was ist mit dir? Geht es dir nicht gut?«

Charlie verzieht das Gesicht.

»Ich – ich weiß nicht Mir ist auf einmal so übel. Und schwindelig.« Er schüttelt irritiert den Kopf, fasst sich an die Stirn. »Es geht bestimmt gleich wieder. Vermutlich die Nerven. Ich brauche nur ein wenig frische Luft, das ist alles.«

Schwankend stolpert er ein paar Schritte in Richtung Küchentür.

»Ich glaube nicht, dass das eine gute Idee ist«, rufe ich ihm nach. »Du solltest dich lieber setzen.«

Noch bevor ich den Satz zu Ende gesprochen habe, höre ich einen dumpfen Schlag, als Charlies Körper in sich zusammensackt und auf dem Boden aufschlägt.

Ohne Eile erhebe mich und beuge mich über die reglose Gestalt meines Vaters. Er scheint das Bewusstsein verloren zu haben, sein Atem geht schnell und flach. Ich grinse.

Pünktlich auf die Minute.

Mit flinken Fingern fessele ich seine Hände hinter dem Rücken, dann fische ich sein Handy aus der Hosentasche seiner Jeans. Wie erwartet hat er keinen Sperrcode hinterlegt. Ich werfe ihm einen beinahe mitleidigen Blick zu, während ich eine Nachricht in die Tasten hämmere.

Manche Menschen lernen es wohl nie.

Mein Lächeln ist grimmig.

Jetzt heißt es abwarten.

KAPITEL 34

Lexi

Nachdem Frau Ferschner aufgehängt hat, bleibe ich eine Weile nachdenklich sitzen. Die Erkenntnis, dass mich Mia in einem weiteren Punkt angelogen hat, jagt mir einen eisigen Schauer über den Rücken.

Was zum Teufel führst du im Schilde, Mia? Und welche Rolle spiele ich dabei, verdammt nochmal?

In Gedanken wäge ich meine Möglichkeiten ab.

Ich kenne bloß einen Menschen, der mit jetzt noch helfen könnte, mehr über Mias Identität in Erfahrung zu bringen. Unschlüssig nage ich an meiner Unterlippe, während ich durch das Telefonbuch meines Handys scrolle. Kann ich wirklich Paul – Karls besten Freund – um einen derart großen Gefallen bitten?

Bevor ich mich bewusst dazu durchgerungen habe, hat mein Zeigefinger die Entscheidung für mich getroffen und das grüne Feld am Display angestoßen. Mit angehaltenem Atem beobachte ich, wie die Verbindung aufgebaut wird. Halb hoffe ich, dass Pauls Mailbox anspringt, doch er geht bereits nach dem dritten Klingeln ran.

»Lexi!«, ruft er entgeistert. »Das ist ja eine Überraschung! Wie geht es dir?«

»Danke, Paul. Ganz gut.« Das Telefon am Ohr, schüttle ich den Kopf.

Wem will ich hier eigentlich etwas vormachen?

»Okay – das war gelogen. Um ehrlich zu sein, es geht mir alles andere als gut. In letzter Zeit ist alles, aber auch wirklich *alles* schiefgelaufen.«

Ich kann mir vorstellen, wie Paul mitfühlend das Gesicht verzieht. »Das kann ich mir denken.« Nach einer kurzen Pause fügt er hinzu: »Er vermisst dich, weißt du. Mehr als du ahnst.«

Ich schlucke. »Ich vermisse ihn auch«, höre ich mich selbst sagen und ärgere mich zugleich darüber, wie dünn und verletzlich meine Stimme klingt.

»Ich weiß, dass es vermutlich zu spät ist. Trotzdem, ich schwöre dir, Karl hat dich nicht betrogen.« Er seufzt. »Wir wissen doch beide, wie er ist. Er flirtet nun einmal gerne. Aber fremdgehen? Niemals. Dafür lege ich meine Hand ins Feuer.«

»Du bist ein guter Freund, Paul. Karl kann froh sein, dich zu haben.« Ich räuspere mich vernehmlich.

Ich höre, wie Paul tief Luft holt. »Das war es also? Besteht nicht die geringste Chance, dass du es dir nochmal anders überlegst?«

»Ich wünschte, es wäre so.« Meine Stimme klingt belegt. »Aber nach allem, was vorgefallen ist, vertraue ich Karl einfach nicht mehr. Es ist vorbei, tut mir leid.«

»Zumindest kann ich mir nicht vorwerfen, es nicht wenigstens versucht zu haben.« Er klingt enttäuscht. »Du wirst mir fehlen, Lexi. Das meine ich ernst.«

»Du mir auch«, entgegne ich und weiß, dass es stimmt. Von Karls Freundeskreis war mir Pauls ehrliche Haut immer am liebsten.

»Wie läuft es eigentlich mit deiner Freundin? Sandra, wenn ich mich recht erinnere?«

Er stöhnt. »Frag nicht. Es hat nicht geklappt. Wie es scheint war sie genauso anhänglich wie all die anderen.«

»Tut mir leid, das zu hören.«

Betretenes Schweigen entsteht.

»Was verschafft mir eigentlich die Ehre deines Anrufs?«, fragt Paul schließlich. »Du hast mich doch bestimmt nicht angerufen, um mit mir über Karl oder Sandra zu reden, stimmt's?«

»Da hast du recht.« Energisch schiebe ich den Gedanken an Karl beiseite und versuche, mich auf den wahren Grund meines Anrufs zu konzentrieren. »Ich – nun ja – es gibt da eine Angelegenheit, bei der ich deine Hilfe brauchen könnte.«

In wenigen Worten erzähle ich ihm, was ich über Mia herausgefunden – oder vielmehr nicht herausgefunden – habe.

»Ich weiß natürlich, dass Mia nicht länger meine Patientin ist. Es sollte mir egal sein, ob sie mich angelogen hat. Trotzdem – nenn es weibliche Intuition, aber irgendwas stimmt nicht mit dieser Frau. Ihr Verhalten ergibt keinen Sinn. Und ich kann nicht ruhen, bevor ich nicht die Wahrheit kenne. Du bist Polizist – du solltest das verstehen.«

Ich höre, wie Paul in seinem Zimmer auf und ab wandert. Er denkt nach.

»Was kann ich tun?«, fragt er schließlich.

»Könntest du nachsehen, ob in einer eurer Datenbanken eine Frau namens Miriam Pfeiffer aufscheint? Ich bin mir inzwischen nicht mal mehr sicher, ob das ihr richtiger Name ist, trotzdem ist es einen Versuch wert. Ich schicke dir ein Foto von ihr, wenn das hilft. Die erste Sitzung nehme ich zum Glück immer auf Video auf.« Ich zögere kurz. »Ich weiß, es ist viel verlangt. Aber immerhin hast du auch für Karl – ich meine ...« Ich weiß nicht mehr weiter und verstumme.

Eine Weile herrscht erneut Stille, sodass ich schon glaube, Paul hätte einfach aufgelegt, doch dann höre ich ihn am anderen Ende der Leitung resigniert aufseufzen.

»In Ordnung«, erklärt er widerwillig. »Ich werde sehen, was ich tun kann.«

»Danke, Paul! Du bist ein Schatz!« Ich vollführe einen Freudensprung. »Du hast ja keine Ahnung, was mir das bedeutet!«

Dann füge ich ein wenig zaghaft hinzu: »Und – Paul? Das bleibt doch unter uns, nicht wahr? Ich könnte eine Menge Ärger bekommen, sollten Mia oder meine Kolleginnen erfahren, was ich vorhabe. Bitte erzähl niemandem, worum ich dich gebeten habe. Nicht einmal Karl.«

»Du bringst mich da in eine schwierige Lage. Karl ist immerhin mein bester Freund!« Paul zögert. »Aber in Ordnung. Meinetwegen.« Bevor ich in einen neuerlichen Begeisterungssturm ausbrechen kann, setzt er nach: »Allerdings unter einer Bedingung.«

»Und die wäre?«

»Sprich mit Karl. Ich weiß, du bist wütend auf ihn, weil er hinter deinem Rücken Nachforschungen über Charlie angestellt hat, und ich kann das sogar verstehen. Aber das tat er doch nur, weil er dich so sehr liebt. Das tut er immer noch. Alles, worum ich dich bitte, ist ein letztes Gespräch. Gib ihm die Chance, alles ins rechte Licht zu rücken. Okay?«

Meine Gedanken wandern zu meinem Verlobungsring, der sich gerade irgendwo auf dem Postweg zwischen Altenhofen und der Wohnung von Karls Eltern befindet, und ich verspüre einen Anflug schlechten Gewissens.

»Versprochen.«

Sobald ich aus Italien zurück bin.

»Dann wäre das ja geklärt.« Er klingt erleichtert. »Schick mir die Fotos. Ich melde mich, wenn ich was weiß.«

Nachdem ich meinen Computer nach den Videoaufnahmen durchforstet habe, mache ich mit meiner Handykamera ein Foto von Mia in Großaufnahme und sende es Paul via SMS. Überrascht stelle ich fest, dass meine Anrufliste in der Zwischenzeit gleich mehrere verpasste Anrufe aufweist, dazu eine ungelesene Whatsapp-Nachricht.

Die Anrufe stammen allesamt von Susanna. Vermutlich ein neuerlicher Versuch mir ins Gewissen zu reden, und ich nehme mir vor, sie später zurückzurufen.

Die Nachricht hingegen stammt von Charlie.

Hallo, Alexandra. Ich weiß, dass du wütend auf mich bist. Es gibt so vieles, das ich dir nie erzählt habe, so vieles, das du nicht über mich und meine Familie weißt. Ich habe nun begriffen, dass du ein Recht hast, die ganze Wahrheit zu kennen. Alles Weitere dann persönlich. Ich warte in Marias Haus auf dich. Bitte, komm. In Liebe, Charlie

Nachdenklich starre ich auf die Worte. Lese die Nachricht noch einmal durch, Zeile für Zeile.

Ich runzle die Stirn.

Er will also endlich auspacken. Ausgerechnet jetzt? Was auch immer er glaubt, mir sagen zu müssen, hätte er mir ebenso gut gestern mitteilen können.

Meine Gedanken wandern zu den gepackten Koffern in meinem Schlafzimmer, meinem vollgetanktem Wagen, der winzigen Pension, die ich für die ersten Übernachtungen gebucht habe.

Zornig schüttle ich den Kopf.

Vor zehn Jahren! Damals wäre der richtige Zeitpunkt gewesen, mir reinen Wein einzuschenken. Nicht gestern, nicht heute, vor zehn Jahren!

Doch noch während ich auf die kryptische Nachricht starre, weiß ich, dass ich nicht widerstehen werde. Dass ich die Wahrheit kennen muss. Die ganze Wahrheit.

Ich werfe mein Handy in die Tasche und wende mich zum Gehen.

Was sind schon ein paar Stunden in Anbetracht der letzten zehn Jahre?

Die Straßen sind wie ausgestorben, und so dauert es keine zwanzig Minuten, bis mein Wagen in die Südtiroler Straße einbiegt, an deren Ende Marias Anwesen liegt. Ich parke meinen Range Rover hinter Charlies Pick-up vor dem Haus.

Einen Augenblick lang bleibe ich unschlüssig sitzen. Ich bin auf einmal nervös. Um Zeit zu schinden, klappe ich die Sonnenblende herunter und werfe einen Blick auf mein Spiegelbild. Mein Haar ist vom Regen zerzaust und feucht, unter meinen Augenlidern entdecke ich noch Spuren der Wimperntusche des gestrigen Abends. Ich rümpfe die Nase.

Dann reibe ich mir über das Gesicht, um zumindest die gröbsten Mascarareste zu entfernen – was mein Erscheinungsbild allerdings nur unwesentlich verbessert.

Schließlich löse ich den Sicherheitsgurt.

Was soll's. Ich bin schließlich nicht hier, um Charlie zu beeindrucken. Damit bin ich durch. Was ich brauche, sind Antworten. Ein letztes Gespräch, und das war's dann. Dann heißt es hallo Italien, bye-bye altes Leben.

Mit neuer Energie eile ich die Treppe zur Veranda empor und betätige den Klingelknopf. Ungeduldig lausche ich den Schritten im Flur, dann wird die Tür aufgerissen.

Doch es ist nicht Charlie, der vor mir steht.

Fassungslos starre ich auf das schmale blonde Wesen im Türrahmen.

Mia.

»Hallo, Alexandra. Danke, dass du gekommen bist«, begrüßt sie mich mit einem strahlenden Lächeln. »Komm rein. Es gibt eine Menge zu besprechen.«

KAPITEL 35

Damals. Angelika

Finster starre ich die Zimmerdecke an, während die ersten Sonnenstrahlen sich über die Baumwipfel schieben und das Zimmer in das schummrige Licht der Morgendämmerung tauchen. Dann wälze ich mich im Bett auf die andere Seite.

Die ganze Nacht über habe ich kein Auge zugetan. Jedes Mal, wenn ich kurz vor dem Einschlafen bin, sehe ich Papas Gesicht vor mir, die Hände in den Haaren der Unbekannten vergraben, und bin auf einen Schlag wieder hellwach. Eine Mischung aus Ekel und Wut steigt in mir hoch bei dem Gedanken an das schmatzende Geräusch ihrer Küsse und ihrer sich im Kerzenlicht aufbäumender Silhouetten.

Brr.

Unter der Bettdecke balle ich meine Hände zu Fäusten.

Elender Mistkerl.

Dann presse ich das Kopfkissen auf mein Gesicht, als könnte ich dadurch nicht nur der Morgensonne, sondern auch den Bildern in meinem Kopf entfliehen.

Wie konnte er Mama das antun? Ausgerechnet jetzt, wo sie mehr als sonst auf seinen Rückhalt angewiesen ist! Weiß er denn nicht, dass es bei all dem Stress nur eine Frage der Zeit ist, bis der Krebs zurückkehrt?

Auch wenn Mama fortwährend versichert, dass ich mir keine Sorgen zu machen brauche, spüre ich, dass sie tief in ihrem Herzen weiß, wie es um ihre Ehe bestellt ist. Die Distanz, die in den Jahren nach Philipps Tod zwischen ihnen gewachsen ist, gleicht dem Marianengraben, und selbst ein Blinder würde bemerken, wie sehr sie darunter leidet. Ob sie insgeheim ahnt, dass er eine andere hat?

Mein Herz krampft sich zusammen.

Mein Gott, ich hoffe nicht.

Seit ich Papa mit dieser Frau gesehen habe, zermartere ich mir das Hirn, was ich als Nächstes tun soll. Was auch immer er glaubt hier zu tun, es muss aufhören, und zwar sofort. Ich selbst werde dafür sorgen, wenn es sein muss.

Resolut schwinge ich die Beine aus dem Bett. Noch im Pyjama und mit bloßen Füßen stapfe ich den Gang hinunter und auf das Schlafzimmer meines Vaters zu. Ohne anzuklopfen, reiße ich die Tür auf. Die Hände in die Hüften gestemmt, sehe ich mich um. Überall auf dem Fußboden liegen Kleidungsstücke verstreut, sein Arbeitstisch ist von Unterlagen und Dokumenten überladen. Gleichmäßige Schnarchlaute dringen an mein Ohr, zwischen den Laken sehe ich ein haariges Bein hervorragen.

Forschen Schrittes durchquere ich das Zimmer und baue mich neben seinem Bett auf. Papa scheint mich nicht einmal zu bemerken. Wie er da mit geschlossenen Augen und halb geöffnetem Mund auf dem Rücken liegt, wirkt er völlig weggetreten, beinahe komatös.

Der Ausdruck seliger Ruhe und Entspannung in seinem Gesicht macht mich rasend vor Zorn.

War bestimmt anstrengend, die Nacht mit der Kleinen, was, Papa?

Ich schnappe mir ein Kissen und lasse es mit aller Kraft auf seinen Kopf hinuntersausen.

Die Schnarchlaute verstummen abrupt.

Mit grimmiger Genugtuung beobachte ich, wie er hochschreckt. Verwirrt sieht er sich um.

»Was soll das?«, fragt er schlaftrunken, als er mich erkennt. »Was hast du in meinem Schlafzimmer zu suchen?«

»Wir müssen reden.« Ich greife mir ein T-Shirt vom Boden und werfe es ihm zu. »Los, zieh dir was an.«

»Jetzt? Es ist sieben Uhr morgens! Siehst du nicht, dass ich noch schlafe?«

Ich rühre mich nicht von der Stelle, die Arme vor der Brust verschränkt. »Von deinen Sexeskapaden von letzter Nacht kannst du dich später erholen.«

Das hat gesessen. Die Augen meines Vaters weiten sich vor unverhohlener Bestürzung. Er setzt sich aufrecht hin.

»Wovon sprichst du?«, stammelt er. »Was für Sexeskapaden?«

Erneut lodert Hass in mir hoch.

Wie kann er es wagen!

»Du brauchst es gar nicht erst abzustreiten, ich habe euch gesehen. Ein lauschiges Plätzchen, diese Hütte im Wald. Sehr romantisch.« Ich funkele ihn wütend an.

Er schluckt sichtlich. Es ist, als könnte ich ihm dabei zusehen, wie die Gedanken in seinem Kopf durcheinanderwirbeln. Einen Augenblick lang sieht er mich nur stumm an, wägt seine Chancen ab. Schließlich senkt er schuldbewusst den Blick. »Es ist anders, als du denkst.«

Na klar. Ist es das nicht immer?

»Ja?« Ich lache kurz und freudlos auf. »Dann vögelst du also nicht hinter Mamas Rücken mit irgendeiner dahergelaufenen Schlampe?«

Charlie verzieht ob meiner Wortwahl das Gesicht, verzichtet jedoch darauf, mich zurechtzuweisen.

»Wie alt ist das Mädchen überhaupt? So, wie die aussieht, kann sie doch nicht mehr als zwei oder drei Jahre älter sein als ich. Hast du dir mal überlegt, wie ich mich dabei fühle?«

»Fünf«, sagt er tonlos, meinem Blick ausweichend.

Ich heule auf vor Wut. »Scheiße – Papa! Wie konntest du nur! Wie konntest du Mama das antun? Hast du überhaupt eine Ahnung, was du da anrichtest? Wenn Mama davon erfährt – das würde sie zerstören, das weißt du doch, oder?«

Er hat offenbar endlich begriffen, dass an Schlaf nicht mehr zu denken ist, denn er erhebt sich aus dem Bett und zieht sich das Shirt über den nackten Oberkörper.

»Deswegen wirst du die Angelegenheit auch für dich behalten. Was immer du glaubst, gesehen zu haben – es geht dich nicht das Geringste an.«

»Wir sind eine Familie! Meine Mutter, deine Frau, sitzt seit zwei Monaten zu Hause und wartet darauf, dass es Maria wieder besser geht und du endlich zu ihr zurückkehrst. Und was tust du? Du vergnügst dich mit irgendeinem x-beliebigen Mädchen aus dem Dorf, während sie betet, dass zwischen euch wieder alles in Ordnung kommt.« Fassungslos schüttle ich den Kopf. »Im Gegenteil – es geht mich sogar eine Menge an!«

Papa ist dazu übergegangen, unruhig vor mir im Zimmer auf und ab zu tigern. Von Zeit zu Zeit streicht er sich mit einer fahrigen Geste durchs Haar.

»Bitte, Angelika – tu jetzt nichts Unüberlegtes, ja? Ich verspreche dir, ich werde mit deiner Mutter darüber reden. Ich hatte es sowieso vor. Aber das ist eine Sache zwischen ihr und mir.«

Meine Augen weiten sich vor Schreck.

»Nein, das wirst du nicht! Hast du vergessen, was der Arzt gesagt hat? Das Letzte, was Mama gebrauchen kann, ist emotionaler Stress. Ich werde nicht zulassen, dass du ihren Gesundheitszustand riskierst, nur weil du dein Gewissen erleichtern willst.« Ich sehe ihm beschwörend in die Augen. »Ich sage dir, was du tun wirst: Du beendest diese Affäre, und zwar sofort. Du kommst mit mir zurück nach Hause und gibst eurer Ehe eine zweite Chance.« Ich verziehe angewidert das Gesicht. »Im Gegenzug verspreche ich, das, was ich gesehen habe, für mich zu behalten.«

Einen Augenblick scheint er über meinen Vorschlag nachzudenken. Dann senkt er betreten den Kopf. »Das kann ich nicht, tut mir leid.« Er sieht mich traurig an, als er fortfährt. »Ich wollte nicht, dass du es auf diese Weise erfährst. Aber meine Entscheidung steht fest. Ich werde nicht zu deiner Mutter zurückkehren.«

Mein Herz setzt einen Schlag aus.

»Wie bitte?«

Seine Stimme klingt jetzt fester. »Ich verstehe, wie schwer das für dich sein muss. Glaub mir, ich hatte nicht vor, dass das passiert. Aber die Frau, die du gesehen hast, ist nicht irgendein Mädchen. Ich bin in sie verliebt. Ich – liebe sie. Ich kann – und werde – meine Gefühle nicht länger verleugnen. Ich werde mich von deiner Mutter scheiden lassen.«

»Das kann nicht dein Ernst sein.« Meine Stimme ist kaum zu hören. Auf einen Schlag ist alle Farbe aus meinem Gesicht gewichen, und ich spüre, wie meine Knie weich werden.

»Wir sind eine Familie, bedeutet dir das denn gar nichts?« Fassungslos starre ich ihn an. »Ich weiß, die letzten Jahre waren nicht leicht. Erst Philipp, und dann auch noch Mamas Erkrankung. Aber du kannst doch nicht einfach alles hinschmeißen und vor deiner Verantwortung davonlaufen! Und all das wegen einer Frau, die ebenso gut deine Tochter sein könnte?«

»Ich laufe vor gar nichts weg. Was immer zwischen deiner Mutter und mir ist – du bist und bleibst meine Tochter. Und daran wird nichts auf der Welt jemals etwas ändern.«

Ein dicker Kloß hat sich in meinem Hals gebildet, und so sehr ich mich auch bemühe, ihn hinunterzuschlucken, er will einfach nicht weggehen.

»Und was ist Mama?« Ich kann nicht verhindern, dass mir die Tränen in die Augen schießen. »Kümmert es dich denn gar nicht, was mit ihr ist?«

»Deine Mutter ist ein großes Mädchen«, entgegnet Charlie leise. »Sie wird darüber hinwegkommen. Du willst es zwar nicht wahrhaben, aber unsere Ehe ist schon seit Jahren alles andere als glücklich. Glaub mir, wenn sie den Schock erst überwunden hat, wird auch sie erkennen, dass es so das Beste ist.«

Entsetzen und Verzweiflung greifen nach meinem Herzen. Meine Beine fühlen sich auf einmal an, als wären sie aus Wachs, und ich muss mich am Bettpfosten festklammern, um nicht das Gleichgewicht zu verlieren. Das darf doch alles nicht wahr sein!

Nein, nein, nein!

»Du wirst deine Affäre beenden«, wiederhole ich mit bebender Stimme. »Und dann wirst du nach Hause zurückkehren. Ich schwöre bei Gott – wenn du Mama verlässt, werde ich dir das niemals verzeihen. Hörst du – niemals.«

»Es tut mir leid, Angelika, aber das wird nicht passieren. Willkommen in der Welt der Erwachsenen.«

Eine neue Woge des Zorns erfasst mich, und ohne nachzudenken greife ich mir ein Buch vom Schreibtisch meines Vaters und schleudere es ihm mit aller Kraft entgegen. Ich verfehle seinen Kopf nur knapp. Das Buch kracht gegen den Schrank und bleibt schließlich aufgeschlagen auf dem Boden liegen.

Er steht da wie erstarrt. Nur in seinen Augen lodert nun Zorn.

»Jetzt hör mir einmal gut zu, du verwöhnte Göre.« Drohend richtet er den Zeigefinger auf mich. »Mir reicht es mit dir. Deine Wutausbrüche, die Probleme mit deinen Lehrern, die Klauerei im Einkaufszentrum ...« Er quittiert meinen überraschten Blick mit einem wütenden Schnauben.

»Ja, ich weiß davon. Und jetzt auch deine Schnüffelei – ich habe die Schnauze voll von dir! Gleich morgen nimmst du den ersten Zug nach Hause. Du wirst das, was du gesehen hast, für dich behalten und uns Erwachsene die Sache klären lassen. Und ich schwöre – wenn du nicht tust, was ich sage, schicke ich dich weit weg auf ein Internat im Ausland. Dann wirst du deine Freunde und uns frühestens zu Weihnachten wiedersehen. Hast du mich verstanden?«

Er macht einen Schritt auf mich zu. Sein Gesicht gleicht einer zornigen Fratze, und ich weiche unwillkürlich vor ihm zurück.

»Haben wir uns verstanden?«, wiederholt er, diesmal lauter.

Einen Augenblick lang starren wir einander nur wutentbrannt an.

»Ich hasse dich!«, schleudere ich ihm ins Gesicht.

Dann mache ich auf dem Absatz kehrt und stürme aus dem Zimmer. Tränen der Wut und der Verzweiflung strömen über meine Wangen, doch ich bemerke es kaum.

Durch meinen Kopf schießt nur ein einziger Gedanke: *Das wird ihm noch leidtun. Verdammt leid.*

KAPITEL 36

Lexi

M ia! Was in aller Welt tust du denn hier?«
Fassungslos starre ich die schmale Gestalt an, die
mit zuckenden Mundwinkeln vor mir im Türrahmen lehnt.
Anders als sonst trägt sie ihr Haar zu einem strammen
Pferdeschwanz gebunden, dazu ausgewaschene Jeans und
ein Shirt mit dem Aufdruck einer Band, von der ich noch
nie gehört habe.

Sie grinst. »Du solltest dein Gesicht sehen. Einmalig.«
Dann wird sie wieder ernst. »Du willst wissen, warum ich
hier bin? Das ist eine lange Geschichte. Wobei – so lang
nun auch wieder nicht.« Sie zuckt die Achseln und deutet
einladend auf den Eingang. »Komm doch erst einmal herein, dann erkläre ich dir alles.«

Die Intensität ihres Blicks verursacht mir eine Gänsehaut, selbst wenn ich nicht genau sagen kann, woran es
liegt. Ihre grünen Augen wirken hungrig, beinahe bedrohlich. Einen Moment lang überlege ich, einfach auf dem
Absatz kehrtzumachen. Schließlich siegt die Neugierde
über die Vernunft.

*Bist du nicht genau deshalb hergekommen? Um Ant-
worten zu finden?*

Zögernd betrete ich die Diele. In meinem Kopf
herrscht heilloses Durcheinander. Was hat Mia in Marias
Haus zu suchen? Und wo zum Teufel steckt eigentlich
Charlie?

Krachend fällt die Eingangstür hinter mir ins Schloss.
Ich zucke zusammen. Aus dem Augenwinkel sehe ich, wie

Mia den Riegel vorschiebt, und das mulmige Gefühl in meinem Magen verstärkt sich.

»Wieso versperrst du die Tür?«

»Ich möchte nicht, dass uns jemand stört.« Sie sieht mich an. »Lass uns in die Küche gehen, ja? Ich mach uns Tee.«

Doch ich rühre mich nicht von der Stelle. »Im Ernst, Mia. Was machst du hier? Woher kennst du Charlie? Und was zum Teufel hast du in seinem Haus zu suchen?«

Mia dreht sich zu mir um. »Hast du denn immer noch nicht eins und eins zusammengezählt?« Ein beinahe mitleidiges Lächeln huscht über ihr Gesicht. »Sonst bist du schließlich auch nicht auf den Kopf gefallen.«

»Sag schon, Mia – was läuft hier? Was begreife ich nicht?«

Ihre Geheimnistuerei, gepaart mit übertriebener Gelassenheit, treibt mir die Zornesröte auf die Wangen. Wie ein bockiges Kind verschränke ich die Arme vor der Brust. »Ich gehe keinen Schritt weiter, bevor du mir nicht sagst, was los ist.«

Mia scheint ihren Informationsvorsprung regelrecht zu genießen, was mich nur noch wütender macht.

»Also gut.« Sie verdreht die Augen. »Ich helfe dir ein wenig auf die Sprünge. Miriam Pfeiffer existiert nicht, ich habe sie frei erfunden. Mein richtiger Name lautet Angelika Stegner.« Sie blickt mich erwartungsvoll an. »Na – klingelt da etwas bei dir?«

Es dauert eine Weile, bis ich den Bedeutungsgehalt ihrer Worte in ihrer ganzen Tragweite erfasst habe. Meine Augen weiten sich.

»Du bist ...«, stammele ich. »Charlie ist ...«

»Ganz genau. Ich bin Angelika, Charlies Tochter.« Sie strahlt mich an und klatscht zufrieden in die Hände. »Na bitte. So schwer war das doch gar nicht. Und nachdem wir das geklärt haben, komm weiter in die Küche. Ich hab keine Lust, ewig hier im Flur herumzulungern. Charlie wartet da schon auf dich.«

Mein Herz setzt einen Schlag aus, nur um dann umso heftiger zu pochen. Überraschung und Panik streiten in mir um die Oberhand. Mühsam versuche ich, die soeben gehörten Informationen zu verarbeiten.

Mia ist in Wahrheit Angelika. Charlies Tochter.

Im Bruchteil einer Sekunde sehe ich die Ereignisse der letzten drei Monate wieder vor mir. Die zahlreichen Therapiesitzungen, die tiefschürfenden Gespräche, unser beinahe freundschaftlicher Umgang, unser zufälliges Treffen vor dem französischen Bistro, das Gefühl von Verbundenheit, das ich in ihrem Beisein empfunden habe. Ich sehe die Tränen in ihren Augen, als sie vom Tod ihres Bruders erzählt, spüre die mitfühlende Berührung ihrer Hand, nachdem ich ihr von meiner Vergangenheit mit Charlie berichtet habe. Ihr Ratschlag kommt mir in den Sinn – Charlie trotz allem, was vorgefallen ist, die Gelegenheit zu einer Aussprache zu geben.

Verwirrt schüttle ich den Kopf.

Das ergibt keinen Sinn. Es sei denn ...

»Seit wann weißt du es?« Ich kann vor Anspannung kaum sprechen. »Von Charlies und meiner Affäre, meine ich. Als du damals zu mir in die Praxis kamst – wusstest du da schon Bescheid?«

»Natürlich«, entgegnet Mia schlicht. »Oder was glaubst du, warum ich mich freiwillig in Therapie begeben habe? Dachtest du wirklich, das wäre wegen meiner angeblichen Anpassungsstörung?« Sie schnaubt verächtlich. »Ich bitte dich, Alexandra. Ich dachte, du wärst eine bessere Therapeutin.«

Meine letzte Hoffnung fällt in sich zusammen wie ein wackeliger Turm Mikadostäbe. Das Gefühl des Verrats, das sich in meinem Inneren breitmacht, lässt mich nach Luft ringen.

»Aber – wieso?« Meine Stimme klingt tonlos. »Wozu der Aufwand, eine psychische Belastung vorzuspielen? Was wolltest du damit denn bezwecken?«

Mia zuckt die Achseln.

»Nenn es Neugierde. Ich wollte dich kennenlernen. Der Frau persönlich gegenübertreten, die meine Familie, mein Leben, zerstört hat.«

Der Hass in ihrer Stimme macht mir Angst. Mein Kopf dröhnt, während ich zu begreifen versuche, was Mia mir eben offenbart hat. Die Gedanken wirbeln so heftig durcheinander, dass es mir schwerfällt, einen davon zu fassen zu bekommen.

»Dann war alles gelogen? Die traurige Geschichte vom Tod deines Bruders, das Scheitern der Ehe deiner Eltern, die Affäre mit Christopher Wiebald – alles frei erfunden?«

Mia schüttelt lächelnd den Kopf. Wie schon zuvor habe ich den Verdacht, dass sie mehr und mehr Gefallen an unserem Frage-Antwort-Spiel findet.

»Abgesehen von Christopher entsprach das meiste sogar der Wahrheit, sieht man mal von ein paar Auslassungen und Details ab. Du hast nur nicht zugehört, die Puzzleteile nicht richtig zusammengesetzt.«

Ein versonnenes Lächeln huscht über ihr hübsches Gesicht. »Schon seit Wochen warte ich darauf, dass du von selbst dahinterkommst. Dass du endlich begreifst, mit wem du es zu tun hast, wer hinter den Anschlägen auf dein beschissen perfektes Leben steckt. Doch wie es scheint, hat mir mein alter Herr mit seinen verfluchten Lügen einen Strich durch die Rechnung gemacht.« Sie zuckt die Achseln. »Macht nichts. So erfährst du es eben jetzt.«

Für den Bruchteil einer Sekunde glaube ich, so etwas wie Schmerz in ihren Augen aufflackern zu sehen. Dann spricht sie weiter. »Kannst du dir vorstellen, wie wütend ich war, als ich herausfand, dass er dir meine Existenz verschwiegen hat? Stell dir das vor – das eigene Kind zu verleugnen! Wer tut denn sowas? Aber letzten Endes ist es gleich. Du bist keinen Deut besser als er. Fakt ist: Du hast eine Ehe zerstört und nicht einmal einen Gedanken daran verschwendet, wer unter deiner schmutzigen Affäre zu leiden hatte.«

Erneut droht mich ein Schwall von Erinnerungen zu überwältigen, und ich muss mich am Türrahmen festklammern, um nicht vor ihr in die Knie zu sinken.

Atme, Lexi, atme. Reiß dich zusammen. Verlier jetzt bloß nicht das Bewusstsein.

»Das Bild meiner Schwester hinter meiner Windschutzscheibe, das Foto von der Hütte auf meiner Kommode, das Rattengift, der Brand – das alles bist du gewesen, nicht wahr?«, bringe ich schließlich heraus.

»Bingo«, trällert sie. Gedankenverloren läuft sie im Flur vor mir auf und ab, wobei sie mich jedoch keine Sekunde aus den Augen lässt. »Und vergiss nicht Karl! Es hat mich Wochen gekostet, bis ich ihn endlich in einer kompromittierenden Situation erwischt habe. Und dann hat dieser Langweiler nicht einmal die Eier gehabt, Nägel mit Köpfen zu machen. Er hat die Frau aus der Bar tatsächlich laufen lassen.« Sie verzieht entnervt das Gesicht. »Offenbar liebt er dich wirklich, wer hätte das gedacht.«

Übelkeit brandet in mir hoch, und ich fühle, wie mich heftiges Schwindelgefühl erfasst, doch ich weigere mich, den Überlastungserscheinungen meines Körpers nachzugeben.

»Das war also dein Masterplan? Mich in den Wahnsinn treiben, mir alles nehmen, was ich liebe, und dich dabei zugleich noch als meine Freundin ausgeben?« Ich starre sie an. »Aber wieso? Du hast doch selbst zugegeben, dass ich nichts von deiner Existenz wusste! Und meine Affäre mit Charlie ist jetzt wie lange her? Zehn Jahre? Warum jetzt?«

»Wie sagt man so schön: Rache ist ein Gericht, das am besten kalt serviert wird.« Sie verzieht keine Miene, als sie sich des alten Sprichworts bedient.

Ich spüre, wie sich Wut in mir zusammenballt. Ihre Blicke treffen auf die meinen, und ein neuerlicher Schauer läuft mir über den Rücken.

Wo zur Hölle bin ich da hineingeraten?

»Das Schlimme ist, mit der Zeit mochte ich dich sogar ganz gut leiden.«

Sie zuckt gleichgültig die Achseln. »Wie auch immer. Das spielt jetzt keine Rolle mehr. Kommst du nun endlich weiter? Es ist alles vorbereitet.«

Angst greift nach meinem Herzen, während ich in Mias entschlossenes Gesicht starre. Eines ist klar – ich muss es irgendwie schaffen hier unbeschadet herauszukommen. Wie beiläufig lasse ich meinen Blick zum Ausgang wandern. Von der Eingangstür trennen mich nur drei Schritte, vielleicht vier. Mia hat zwar den Riegel vorgeschoben, doch ich bin größer und stärker als sie.

Als hätte sie meine Gedanken gelesen, wendet sie sich in einer blitzschnellen Bewegung um und dreht den Schlüssel, der auf der Innenseite der Tür steckt, zweimal im Schloss, bevor sie ihn in die Hosentasche gleiten lässt.

»Denk gar nicht erst daran wegzulaufen. Es gibt kein Entkommen für dich. Und jetzt bitte ich dich ein letztes Mal, sonst wird es hässlich – komm weiter in die Küche.«

Reglos verharre ich an Ort und Stelle, wild entschlossen, mich von dieser verrückten Göre nicht einschüchtern zu lassen. Meine Hände ballen sich zu Fäusten.

»Sperr sofort die Tür wieder auf. Ich habe keine Ahnung, was du hier treibst, aber mir reicht es mit deinen

Spielchen.« Ich hole tief Luft und füge hinzu: »Und nur, damit du es weißt: Gleich morgen gehe ich zur Polizei und erstatte Anzeige gegen dich.«

Zur Bekräftigung meiner Worte mache ich einen drohenden Schritt auf sie zu.

Doch Mia lächelt bloß mild, sie wirkt nicht im Mindesten überrascht oder gar ängstlich. Stattdessen fährt sie mit der Hand in den Bund ihrer Jeans und zieht einen kantigen Gegenstand daraus hervor. Erst jetzt fallen mir die hauchdünnen Latexhandschuhe auf, die sie trägt.

»Das glaube ich kaum«, entgegnet sie beinahe heiter und richtet den Lauf ihrer Glock auf meine Brust. »Und jetzt vorwärts. In die Küche mit dir!«

Mit wachsendem Entsetzen starre ich auf die Mündung.

Langsam, Schritt für Schritt, weiche ich vor ihr zurück.

»Was zum Teufel soll das?« Meine Stimme klingt fremd und schrill in meinen Ohren. »Bitte, Mia, tu das nicht. Können wir uns nicht wie Erwachsene miteinander unterhalten?«

Doch sie antwortet nicht, dirigiert mich stattdessen wortlos den Flur entlang und durch die angelehnte Küchentür.

»Setz dich dorthin.« Sie fuchtelt mit der Waffe und zeigt auf einen der Küchenstühle.

Ich unterdrücke einen Fluch, tue aber, wie mir geheißen. Hinter meiner Stirn beginnt es wie wild zu pochen.

Wie konnte ich nur so dumm sein, ihr in die Falle zu gehen? Wieso in aller Welt bin ich ihr bloß ins Haus gefolgt?

Während ich mich vorsichtig rückwärts bewege, stößt mein Fuß gegen etwas Hartes. Ich strauchele, beinahe wäre ich gestürzt. Ich blicke zu Boden, und mit Entsetzen erkenne ich die Gestalt, die regungslos und mit gefesselten Händen auf dem Küchenboden liegt.

»Charlie!«

Ich vergesse alle Vorsicht und knie neben ihm nieder. Zaghaft rüttle ich an seiner Brust. Seine Augen sind geschlossen, und das Gesicht ist unnatürlich fahl, doch zumindest weist er keine erkennbaren Verletzungen auf. Mit zitternden Händen fühle ich an seinem Handgelenk nach dem Puls. Ich spüre ein schwaches Pochen, und eine Woge der Erleichterung durchflutet mich.

Gott sei Dank – er lebt!

Zornig funkele ich Mia an. »Was hast du mit ihm gemacht?«

»Lass ihn liegen«, entgegnet Mia unbekümmert und deutet erneut auf den mir angewiesenen Platz. »Er macht ein Nickerchen. Ich habe ihm ein Beruhigungsmittel verabreicht. Keine Sorge, schon bald ist er wieder auf den Beinen.«

Ich starre sie einen Augenblick lang hasserfüllt an, bevor ich mich aufrappele und am Küchentisch niederlasse.

»Und was jetzt?« Angriffslustig recke ich das Kinn, peinlich darum bemüht, nicht in den Lauf der Waffe zu blicken, die immer noch geradewegs auf meine Brust gerichtet ist. »Wie sieht der Plan aus? Was hast du mit uns vor, verdammt?«

»Hatte ich das nicht bereits geschrieben? Du sollst die Wahrheit erfahren. Die ganze Wahrheit.« Sie lächelt wieder dieses seltsame Lächeln. »Aber zunächst wirst du ein paar rührselige Worte für mich verfassen.« Sie deutet auf einen Stapel Druckerpapier und eine Handvoll Stifte vor mir auf dem Tisch. »Einen Abschiedsbrief, verstehst du?«

KAPITEL 37

Karl

Ihre Augen blitzen verführerisch, als sie die Hände an meine Wangen legt und sich langsam zu mir herabbeugt. Ihre Haarspitzen streifen meine nackte Brust und kitzeln meine Brustwarzen. Ich recke mich ihr entgegen, und endlich kann ich ihre Lippen auf den meinen spüren. Ich fühle, wie sich in meiner Leistengegend etwas regt.

»Ich liebe dich«, haucht sie zwischen zwei Küssen, während ihre Hände langsam abwärts wandern und in meinen Boxershorts verschwinden. »Es tut mir leid, dass ich an deiner Treue gezweifelt habe. Ich werde es wiedergutmachen. Ich verspreche es.«

»Oh, Lexi«, stöhne ich.

Ich ziehe sie noch ein wenig näher an mich heran und übersäe ihren Hals mit Küssen. »Ich liebe dich auch.« Mit bebenden Fingern mache ich mich an dem Verschluss ihres BHs zu schaffen. Endlich habe ich die letzten Häkchen gelöst und ihre wunderschönen Brüste freigelegt, als ...

Das Klingeln meines Handys reißt mich unbarmherzig aus dem Schlaf.

Ich kneife die Augen zusammen in dem verzweifelten Versuch, die Geräuschkulisse auszublenden und an dem Traum festzuhalten, der gerade erst so richtig gut geworden ist. Doch vergebens. So sehr ich mich auch bemühe, es will mir einfach nicht gelingen, Lexis nackten Körper wieder heraufzubeschwören.

Verfluchte Scheiße.

Mit halb geschlossenen Lidern taste ich nach dem Telefon auf meinem Nachttisch und werfe einen Blick auf das Display.

Verdammt, Paul! Hätte das nicht warten können? Wenigstens noch ein paar Minuten?

Widerwillig nehme ich das Gespräch an.

»Was gibt's?«

»Hey, Karl.« Seine Stimme klingt für einen Samstagmorgen unangemessen ausgeschlafen. Er wirkt hellwach, beinahe gehetzt. »Entschuldige die frühe Störung, aber hast du einen Moment Zeit?«

»Was gibt's denn?«

Schlaftrunken werfe ich einen Blick auf den Wecker am Nachttisch. Es ist schon nach elf. Trotzdem fühle ich mich wie gerädert. Erst gegen zwei Uhr morgens habe ich den Heimweg aus der Kanzlei angetreten und mir dann noch den einen oder anderen Whisky hinter die Binde gekippt, bis ich endlich einschlafen konnte. Meine unfreiwillige Rückkehr ins Junggesellenleben scheint mir nicht gerade gut zu bekommen.

»Wenn es um das Spiel heute Abend geht – wir treffen die anderen gegen halb neun im Pub. Ich kann dich um sieben abholen, dann können wir unterwegs noch einen Happen essen gehen.«

»Das passt wunderbar für mich, aber deswegen rufe ich nicht an.«

Ich runzele die Stirn. »Weshalb sonst?«

»Es – es geht um Lexi. Sie ist nicht zufällig bei dir?«

Ich lache kurz und freudlos. »Schön wär's. Wieso fragst du?«

»Mist.«

Einen Augenblick scheint er mit sich zu hadern, dann beginnt er zu erzählen. »Sie hat vor etwa einer Stunde angerufen und mich gebeten, in den Polizeidatenbanken nach einer ihrer Patientinnen zu suchen.« Ich höre, wie er tief einatmet. »Eigentlich hat sie mir das Versprechen abgerungen, dir nichts davon zu sagen, doch jetzt geht sie nicht mehr ans Telefon, und das, was ich eben herausgefunden habe, lässt mir keine Ruhe. Ich mache mir Sorgen, Karl.«

Ich spüre, wie sich mein Puls beschleunigt, und ich richte mich kerzengerade im Bett auf.

»Langsam, der Reihe nach. Was ist passiert? Was hast du erfahren?«

»Wie ich schon sagte, Lexi hat mich heute Morgen angerufen. Sie klang verstört, flehte mich regelrecht an, eine gewisse Miriam Pfeiffer zu überprüfen. Sagt dir der Name irgendwas?«

Ich denke einen Augenblick lang nach, dann schüttle ich den Kopf. »Nein, den Namen hab ich noch nie gehört. Was ist mit ihr?«

»Lexi hat Wind davon bekommen, dass Frau Pfeiffer sie mehrfach angelogen hat. Das ließ ihr keine Ruhe, weshalb sie mich um Hilfe bat.«

Ich runzle die Stirn. »Ich dachte, Lexi wollte sich eine Auszeit von der Arbeit nehmen. Ein paar Wochen Urlaub machen. Was kümmert es sie da überhaupt, was mit ihrer Patientin ist?«

»Das habe ich mich auch gefragt. Aber sie klang so panisch, ich konnte ihr die Bitte einfach nicht abschlagen. Und wie es aussieht, lag sie mit ihrem Bauchgefühl ganz richtig. Eine Frau namens Miriam Pfeiffer existiert nicht. Jedenfalls keine, die zu den Aufnahmen passt, die Lexi mir geschickt hat. Doch pass auf, jetzt kommt's: Das Mädchen auf den Fotos kam mir seltsam bekannt vor, mir fiel nur nicht ein, wieso. Dann ist es mir wieder eingefallen. Ich habe eben nochmal nachgesehen und die Daten abgeglichen. Es besteht kein Zweifel: Lexis ominöse Patientin ist niemand anderer als Angelika Stegner.«

Einen Augenblick herrscht atemlose Stille.

»Das ist in der Tat merkwürdig«, sage ich schließlich.

»Das meine ich auch. Weshalb sollte sich Angelika Stegner, Charlies Tochter, ausgerechnet Lexi als Therapeutin aussuchen? Noch dazu unter falschem Namen? Irgendetwas ist faul an der Sache. Der Zufall ist einfach zu groß. Was will sie von ihr?«

Ich nicke nachdenklich. Eine steile Falte hat sich zwischen meinen Augenbrauen gebildet.

»Ich weiß nicht, ob sie dir davon erzählt hat, aber Lexi klagt schon seit Monaten, dass merkwürdige Dinge passiert sind. Ich habe dem nicht allzu viel Bedeutung beigemessen, dachte, es wäre bloß ihre übliche Paranoia. Und du meinst ...«

»Ich weiß es nicht.« Pauls Stimme klingt unsicher, so kenne ich ihn gar nicht. »Sie hat sich so verängstigt, so verstört angehört. Das passt gar nicht zu ihr. Und jetzt geht sie nicht einmal ans Telefon? Ich mache mir Sorgen, Karl. Ich weiß, ihr seid nicht länger ein Paar, und vermutlich ist ohnehin alles in bester Ordnung, aber würdest du mir den Gefallen tun und nach ihr sehen? Ich würde ja selbst nach Altenhofen fahren, doch ich wurde spontan zu einer Observierung eingeteilt und kann hier unmöglich weg.«

Mit einem Satz springe ich aus dem Bett. Meine Müdigkeit ist auf einmal wie weggeblasen.

»Ich bin schon unterwegs. Danke, dass du mir Bescheid gegeben hast. Ich rufe dich an, sobald ich etwas von ihr höre.«

Nachdem ich das Telefonat beendet und eilig Jeans und ein langärmeliges Shirt übergestreift habe, wähle ich Lexis Nummer. Mir fällt zwar kein plausibler Grund ein, weshalb sie Pauls Anrufe absichtlich ignorieren sollte, doch ein Versuch ist es wert.

Das Freizeichen ertönt, und es klingelt einige Male, dann springt die Mailbox an.

Hier ist Alexandra Kraft. Bitte hinterlassen Sie eine Nachricht nach dem Signalton.

Ohne eine Nachricht zu hinterlassen, beende ich die Verbindung.

Verdammt.

Ich spüre ein ungutes Kribbeln in der Magengegend und mahne mich zur Gelassenheit.

Entspann dich. Wahrscheinlich ist Lexi bloß Joggen gegangen und hat ihr Handy zu Hause vergessen.

Doch mein Instinkt sagt mir, dass das nicht stimmt.

Entschlossen greife ich nach meinen Autoschlüsseln und stürme aus dem Haus.

KAPITEL 38

Lexi

Tränen tropfen von meiner Nasenspitze und hinterlassen hellblaue Pfützen auf dem Papier. Die Worte verschwimmen vor meinen Augen, und ich muss heftig blinzeln, um überhaupt etwas zu erkennen.

> Liebe Mama, lieber Papa, wenn ihr diesen Brief lest, werde ich nicht mehr da sein. Der Gedanke daran, was für Kummer ich euch bereite, bricht mir das Herz. Bitte – gebt nicht euch die Schuld. Ihr wart großartige Eltern. Ich habe euch geliebt. Ich weiß, ihr könnt meine Beweggründe nicht verstehen, aber ihr könnt mir glauben, wenn ich sage, dass es so das Beste ist. Ich sehe keinen Sinn mehr in meinem Leben, keinen anderen Ausweg.

Für einen Augenblick halte ich schniefend inne. Jede Faser meines Körpers schreit danach, den Stift niederzulegen, die Beine in die Hand zu nehmen, wegzurennen. Vorsichtig blicke ich auf. Mia steht ein paar Meter entfernt, gedankenverloren an die Wand gelehnt, die Mündung ihrer Waffe zeigt vage in meine Richtung. Es ist hoffnungslos. Selbst wenn es mir entgegen aller Wahrscheinlichkeit gelänge, sie zu überwältigen und es irgendwie unbeschadet nach draußen zu schaffen – was passiert dann mit Charlie? Ich kann ihn unmöglich allein hier zurücklassen.

Ich werfe ihm einen verstohlenen Blick zu.

Wach auf, verdammt! Wir müssen hier raus!

Doch Charlie erhört mein stummes Flehen nicht. Noch immer liegt er regungslos am Küchenboden, die Arme vor dem Körper gefesselt, seine Brust hebt und senkt sich sanft im Takt seiner Atemzüge.

Komm schon, Charlie! Wach auf!

Ich habe zwar keinen blassen Schimmer, was Mia vorhat, doch es steht außer Frage, dass es ein böses Ende mit uns nehmen wird, wenn nicht bald etwas geschieht. Während ich mit bebenden Fingern weitere Worte zu Papier bringe, zermartere ich mir das Hirn nach einem Ausweg.

Mein Handy liegt außerhalb meiner Reichweite auf dem Beifahrersitz meines Wagens. Auch von den Nachbarn ist keine Hilfe zu erwarten. In Anbetracht der großzügigen Gartenanlage, von der Marias Haus umgeben ist, wäre es unsinnig, darauf zu hoffen, dass jemand auf meine Hilferufe reagieren würde.

Gibt es denn niemanden, der weiß, wo ich bin? Niemanden, der nach mir suchen würde, wenn er nichts von mir hört?

Susanna kommt mir in den Sinn. Nach unserem Gespräch gestern macht sie sich bestimmt Sorgen um mich. Ob sie wohl Alarm schlägt, wenn sie mich nicht erreicht? Die Wahrscheinlichkeit ist nicht groß, trotzdem keimt ein Funken Hoffnung in meiner Brust.

Du musst Zeit schinden. Vielleicht kannst du Mia lange genug hinhalten, bis jemand auf die Idee kommt, nach dir zu suchen. Das ist deine einzige Chance.

Den Stift in der Hand, wende ich mich an Mia.

»Das Foto auf meiner Kommode, Sammy, der Rattengift gefressen hat, obwohl er doch den ganzen Tag daheim war – das war echt heimtückisch.« Ich erschauere. »Trotzdem begreife ich es immer noch nicht. Wie hast du das gemacht? Wie bist du überhaupt in mein Haus gelangt?«

»Wie ich hineingekommen bin?« Mia, die gedankenverloren aus dem Fenster gestarrt hat, sieht überrascht auf.
Halb erwarte ich, dass sie mich anbrüllen und auffordern
wird, weiterzuschreiben, doch zu meiner Überraschung tut
sie nichts dergleichen.

Stattdessen zuckt sie die Achseln. »Maria. Sie hatte einen
Schlüssel zu eurem Haus, wusstest du das etwa nicht?« Sie
grinst. »Eigentlich von fast allen in der Nachbarschaft. Ich
weiß das, weil ich ihr als kleines Mädchen oft geholfen
habe, die Blumen zu gießen, wenn ihr auf Urlaub wart. Sie
bewahrte sie an einem riesigen Schlüsselbund im Schuppen
auf, für den Fall, dass irgendwo Not am Mann war.«

Ich nicke langsam. Die Erklärung war so einfach, dass
ich beinahe darüber gelacht hätte, wenn es nicht so verdammt traurig gewesen wäre. Ein eisiger Schauer läuft mir
über den Rücken bei der Vorstellung, wie sie in meiner
Abwesenheit heimlich in meinem Haus ein- und ausgegangen sein muss.

*So einfach. So perfide. Wieso habe ich bloß nicht selbst
daran gedacht?*

»Und das Foto von der Hütte? Die Aufnahme von Alice
und mir? Wie bist du da rangekommen?«

Sie wirft mir einen mitleidigen Blick zu und deutet mit
einer Kopfbewegung in Richtung Küchenfußboden.

»Charlie.« Ihre Miene ist auf einmal finster. »Er hat
alles aufbewahrt. Jedes einzelne beschissene Erinnerungs-
stück. In Marias Keller stehen schachtelweise Fotos von
jenem Sommer. Ich brauchte sie nur an mich zu nehmen.«

Ich schlucke.

*Weiter so, Lexi. Frag sie etwas. Irgendetwas. Verschaff
dir mehr Zeit.*

»Da ist noch was, was ich nicht verstehe. Charlie –
wusste dein Vater die ganze Zeit über, dass du zurück
warst? Dass du dich als meine Patientin ausgegeben hast?«

Ich reiße die Augen auf, als mich ein schrecklicher Gedanke überfällt. »Habt ihr womöglich sogar gemeinsame Sache gemacht?«

Sie lacht vor Überraschung laut auf.

»Mein Gott, nein. Der arme Trottel erkennt eine Gefahr doch nicht einmal, wenn sie ihm ins Gesicht spuckt.« Sie kichert über ihren eigenen Scherz. »Nein. Charlie hatte von alledem keine Ahnung. Und jetzt – schreib weiter. Du solltest inzwischen längst fertig sein.«

Mit federnden Schritten kommt sie auf mich zu und blickt über meine Schulter. Ihr ekelerregend süßliches Parfum dringt mir in die Nase und ich schlucke, um mich nicht auf der Stelle zu übergeben.

Atme, Lexi, atme. Du darfst nicht zusammenbrechen. Du schaffst das!

Sie nickt zufrieden. »Das ist gut. Richtig gut. Jetzt noch ein paar Sätze über Alice, würde ich sagen. Irgendetwas von wegen, dass du ihren Tod niemals überwunden hast. Das klingt doch plausibel, meinst du nicht?«

Hass kocht in einer Intensität in mir hoch, wie ich sie nie zuvor verspürt habe. All meine Muskeln verkrampfen sich, und mit einem knackenden Geräusch zerbricht der Kugelschreiber in meiner Rechten.

»Du hast nicht die geringste Ahnung von meiner Beziehung zu meiner Schwester. Wage es nicht, ihren Namen auch nur in den Mund zu nehmen!«

Unbeirrt schiebt mir Mia einen neuen Stift zu. »Was ich weiß, reicht vollkommen. Hättest du dich damals nicht an meinen Vater rangemacht, wäre sie heute noch am Leben. Du hast Schuld an ihrem Tod, hast du das etwa immer noch nicht begriffen?«

»Lass Alice aus dem Spiel«, bringe ich zwischen zusammengepressten Lippen hervor. Ich verspüre ein schmerzhaftes Pochen hinter meiner Stirn. »Das Feuer war ein Unfall.«

Doch Mia lacht höhnisch. Wie sie so dasteht, die Waffe in der einen, die andere Hand lässig in die Hüfte gestemmt, hat sie keinerlei Ähnlichkeit mehr mit der sympathischen jungen Frau aus meiner Praxis. »Das glaubst du wirklich, nicht wahr?«

Dann winkt sie ab. »Wie auch immer. Dafür haben wir später noch genug Zeit. Und um das Ganze ein wenig zu beschleunigen, sage ich dir jetzt, was du schreiben sollst.« Sie leckt sich die Lippen und diktiert dann so langsam, dass ich mitschreiben kann.

»Ich habe es euch nie gesagt, aber es war meine Schuld, dass Alice damals in der Hütte war. Ich habe sie dorthin gelockt und dann alleingelassen. Es tut mir so leid. Keinen Augenblick länger kann ich mit dem Wissen leben, dass meine Schwester meinetwegen tot ist. Ich vermisse sie so sehr, und die Schuld – ich ertrage sie nicht mehr. Ich hoffe, ihr könnt mir eines Tages verzeihen. In Liebe, Alexandra.«

Mein Mund steht vor Entsetzen weit offen. Unfähig, auch nur einen Buchstaben zu Papier zu bringen, starre ich sie an.

Mia fuchtelt drohend mit der Waffe. Ihre Augen haben einen wilden Ausdruck angenommen. »Ich hab dir gesagt, du sollst schreiben! Also los, wird's bald?«

Meine Hände zittern so heftig, dass ich kaum den Stift halten kann, und so dauert es eine gefühlte Ewigkeit, bis ich den Brief endlich zu Ende geschrieben habe. Mit wachsender Verzweiflung überlege ich, wie ich sie weiter in ein Gespräch verwickeln kann. Erneut werfe ich Charlie einen hilfesuchenden Blick zu.

Komm schon. Wach auf, verdammt!

In diesem Augenblick vernehme ich auf einmal ein Stöhnen vom Fußboden her. Ohne Mias Reaktion abzuwarten, springe ich auf und sinke an seiner Seite zu Boden.

»Charlie!« Meine Stimme ist tränenerstickt. »Charlie, bist du wach? Geht es dir gut? So sag doch was! Irgendwas!«

Ich erwarte schon, dass Mia mir Einhalt gebietet, aber sie ist teilnahmslos stehengeblieben und beobachtet mit gleichgültiger Miene die Szenerie, die sich ihr bietet.

»Hi, Papa«, sagt sie träge. »Hast du endlich ausgeschlafen?«

Stöhnend richtet sich Charlie auf. Er bewegt die Schultern, die gefesselten Arme müssen schmerzen, während sein Blick erst zu mir, blass und verweint zu seinen Füßen, und schließlich zu Mia schweift, die mit der Waffe in der Rechten an der Tischkante lehnt. Erschrocken sieht er wieder mich an.

»Lexi«, murmelt er. »Was tust du denn hier?«

»Ich war es, die Alexandra zu unserer kleinen Unterredung eingeladen hat«, schaltet sich Mia ein, bevor ich Gelegenheit habe, etwas zu erwidern. »Ich finde, es wird Zeit, dass sie erfährt, was damals wirklich mit ihrer Schwester geschehen ist. Sie verdient es, die Wahrheit zu kennen, meinst du nicht auch?«

Die Wahrheit über Alice' Tod? Was bitte soll das heißen?

Verwirrt sehe ich erst Mia an, die erschreckend fröhlich wirkt, dann Charlie.

Ich weiß nicht, was mir mehr Angst macht – Mia, die offensichtlich völlig verrückt geworden ist, oder Charlie, der bei ihren Worten nur den Kopf senkt.

Bevor ich über die Antwort auf meine Frage nachsinnen kann, beginnt Mia – oder sollte ich besser sagen, Angelika? – zu erzählen.

KAPITEL 39

Damals. Angelika

Auf leisen Sohlen tappe ich durch den dunklen Flur. Ein Schritt und noch ein Schritt. Als ich das Knarren der Dielen unter meinen bloßen Füßen vernehme, halte ich inne.

Verdammtes altes Haus.

Mit angehaltenem Atem lausche ich angestrengt in die Stille. Nichts. Durch die geschlossene Zimmertür am anderen Ende der Diele dringt das gedämpfte Geräusch von Charlies Schnarchen an mein Ohr, ansonsten ist alles ruhig. Alles, was ich sonst noch höre, ist das Klopfen meines eigenen Herzens. Ich atme erleichtert auf.

Auf Zehenspitzen schleiche ich hinunter ins Erdgeschoss, wobei ich die letzten beiden Stufen überspringe. Katzengleich lande ich am Fuß der Treppe. Mit wenigen Schritten lege ich die verbliebenen Meter zur Haustür zurück, wo ich Sneakers und eine Jacke überstreife. Dann trete ich hinaus in die kühle Nacht. Es ist schon weit nach Mitternacht.

Rasch eile ich über den Rasen zum Schuppen am Rande des Grundstücks, wo Maria ihr Fahrrad und Gartengeräte aufbewahrt. Ohne das Licht einzuschalten, taste ich in der Dunkelheit nach meinem Rucksack, den ich am Vorabend vorsorglich hier abgestellt habe. Keuchend hieve ich die schwere Tasche auf meinen Rücken, dann wende ich mich zum Gehen und schlüpfe durch das Tor und auf die Straße.

Die Fenster der umliegenden Häuser sind dunkel. Niemand scheint sich um diese Uhrzeit noch draußen herumzutreiben. Niemand außer mir. Die Wohnstraße liegt ruhig und friedlich da, die Szenerie wird nur gelegentlich erhellt, wenn der Mond durch eine lichte Stelle der Wolkendecke am Himmel blinzelt. Doch ich brauche nichts zu sehen, ich hatte immer schon einen hervorragenden Orientierungssinn.

Von dem Gewicht des Rucksacks auf meinen Schultern gebremst, komme ich nur langsam voran. Mehrmals muss ich innehalten, um eine Verschnaufpause einzulegen. Nachdem ich die Siedlung hinter mir gelassen habe und auf den Wald zulaufe, wage ich es endlich, meine Taschenlampe einzuschalten. Der flackernde Lichtschein tanzt über den unebenen Waldboden, der unter dem Gestrüpp und den Wurzeln, die aus dem Boden ragen, nur schwer zu erkennen ist. Der Duft nach Nadelbäumen und feuchter Erde dringt mir in die Nase, und ich ziehe fröstelnd die Schultern hoch. Genau wie am Vorabend biege ich an einer Kreuzung scharf nach links ab, tiefer in den Wald. Meine Füße finden den Weg beinahe von selbst.

Es dauert gut eine halbe Stunde, bis ich mein Ziel erreicht habe. Die alte Jagdhütte.

Just als ich am Rand der Lichtung angelangt bin, in deren Mitte die Waldhütte vor mir emporragt, bricht der Mond durch ein Wolkenfenster und taucht mein Umfeld in sein schauriges kaltes Licht. Eine Gänsehaut läuft mir über den Rücken.

Ob es hier wohl Bären gibt? Oder noch schlimmer – Wölfe? Wildschweine?

Rasch schiebe ich den Gedanken beiseite. Jetzt nur nicht paranoid werden.

Denk daran, weshalb du hergekommen bist.

Ich stelle meine Tasche unweit der Hütte ab und reibe mir die schmerzenden Schultern. Es dauert eine Weile, bis sich mein rasender Herzschlag beruhigt hat.

Schließlich knie ich nieder und ziehe den Reißverschluss des Rucksacks auf. Zwei bis zum Rand gefüllte Kanister kommen darin zum Vorschein. Kaum habe ich den Verschluss aufgeschraubt, dringt mir auch schon der beißende Gestank nach Benzin in die Nase.

Angewidert verziehe ich das Gesicht.

Dann kippe ich den Inhalt des ersten Gefäßes über das Brennholz, das an der linken Außenwand der Hütte aufgestapelt liegt. In meiner Hast landen einige Tropfen auf dem Ärmelsaum meines Pullovers. Ich fluche leise.

Als das erledigt ist, halte ich einen Augenblick schnaufend inne, dann mache ich mich an dem zweiten Kanister zu schaffen. Diesmal vorsichtiger, um nicht noch etwas von der kostbaren Flüssigkeit zu verschütten.

Dabei macht sich ein grimmiges Lächeln auf meinem Gesicht breit.

Papa wird sein blaues Wunder erleben. In dieser Lasterhöhle wird es für ihn jedenfalls keine heimlichen Tête-à-Têtes mehr geben, so viel ist sicher.

Während ich gedankenverloren mein Werk betrachte, glaube ich plötzlich, eine Bewegung im Inneren der Hütte wahrzunehmen. Angestrengt starre ich in die Dunkelheit, doch die Wolken haben sich erneut vor den Mond geschoben, sodass ich kaum etwas erkennen kann. Wie zur Bestätigung dringt auf einmal ein verhaltenes Knacken an mein Ohr.

Was war das? Ein Bär? Oder ist sonst noch jemand hier?

Mit wild pochendem Herzen sehe ich mich auf der Lichtung um.

Unsinn. Hier ist niemand. Papa liegt zu Hause in seinem Bett und schnarcht wie ein Holzfäller, das hast du selbst gehört. Und seine kleine Freundin wird ja wohl kaum allein hierhergekommen sein.

Trotzdem. Ganz sicher bin ich mir meiner Sache nicht. Was, wenn noch jemand von der Hütte weiß? Ein Landstreicher vielleicht?

Genug der Paranoia. Bring es zu Ende. Denk an Mama.

Bevor ich es mir noch einmal anders überlegen kann, ziehe ich die Zündholzschachtel, die ich mitgebracht habe, aus der Hosentasche und entzünde eines der Hölzchen. Mit viel Schwung werfe ich das Zündholz auf den benzingetränkten Holzstapel und trete respektvoll einen Schritt zurück.

Wie gebannt sehe ich dabei zu, wie eine helle Feuerzunge aus dem staubtrockenen Brennholz emporschießt und in rasantem Tempo auf die übrige Seitenfront der Hütte überspringt. Bald steht die gesamte Fassade in Flammen.

Während ich noch ehrfürchtig auf die funkensprühende Flammenpracht starre, spüre ich auf einmal einen unerträglichen Schmerz an meinem Handgelenk. Ich blicke an meinem Körper herab und ich schreie auf vor Entsetzen, als ich bemerke, dass mein mit Benzin beträufelter Ärmel Feuer gefangen hat. Mit einem spitzen Schmerzensschrei lasse ich mich zu Boden fallen und begrabe den Arm unter meinem Gewicht.

Scheiße, tut das weh.

Als ich mich schließlich aufrappele und den verbrannten Stoff zurückschiebe, erkenne ich die unzähligen Brandblasen, die meinen Arm oberhalb des Handgelenks überziehen. Nur mühsam unterdrücke ich einen weiteren Schmerzensschrei.

Mit einem letzten Blick auf die lodernde Hütte schnappe ich dann meinen Rucksack, mache auf dem Absatz kehrt und laufe den Weg zurück, den ich gekommen bin.

Nichts wie weg hier.

Wie durch ein Wunder schaffe ich es unbemerkt in mein Zimmer, wo ich mein geschundenes Handgelenk eine geschlagene Stunde unter den eisigen Wasserstrahl halte, bis der Schmerz einigermaßen erträglich geworden ist. Das Gesicht meines Vaters vor Augen, wenn er von dem Brand seines heimlichen Treffpunkts erfährt, verfalle ich schließlich in einen tiefen traumlosen Schlaf.

KAPITEL 40

Karl

Durch die vertrauten Straßen von Altenhofen zu fahren, vorbei an dem bunt gestrichenen Kindergarten, der freiwilligen Feuerwehr und dem winzigen Laden des ortseigenen Fleischhauers, versetzt mir einen Stich. Dann und wann hebt einer der Passanten – wohl irgendein Nachbar von Lexi, dessen Name mir gerade nicht einfallen will – freundlich die Hand zum Gruß, während ich an ihm vorbeirolle.

Drei Jahre. Drei Jahre habe ich diesen Ort mein Zuhause genannt. Und obwohl ich es mir nur ungern eingestehe, erkenne ich, dass ich die Vorzüge des beschaulichen Kleinstadtlebens nie richtig zu schätzen gewusst habe.

Bereits eine knappe Stunde, nachdem Paul aufgelegt hat, biege ich in die Gasse von Lexis Haus ein. Schon von weitem erkenne ich, dass ihr Auto nicht an seinem angestammten Platz parkt.

Verdammt, Lexi. Wo steckst du nur?

Auf dem Weg hierher habe ich es noch ein paarmal auf ihrem Handy versucht, doch immer ging nur die Mailbox ran.

Obwohl ich weiß, dass es sinnlos ist, stelle ich meinen Wagen vor Lexis Haus ab und linse in den Garten. Sämtliche Fenster sind dunkel und verlassen. Es scheint tatsächlich niemand da zu sein.

Auf einmal erklingt das vertraute Bellen eines Hundes aus dem Nachbargarten, und ich zucke vor Schreck zusammen.

358

Ist das Sammy?

Ich laufe ein paar Schritte weiter und spähe über Patrizias Gartenzaun.

Tatsächlich. Der Mischlingshund, dessen Schnauze zwischen den Zaunlatten hervorlugt, ist unverkennbar Sammy. Als er mich erschnuppert, wedelt er so heftig mit dem Schwanz, dass sein ganzer Körper geschüttelt wird, während er sich vor Freude die Seele aus dem Leib kläfft.

»Hallo, Kumpel.« Ich gehe in die Knie und streiche ihm zärtlich über das Fell.

Aber wenn Sammy hier ist – wo steckt dann Lexi?

In diesem Augenblick wird die Haustür aufgerissen, und Patrizias Kopf taucht im Türrahmen auf. Sie lächelt breit, als sie mich erkennt, und kommt mit eiligen Schritten auf mich zu.

»Karl«, ruft sie. »Na, das ist ja eine Überraschung. Bist du hier, um Sammy abzuholen? Perfektes Timing, ich wollte gerade los.«

»Eigentlich suche ich Lexi«, entgegne ich ein wenig verwirrt. »Du weißt nicht zufällig, wo sie ist?«

Sie runzelt die Stirn. »Merkwürdig. Sie hat Sammy über Nacht bei mir gelassen und wollte ihn gegen zehn abholen.« Sie wirft einen Blick auf ihre Armbanduhr. »Jetzt ist es schon nach zwölf. Dabei ist sie doch sonst so zuverlässig.« Dann zuckt sie die Achseln. »Macht nichts. Ich werde Charlie bitten, den Hund zu nehmen. Bestimmt weiß er, wo Lexi steckt. Die beiden waren in letzter Zeit oft ...« Mit einem verlegenen Seitenblick auf mich verstummt sie.

Meine Miene verfinstert sich augenblicklich.

Charlie – natürlich. Wieso habe ich nicht gleich daran gedacht?

»Schon in Ordnung. Fahr ruhig. Du kannst Sammy in Lexis Garten lassen. Ich gebe ihr Bescheid, sobald ich sie gefunden habe.«

Patrizia sieht erleichtert aus. »Das wäre toll, danke! Ich muss nämlich wirklich langsam los. Wir besuchen dieses Wochenende meine Schwiegereltern.« Sie wirft mir einen vielsagenden Blick zu. »Mach's gut, Karl! Auf bald!«

Sie winkt mir noch einmal zum Abschied zu, dann wendet sie sich um und verschwindet im Haus.

Ich setze mich wieder hinter das Steuer meines Wagens und lasse den Motor an. Erneut versuche ich vergeblich, Lexi auf dem Handy zu erreichen.

Wo steckt sie nur?

Charlies Haus liegt, soweit ich mich erinnere, nur ein paar Gassen weiter. Nachdem ich einige Minuten etwas verloren mit dem Auto in der Gegend herumgeirrt bin, finde ich schließlich die Straße, nach der ich gesucht habe. Marias Backsteinbau hebt sich markant von den übrigen, deutlich kleineren Einfamilienhäusern ab. Ich verziehe das Gesicht. Es kommt mir vor, als wären mehr als ein paar Monate vergangen, seit ich zusammen mit Lexi an Marias Gedenkfeier teilgenommen habe. Wie viel sich doch in so kurzer Zeit verändern kann!

Während ich auf das Anwesen zufahre, fällt mir Lexis Range Rover ins Auge, der hinter einem mir unbekannten Pick-up parkt, der wohl Charlie gehören muss. Meine Mundwinkel sinken hinab.

Das war ja klar.

Ich bereue schon jetzt, dass ich mich von Pauls Sorge habe mitreißen lassen. Lexi erfreut sich ganz offensichtlich bester Gesundheit. Bestimmt ist sie gerade mit ihrem neuen Lover im Bett und geht nur deshalb nicht ans Telefon.

Soll sich Lexi doch selbst um die Betreuung ihres Hundes kümmern. Was geht mich das an?

Wider besseren Wissens passiere ich das angelehnte Gartentor und haste die Stufen zur Veranda empor.

*Was bist du bloß für ein gutmütiger Trottel. Schon mal
etwas von Stolz und Würde gehört?*

Ich nehme mir fest vor, nach dieser Aktion ein für
alle Mal einen Schlussstrich unter Lexi und dieses leidige Kapitel meines Lebens zu ziehen, und betätige den
Klingelknopf.

Eine Glocke schellt – ansonsten passiert überhaupt
nichts.

Ich lausche angestrengt, doch niemand scheint von
meiner Anwesenheit Notiz zu nehmen. Aus dem Inneren
dringen gedämpfte Stimmen an mein Ohr.

Ob sie mich nicht gehört haben?

Erneut drücke ich die Klingel. Diesmal geschlagene
zwanzig Sekunden lang.

Immer noch keine Reaktion.

Allmählich ballt sich Wut in meinem Innern zusammen.

Was glauben die da drinnen eigentlich, was ich hier
tue? Als hätte ich nichts Besseres zu tun, als meine Zeit
wie ein Idiot vor der Tür des Neuen meiner Exfreundin zu
verplempern!

Doch so leicht gebe ich nicht auf. Ich mache kehrt und
laufe an der Hausmauer entlang zur Rückseite des Gebäudes, wo es, wie ich mich dunkel erinnere, einen Hintereingang gibt.

Als ich am Wohnzimmerfenster vorbeilaufe, halte ich
abrupt inne.

Was zum ...?

Mein Herz setzt einen Schlag aus, als mir bewusst wird,
was ich da eben aus dem Augenwinkel gesehen habe. Ungläubig wende ich mich noch einmal um und spähe über
den Rand des Fensterrahmens.

Doch ich habe mich nicht getäuscht. Soeben haben
zwei Personen, gefolgt von einer weiteren, den Raum betreten. Bei den ersten beiden handelt es sich unverkennbar

um Charlie und Lexi, die mit dem Rücken zum Fenster etwa in der Mitte des Zimmers haltgemacht haben. Die dritte, blond und ein wenig schmächtig, habe ich noch nie in meinem Leben gesehen.

Doch das ist es nicht, was mir die Sprache verschlagen hat.

Einen Moment lang erstarre ich vor Entsetzen, als ich den metallenen Gegenstand in der Hand der Fremden im Sonnenlicht aufblitzen sehe.

Die Unbekannte hat eine Waffe. Und die Mündung ist geradewegs auf Lexis Brust gerichtet.

KAPITEL 41

Lexi

Mia schiebt den Ärmel ihres Pullovers zurück und legt das Brandmal an ihrem Unterarm frei. Brechreiz überkommt mich, als ich auf das weiße Narbengeflecht starre.

Ich hole tief Luft.

»Du warst das? Du hast Alice ermordet?«

»Woher hätte ich wissen sollen, dass sie in der Hütte geschlafen hat? Ich wollte doch nur dem da einen Denkzettel verpassen!« Sie deutet mit dem Kinn auf Charlie. »Verstehst du jetzt endlich, warum alles deine Schuld ist? Hättest du dich meinem Vater nicht an den Hals geworfen, wäre das nie passiert. Dann wäre Alice heute noch am Leben.«

Die hingekritzelten Buchstaben auf der Rückseite des Fotos von Alice und mir kommen mir in den Sinn.

Mörderin.

Ich schlucke. Eine einsame Träne bahnt sich den Weg meine Wange hinab, während Mias Worte in meinen Gedanken nachhallen.

Das ist alles deine Schuld. Du bist schuld an Alice' Tod.

»Schon merkwürdig, oder? Die Leute denken, immer alles ganz genau wissen zu wollen, doch in Wirklichkeit ist Unwissenheit ein Segen. Nicht wahr, Papa?« Sie wirft ihrem Vater einen vernichtenden Blick zu.

Mia sieht mich mit einem unheimlichen Glimmen in den Augen an.

»Zehn Jahre habe ich in dem Glauben gelebt, du wärst es gewesen, die damals in dem Feuer ums Leben gekommen ist.« Sie lacht freudlos auf. »Aber so ist es nun mal mit der Wahrheit. Sie findet einen Weg. Und dann ist es Zeit, Konsequenzen zu ziehen.«

Mein Kopf ruckt herum. »Ist das wahr, Charlie?«

Sein Blick ist starr auf den Boden gerichtet. Sofern möglich, scheint er noch ein wenig blasser geworden zu sein.

»Ist das wahr?«, wiederhole ich mit einer Mischung aus Schmerz und Unglauben in der Stimme. »Du hast davon gewusst?«

Charlie sieht aus, als wäre er am liebsten überall sonst, nur nicht hier. Doch obwohl immer noch keine Silbe über seine Lippen kommt, kann ich die Wahrheit in seinen Augen sehen.

»Du hast es die ganze Zeit über gewusst«, flüstere ich und spüre, wie etwas in meinem Inneren zerbricht. Nur mühsam unterdrücke ich ein Schluchzen.

»Du wusstest, dass deine Tochter für Alice' Tod verantwortlich war, und hast es nicht für nötig befunden, mir das zu sagen?«

Die Arme vor der Brust verschränkt, lässt Mia gespannt den Blick zwischen Charlie und mir hin und her wandern. Sie scheint sich in meiner Verzweiflung regelrecht zu suhlen.

»Komm schon, Papa. Schluss mit den Lügen. Wieso erzählst du Lexi nicht einfach, was du getan hast?«

Endlich löst sich Charlie aus seiner Erstarrung.

»Ich habe überhaupt nichts getan, das weißt du genau.« Der Blick, mit dem er seine Tochter ansieht, ist feindselig.

Mia nickt heiter. »Das stimmt. Aber du hast dafür gesorgt, dass die Wahrheit nie ans Licht kam. Du hast alles vertuscht. Ist es nicht so?«

Charlie stöhnt auf. »Das liegt doch schon eine Ewigkeit zurück. Bitte, zwing mich nicht, ...«

»Verdammt, Charlie!«, fahre ich dazwischen. »Raus mit der Sprache! Was hast du getan?«

Er sieht mich mit gequälter Miene an. »Es tut mir so leid, Lexi. Ich wollte nie, dass du es auf diese Weise erfährst.«

Und mit einem letzten hasserfüllten Blick auf seine Tochter beginnt Charlie endlich zu erzählen.

»Es dauerte nicht lange, bis jemand auf den Brand aufmerksam wurde. Es war ein klarer Morgen, und die Rauschschwaden waren kilometerweit zu sehen. Maria riss mich gegen sieben aus dem Schlaf und berichtete mir, dass die Leiche eines Mädchens in den Trümmern gefunden worden war. Du hattest mir am Nachhauseweg noch geschrieben, die Vermutung lag also nahe, dass es sich dabei um Alice handeln musste. In Anbetracht meines Streits mit Angelika hatte ich einen vagen Verdacht, was passiert sein musste.« Er lacht bitter. »Ich kenne meine Tochter und weiß, wozu sie in ihrer Wut fähig ist. In ihrem Schrank fand ich ihre verdreckten Turnschuhe, im Schuppen schließlich die leeren Benzinkanister. Die Brandwunde an ihrem Handgelenk bestätigte meine schlimmsten Vermutungen.«

Für einen Moment schließt er gepeinigt die Augen.

»Mir war klar, dass ich rasch handeln musste. Angelika war damals fünfzehn und damit voll strafmündig. Wenn herausgekommen wäre, dass sie für den Brand verantwortlich war, wäre sie für eine lange Zeit hinter Gittern gewandet. Ob absichtlich oder nicht – fahrlässige Tötung ist kein Kavaliersdelikt.«

Seine Augen haben einen flehenden Ausdruck angenommen, als er fortfährt. »Bitte, Lexi, versetz dich einmal in meine Lage. Was hättest du an meiner Stelle getan? Hätte ich Angelika einfach so den Behörden überlassen sollen? Ungeachtet dessen, was sie getan hat, war sie doch trotz allem meine Tochter! Wenn Angelika ins Gefängnis gekommen wäre, hätte das Alice schließlich auch nicht wieder lebendig gemacht. Letztlich war es ein Unfall. Ein schrecklicher Unfall.« Er ringt um Fassung. »Also traf ich eine Entscheidung. Und diese Entscheidung wird mich bis ans Ende meiner Tage verfolgen, das kannst du mir glauben.«

Er sieht mich an.

»Es wäre ein Ding der Unmöglichkeit gewesen, Angelika zu verheimlichen, dass ihr Feuer ein Menschenleben gefordert hatte. Es kam schon überall in den Nachrichten. Aber sie kannte deinen Namen nicht, hatte dich nur ein einziges Mal gesehen, im Halbdunkel. Das Wissen, eine Unschuldige getötet zu haben, hätte sie zerstört, da war ich mir sicher. Sie war doch noch fast ein Kind! *Mein* Kind. Also ließ ich sie in dem Glauben, du wärst es gewesen, die in dem Feuer ums Leben gekommen ist. Ich versorgte ihre Wunde und schärfte ihr ein, damit auf keinen Fall zum Arzt zu gehen – wir konnten schließlich nicht riskieren, die Polizei auf den Plan zu rufen. Es war extrem trocken zu jener Zeit, die Hütte für gewöhnlich unbenutzt, also stellte niemand genaue Nachforschungen über die Brandursache an. Mir war das nur recht. Ich verfrachtete Angelika in den ersten Flieger nach London und setzte alle Hebel in Bewegung, um sie dort auf einem Internat unterzubringen. Weit genug weg von dem Chaos, das sie angerichtet hatte.«

Er macht eine Pause, ehe er weiterspricht. Er wirkt angestrengt.

»Wir schlossen einen Pakt: Sie versprach, niemals wieder einen Fuß nach Altenhofen zu setzen, im Gegenzug würde ich nach Hause zurückkehren und mich um ihre Mutter kümmern, so lange sie fort war. Bis zum heutigen Tage wusste niemand außer uns beiden, was in jener Nacht tatsächlich geschehen ist.«

Er sieht mir fest in die Augen, und ich erkenne Bedauern und Trauer in seinem Blick.

»Jetzt kennst du die Wahrheit. Den wahren Grund für unsere Trennung. Ich habe dich nicht verlassen, weil ich kalte Füße bekommen hätte oder dich nicht mehr liebte, ich habe dich verlassen, gerade weil ich dich so sehr liebte. Ich hatte Angst um dich, Lexi. Ich mochte mir gar nicht erst ausmalen, wozu Angelika fähig wäre, hätte ich mein Versprechen nicht gehalten. Und auch wenn es mir das Herz brach, ließ ich dich gehen und kehrte nach Hause zurück. Zu Brigitte.« Ein bitterer Zug ist um seinen Mund getreten. »Angelika hatte gewonnen. Letzten Endes hat sie doch noch ihren Willen durchgesetzt.«

Nachdem er geendet hat, scheint jegliche Energie aus Charlies Körper entschwunden zu sein. Wie er da zusammengesunken und mit hängendem Kopf auf dem Küchenboden hockt, sieht er erschöpfter und älter aus denn je.

Ich mustere ihn schweigend. Das ist sie also – die Wahrheit, denke ich bitter. Eine Wahrheit, die ich die letzten zehn Jahre herbeigesehnt habe, aber jetzt, wo ich sie kenne, wünschte ich, ich hätte nie von ihr erfahren. Mias Worte kommen mir in den Sinn. *Unwissenheit ist ein Segen.*

Wie recht sie doch damit hatte! Nie zuvor in meinem Leben habe ich mich dermaßen betrogen und hintergangen gefühlt.

»Du hast also zugelassen, dass eine gemeingefährliche Brandstifterin frei in der Welt herumläuft. Hast sie gedeckt, dafür gesorgt, dass alles vertuscht wird. Aber vor allem hast du mich belogen, Charlie. Die ganze Zeit über.«

»Tja, da wären wir schon mal zwei.« Mias Stimme ist kaum hörbar. »Willkommen im Club.«

»Ich wollte dich beschützen, Angelika«, sagt Charlie. »Hast du das immer noch nicht begriffen? Ich wollte dich vor dir selbst schützen. Du hast eine Unschuldige getötet, verdammt nochmal!« Er schüttelt den Kopf. »Aber was ich nicht verstehe – woher wusstest du, wer Lexi in Wahrheit ist? Wieso bist du zurückgekehrt? Du hattest mir doch versprochen, dass ...«

»Ich weiß, was wir vereinbart hatten«, fällt ihm Mia scharf ins Wort. »Aber dann starb Großtante Maria, und ich beschloss, Altenhofen anlässlich ihrer Beerdigung einen kleinen Besuch abzustatten. Ein paar Tage Auszeit von meinem Exil sozusagen. Sie war immer gut zu mir, und ich empfand es als meine Pflicht, ihr die letzte Ehre zu erweisen. Wir sind in Kontakt geblieben, wusstest du das? Sie hat mich sogar ein paarmal in London besucht.« Sie macht eine fahrige Handbewegung. »Wie auch immer. Ich reiste schon ein wenig früher an und mietete mich in einer Pension in der Nähe ein.«

Sie sieht erst Charlie an, dann mich. Ihr Blick trieft vor Verachtung.

»Ich habe euch zusammen gesehen. Auf der Straße vor Claras Laden. Ich war zu weit weg, um zu hören, worüber ihr gesprochen habt, doch eure Mienen haben alles gesagt. Und da dämmerte mir, wer du sein musstest. Und dass Papa mich belogen hatte. Wie schon so oft.« Sie schnaubt. »Eigentlich sollte ich inzwischen daran gewöhnt sein.«

Eine Weile ist es still im Raum.

»Weshalb erzählst du mir das alles?«, frage ich schließlich, obwohl ich ahne, dass ich die Antwort bereits kenne. »Mord verjährt nicht. Wieso gehst du das Risiko ein, doch noch für Alice' Tod zur Rechenschaft gezogen zu werden?«

Mia gibt ein bellendes Lachen von sich. »Hast du etwa ernsthaft gedacht, dass ich dich mit diesem Wissen einfach wieder hier rausspazieren lasse?« Sie schüttelt entschieden

den Kopf. »Nein. Ich dachte einfach, du solltest nicht sterben, ohne die Wahrheit über jene Nacht erfahren zu haben. Zumindest so viel bin ich dir schuldig.«

Die Kälte in ihrer Stimme wirkt kaum noch menschlich. Auch Charlie gibt einen Laut des Entsetzens von sich.

»Du willst uns umbringen?« Seiner Stimme ist anzuhören, wie fassungslos er ist. »Mein Gott, Angelika, denk doch nach! Willst du wirklich dein Leben wegwerfen, wegen einer Geschichte, die zehn Jahre zurückliegt?«

Mias Augen sprühen Funken.

»Für dich mag die Geschichte, wie du sie nennst, vielleicht nicht länger von Bedeutung sein, doch für mich ist sie immer noch sehr präsent. Du und deine abscheuliche Affäre sind der Grund, weshalb Mama tot ist, hast du das etwa vergessen? Hättest du dich besser um sie gekümmert, sie nicht allein gelassen und betrogen, wäre sie noch am Leben, da bin ich mir sicher. Und das werde ich dir niemals verzeihen. Hörst du – niemals! Eher sterbe ich.«

Angriffslustig reckt sie das Kinn in meine Richtung.

»Wusstest du das, Lexi? Oder hat er dir das auch verschwiegen? Meine Mutter ist gestorben! Ein paar Monate nach Alice. Mein Vater hat mich auf ein Internat verfrachtet, obwohl er wusste, dass der Krebs zurück war. So wie ich es von Anfang an vermutet hatte. Verdammt, wegen diesem Mistkerl konnte ich mich noch nicht einmal von ihr verabschieden!«

Ich schlucke. »Das ist – furchtbar.«

»Ja das ist es«, erwidert Mia jetzt ganz ruhig. »Verstehst du nun, warum ich das tun muss? Ihr werdet für alles bezahlen, was ihr mir und Mama angetan habt. Mein alter Herr hier hat ein erstaunlich großes Talent, sich aus Schwierigkeiten wieder herauszuwinden. Doch diesmal nicht. Dafür sorge ich.«

»Bitte, Angelika!« Charlie klingt zunehmend panisch. »Du hattest deinen Spaß. Du hast uns einen gehörigen Schrecken eingejagt. Deinetwegen hat Lexi sogar ihre Schwester verloren. Reicht das nicht? Meinst du nicht, es ist an der Zeit, die Angelegenheit ruhen zu lassen? Frieden zu schließen?«

Mia lacht auf. »Ich soll euch gehen lassen? Damit Lexi der ganzen Welt erzählt, was ich – was wir – getan haben?«

Ein hässliches Grinsen breitet sich auf ihrem Gesicht aus, während sie die Glock höher hält.

»Genug geplaudert. Es wird Zeit, die Sache zu Ende zu bringen. Lexi? Papa? Ich möchte, dass ihr jetzt ganz langsam und mit erhobenen Armen ins Wohnzimmer geht. Und bevor ihr auf dumme Gedanken kommt – die Waffe ist geladen. Und auch wenn ich es nicht vorhabe, werde ich nicht zögern, einen von euch beiden zu erschießen, wenn es sein muss.«

Ich werfe Charlie einen hilfesuchenden Blick zu. Sein Gesicht ist kalkweiß. In seiner Miene kann ich dieselbe Hilflosigkeit und Angst erkennen, die ich selbst fühle. Er zuckt mit den Achseln und nickt dann kaum merklich.

Auf wackeligen Knien erhebe ich mich und lasse mich von Mia durch den Flur und ins Wohnzimmer dirigieren. Charlie, der sich – noch immer geschwächt von dem Betäubungsmittel – nur schwer auf den Beinen halten kann, stolpert voran.

Mit einem Blick erfasse ich die Einbaumöbel und raumhohen Bücherregale an den Wänden, die altmodische, mit Blümchenmuster überzogene Sitzgarnitur und schließlich die Treppe, die ins zweite Stockwerk führt. Alles sieht wie immer aus.

Dann weiten sich meine Augen vor Entsetzen.

Mein Blick ist an einem dicken Seil hängen geblieben, das am oberen Ende des Treppengeländers befestigt und etwa einen halben Meter oberhalb meines Kopfes zu einer Schlinge geknüpft ist.

Mein Magen krampft sich zusammen.

Bitte nicht!

»Ihr seht, ich habe bereits alles vorbereitet«, verkündet Mia vergnügt, als sie meinen Gesichtsausdruck bemerkt.

Ohne mich aus den Augen zu lassen, wendet sie sich zu ihrem Vater um.

»Setz dich dort drüben hin.«

Sie deutet auf einen Holzstuhl mit hoher Lehne, der mir zuerst gar nicht aufgefallen ist. An einer der Armlehnen baumeln Handschellen.

Als Charlie sich nicht rührt, versetzt sie ihm mit dem Griff ihrer Waffe einen harten Schlag auf den Hinterkopf. Ein dumpfes Geräusch ist zu hören, als Metall auf Knochen trifft. Charlie stößt einen Schmerzensschrei aus und taumelt nach vorne.

»Los, beweg dich!«

Einen Augenblick lang sieht es so aus, als würde Charlie erneut das Bewusstsein verlieren, dann jedoch fängt er sich wie durch ein Wunder und sinkt auf den ihm zugewiesenen Platz. Mit einem blitzschnellen Griff lässt Mia die Handschellen um eines seiner aneinandergefesselten Handgelenke schnappen. Hilf- und bewegungslos hockt Charlie auf dem Stuhl.

»Nun zu dir. Siehst du den Hocker dort drüben?« Sie fuchtelt mit der Waffe in die entsprechende Richtung. »Ich will, dass du ihn zur Treppe trägst. Gleich da hin, unter den Strick.« Auf ihrem Gesicht ist wieder dieses schreckliche Grinsen erschienen. »Erkennst du das Seil gar nicht wieder? Es stammt aus deiner Gartenhütte. Bevor sie abgebrannt ist, natürlich. Aber keine Sorge – ich habe Handschuhe getragen, als ich es dort befestigt hab.«

Charlie gibt ein ersticktes Keuchen von sich.

»Verdammt, Angelika! Das kann doch nicht dein Ernst sein! Willst du wirklich ...«

Seine nächsten Worte gehen in dem Klappern der Handschellen unter, als er vergeblich versucht, sich loszureißen.

»Bitte, lass Lexi gehen. Sei ehrlich – in Wahrheit bin ich derjenige, den du bestrafen willst. Ich bin es, der an allem schuld ist, was dir widerfahren ist, nicht sie. Lass sie frei, und wir machen die Sache unter uns aus. Als Familie.«

Mia wirft ihrem Vater einen spöttischen Seitenblick zu. »Bravo. Zehn Jahre hat es gebraucht, doch endlich gibst du es zu. Und – war das wirklich so schwer?« Sie wird sofort wieder ernst. »Abgesehen davon habe ich nicht vor, Lexi zu töten. Sie selbst wird es tun. Du wirst derjenigen Frau beim Sterben zuzusehen, die du so sehr geliebt hast, dass du ihretwegen ohne zu zögern deine Ehefrau und dein eigen Fleisch und Blut verraten hast.« Sie lässt eine dramatische Pause entstehen. »Danach werden wir sehen, was wir mit dir machen, Papa. Ich habe da schon ein paar Ideen. Ein Doppelselbstmord – klingt das nicht herrlich?«

Ein leises Wimmern entfährt meiner Kehle, während ich panisch den Raum nach einem Fluchtweg absuche. Ich weiß, dass es sinnlos ist. Nun, da ich endlich das volle Ausmaß ihres Plans erkannt habe, spüre ich tief in meinem Inneren, dass es kein Entrinnen geben wird.

Mia hat einfach an alles gedacht. Über Monate hinweg hat sie mich manipuliert, bis sie mich genau dort hatte, wo sie mich haben will. Die Trennung von Karl. Meine zunehmende Paranoia und Verzweiflung, die keinem in meinem Umfeld verborgen geblieben ist. Mein Rückzug aus dem Berufsleben. Die Antidepressiva in meinem Schrank. Der Abschiedsbrief. Der Strick aus meinem Schuppen, übersät mit meiner DNA. Niemand wird daran zweifeln, dass es Selbstmord war. Alle werden denken, ich hätte Charlies Haus für meinen Freitod ausgewählt, weil ich meinen Eltern den Anblick meines am Seil baumelnden Körpers ersparen wollte.

Mir wird kalt.

Ich werde sterben.

»Was ist, Lexi? Wird's bald?«

Die Tränen laufen mir in Sturzbächen über die Wangen, während ich den Hocker mit bebenden Fingern unter die Treppe schiebe.

»Bitte! Bitte, Mia – du musst das nicht tun.«

»Ich denke schon. Du wirst sterben, Alexandra. So wie du es vor langer Zeit hättest tun sollen.«

Schluchzend sehe ich zu Charlie.

So hilf mir doch!

Niemand kommt mir zu Hilfe. Ich bin vollkommen und mutterseelenallein. Und mit dieser Erkenntnis steige ich auf den Hocker.

»Jetzt leg die Schlinge um deinen Hals.«

»Bitte, Mia ...«

»Mein Name ist Angelika«, faucht sie. »Und nun los!«

Tausend Bilder schießen durch meine Gedanken, während ich meinen Kopf durch die Schlinge stecke und spüre, wie sich das raue Seil um meine Kehle legt.

Meine armen Eltern. Nicht bloß eine, sondern zwei Töchter zu Grabe zu tragen, das werden sie nicht überstehen. Ich wünschte, ich könnte sie noch ein letztes Mal sehen, ihnen sagen, wie viel sie mir bedeuten. Und Sammy – wer wird sich um ihn kümmern, wenn ich nicht mehr da bin? Schließlich taucht das Bild eines großgewachsenen Mannes mit halblangem Haar und einem schelmischen Grinsen vor meinem inneren Auge auf. Karl. Mein Gott, wie gerne hätte ich ihn gerade an meiner Seite. Er würde wissen, was zu tun ist, da bin ich mir sicher.

»Gut so«, höre ich Mias lobende Worte wie aus weiter Ferne. »Und jetzt – kick den Hocker beiseite. Noch irgendwelche letzten Worte?«

Fahr zur Hölle.

Gerade, als ich zu einer Erwiderung ansetzen will, nehme ich aus dem Augenwinkel eine Bewegung wahr. Ein ohrenbetäubendes Geräusch erklingt, als Charlie sich mit aller Kraft zur Seite wirft und zu Boden kracht, mitsamt dem Stuhl, der dabei zu Bruch geht. Seine Handgelenke sind immer noch gefesselt, aber zumindest sind seine Beine nun frei. Mit einem Wutschrei stürzt er sich auf seine Tochter, die taumelnd in die Knie sinkt. Ein Schuss löst sich aus der Waffe in Mias Hand.

Doch mir bleibt keine Zeit nachzusehen, ob die Kugel jemanden von uns getroffen hat. Ein heftiger Ruck geht durch meinen Körper, als Mia, die auf dem Boden mit Charlie rangelt, dem Hocker, auf dem ich stehe, einen Tritt versetzt.

Entsetzt spüre ich, wie meine Zehenspitzen den Halt verlieren und sich die Schlinge immer enger um meinen Hals zieht.

Das war's. Ich komme, Alice. Es tut mir so unendlich leid.

KAPITEL 42

Karl

Wie gebannt starre ich durch die Scheibe.
Unfähig, mich von der Stelle zu rühren, sehe ich dabei zu, wie die Fremde – Angelika, wie ich vermute – Charlie mit Handschellen an einen Stuhl kettet. Er lässt es widerstandslos geschehen. Überhaupt wirkt er irgendwie benommen, fast apathisch.

Verdammt, wieso wehrt er sich denn nicht?

Ich sehe wieder zu Lexi, die auf halbem Weg durch den Raum stehen geblieben ist. Trotz der gut zwanzig Meter Entfernung und der Glasscheibe, die mich von ihr trennen, kann ich die Angst in ihren Augen erkennen. Mein Herz krampft sich zusammen.

Du musst etwas tun. Irgendwas.

Endlich reiße ich mich aus meiner Schockstarre und husche weiter, an der Hausmauer entlang, wo, wie ich mich dunkel erinnere, ein Hintereingang in einen unbenutzten Wintergarten führt. Mit bebenden Fingern drücke ich die Klinke nach unten. Nichts regt sich. Leise fluchend rüttle ich an der Tür. Es ist abgeschlossen – natürlich.

Was jetzt?

Rasch entferne ich mich ein paar Schritte außer Sicht- und Hörweite und ziehe im Schatten einer alten Trauerweide mein Handy aus der Tasche. Zu meiner Erleichterung geht mein Freund gleich beim ersten Klingeln ran.

»Paul! Gott sei Dank! Du musst sofort herkommen!« Hastig erkläre ich ihm, was vorgefallen ist. »Es ist schlimm, Paul. Ich weiß nicht, was ich tun soll. Angelika – sie ist gefährlich. Scheiße, sie hat sogar eine Waffe!«

Paul holt am anderen Ende der Leitung hörbar Luft.

»Mist«, höre ich ihn sagen. »Hör mir gut zu, Karl. Bleib, wo du bist. Geh auf gar keinen Fall ins Haus, hast du mich verstanden? Ich komme. Wie lautet die Adresse?«

Ich sage es ihm.

»Alles klar.«

Ohne ein weiteres Wort unterbricht er die Verbindung.

Mit rasendem Herzen laufe ich zu meinem ursprünglichen Platz am Fenster zurück und spähe über den Fenstersims.

Angelika steht nun mit dem Rücken zu mir. Sie hat sich Lexi zugewandt, die zitternd und mit flehend erhobenen Armen immer noch in der Mitte des Raums steht. Ich kann durch die Scheibe zwar nicht verstehen, was sie zu ihr sagt, doch Angelikas wild gestikulierende Hände jagen mir kalte Schauer der Angst über den Leib.

Halte durch, Lexi. Hilfe ist unterwegs.

Dann geht ein Ruck durch Lexis Körper und sie macht, angeleitet von Angelikas Drohgebärden, ein paar unsichere Schritte in Richtung der Sofagruppe, wo sie einen Hocker nimmt, den sie über den Boden und zur Treppe wuchtet.

Was wird das, verdammt?

Erst jetzt sehe ich ihn. Den Strick, der vom Treppengeländer herabbaumelt. Und im Bruchteil der Sekunde weiß ich, was Angelika vorhat. Ein wimmernder Laut dringt aus meiner Kehle.

Atemlos zwinge ich mich zur Ruhe und lausche in die Stille. Doch abgesehen von dem Zirpen der Grillen und dem Zwitschern der Vögel ist nichts zu hören. Nur das heftige Pochen meines eigenen Herzens. Keine Polizeisirenen, keine Hilfe.

Verdammt, Paul, wo steckst du? Beeil dich, Himmel Herrgott!

Ich sehe wieder durch das Fenster, und eine Welle der Übelkeit droht mich zu übermannen, als ich beobachte, wie Lexi, tränenüberströmt und am ganzen Leib bebend, auf den Hocker steigt. Ihre Beine zittern so stark, dass sie den Hocker zweimal umstößt, bevor es ihr endlich gelingt.

Ich spüre, wie in meinem Inneren etwas zerreißt.

Egal, was Paul gesagt hat, ich kann nicht länger warten. Ich muss etwas tun.

Meine Gedanken wirbeln durcheinander, während ich versuche, meine Möglichkeiten durchzugehen.

Im Grunde habe ich nicht viele Optionen. Die Hintertür eintreten und riskieren, dass Angelika auf mich losgeht? Ans Fenster klopfen und Angelika auf mich aufmerksam machen, in der Hoffnung, dass Lexi die Gelegenheit ergreifen und das Weite suchen kann? Ich schüttle den Kopf. Das Risiko ist zu groß. Angelika könnte panisch um sich schießen und Lexi oder Charlie verletzen. Im besten Fall verspiele ich dadurch meinen einzigen Vorteil – das Überraschungsmoment. Nein, es muss einen anderen Weg geben.

Dann kommt mir die zündende Idee.

Ohne noch einen Gedanken an die Konsequenzen zu verschwenden, greife ich am Boden nach dem größten Stein, den ich finden kann, und haste ein paar Meter weiter, zu einem der nächsten Fenster. Ich passiere das Esszimmer, schließlich entdecke ich einen kaum fünf Quadratmeter großen Raum, der im Halbdunkeln liegt.

Die Toilette. Perfekt.

Ich hole noch einmal tief Luft, dann schleudere ich den Stein mit aller Kraft gegen die Fensterscheibe. Mit einem hässlichen Klirren geht das Glas zu Bruch. Innerlich jubelnd bücke ich mich nach einem weiteren Wurfgeschoss und wiederhole die Prozedur, bis die Öffnung groß genug ist, dass ich hindurchkriechen kann.

Die Handflächen auf dem Fenstersims, stoße ich mich mit aller Kraft vom Boden ab. Das Geräusch von zerreißendem Stoff erklingt, als sich mein Shirt in den Überresten der Scheibe verfängt. Doch ich lasse nicht locker, ziehe mich Millimeter für Millimeter in die Höhe, bis es mir gelingt, das rechte Knie auf die Fensterbank zu hieven. Mit einem dumpfen Schlag stürze ich kopfüber auf die Fliesen.

Stöhnend reibe ich mir über die pochende Stirn. Ich spüre, wie etwas Warmes und Feuchtes an meiner Brust hinabläuft, und beiße die Zähne zusammen. Mein Oberkörper ist von blutigen Schrammen und Glassplittern übersät, doch ich beachte sie kaum. Meine Wunden kann ich später inspizieren. Jetzt muss ich Lexi helfen.

Wieder lausche ich mit angehaltenem Atem. Hoffe – bete – dass Angelika mich nicht gehört hat. Aus dem Wohnzimmer dringt ein gedämpftes Schluchzen an mein Ohr. Dann das Geräusch von zerberstendem Holz, ein Schreckensschrei, gefolgt von einem trommelfellzerfetzenden Knall. Ich zucke zusammen.

Das war ein Schuss.

Verdammt. Lexi!

Ohne zu zögern, schnappe ich mir eine der Glasscherben und stoße die Toilettentür auf. So schnell mich meine Füße tragen, eile ich den Gang entlang. Die Tür zum Wohnzimmer ist nur angelehnt. Ich schiebe sie noch einen Spaltbreit weiter auf und spähe um die Ecke.

Im Bruchteil einer Sekunde erfasse ich die Szenerie, die sich mir bietet.

Meine Augen weiten sich vor Entsetzen.

Die Reste von Charlies zertrümmertem Stuhl liegen überall verteilt, er selbst rangelt mit Angelika auf dem Fußboden. Aus einer Wunde an seiner Schulter quillt Blut, hell und todbringend. Die Waffe liegt einige Meter von ihnen entfernt. Dann entdecke ich Lexi, und mir bleibt beinahe das Herz stehen.

Der Hocker, auf dem sie eben noch gestanden hat, ist eingeknickt und liegt auf der Seite zu ihren Füßen. Lexis Hände zerren an dem Seil um ihren Hals, das sich unbarmherzig immer enger um ihre Kehle zieht. Ihr Körper wird von heftigen Zuckungen gebeutelt, ihr Keuchen geht in dem Tumult unter.

Mit einem Aufschrei lasse ich alle Vorsicht fahren und stürme ins Zimmer.

»Lexi! Halte durch!«

Ich stürze an dem Paar auf dem Fußboden vorbei, das sich einen erbitterten Kampf auf Leben und Tod liefert und von meiner Anwesenheit kaum Notiz zu nehmen scheint.

Das Glasstück immer noch in der Hand, schlinge ich einen Arm um Lexis hilflos in der Luft zappelnde Beine. Während ich mich abmühe, ihren Körper nach oben zu wuchten, um den Druck um ihren Hals zu lindern, säbele ich mit der Glasscherbe an dem Seil. Es dauert quälend lange, dann habe ich endlich auch die letzte Faser des Stricks durchtrennt, und Lexi sackt in meine Arme.

Von der plötzlichen Last überwältigt, gehe ich in die Knie.

»Lexi!« Vorsichtig bette ich ihren Kopf auf meinem Schoß. »Lexi, kannst du mich hören? Bitte, sag doch was!«

Keine Antwort. Ihre Augen sind geschlossen, ihr Körper liegt schlaff und kraftlos in meinen Armen.

Ich halte die Hand vor ihren Mund, und eine Woge der Erleichterung durchflutet mich, als ich einen zarten Hauch verspüre. Sie scheint das Bewusstsein verloren zu haben, atmet aber noch.

In diesem Moment höre ich hinter mir einen gellenden Schrei.

»Nein!«

Ich fahre herum.

Charlie liegt in einer Lache seines eigenen Blutes auf dem Boden und regt sich nicht mehr. Seine Haut wirkt nun nicht mehr blass, sondern wächsern, seine Augen sind halb geöffnet. Ich weiß sofort, dass er tot ist.

Angelika, die endlich von ihm abgelassen hat, hechtet auf Knien nach der Waffe, in ihrem Blick lodert der Zorn.

Ohne nachzudenken, mache ich einen Schritt auf sie zu und versetze ihr einen Tritt in den Bauch, just in dem Moment, als ihre Finger den Griff der Pistole zu umschließen drohen.

Ein Keuchen ist zu vernehmen, als die Luft aus ihren Lungen entweicht.

Die Waffe scheppert über den Boden, Angelika wird von der Wucht meines Fußtritts beiseite geschleudert und bleibt, vor Schmerz zusammengekrümmt, in der Ecke liegen.

Und dann höre ich sie.

Die Sirenen, die durch das geschlossene Fenster an mein Ohr dringen und immer lauter werden.

Hilfe naht.

Endlich.

KAPITEL 43

Lexi

Meine Lider flattern. Gleißendes Sonnenlicht dringt in meine Augen, und ich kneife sie instinktiv zusammen. Gedanken wabern unkontrolliert durch meinen Kopf. So flüchtig, dass es mir nicht gelingt, auch nur einen davon zu fassen zu bekommen.

Wo bin ich? Ist das der Himmel?

Ich blinzele erneut.

Allmählich gewöhnen sich meine Augen an die Helligkeit, und ich erkenne die medizinischen Geräte, die neben meinem Bett aufgebaut sind: die blendend weißen Laken, das Glas Wasser auf dem Nachttisch. Der Geruch nach Desinfektionsmittel und frischer Wäsche steigt mir in die Nase. Ich runzele die Stirn.

Das ist nicht der Himmel, du Dummkopf. Du bist in einem Krankenhaus.

Mühsam richte ich mich ein wenig auf.

»Was – wie ...«

Meine Kehle ist rau wie Sandpapier und schmerzt bei jeder Silbe, sodass ich kaum mehr als ein unverständliches Flüstern hervorbringe. Ich verziehe das Gesicht.

»Lexi! Du bist ja wach!«

Erst jetzt wird mir bewusst, dass ich nicht allein bin. Ein paar Meter entfernt, in einem abgenutzten Besucherstuhl, sitzt Karl. Er sieht schlimm aus. Seine Arme sind von blutigen Striemen gezeichnet, um die Brust trägt er einen Druckverband, und an seiner Stirn, direkt über der Augenbraue, klebt ein Heftpflaster.

Er springt auf und lässt sich neben mir auf die Bettkante sinken, wobei er einen Moment lang vor Schmerz das Gesicht verzieht. Er tastet nach meiner Hand.

»Ich bin so froh, dass es dir gutgeht.« Er schluckt. »Nicht auszudenken, wenn ...« Er vollendet den Satz nicht.

Mit einem Schlag ist der Nebel in meinem Kopf wie weggeblasen, und eine Flut von Erinnerungen bricht über mich herein.

Charlies Nachricht, er wolle endlich reden. Mia, an der Schwelle von Marias Haus. Charlie, der bewusstlos auf dem Küchenboden liegt. Der Abschiedsbrief an meine Eltern. Mias Geschichte. Die Waffe. Der Strick, der sich immer enger um meine Kehle zieht, während meine Füße hilflos nach Halt suchen.

Ich versuche, die Bilder abzuschütteln, und presse die Hand vor die Augen, als könnte ich den Eindrücken in meinem Kopf so Einhalt gebieten.

»Wie bin ich hierhergekommen?«, bringe ich schließlich mühsam hervor. »Das Letzte, woran ich mich erinnere, ist, dass Charlie sich auf Angelika geworfen hat. Der Hocker, auf dem ich stand, brach zusammen, und – und dann ...«

Unwillkürlich wandern meine Hände zu meinem Hals, wo ich die Druckstellen des Seils immer noch spüren kann.

»Ich weiß.« Karls Stimme klingt belegt. »Du warst kaum bei Bewusstsein, als ich eintraf. Einen schrecklichen Augenblick lang dachte ich, du wärst ... Na ja, jedenfalls konnte ich im letzten Moment das Schlimmste verhindern.«

»Du warst das?« Ich runzle die Stirn. »Du hast mich gerettet? Ich verstehe nicht, woher wusstest du ...«

»Woher ich wusste, dass ich dich in Charlies Haus finden würde?«, vollendet Karl den Satz für mich. »Paul. Du hattest ihn gebeten, deine Patientin zu überprüfen, Miriam

Pfeiffer, erinnerst du dich? Er hat nicht lange gebraucht, um herauszufinden, wer sie in Wahrheit ist. Und als er dich dann nicht erreicht hat, bat er mich, dich zu suchen.«

Ich nicke langsam. Obwohl mein Gespräch mit Paul noch keinen Tag zurückliegt, kommt es mir vor, als wären seither mehr als bloß Stunden vergangen. Als läge ein ganzes Universum zwischen diesem Morgen und dem Hier und Jetzt.

»Als du nicht zu Hause warst, war es nicht schwer, eins und eins zusammenzuzählen. Ich konnte mir denken, wo – das heißt, bei wem – ich dich finden würde.« Er lächelt traurig.

Ich will schon zu einer Erwiderung ansetzen, doch Karl winkt ab. »Bitte – sag nichts. Ist in Ordnung. Wirklich.«

Dann fährt er fort. Er erzählt mir, wie er erst Alarm geschlagen hat, und, nachdem die Polizei nicht rechtzeitig auftauchte, schließlich selbst ins Haus einbrach, um mir zu helfen.

»Was ist mit Charlie?« Ich richte mich noch etwas weiter in den Laken auf und sehe mich im Krankenzimmer um. Doch abgesehen von meinem eigenen ist keines der Betten belegt. »Wo ist er? Geht es ihm gut?«

Karl beißt sich auf die Unterlippe. Dann schüttelt er kaum merklich den Kopf.

Und ich begreife.

Nein. Nein, nein, nein, nein!

»Soll das heißen, er ist ...«

Er nickt und senkt betreten den Blick.

Nein, bitte nicht. Bitte nicht Charlie.

Glühende Schmerzenspfeile durchbohren mein Herz. Ich vergrabe das Gesicht in den Händen, während ich meinen Oberkörper vor und zurück wiege. Eine einsame Träne findet den Weg zwischen meinen Fingern hindurch und tropft auf die Bettdecke. Ich muss einige Male tief durchatmen, bis ich meiner Stimme wieder einigermaßen trauen kann. Ich will nicht, dass Karl sieht, wie hart mich Charlies Verlust trifft.

»Verdammt.«

»Ich weiß.«

Erinnerungsfetzen tauchen in meinen Gedanken auf. Charlie, der sich mit dem Stuhl zur Seite wirft, bevor er sich auf Angelika stürzt. Das ohrenbetäubende Geräusch des Schusses.

Nur mühsam unterdrücke ich ein Schluchzen.

»Als ich dich endlich von dem Strick befreit hatte, war es bereits zu spät. Er hatte zu viel Blut verloren. Die Rettungssanitäter konnten nichts mehr für ihn tun. Es tut mir so leid, Lexi.«

Rasch drehe ich mich zum Fenster, um die Tränen zu verbergen, die mir über die Wangen strömen. Karl wendet respektvoll den Blick ab.

Eine Weile herrscht Schweigen, während ich stumm vor mich hin weine.

Charlie, meine große Liebe – tot. Gestorben, um mich zu retten.

Der Schmerz, der über mich hereinbricht, ist mehr, als ich bewältigen kann. Kein Mann hat mich je so verletzt wie Charlie. Er hat mich verlassen und mich – was noch schlimmer ist – über ein Jahrzehnt hinweg belogen. Doch trotz allem, was ich seinetwegen durchgemacht habe, kann ich den Gedanken, dass er nicht länger auf dieser Welt ist, nicht ertragen. Die bloße Vorstellung, nie wieder mit ihm zu sprechen, niemals wieder in seine wunderschönen grünen Augen zu blicken, erfüllt mich mit einer Leere, die ich nicht einmal nach Alice' Tod verspürt habe. Es fühlt sich an, als wäre mit ihm auch ein Teil von mir gestorben.

»Was ist mit Mia?«, frage ich schließlich, nachdem ich mich einigermaßen gefasst habe. »Das heißt – Angelika.«

Ich schüttle den Kopf. »Ich kann immer noch nicht glauben, dass sie mir all die Monate etwas vorgemacht hat. Was für eine elende Therapeutin bin ich eigentlich?« Hilfesuchend sehe ich Karl an.

»Die Polizei hat sie mitgenommen. Sie ist in Untersuchungshaft. Vermutlich wird sie gerade dem Richter vorgeführt.«

Ich nicke abwesend.

Zumindest etwas.

Karl hebt den Arm und drückt tröstend meine Finger. Er wirft mir einen unsicheren Seitenblick zu, doch ich ziehe die Hand nicht weg. Es tut gut, ihn hier zu haben.

Nachdem wir einen Augenblick schweigend beieinandergesessen sind, löst er sich schließlich von mir und erhebt sich.

»Ich sollte jetzt gehen. Die Polizei wartet draußen, um deine Aussage aufzunehmen. Ich wollte nur sichergehen, dass es dir den Umständen entsprechend gut geht, bevor ich sie zu dir lasse.«

Einen Moment lang scheint er mit sich zu hadern, dann beugt er sich herab und drückt mir einen zärtlichen Kuss auf die Stirn.

»Ich bin erleichtert, dass dir nichts geschehen ist«, sagt er leise. Seine Miene ist voller Trauer. »Ich weiß, wir sind nicht länger ein Paar und dass es vermutlich keinen Unterschied mehr für dich macht. Und ich weiß auch, dass jetzt kaum der richtige Zeitpunkt ist, um darüber zu sprechen.« Er seufzt. »Trotzdem wollte ich, dass du weißt, dass Paul am Tatort Angelikas Handy an sich genommen hat. Er hat einen Haufen Fotos darauf gefunden. Hauptsächlich Schnappschüsse. Von dir, von mir, von jenem Abend in der Bar. Außerdem die Tinder-App. Ich bin mir ziemlich sicher, dass sie es war, die dir die Fotos geschickt und das Fake-Profil von mir erstellt hat.«

Ich schlucke. Mein Magen brennt vor Schuldgefühlen.
»Ich weiß.«

Er drückt noch ein letztes Mal meine Hand, dann wendet er sich zum Gehen.

»Wenn das okay ist, sage ich der Polizei, dass du jetzt so weit bist?«

Ich nicke bloß.

»Karl?«, rufe ich ihm dann doch noch hinterher.

Die Hand an der Türklinke, dreht er sich zu mir um.

»Hm?«

»Danke«, flüstere ich kaum hörbar. »Danke, dass du mich gerettet hast. Danke – für alles.«

Ich nehme all meinen Mut zusammen und füge hinzu: »Es tut mir leid, dass ich dir nicht geglaubt habe. Ich dachte wirklich ...«

»Schon gut«, sagt Karl hastig. »Ich weiß.«

Dann ist er verschwunden.

KAPITEL 44

Lexi

Bist du sicher, dass ich dich nicht begleiten soll?« Ich wende mich im Beifahrersitz zu ihm um, ein trauriges Lächeln auf den Lippen.

»Ganz sicher.«

Karl sieht nicht überrascht aus.

»Okay. Lass dir alle Zeit, die du brauchst, ja?«

Ich nicke bloß, dann stoße ich die Wagentür auf und steige aus.

Ein laues Lüftchen umspielt meinen Körper, während ich an der Altenhofener Pfarrkirche vorbei in Richtung Friedhof gehe. Mit langsamen Schritten folge ich dem gepflasterten Weg zwischen den Gräbern hindurch. Frühlingsblumen strecken ihre Köpfe durch die taufeuchte Erde, keine einzige Wolke trübt den strahlend blauen Himmel. Gedankenverloren schiebe ich die Ärmel meines Shirts über die Ellbogen hoch. Zum ersten Mal in diesem Jahr haben die Temperaturen die zwanzig Grad überschritten.

Instinktiv finden meine Finger die Stelle an meiner Kehle, wo mir das Seil in den Hals geschnitten hat. Die Würgemale sind kaum noch zu erkennen. Sie sind nicht mehr als eine blasslila Erinnerung an den schlimmsten Tag meines Lebens. Doch obwohl seit dem schicksalhaften Zusammentreffen mit Angelika und Charlie in Marias Haus fast zwei Wochen verstrichen sind, glaube ich immer noch den Druck an meiner Kehle zu spüren, wenn ich die Augen schließe. So deutlich wie das inzwischen vertraute Brennen in meinen Augen.

Für einen Moment halte ich inne und zwinge mich, tief durchzuatmen.

Atmen, Lexi, atmen. Alles wird gut. Du schaffst das.

Dann setze ich meinen Weg fort, den gewundenen Pfad entlang.

Seit er mich in letzter Minute gerettet hat, ist Karl mir trotz meines halbherzigen Widerstands nicht von der Seite gewichen. Ich bin ihm unendlich dankbar dafür. Weiß der Himmel, wie ich ohne seine Unterstützung klargekommen wäre.

Charlie fehlt mir schrecklich, auch wenn ich versuche, es mir vor Karl nicht anmerken zu lassen. Ständig taucht er in meinen Gedanken auf. Er ist die erste Person, an die ich denke, wenn ich morgens erwache, die letzte, die ich vor mir sehe, ehe ich einschlafe. Meine Liebe zu ihm war verzehrend, eine unbeherrschbare Urgewalt. Tief in meinem Herzen weiß ich, dass meine Gefühle für Karl niemals so stark sein werden wie das, was ich für Charlie empfunden habe.

Trotzdem habe ich beschlossen, Karl eine zweite Chance zu geben. Wir haben längst nicht über alles geredet, noch immer gibt es eine Menge unaufgearbeiteter Themen zwischen uns, aber an guten Tagen glaube ich tatsächlich, dass wir es schaffen können. Ob es funktionieren wird? Ich habe nicht die geringste Ahnung. Doch nach allem, was passiert ist, bin ich es uns beiden schuldig, es zumindest zu versuchen.

Angelika hat letzten Endes alles gestanden. Einfach alles. Was sie mir in den vergangenen Monaten angetan hat, den Mord an Charlie, selbst die Brandstiftung damals. Der Fall von Alice' Tod wird noch einmal neu aufgerollt werden. Paul hat mir versichert, dass Angelika für eine lange Zeit ins Gefängnis wandern wird. Ich finde das nur gerecht.

Heimtückisches Miststück.

Resolut schiebe ich den Gedanken an Charlies Tochter beiseite und konzentriere mich auf das, was vor mir liegt. Ich habe Wichtigeres zu erledigen, als mir über Angelika den Kopf zu zerbrechen.

Soll sie doch im Gefängnis verrotten.

Ein paar Minuten irre ich zwischen den Gräbern umher, dann erreiche ich endlich mein Ziel. Charlies letzte Ruhestätte.

Die Erde ist noch frisch, vor dem schlichten Holzkreuz liegen ein Blumenkranz und ein Strauß halb verwelkter Blumen. Ich schiebe den Strauß beiseite und ersetze ihn durch den Bund rosafarbener Pfingstrosen, den ich mitgebracht habe. Die Beerdigung fand vergangene Woche ohne mein Beisein statt. Die halbblauten Mutmaßungen über unser Verhältnis und das Getuschel, das auch jetzt jedes Mal schlagartig erstirbt, sobald ich Claras Bäckerei betrete, hätte ich nicht ertragen.

Tränen brennen mir in den Augen, während ich die Schrift auf der Kranzschleife anstarre, deren goldene Lettern im Sonnenlicht aufblitzen: *Charlie Stegner. Geliebter Ehemann, Vater und Freund.*

Wer sich wohl diesen dummen Spruch hat einfallen lassen?

Ich gehe in die Hocke und streiche zärtlich über das Holz.

»Hey, Charlie«, murmele ich. »Ich bin hier, um dir Lebewohl zu sagen.«

Angestrengt lausche ich in die Stille. Doch alles, was an mein Ohr dringt, ist das fröhliche Zwitschern der Vögel ringsum, und ein trauriges Lächeln breitet sich auf meinem Gesicht aus. Charlie kann mir nicht mehr antworten. Er ist fort. Endgültig und für immer.

Ich hole tief Luft und beginne mit meiner Rede.

»Ich bin verdammt wütend auf dich, weißt du das? Du hast so viele Fehler gemacht. Eine ganze Wagenladung davon. Du warst die Person, die ich im Leben am meisten geliebt habe. Du hast mir das gesamte Spektrum meines Gefühlslebens gezeigt. Unbeschreibliches Glück, Liebe, Trauer, Verzweiflung. Du hast mich belogen, im Stich gelassen, hintergangen. Und dann hast du mich auch noch verlassen. Endgültig verlassen. Ja – ich bin wütend, hörst du?«

Wie zur Bestätigung meiner Worte lasse ich die Faust auf die Erde hinabsausen. Ein jäher Schmerz durchzuckt mein Handgelenk. Doch das Pochen darin ist nichts im Vergleich zu dem Schmerz in meinem Inneren. Der Leere in meinem Herzen.

»Du Dummkopf! Wieso hast du mir bloß nicht die Wahrheit über Angelika und Alice' Tod gesagt? Wir hätten einen Weg gefunden. Zusammen hätten wir alles geschafft, da bin ich mir sicher. Du hast es vermasselt, Charlie. Mehr als sonst irgendjemand irgendwas in seinem Leben vermasselt hat.«

Ich kämpfe mit den Tränen.

»Warum hast du das getan? Wieso hast du mich gerettet? Ich hatte den Tod verdient. Trotz all der grauenhaften Entscheidungen, die du in deinem Leben getroffen hast, hast du immer nur versucht, mich und die Personen, die du liebst, zu schützen. Ich hingegen ...« Ich halte inne. Mein Atem geht schnell und stoßweise.

Einen Augenblick lang lasse ich den Schmerz zu, der mich beim Gedanken an das, was ich vor langer Zeit getan – oder vielmehr nicht getan – habe, übermannt.

»Auch ich habe Fehler gemacht, weißt du?«, flüstere ich. »Vielleicht viel schrecklichere, als alles, was du jemals getan hast.«

Selbst jetzt noch, zehn Jahr später und umgeben von der tröstenden Einsamkeit des Friedhofs, fällt es mir schwer, meine Handlungen in Worte zu fassen. Denn Angelika hatte recht, auch wenn sie sich dessen nicht bewusst war.

In gewisser Weise bin ich eine Mörderin.

Ich seufze. Ich weiß, dass ich es laut aussprechen muss. Nur so kann ich vielleicht eines Tages Frieden finden.

Meine Erinnerungen wandern die vertrauten Pfade zurück in die Vergangenheit. Zu jenem Herbstabend, an dem mein Leben, wie ich es kannte, ein abruptes Ende fand. Zurück zum Todestag meiner Schwester.

Wie aufs Stichwort hallt Alice' Stimme durch meine Gedanken.

»Wach endlich auf, Lexi. Der Sommer ist vorbei.«

»Ich liebe Charlie! Sei so gut und respektier das, in Ordnung? Ich mische mich ja schließlich auch nicht in deine Angelegenheiten.«

»Deine Angelegenheiten? Wer deckt dich denn seit Wochen bei unseren Eltern? Hält als Alibi her, wenn du dir mit ihm die Nächte in dieser Bruchbude um die Ohren schlägst? Aber damit ist Schluss. Es wird Zeit, dass du in die Realität zurückkehrst. Gott, Lexi! Sonst bist du doch auch so vernünftig.«

Fassungslos starre ich in das selbstgerechte Gesicht meiner Schwester. »Drohst du mir etwa, mich bei unseren Eltern zu verpetzen?«

Alice reckt angriffslustig das Kinn vor und zuckt die Achseln.

»Dein Problem liegt in Wahrheit woanders. Sei mal ehrlich: In Wirklichkeit stört es dich ja nur, dass sich Charlie für mich entschieden hat und nicht für dich. Hast du ernsthaft so wenig Selbstachtung, dass du es nicht erträgst, dass ein Mann mich dir vorzieht?«

Ich sehe ihr Gesicht vor mir, jung und faltenlos, zu einem spöttischen Grinsen verzogen.

»Was für ein ausgemachter Blödsinn. Wofür hältst du dich eigentlich? Ich weiß, Liebe soll blind machen, aber doch nicht dämlich. Was weißt du schon über sein Leben abseits von Altenhofen?«

Ich springe auf die Füße.

»Ich weiß mehr als genug!«

Und dann fügt sie die alles entscheidenden Worte hinzu, die ihr Schicksal besiegeln sollten.

»Herrgott, Lexi! Der Mann ist verheiratet! Ist dir völlig egal, was du anrichtest? Beende diese Affäre, ich flehe dich an! Denn ich schwöre dir – wenn du es nicht tust, werde ich dafür sorgen, dass sie endet. Charlies Ehefrau hat bestimmt ein Interesse daran zu erfahren, was ihr da treibt, meinst du nicht auch?«

Ich starre meine Schwester an. Jene Person, der ich mehr als jeder anderen vertraut habe, die all meine Wünsche und Sehnsüchte kennt, als wären es ihre eigenen. Fassungslosigkeit und Wut ringen in mir um die Oberhand.

»Das würdest du nicht tun.« Ich schüttle den Kopf. »Das kannst du mir nicht antun. Ich liebe Charlie! Er hat versprochen, mit seiner Frau zu reden. Schon bald! Und dann werden wir endlich frei sein. Wage es bloß nicht, jetzt alles kaputt zu machen.«

Ihr Gesicht hat einen entschlossenen Ausdruck angenommen, und ihre Mundwinkel verziehen sich zu einem selbstgefälligen Grinsen.

»Und ob! Glaub mir, ich tue das nur, um dich vor dir selbst zu schützen! Du weißt, dass es so das Beste ist.«

Die Enttäuschung und das Gefühl, verraten worden zu sein, die mich bei ihren Worten erfüllen, sind mehr, als ich ertragen kann. Mit einem letzten hasserfüllten Blick zu meiner Schwester mache ich kehrt und flüchte aus der Hütte.

Für einen Moment schließe ich die Augen. Tränen laufen mir über die Wangen. Ich mache mir nicht die Mühe, sie fortzuwischen. Es werden ja doch nur neue nachkommen.

Ich spüre die Schuld mit einer Intensität in mir, wie ich sie schon lange nicht mehr empfunden habe.

Bis zum heutigen Tage weiß niemand, was an jenem Abend wirklich geschehen ist. Nicht einmal Angelika. All die Jahre habe ich die schreckliche Wahrheit für mich behalten.

Dass ich dort war, als sie starb.

Eine Weile lief ich ziellos durch den Wald, bevor ich endlich den Weg nach Hause einschlug. Ich war aufgewühlt, wütend. Brauchte Zeit zum Nachdenken. Und dann, gerade als das Heim meiner Eltern vor mir in der Dunkelheit auftauchte, besann ich mich plötzlich anders. Und ich kehrte um. Ich musste Alice davon abhalten, Charlies Frau alles zu sagen. Das hätte alles zerstört. Es hätte mich zerstört.

Als ich die Lichtung erreichte, stand die Jagdhütte bereits in Flammen. Rauchschwaden erfüllten die Luft, aus dem Dachstuhl reckten sich Feuerzungen.

Schieres Entsetzen breitete sich in mir aus.

Verdammt, Alice ist da drin!

Im Inneren der Hütte, deutlich abgehoben gegen den Schein des Feuers, sah ich sie. Die Silhouette meiner Schwester. Hörte ihr Rütteln und Klopfen, das Krachen, als sie sich mit ihrem ganzen Körper gegen die Tür warf.

Doch es gab kein Entkommen. Der Türrahmen war verkeilt, die Fassade brannte lichterloh.

Wie paralysiert stand ich da und beobachtete, wie sie umkehrte und mit panischen Bewegungen versuchte, die Fenster aus ihrer Verankerung zu reißen. Ich konnte das Weiße in ihren Augen sehen, während sie wie wild gegen die Scheibe hämmerte.

»Lexi, bitte, hilf mir!«, hörte ich ihre Stimme. »Das Fenster, ich bekomme es einfach nicht auf. Lexi, wieso hilfst du mir nicht?«

Regungslos sah ich dabei zu, wie sich das Feuer um sie herum immer schneller ausbreitete, wie die Flammen mit gierigen Fingern nach ihrem Haar griffen.

»Lexi! Bitte! So hilf mir doch! Es ist so heiß hier drinnen! Lass mich raus!« Sie war kaum noch zu verstehen. Dann sank sie von einem plötzlichen Hustanfall überwältigt in die Knie und verschwand aus meinem Blickfeld.

Du musst ihr helfen!

Es ist zu spät. Du kannst nichts mehr für sie tun. Du würdest es nie im Leben heil wieder da raus schaffen!

Verdammt, was ist bloß los mit dir? Sie ist deine Schwester! Du musst es zumindest versuchen!

Ich machte ein paar unsichere Schritte vorwärts, dann zögerte ich. Selbst von meinem Standort am Rande der Lichtung aus konnte ich die Hitze des Feuers auf meiner Haut spüren. Scharf und todbringend.

Es wäre Selbstmord, noch näher ranzugehen.

Eine hässliche Stimme in meinem Hinterkopf meldet sich zu Wort.

Außerdem hat Alice dir gerade damit gedroht, dich bei deinen Eltern und Charlies Ehefrau zu verpetzen. Sie will dir die einzige Person wegnehmen, die dir jemals etwas bedeutet hat. Willst du das wirklich riskieren?

Ich machte einen weiteren Schritt nach vorn.

Was du da tust, ist Wahnsinn. Der sichere Selbstmord. Es ist zu spät. Sieh das endlich ein, verdammt!

Und dann traf ich eine Entscheidung, die mich noch heute Nacht für Nacht in meinen Träumen heimsucht. Denn anstatt meiner Schwester zu helfen, drehte ich mich um und lief davon, in die Dunkelheit hinein, nach Hause.

Und während ich rannte, hörte ich in einem letzten verzweifelten Hilfeschrei die Stimme meiner Schwester, bevor die Hütte mit ohrenbetäubendem Krachen in sich zusammenstürzte und Alice unter sich begrub.

»Hörst du, Charlie?«, flüstere ich kaum hörbar, nachdem ich geendet habe. »Das ist sie, die ganze traurige Wahrheit. Es war nicht nur Angelikas Schuld. Auch ich habe Alice im Stich gelassen, habe sie dem sicheren Tod überlassen. Ich hätte ihr helfen müssen. Aber das hab ich nicht getan. Und das alles bloß, weil ich den Gedanken nicht ertragen konnte, dich zu verlieren. Und diese Schuld werde ich für den Rest meines Lebens in meinem Herzen tragen.«

Eine Weile starre ich gedankenversunken vor mich hin. Doch ich bin noch nicht fertig mit meinem Geständnis.

»All die Jahre habe ich mich hinter der Ausrede versteckt, Alice wäre der Grund gewesen, warum ich Altenhofen niemals verlassen habe. Dass ich geblieben bin, weil ich mich von der Erinnerung an sie nicht lösen konnte. Und in gewisser Weise stimmt das auch. Dieser Ort bleibt für mich eine fortwährende Mahnung an das, was ich getan habe.«

Ich presse die Hand auf die Brust, als könnte ich das Gewicht der Schuld, das auf mir lastet, dadurch ein wenig abmildern.

»Doch tief in meinem Herzen weiß ich, dass das ein Vorwand war. Ich bin deinetwegen geblieben. Ich wollte es mir nicht eingestehen, aber auf irgendeine Weise hoffte ich, du würdest irgendwann an diesen Ort – zu mir – zurückkehren. Man trifft sich immer zweimal im Leben, stimmt's?« Ich lächle traurig. »Und beinahe wäre es tatsächlich so gekommen. Beinahe hätten wir die Chance gehabt, die wir uns immer gewünscht haben.«

Ich schlucke, ehe ich weitersprechen kann.

»Aber es sollte wohl nicht sein. Schicksal, Gerechtigkeit und das alles.«

Mühsam erhebe ich mich. Meine Knie schmerzen von dem langen Verharren in der ungewohnten Position.

»Ich werde aus Altenhofen weggehen, Charlie. Denn solange ich hierbleibe, wird es mir niemals gelingen, dich loszulassen. Und das muss ich. So weh es auch tut.«

Halb erwarte ich, Charlie würde sich aus seinem Grab erheben und mich anflehen, nicht zu gehen. Doch natürlich tut er das nicht. Er ist tot. Er wird nie mehr zu mir zurückkommen. Und ich kann nur hoffen, dass er jetzt an einem besseren Ort ist.

Erneut laufen mir Tränen über die Wangen. Ich lasse es geschehen.

Dann drehe ich mich um und schlendere, ohne mich noch einmal umzudrehen, den Weg zurück, den ich gekommen bin.

Ich habe keine Eile.

Ein neuer Lebensabschnitt wartet auf mich.

Ich wage kaum, darauf zu hoffen, aber vielleicht, ganz vielleicht, wird es mir tatsächlich eines Tages gelingen, die Vergangenheit hinter mir zu lassen. Frieden zu finden.

Wer weiß?

Gleich weiterlesen?

Das Schweigen der Geliebten

Thriller

Ein neuer Partner. Eine neue Familie. Eine alte Schuld.

Karolin steht vor den Trümmern ihrer Ehe. Dass Rolf jetzt in einem idyllisch gelegenen Haus im Wald mit ihren Kindern und seiner neuen Freundin Mischa Urlaub macht, besiegelt ihre persönliche Katastrophe. Als sie selbst durch eine unheilvolle Fügung ebenfalls in dem Ferienhaus landet, ist die Stimmung der Frauen zum Zerreißen gespannt.

Mischa ist überglücklich mit Rolf. Sie will alles dafür tun, damit diese Beziehung funktioniert, sich selbst mit Karolin arrangieren – bloß eines will sie nicht: Rolf eine alte Schuld beichten, die sie zunehmend mit dunklen Vorahnungen erfüllt. Ihre Angst bewahrheitet sich, als sie erkennt, dass die Dämonen ihrer Vergangenheit lebendiger sind als je zuvor und nicht nur ihr eigenes Leben bedrohen ...

Unter Schwestern

Thriller

Ihr dunkles Geheimnis wird dein Albtraum …

»Nur ein paar Tage lang, bitte.« Franziska zögert nicht lange, als ihre Zwillingsschwester Amelie bei ihr auftaucht und sie anfleht, mit ihr die Rollen zu tauschen. Schließlich haben sie beide das ihr ganzes Leben lang getan – in der Schule, selbst in ihren Beziehungen mit Männern –, und niemand ist ihnen jemals auf die Schliche gekommen. Warum soll sie Amelie, die offenbar Probleme in ihrer Ehe hat und eine Auszeit braucht, also nicht diesen Gefallen tun?

Doch als eine gemeinsame Jugendfreundin der Schwestern ermordet aufgefunden wird, beschleicht Franziska der Verdacht, dass diesmal mehr hinter dem Identitätstausch steckt. Und dann verschwindet auch noch Amelie …

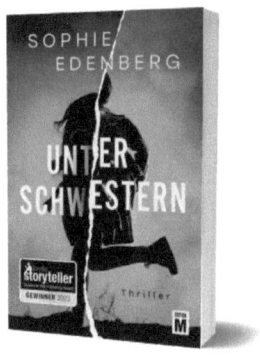

Der Schweigepakt

Thriller

Vier Freundinnen. Eine gemeinsame Vergangenheit. Ein tödliches Geheimnis.

Bea, Miriam, Sarah und Clara waren unzertrennlich – bis Clara eines Tages verschwand. Alles deutete darauf hin, dass sie fortgelaufen ist, und damit endeten die Ermittlungen der Polizei.

Doch vierzehn Jahre später werden Claras Überreste im Wald gefunden, und eine unheilvolle Reise in die Vergangenheit beginnt. Gut gehütete Geheimnisse drängen ans Tageslicht und schon bald wird den Mädchen klar – der Tag der Abrechnung rückt näher ...

Gefängnis einer Ehe

Thriller

Als Rebecca ihr Sommerpraktikum bei einem führenden Pharmaunternehmen antritt und dort auf Raphael trifft, ist sie entsetzt. Ihre Jugendliebe hat sich nämlich nicht nur zum dortigen Geschäftsführer hochgearbeitet, sondern ist inzwischen auch noch verheiratet. Trotzdem lässt sie sich auf eine Affäre mit ihm ein.

Alles läuft gut, bis Rebecca erfährt, dass seine Frau ausgerechnet Anette ist, ihre Tutorin, der sie den begehrten Praktikumsplatz verdankt und die sie sehr bewundert. Raphaels Beteuerungen, wie unglücklich er in seiner Ehe ist, dass seine Heirat ein Fehler war und Anette an psychischen Problemen leidet, kommen Rebecca zunehmend merkwürdig vor. Doch irgendwas stimmt mit dieser Ehe ganz gewaltig nicht. Und schon bald muss Rebecca sich fragen, auf was für ein gefährliches Spiel sie sich da eingelassen hat ...

Komm *nicht* zurück

Roman

Als Lea nach einem schweren Autounfall im Krankenhaus zu sich kommt, findet sie sich in einem wahrgewordenen Albtraum wieder. Ihre Erinnerungen an die letzten dreizehn Jahre sind verschwunden. Mit Entsetzen erkennt sie, was aus ihrem Leben geworden ist: Christopher, Leas Ehemann und Vater ihrer neunjährigen Tochter, will nichts mehr von ihr wissen, denn sie hat die beiden vor Jahren verlassen und ihrer Heimatstadt Wien den Rücken gekehrt. Voller Reue ist Lea fest entschlossen, um ihre Familie zu kämpfen.

Anna hingegen ist endlich mit dem Mann ihrer Träume zusammen. Alles, was zu ihrem vollkommenen Glück noch fehlt, ist ein eigenes Kind. Das Leben ihrer Träume scheint zum Greifen nah. Doch all das verändert sich schlagartig, als Lea, Christophers verschollene und bildschöne Ehefrau, unvermutet wieder auftaucht.

Das perfekte Leben meiner Schwester

Roman

Als Emma herausfindet, dass sie adoptiert wurde und die uneheliche Tochter des vermögenden Wieners Ferdinand Lauderthal ist, sieht sie endlich einen Ausweg aus ihrem unglücklichen Leben. Doch ihre Erwartungen werden enttäuscht. Während ihre gleichaltrige Halbschwester Céline das Leben ihrer Träume führt, will ihr Vater nichts von ihr wissen. Voller Eifersucht beschließt Emma, die beiden büßen zu lassen. Als vermeintliche Studienkollegin von Céline dringt sie in deren Leben ein und stellt dieses gehörig auf den Kopf.

Doch schon bald muss Emma feststellen, dass sie sich in ihrer Halbschwester getäuscht hat. Hin und hergerissen zwischen ihrer wachsenden Zuneigung zu Céline und ihren Rachefantasien wird sie in einen Strudel aus Familienintrigen verstrickt, die ihr Verständnis von Gerechtigkeit auf eine harte Probe stellen. Denn alles im Leben hat seinen Preis ...

Die Autorin

Sophie Edenberg hat sich mit ihren spannenden Roman mit Schauplatz Österreich einen Namen gemacht. Der erste Roman der gebürtigen Wienerin erschien im Jahr 2020. Seitdem begeistert sie ihre Leserinnen und Leser mit vielschichten Figuren und überraschenden Wendungen. Im Jahr 2023 wurde sie für »Unter Schwestern« mit dem Kindle Storyteller Award ausgezeichnet.

Weitere Informationen über die Autorin finden Sie hier: